Persuasion

W

첫사랑 컬렉션

설득

제인 오스틴

순수의 시대

이디스 워튼

위대한 개츠비

F. 스콧 피츠제럴드

젊은 베르테르의 슬픔

요한 볼프강 폰 괴테

설득

제인 오스틴 지음

송은주 옮김

윌북

일러두기

1. 이 책은 *Persuasion*(Penguin Classic, 2003)을 바탕으로 번역했습니다.

2. 본문의 주석은 모두 옮긴이주입니다.

3. 본문 중 고딕체는 원서에서 이탤릭체로 강조한 부분입니다.

4. 이 책은 저작권법에 의하여 한국 내에서 보호를 받는 저작물이므로 무단전재 및 복제를 금합니다.

1

서머싯셔 켈린치 홀에 사는 월터 엘리엇 경이 재미 삼아 보는 책이라고는 준남작 명부뿐이었다. 명부를 보며 한가로운 시간을 보내기도 하고 위안을 얻기도 했다. 몇 남지 않은 오래전 선대의 특권들을 들여다보자면 감탄과 존경의 마음이 솟아났다. 지난 세기에 무수히 생겨난 작위들을 찬찬히 생각하다 보면 집안일로 언짢았던 감정들도 자연스레 동정과 경멸로 바뀌었다. 다른 내용 전부가 시시하게 느껴질 때도 한결같이 관심 가는 것이 있었으니, 그것은 바로 자기 집안의 역사였다. 책에서 가장 좋아하는 부분은 항상 이렇게 시작했다.

켈린치 홀의 엘리엇

월터 엘리엇. 1760년 3월 1일 출생. 1784년 7월 15일 글로스터주 사우스 파크 제임스 스티븐슨의 영애 엘리자베스와 혼인. 1800년 작고한 부인과의 사이에서 1785년 6월 1일 엘리자베스 출생, 1787년 8월 9일 앤 출생, 1789년 11월 5일 아들 사산, 1791년 11월 20일 메리 출생.

원래 인쇄공의 손에서 나온 구절은 정확히 딱 이러했다. 그러나 월터 경은 메리가 태어난 날짜 뒤에 '서머싯셔 어퍼크로스 찰스 머스그로브의 아들이자 상속자 찰스와 1810년 12월 16일 혼인'이라는 구절을 덧붙이고, 부인이 사망한 정확한 날짜까지 써넣으며 원래 내용을 세 번 보충했다.

그다음에는 유서 깊고 존경받는 가문의 역사와 부흥이 상투적인 표현들로 이어졌다. 체셔에 처음 정착하게 된 경위와 더그데일에서 언급된 내용이 나와 있었다. 의회에서 자치구를 대표하는 주 장관을 세 차례나 연임하고, 찰스 2세에 충성을 바치고 준남작 작위를 수여받았다는 내용이었다. 이들 선조와 혼인한 모든 메리와 엘리자베스들에 대한 내용도 있었다. 멋들어진 12절지 두 장을 빼곡히 채운 내용은 문장紋章과 제명으로 마무리됐다. '주 영지, 서머싯셔 켈린치 홀'이라는 구절도 있었다. 마지막을 장식한 것은 월터 경의 친필로 쓰여 있는 다음 문장이었다.

다음 상속인, 월터 2세의 증손자 윌리엄 월터 엘리엇 경.

월터 엘리엇 경은 허영심을 빼면 시체나 다름없었다. 허영심은 대부분 외모와 지위에서 비롯되었다. 젊은 시절 눈에 띄게 수려했던 그는 쉰넷이 되어서도 여전히 멋졌다. 그는 웬만한 여자보다도 더 외모에 신경 쓰는 사람이었다. 새로 작위를 받은 귀족의 종자가 아무리 우쭐해한들, 월터 경보다 더하진 못할 것이다. 그에게 있어 미모보다 더한 축복이 있다면 그것은 준남작 지위가 내린 축복뿐이었다. 이런 자질을 한 몸에 갖춘 월터 엘리엇 경에게는, 자기 자신이야말로 가장 뜨거운 존경과 변함없는 헌신의 대상이었다.

그가 멋진 외모와 지위에 애착을 가지는 데는 충분한 이유가 있었다. 그 덕에 자기 분에 넘칠 만큼 훌륭한 인품을 지닌 아내를 맞아들일 수 있었기 때문이다. 레이디 엘리엇은 분별 있고 상냥한 성품의 훌륭한 여자였다. 젊은 날의 열정으로 엘리엇 경과 혼인했다는 사실만 눈감아준다면, 이후의 판단력과 품행은 나무랄 데가 없었다. 레이디 엘리엇은 남편의 잘못을 달래고 누그러뜨리고 감추어주며 그에게 헌신했다. 세상에서 가장 행복한 사람은 아닐지라도 자신의 의무와 친구들, 아이들에게서 삶에 애착을 가질 만한 이유를 충분히 찾아냈다. 하늘의 부름을 받아 그들 곁을 떠나게 되었을 때 마음이 무거웠던 이유도 그 때문이었다. 열여섯 살 첫째와 열네 살인 둘째를 비롯한 세 딸은 그가 남기고 떠나야 할 놀라운 유산이었고, 허세 가득하고 어리석은 아버지의 권위와 가르침을 믿고 맡겨두기에는 무거운 책임이었다. 그러나 그에게는 아주 가까운 친구가 한 명 있었다. 그는 분별 있고 훌륭한 부인으로, 서로 가까운 곳이 있기 위해 이웃인 켈린치 마을에 정착할 만큼 마음을 나누는 사이였다. 레이디 엘리엇은 친구의 친절과 조언 덕분에 딸들에게 꼭 전하고자 했던 훌륭한 원칙과 교훈을 계속해서 전해줄 수 있었다.

그들의 지인은 어떻게 예상했는지는 몰라도 이 친구와 월터 경은 결혼하지 않았다. 레이디 엘리엇이 세상을 떠난 지 13년이 지났지만, 그들은 여전히 가까운 이웃이자 친한 친구였고, 한 명은 홀아비로, 다른 한 명은 과부로 지냈다.

나이 지긋하고 차분한 성품에, 부족한 것 없는 레이디 러셀이 재혼 같은 것에 관심을 두지 않는 것은 남들 보기에도 이상한 일이 아니었다. 여자는 보통 재혼할 경우 홀로 지낼 때보다 만족도가 떨어지는 법이다. 그러나 월터 경이 계속 홀로 지낸 데에는 설명이 필요하다. 월터 경은 좋은 아버지답게 (말도 안 되는 시도를 했다가 한두 차례 속으로 실망감을 맛본 적이 있지만) 사랑하는 딸들을 위해 독신으로 남은 데 자부심을 가졌다. 그는 맏딸을 위해서라면, 너무나도 꼭 하고 싶은 것만 아니라면 정말로 뭐든지 포기할 마음도 있었다. 엘리자베스는 열여섯 나이에 어머니가 가졌던 권한과 권위를 거의 다 물려받았다. 빼어난 미인인 데다가 아버지를 쏙 빼닮은 그의 영향력은 대단했고, 아버지와 사이도 좋았다. 다른 두 자식은 그에 비하면 찬밥신세였다. 메리는 찰스 머스그로브 부인이 된 덕에 그나마 조금은 나은 대우를 받았다. 고귀한 정신과 다정한 성품을 지닌 앤은 참된 이해력을 지닌 사람들에게는 높이 평가받을지언정, 아버지나 언니에게는 그렇지 못했다. 그의 말은 무시당하기 일쑤였고 항상 다른 이를 위해 양보해야 했다. 그는 그냥 앤이었다.

레이디 러셀에게 앤은 사랑스럽고 가장 아끼는 대녀이자 친구였다. 레이디 러셀은 세 자매를 모두 사랑했지만, 다시 살아난 듯 어머니의 모습을 떠올리게 하는 사람은 앤뿐이었다.

몇 년 전만 해도 앤 엘리엇은 아주 예쁜 소녀였지만, 그 아름다움은 일찍 사그라들었다. 한창일 때조차 아버지는 그다지 딸에게서 감탄할 점을 찾지 못했다(딸의 섬세한 이목구비와 부드러운 검은 눈은 자신의 것과는 완전히 달랐다). 하물며 시들고 야윈 지금에 와서는 어느 하나 눈에 차는 게 없었다. 그는 가장 즐겨 보는 가문의 명부에서 앤의 이름을 읽게 될 날이 올 거라는 희망은 품어본 적이 없었고, 이제는 남은 기대마저 완전히 버렸다. 이제 집안과 어울리는 연을 맺을 기회는 엘리자베스에게 달려 있었다. 메리는 돈 많은 시골 가문과 연을 맺었던 터라, 이쪽의 명예를 주기만 하고 돌려받은 것은 없었다.

스물아홉 살 여자가 10년 전보다 더 예뻐지는 경우도 가끔 있기는 하다. 일반적으로 말하자면 건강이 나빴다거나 근심이 있는 경우가 아니면 인생에서 매력을 거의 잃지 않는 경우도 있다. 엘리자베스의 경우가 그러했다. 13년 전 꽃피기 시작했을 때부터 변함없이 아름다웠다. 그러니 월터 경이 딸의 나이를 잊었다 해도 이해 못 할 일이 아닐 것이다. 다른 이들의 멋진 외모가 다 시들어가는 와중에도 자신과 엘리자베스만은 전과 다름없는 미모를 유지할 거라 생각한대도, 월터 경의 애교 정도로 여겨줄 수 있을 것이다. 다른 가족과 지인들이 모두 얼마나 늙어가는지 그의 눈에 뻔히 보였으니 그럴 만도 했다. 앤은 초췌해지고 메리는 거칠어졌으며, 이웃의 얼굴은 하나같이 최악이었다. 그의 눈에는 레이디 러셀의 관자놀이에 급속도로 퍼져가는 잔주름이 오래전부터 몹시도 거슬렸다.

엘리자베스는 개인적인 만족감에서는 아버지에게 비할바가 못 되었다. 켈린치 홀의 안주인으로서 어린 나이라고 보기 어려울 정도로 결단력 있고 침착한 모습으로 집안을 이끌어나간 지 벌써 13년이 되었다. 13년 동안 그는 안주인 노릇을 도맡아 집안의 기강을 세우고, 사륜마차로 앞장서 향하고, 그 지역의 모든 응접실과 만찬장에서 레이디 러셀의 바로 다음 자리에 섰다. 서리 내리는 열세 번의 겨울 동안 몇 안 되는 이웃 간에 무도회가 열릴 때면 언제나 그의 춤으로 막을 열었다. 열세 번의 봄마다 만개한 꽃을 보며 아버지와 함께 런던으로 떠나 몇 주간 드넓은 세계를 즐겼다. 그는 이 모든 것을 기억했다. 자신이 스물아홉이 되었다는 사실을 의식하면서 약간의 후회와 우려를 느끼기도 했다. 전과 다름없는 미모를 유지하고 있다는 데 대단히 만족하면서도, 위험한 나이에 다가가고 있음을 느꼈다. 앞으로 일이 년 내에 남작 가문에서 적절한 구애를 받을 거라는 확신만 있어도 좋을 것 같았다. 그렇게만 된다면 다시 어릴 때처럼 기꺼운 마음으로 저 책 중의 책, 가문 명부를 집어들 수 있을지도 모른다. 그러나 지금은 그러고 싶지 않았다. 자신의 출생 일자만 나와 있고 그 뒤에 여동생의 결혼 말고는 결혼 얘기는 전혀 없는 책은 꼴도 보기 싫었다. 아버지가 옆에 있는 탁자 위에 책을 펼쳐두기라도 하면 눈길을 돌리고 책을 덮어 치워놓곤 했다.

게다가 그 책에서 자신의 집안 역사를 볼 때마다 떠오르는 실망스러운 기억이 있었다. 아버지가 관대하게 상속권을 인정해준 차기 상속인 윌리엄 월터 엘리엇 경이 바로 그 당사자였다.

아주 어린 소녀였을 때, 남동생이 생기지 않으면 그가

미래의 준남작이 된다는 사실을 알게 되자마자 그와 결혼해야겠다고 마음먹었다. 아버지 또한 항상 그렇게 해야 한다고 했다. 엘리엇 경이 소년이었을 때부터 알고 지낸 것은 아니었다. 레이디 엘리엇이 사망한 직후 월터 경은 그와 친분을 쌓으려 애썼다. 월터 경의 접근을 반기는 눈치는 아니었지만, 이를 젊은이 특유의 수줍음이라 너그러이 받아들인 월터 경은 계속 관계를 맺으려 했다. 어느 봄, 이제 막 성년이 되어 피어나던 엘리자베스가 런던 나들이를 갔을 때, 엘리엇 씨가 처음 그들에게 인사를 하러 왔다.

당시의 그는 젊은 법학도였다. 엘리자베스는 그가 매우 마음에 들었으며, 그의 행동 역시 호감에서 나온 것임을 확신했다. 그를 켈린치 홀로 초대했으며, 그해 내내 기다렸지만 그는 오지 않았다. 이듬해 봄에 다시 런던에서 마주쳤을 때도 그는 여전히 근사한 청년이었다. 그들은 재차 초대를 하며 기다렸지만 그는 역시 오지 않았다. 그다음에 전해진 것은 그의 결혼 소식이었다. 그는 엘리엇가의 상속인이라는 삶에서 자신의 운을 찾기보다는, 출신은 그보다 못해도 부유한 여자와 결혼함으로써 독립을 얻었다.

월터 경은 이에 분개했다. 가문의 가장 어른인 자신에게 마땅히 먼저 상의했어야 한다고 생각했기 때문이다. 특히 그렇게 공개적으로 그 젊은이의 손을 잡아준 뒤였으니 더 말할 것도 없었다. "태터솔에서 한 번, 하원의 로비에서 두 번, 우리가 함께 있는 걸 남들이 틀림없이 봤을 테니까." 그는 결혼에 노골적으로 반대 의사를 드러냈으나 상대는 그다지 반응하지 않았다. 엘리엇 씨는 전혀 사과할 기미가 없었다. 월터 경이 그에게 관심 가져줄 가치가 없다고 생각하듯이, 자기 또한 그들에게 외면당해도 관심 없다는 식이었다. 그들 사이의 교류는 완전히 끊어지고 말았다.

엘리엇 씨와의 이 어색한 과거사는 여러 해가 지난 후에도 여전히 엘리자베스에게 분노를 일으켰다. 그를 사람 자체로도 좋아했고, 아버지의 상속인이라는 점에서는 더 말할 것도 없었다. 가문에 대한 강한 자부심으로 봤을 때, 그는 월터 엘리엇 경의 맏딸에게 더할 나위 없이 딱 어울리는 상대였다. 아무리 둘러보아도 그가 마음에서 우러나와 자신에게 걸맞은 짝이라고 흔쾌히 인정할 만한 준남작은 없었다. 그러나 그의 처신은 올바르지 않았다. 지금(1814년 여름) 엘리자베스는 그의 죽은 아내를 위해 상장喪章을 달고 있었지만, 그렇다고 다시 생각해볼 가치가 있는 사람이라고는 인정할 수 없었다. 첫 결혼의 불명예는 극복할 수 있었을지도 모른다. 후사가 없었으므로 불명예가 영원히 이어지리라 생각하지 않았기 때문이다. 그러나 친절한 친구들이 알려준 바에 따르면, 그는 자신이 속한 바로 그 혈통과 이후 그의 것이 될 명예에 치욕스럽고 경멸스럽게도, 집안 사람들 모두에게 가장 불경한 말을 내뱉었다고 한다. 이것만큼은 용서할 수 없었다.

엘리자베스 엘리엇의 감상과 느낌은 이러했다. 우아하고 단조로운 일상, 화려하지만 공허한 그의 삶에 이러한 걱정거리, 심란한 일들은 작은 변화가 되어주었다. 이런 것들이 시골의 무미건조한 삶에 흥미를 주었고, 밖에서 시간을 보낼 만한 보람 있는 습관도 없고 집안에서 발휘할 재능도, 재주도 없는 그의 공허를 메워주었다. 그러나 이제 또 다른 걱정거리가 여기 하나 더해졌다. 그의 아버지는 점점 더 돈 문제로 곤궁을 겪게 되었다. 아버지가 명부를 집어들 때는 상인들의 부담스러운 청구서와 대리인인 셰퍼드 씨의 반갑지 않은 암시를 머릿속에서 몰아내기 위해서였다. 켈린치 홀의 재산은 제법 되었지만, 월터 경이 자신의 지위에 맞다고 생각하는 생활을 영위할 만큼에는 미치지 못했다. 레이디 엘리엇 생전에는 절제하고 절약하여 규모에 맞게 생활한 덕에 씀씀이가 수입에서 벗어나지 않았다. 그러나 부인의 죽음과 함께 이러한 올바른 자세는 사라져버렸고, 그때부터 계속 수입보다 지출이 많은 생활이 이어졌다. 그는 도저히 그 이하로 쓰고 살 수가 없었다. 월터 엘리엇 경으로서 필요한 만큼만 썼다고 생각했기 때문이다. 그러나 그의 잘못이 아니라고 해도 빚은 점점 더 끔찍하게 늘어났을 뿐 아니라, 쉴 새 없이 빚 이야기를 듣게 되었다. 더는 딸에게 그 사실을 숨길 수조차 없게 됐다. 그는 지난해 봄 런던에 갔을 때 딸에게 넌지시 이를 알렸고, 이런 말까지 하게 됐다. "우리 조금 아껴 써야 하지 않을까? 지출을 줄여볼 데가 있는지 살펴보자꾸나." 엘리자베스는 걱정거리가 생긴 여자들이 그렇듯 진지하게 고민한 끝에, 두 가지 절약안을 제안했다. 불필요한 자선을 줄이고, 응접실을 새로 꾸미려던 계획도 중단하자는 것이었다. 그리고 이에 더하여 해마다 앤에게 주던 선물을 주지 않기로 했다. 그러나 그 자체로는 아무리 좋아도 이 정도 조치로는 턱없이 부족했고, 월터 경은 얼마 지나지 않아 결국 엘리자베스에게 실상을 솔직히 털어놓지 않을 수 없었다. 엘리자베스에게도 더 뾰족한 수는 없었다. 그는 자신에게 닥친 일이 부당하고 불행하다고 느꼈으며, 그것은 아버지 또한 마찬가지였다. 둘 다 자신의 품위와 타협하거나, 견딜 수 없을 만큼 안락을 포기하면서까지 비용을 줄이겠다는 방법은 생각할 수 없었다.

월터 경이 임의로 처분할 수 있는 영지는 아주 일부분에 불과했다. 하지만 전부 다 팔았더라도 큰 차이는 없었을 것이다. 그는 어쩔 수 없이 힘닿는 데까지 저당 잡히긴 했으나 결코 팔지는 않았다. 그건 안 될 말이었다. 그렇게까지 자기 이름을 더럽힐 수는 없었다. 켈린치의 영지는 그가 받은 그대로 물려주어야 했다.

　그들은 허물없는 두 친구, 이웃 마을에 사는 셰퍼드 씨와 레이디 러셀에게 조언을 구하기로 했다. 아버지와 딸, 두 사람의 취향이나 자존심에 손상은 주지 않으면서 자신들의 골칫거리를 해결해주고 지출을 줄여줄 묘책을 둘 중 누군가가 내주리라 기대했던 모양이다.

2

예의 바르고 신중한 변호사 셰퍼드 씨는 월터 경에 대한 자신의 영향력이나 견해가 어떠하든 간에, 다른 누군가가 이 불쾌한 일을 떠맡아주었으면 했다. 따라서 아무런 내색도 하지 않고 레이디 러셀의 훌륭한 판단에 무조건 따를 생각이었다. 레이디 러셀은 훌륭한 식견을 갖추었으니 최선의 대책을 조언할 것이었다. 마지막에 가서 가서 자신도 같은 조언을 권하려 했다고 하면 될 일이었다.

레이디 러셀은 그 문제에 열과 성을 다하여 진지하게 심사숙고했다. 그는 기민하다기보다는 견실한 인물이었다. 이번 경우에는 두 가지 중요한 원칙이 대립하고 있어 결정을 내리는 데 어려움을 겪었다. 레이디 러셀은 명예를 중시하고 도덕적 원칙을 엄격하게 고수하는 사람이었다. 하지만 양식 있고 정직한 성품의 사람이라면 그러하듯이 월터 경의 심기를 불편하게 하고 싶지 않았으며, 가족의 평판을 염려하는 동시에 그들의 지위에 어울리는 생활에 대해 귀족주의적인 생각으로 접근했다. 부인은 인정 많고 너그러우며 덕망 있는 성격이었고 남에게 강한 애정을 보낼 줄도 알았다. 그의 품행에는 그릇된 점이 없었고, 예의범절에 엄격했으며, 올바른 예절을 몸에 지녔다. 교양이 풍부하고 대체로 이성적이며 일관성이 있었지만, 가문에 대해서만큼은 편견이 있었다. 지위와 신분에 가치를 두었기 때문에 지체 높은 이들의 결함은 잘 보지 못했다. 자신은 그저 죽은 기사의 아내에 불과했으므로, 준남작의 위엄을 높이 인정해야 했다. 월터 경은 오랜 지인이자 정중한 이웃이었고 친절한 지주였다. 또한 가장 아끼는 친구의 남편이자 앤을 비롯한 자매들의 아버지가 아니던가. 이 모든 것을 차치하고 월터 경이라는 이유만으로도 그가 지금 겪는 어려움에 대해 많은 동정과 배려를 받을 자격이 충분했다.

지출은 줄여야만 했다. 그 점에는 의심의 여지가 없었다. 그러나 레이디 러셀은 가능하면 월터 경과 엘리자베스가 겪을 괴로움을 줄여주고 싶었다. 지출 계획을 세우고, 꼼꼼하게 계산을 마쳤다. 그리고 누구도 생각하지 못했던 일을 했다. 앤과 상의한 것이다. 다른 사람들은 앤이 이런 문제에 관심이 있으리라고는 전혀 생각지 않은 듯했다. 하지만 레이디 러셀은 앤과 상의했고, 지출 계획을 세우는 데 어느 정도 앤의 의견을 반영했다. 그리하여 마침내 월터 경 앞에 지출 계획서를 내놓았다. 앤이 내놓은 개선안은 허세보다는 성실을 우선했다. 앤은 더 철저한 조치, 더 완벽한 개선, 더 빠른 부채 청산을 바랐고, 오로지 정의와 공정함에만 관심을 두고자 했다.

레이디 러셀이 서류를 훑어보며 말했다. "이대로 너희 아버님을 설득할 수만 있다면 큰 도움이 될 것 같구나. 이 규제를 받아들이신다면 7년이면 빚을 다 청산하게 될 거야. 아버지와 엘리자베스를 잘 설득해보자꾸나. 켈린치 홀은 그 자체로도 충분히 존경받을 만하고, 비용을 줄인다고 해서 명망에 영향을 미치는 것은 아니라고 말이야. 월터 엘리엇 경이 원칙을 가진 사람답게 행동한다면 분별 있는 사람들의 눈에는 오히려 그분의 참된 품위가 드러나 보일 거라고. 사실 우리 중에서 제일가는 가문들도 숱하게 했던 일이고, 해야만 하는 일을 하시는 것뿐이지. 월터 경의 경우라고 특별할 것은 전혀 없을 거야. 우리의 행동들이 늘 그렇듯이, 남들이 겪지 않는 일을 나만 겪는다고 믿을 때 가장 고통스러운 법이지. 우리 마음이 꼭 전해졌으면 좋겠구나. 진지하고 과감하게 임해야 해. 어쨌거나 빚은 진 사람이 갚아야 하니까. 네 아버님처럼 신사이자 한 집안의 가장인 분의 감정도 중요하지만, 정직한 분의 인품을 유지하는 것이 훨씬 더 중요하지."

　　앤은 아버지가 이런 원칙에 따라 행동해주기를, 아버지의 벗들도 그렇게 아버지에게 강력히 권해주기를 바랐다. 앤은 모든 지출을 줄여 하루라도 빨리 빚을 청산하는 것이 가장 시급한 의무라고 생각했으며, 그 의무를 다하지 못한다면 그것이야말로 품위를 떨어뜨리는 행동이라고 생각했다. 앤은 그 처방대로 하고 싶었고, 이를 의무라고 느꼈다. 그는 레이디 러셀의 영향력을 높이 평가했고, 자신의 양심에 따라 엄격한 절제를 필요로 하는 제안을 한 마당에, 반만 하나 다 하라고 하나 그들을 설득하는 게 쉽지는 않을 거라 생각했다. 그가 아는 아버지와 엘리자베스는, 말 두 필을 줄이라고 하든 네 필을 줄이라고 하든 고통스러워하기는 마찬가지일 터였다. 그런 점에서 레이디 러셀의 개선안은 약하다고밖에 할 수 없었다.

　　더 엄격한 앤의 개선안이 받아들여질지는 중요한 문제가 아니었다. 레이디 러셀의 것조차 전혀 먹히지 않았던 것이다. 월터 경에게는 그 정도도 도저히 견딜 수 없는 것이었다. "뭐라고! 삶의 위안을 전부 다 버리라고! 여행, 런던, 하인들, 말, 만찬! 온통 다 줄이고 절제하라는 말뿐이군. 신사의 체면도 차리지 말고 살라니! 안 되지, 이렇게 불명예스럽게 남아 있느니, 차라리 켈린치 홀을 떠나고 말겠어."

"켈린치 홀을 떠나세요." 셰퍼드 씨는 기다렸다는 듯 월터 경의 말을 받았다. 그 역시 월터 경의 지출 사태에 관여된 바가 있었다. 그의 생각에도 거주지를 바꾸지 않는 한 어떤 노력도 소용없었다. "결정권을 가지신 분의 생각이니, 저도 망설임 없이 지지합니다. 친절한 환대와 오랜 품위를 지켜오신 이 집에 계시는 한, 월터 경께서 생활방식을 바꾸실 수 있을 것 같지는 않습니다. 다른 곳에서라면 재량껏 판단을 내리실 수 있을 겁니다. 어떤 식으로 가사를 꾸려가시든 절제 있는 생활방식으로 존경받으실 테고요."

월터 경은 켈린치 홀을 떠나기로 마음먹었다. 며칠 동안 고민한 끝에 어디로 옮길지에 대한 큰 문제를 결정지었다. 이렇게 해서 중요한 변화의 초안이 마련되었다.

런던, 바스, 지금 사는 지역의 다른 집이라는 세 개의 안이 나왔다. 앤이 바란 것은 세 번째였다. 그들 이웃에 있는 작은 집이라면 레이디 러셀과도 가깝게 지낼 수 있고, 메리와도 가까우며, 켈린치의 잔디밭과 관목숲을 보는 즐거움도 누릴 수 있어서 앤이 바라는 바였다. 그러나 앤의 운명이 늘 그래온 것처럼, 그의 소망과는 정반대의 일이 일어났다. 앤은 바스를 싫어했고 자기와는 맞지 않는다고 생각했다. 그런데 바스가 새집으로 결정된 것이다.

월터 경은 처음에는 런던을 더 염두에 두었으나, 그의

런던 생활을 신뢰하지 못한 셰퍼드 씨는 런던을 포기하고 바스로 마음을 돌리도록 설득했다. 그와 같이 곤경에 처한 신사에게는 바스가 훨씬 더 안전한 곳이었다. 거기에서라면 비교적 적은 비용으로도 지체 높은 어른의 행세를 할 수 있을 터였다. 셰퍼드 씨는 바스가 런던보다 나은 두 가지 이점을 강조했다. 바스는 켈린치와의 거리가 불과 80킬로미터밖에 안 되어 더 편리하고, 레이디 러셀이 겨울 동안 지내는 곳이기도 했다. 레이디 러셀은 월터 경과 엘리자베스가 바스에 정착해도 여전히 중요한 인물로 즐겁게 지낼 수 있을 것이라는 설득에 끌리자 대단히 기뻐했다.

레이디 러셀은 앤을 아꼈지만, 그의 바람에는 반대할 수밖에 없었다. 월터 경이 인근의 작은 집으로 가는 굴욕을 감수하리라고 기대하기는 어려웠다. 앤조차도 자신의 예상보다 더 굴욕감을 느끼게 될 텐데, 월터 경이 느낄 감정이란 말할 수도 없을 것이다. 그가 보기에 앤이 바스를 싫어하는 것은 편견이고 오해였다. 어머니가 돌아가신 후 3년 동안 바스의 학교에서 지냈기 때문이다. 그 후에 둘이 함께 바스에서 겨울을 보냈을 때도 그다지 기분이 좋지 않았다.

레이디 러셀은 바스를 좋아했고, 그들 모두에게도 틀림없이 잘 맞을 거라 믿었다. 그의 젊은 친구도 더운 계절에는 자기와 함께 켈린치의 집에서 보내게 되면 전혀 걱정할 일이 없을 것이다. 사실 바스로 가면 앤의 건강에도 좋고 기운도 북돋아줄 것이다. 앤은 너무 집안에만 틀어박혀 다른 이들과의 교류가 없었다. 활기가 부족한 앤이라도, 더 큰 사회에 나가면 좋아질 것이다. 레이디 러셀은 앤이 더 많은 이들에게 알려지기를 바랐다.

월터 경에게는 동네의 다른 집으로 옮기는 것이 바람직하지 않다고 여길 큰 이유가 있었다. 그것은 처음부터 계획 속에 포함된 하나의 조건 때문이었다. 그는 집을 떠나게 되었을 뿐 아니라 집이 다른 이의 손에 넘어가는 꼴을 보아야 했다. 월터 경보다 더 강한 정신의 소유자라도 벅차다고 느낄 만한 시련이었다. 따라서 켈린치 홀을 임대하더라도 이는 절대 비밀이었으며, 그들 이외에는 절대 누구에게도 발설해서는 안 되었다.

월터 경은 집을 세놓는다는 계획이 세간에 알려지는 굴욕을 견딜 수 없었다. 셰퍼드 씨가 언젠가 '광고'라는 말을 입에 올린 적이 있었는데, 두 번 다시 그 비슷한 말도 꺼내지 못했다. 월터 경은 어떤 식으로든 그에 대한 제안을 모두 물리쳤고, 그러한 뜻을 품고 있다는 암시조차 꺼내지 못하게 했다. 켈린치 홀의 임대는, 월터 경의 기준에 나무랄 데 하나 없는 사람들이 자연스럽게 집을 빌리겠다고 나선다면 크게 마음 써서 세를 놓을 수도 있다는 방식이라야 했다.

마음에 드는 쪽으로 찬성할 이유는 얼마나 빨리 나오는 지! 레이디 러셀에게는 월터 경과 그의 가족이 거처를 옮기게 되어 기뻐할 또 다른 훌륭한 이유가 있었다. 엘리자베스가 최근 가까워진 사람이 있는데, 레이디 러셀은 이를 막고 싶었다. 불운한 결혼생활 끝에 두 아이라는 딸린 짐과 함께 아버지의 집으로 돌아온 셰퍼드 씨의 딸이었다. 그는 영리한 데다 다른 사람의 심중을 잘 파악하는 젊은 여자였다. 적어도 켈린치 홀에서는 이 방법이 잘 통해서, 엘리엇 양과 아주 가까운 사이가 되었다. 이런 우정이 매우 부적절하다고 생각한 레이디 러셀이 주의하고 자제하도록 암시했는데도 벌써 그는 한 번 이상 켈린치 홀에서 머물렀다.

레이디 러셀은 엘리자베스에게는 거의 영향을 미치지 못했다. 레이디 러셀이 엘리자베스를 아끼는 듯 보이는 것은, 엘리자베스가 그런 애정을 받을 자격이 있어서라기보다는 그렇게 해야 하기 때문인 듯했다. 레이디 러셀은 그에게서는 예의를 차린 말 이외에 겉으로 드러나는 관심은 받아본 적이 없었고, 어떤 충고든 기대한 효과를 거두어본 적이 없었다. 레이디 러셀은 런던 방문에 앤도 데려가도록 몇 번이나 열성을 다해 설득하려 애썼다. 현명한 부인은 앤을 빼놓는 이기적인 처사가 부당하며 불명예스럽다는 것을 잘 알고 있었다. 또한, 여러 사소한 문제들에서 더 나은 판단력과 경험으로 엘리자베스에게 도움을 주려고 노력했으나 매번 수포로 돌아갔다. 엘리자베스는 자기 하고 싶은 대로 했다. 그래도 여태 클레이 부인과의 교제만큼 단호하게 레이디 러셀의 뜻에 거스른 적은 없었다. 그는 훌륭한 여동생을 가까이 하는 대신, 거리를 두고 예의만 차리면 될 상대에게 애정과 신뢰를 쏟은 것이다.

레이디 러셀이 보기에 클레이 부인은 사회적 지위도 한참 떨어질 뿐 아니라, 친구로 사귀기에도 대단히 위험한 인물이었다. 그러므로 클레이 부인을 떼어놓고 엘리엇 양이 자신과 어울리는 사람들과 어울릴 수 있도록 만들어주는 것은 무척 중요한 문제였다.

3

"외람되지만 한 말씀 드리자면," 어느 날 아침 켈린치 홀에서 셰퍼드 씨가 신문을 내려놓으며 말했다. "최근 상황이 우리에게 유리하게 돌아가고 있습니다. 요즘 시국이 평화롭다 보니 돈 많은 해군 장교들이 모두 뭍으로 돌아온다고 합니다. 그럼 그들에게는 집이 필요하겠지요. 신뢰할 만한 세입자를 고르기에는 이보다 좋은 때가 없습니다. 그들은 전쟁으로 큰돈을 벌었다고 들었습니다. 부유한 제독이 이곳으로 온다면, 월터 경……."

"그는 운이 좋은 게지, 셰퍼드. 내가 할 말은 그뿐이네. 켈린치 홀은 그야말로 큰 상이 되겠지. 상 중에서도 최고의 상 말이야. 이렇게 대단한 상은 받아본 적이 없을 테니까. 그렇지 않은가, 셰퍼드?" 월터 경이 대꾸했다.

셰퍼드 씨는 이런 재치 있는 말에 응당 그래야 하듯이

미소를 지으며 덧붙였다.

"월터 경, 사업이라는 측면에서 보면 해군 신사들은 거래하기 좋은 상대랍니다. 그분들이 사업하는 방식에 대해 조금 알고 있어 드리는 말씀입니다만, 그들은 아주 후한 면이 있어서 세입자로 들이기에는 아주 좋습니다. 그러니까 월터 경, 제가 드리고 싶은 말씀은, 경의 의중이 바깥으로 알려졌다면 말입니다, 남들의 관심과 호기심을 피해 행동하거나 계획하는 일이 얼마나 어려운지는 다들 아는 얘기이니까 있을 수 있는 일로 생각해야지요. 지체 높은 분들에게는 더 많은 관심이 쏠리는 법이라서요. 제 경우에는 어떤 집안 문제라도 원한다면 숨길 수 있습니다. 아무도 저를 주목하지는 않을 테니까요. 하지만 월터 엘리엇 경의 경우에는 다른 이들의 시선을 피하기가 아주 힘들 수도 있습니다. 그래서 감히 말씀드리건대, 우리가 아무리 주의한다 해도 소문은 밖으로 퍼질 수 있을 겁니다. 그렇게 되면 틀림없이 집을 구하는 사람들이 나타날 텐데, 아마 여유가 되는 부유한 해군 장교에게 문의가 올 겁니다. 감히 말씀드리자면, 저는 아무 때고 두 시간이면 올 수 있으니, 경께서 응대하는 수고를 덜어드릴 수 있습니다."

월터 경은 고개만 끄덕였다. 그러나 곧 일어서서 방 안을 왔다갔다하면서 냉소적으로 말했다.

"해군 신사들 중에는 이런 집에 와 보고 놀라지 않을 사람이 거의 없을 걸세."

"틀림없이 집을 둘러보고 자기들이 정말 운이 좋다고 생각할 거예요." 마차를 타고 켈린치 홀에 오는 것만큼 건강에 좋은 약이 없다며 아버지를 따라왔던 클레이 부인이 말했다. "하지만 해군이 아주 좋은 세입자가 될 수 있다는 아버지 말씀에는 저도 같은 생각이에요. 저는 해군들을 잘 알아요. 관대할 뿐 아니라 얼마나 깔끔하고 신중한데요! 월터 경, 그런 사람들에게 집을 맡기신다면 경의 이 귀중한 그림들을 두고 가셔도 안전할 거예요. 집 안팎의 모든 것을 훌륭하게 돌볼 거라고요! 정원과 관목숲을 지금 모습 그대로 잘 유지할 거예요. 엘리엇 양, 당신의 예쁜 화원도 소홀히 하지 않을 테니 걱정할 필요 없어요."

월터 경이 차가운 목소리로 말을 이었다. "집을 세놓는다고 해도, 이 집에 딸린 특권에 대해서는 아직 전혀 결정한 바가 없어. 세입자에게 특별히 호의를 베풀 생각은 없다고. 물론 정원 정도는 세입자에게 열어주어야겠지. 해군 장교든 다른 어떤 사람이든 이렇게 넓은 곳을 가질 수 있는 사람은 거의 없을 테니까. 정원을 사용하는 데 몇 가지 제한은 둘 걸세. 내 관목숲에 아무나 드나든다는 건 마음에 안 드니까. 화원에 관해서는 내 딸, 엘리엇 양에게 잘 생각해보라고 일러야겠군. 켈린치 홀의 세입자가 선원이건 군인이건, 예외적인 호의를 베풀 생각은 없어."

짧은 침묵이 흐른 뒤 셰퍼드 씨가 입을 열었다.

"이런 경우에는 집주인과 세입자 간에 만사를 쉽고 간단하게 만들어주는 기존 관례들이 있지요. 월터 경, 경께는 털 끝만큼도 피해가 갈 일이 없습니다. 어떤 세입자도 자신의 정당한 권리를 넘어서지 못하도록 잘 보살필 테니 저를 믿으세요. 감히 말씀드리건대, 월터 엘리엇 경이 아무리 신경을 쓰신다 해도 존 셰퍼드가 경을 위해 하는 것만큼의 반도 따라가지 못할 것입니다."

이 대목에서 앤이 말을 꺼냈다.

"제 생각에는 저희를 위해 그렇게 많은 일을 해주신 해군이라면 적어도 다른 집이 제공할 수 있는 만큼의 편의와 특권은 모두 주장하실 권리가 있어요. 해군들이 안락을 누려도 좋을 만큼 열심히 일한다는 점은 우리 모두가 인정해야겠지요."

"맞습니다, 맞아요. 앤 양의 말이 백번 맞습니다." 셰퍼드 씨가 응수했다. "오! 그렇고말고요." 그의 딸도 맞장구를 쳤다. 그러나 월터 경의 말이 곧 뒤따랐다.

"해군이라는 직업도 나름대로 쓸모가 있기는 하지만, 내 친구 중 누군가가 그 직업군에 속해 있다면 유감일 게다."

"정말이신가요!" 앤이 놀란 기색으로 대꾸했다.

"그렇단다. 두 가지 점에서 마음에 들지 않아. 그 직업이 탐탁지 않은 데는 두 가지 이유가 있어. 첫째, 출생이 불분명한 사람들이 과분한 공을 세워 제 아버지와 할아버지들은 꿈도 못 꾸었을 명예를 얻는 수단이 된다는 거지. 둘째로는 그 직업만큼 사람의 젊음과 활기를 빼앗아가는 게 없기 때문이지. 해군은 다른 사람들보다 빨리 늙어. 내가 평생 지켜봐서 알지. 해군에서는 말이야, 제 아버지가 말도 안 걸었을 자의 아들이 출세하는 모욕적인 꼴을 봐야 한다니까. 게다가 그 본인도 너무 일찍 혐오스러워지고 말지. 작년 봄인가, 런던에서 두 사람과 자리를 함께한 적이 있었는데, 바로 내가 말한 것과 딱 들어맞는 사례였어. 세인트아이브스 경인데, 다들 알다시피 경의 부친은 시골 부목사로 입에 풀칠하기도 어려웠지. 세인트아이브스 경과 볼드윈 제독이라나 하는 사람한테 자리를 내주었는데, 그렇게 딱한 꼴을 한 사람은 본 적이 없다니까. 얼굴빛은 적갈색인 데다 주름이 자글자글하고 옆머리는 허옇게 세고 정수리에 분을 칠해놓은 모습이라니, 거칠고 우락부락하기가 이루 말할 수가 없더군. '맙소사, 저 노인네는 누군가?' 내가 옆에 서 있던(배질 몰리 경이었어) 친구에게 물었지. '노인네라니! 볼드윈 제독이잖나. 나이가 몇이라고 생각하는 겐가?' 그래서 내가 말했지. '예순 아니면

32

예순둘은 되었겠는데?' '마흔이라네. 딱 마흔이지.' 배질 경의 말을 듣고 내가 얼마나 놀랐을지 상상해보렴. 볼드윈 제독은 쉽게 잊지 못할 거야. 뱃사람의 삶이 어떠한지, 그렇게 비참한 사례는 본 적이 없어. 그들은 정처 없이 떠돌면서 온갖 날씨에 얼굴을 내놓고 있으니 그런 봐주기 힘든 꼴이 되는 거라고. 볼드윈 제독의 나이가 되기 전에 그만두지 않는다면 딱한 일이지."

클레이 부인이 외쳤다. "아이, 월터 경, 말씀이 지나치세요. 불쌍한 사람들에게 조금은 자비를 베푸셔야죠. 다들 보기 좋게 태어날 수는 없잖아요. 바다가 사람을 더 아름답게 만들어주지는 않지요. 해군들이 일찍 나이 드는 것도 맞고요. 저도 자주 그런 말을 했죠. 해군들은 금방 젊음을 잃어버린다고요. 하지만 다른 직업들도 다 마찬가지 아닐까요? 육군도 전투에 나간다면 비슷한 형편이 될 거예요. 심지어 조용한 직업이라도 정신적으로는 힘든 일을 해야 하니까 자연스러운 세월의 흐름보다 더 큰 영향을 받게 되겠지요. 변호사는 근심에 찌들어 살고, 의사는 잠도 거의 못 자면서 날씨가 궂은 날에도 왕진을 다녀야 해요. 목사도……" 그는 목사에게 적당한 말을 찾느라 잠시 멈추었다. "목사조차도 아시다시피 감염된 환자 방에 들어가서 건강을 해칠 위험을 감수해야 해요. 사실 오래전부터 생각해온 건데, 모든 직업이 다

나름대로 필요하고 명예롭기는 하지만, 고생하지 않고 시골에서 자기 시간을 마음대로 쓰고 하고 싶은 일을 하면서 재산을 더 늘리려 애쓸 필요도 없이 자기 재산으로 규칙적인 생활을 할 수 있는 사람들이나 축복받은 건강을 누리고 최상의 외모를 유지하며 살 수 있다고 생각해요. 젊을 때가 지나서도 여전한 미모를 유지하고 사는 사람들을 다른 부류에서는 한 명도 본 적이 없거든요."

셰퍼드 씨가 세입자로 해군 장교가 적당하다고 월터 경에게 이렇게 열심히 설득한 데는 그의 예지력이 발휘된 듯했다. 처음으로 세를 얻겠다고 문의한 사람이 바로 크로프트 제독이었던 것이다. 셰퍼드 씨는 세입자에 대한 대화가 오간 얼마 후, 톤턴의 분기법정에 가는 길에 제독과 길동무가 되었다. 그는 런던의 지인들을 통해 미리 귀띔을 받았던 사람이었다. 셰퍼드 씨가 켈린치 홀에 급히 알린 바에 따르면, 서머싯셔 출신인 크로프트 제독은 제법 재산을 모았고 자기 고향에 정착하고 싶어 했다. 그 때문에 톤턴에 내려와 광고에 나온 집들을 둘러보았으나 맞는 곳을 찾지 못했다. 그러던 차에 우연히 (셰퍼드 씨는 자신의 예측대로 월터 경의 우려는 비밀로 지켜지지 못했다고 말했다) 켈린치 홀을 임대할 수 있을지 모른다는 얘기를 듣게 되었다. 그는 셰퍼드 씨가 집주인과 친분이 있음을 알고 좀 더 자세히 알아보기 위해 그에게 인사를 했다. 한참 대화를 나누는 동안, 설명으로만 들었을 뿐인 저택에 큰 관심을 보였다고 했다. 셰퍼드 씨의 말에 따르면, 제독은 어느 모로 보나 더할 나위 없이 책임감 있고 자격을 충분히 갖춘 세입자였다.

"그런데 크로프트 제독은 대체 누구인가?" 월터 경이 차가운 어조로 미심쩍다는 듯 물었다.

셰퍼드 씨는 그가 신사 집안 출신이라고 대답하고 출신지를 댔다. 잠시 침묵이 흐른 후, 앤이 덧붙여 말했다.

"그분은 백색함대의 해군 소장이에요. 트라팔가 해전에 참전했고 그 후로는 동인도에 있었죠. 제 기억으로는 거기에서 오랜 시간 주둔했을 거예요."

"그렇다면 그의 얼굴이 내 제복의 소맷단이나 망토만큼 오렌지색이라도 이상하지 않겠군." 월터 경이 말했다.

셰퍼드 씨가 서둘러 크로프트 제독은 아주 건강하고 활달하며 잘생긴 사람이고, 확실히 햇볕에 그을긴 했지만 대단한 정도는 아니며, 생각으로 보나 행동으로 보나 신사답다고 월터 경을 안심시켰다. 조건에 대해서는 전혀 어려움이 없어 보였고, 다만 편안한 집을 원할 따름이며 가능한 한 빨리 들어가고 싶어 했다. 편의를 누리려면 그만큼 대가를 지불해야 한다는 것도 알고, 그 정도로 편안하고 가구가 다 갖추어진 집을 빌리려면 비용이 얼마나 드는지도 알고 있었다. 월터 경이 그 이상을 요구하더라도 놀라지 않을 것이다. 제독은 영지에 대해서도 물었고 당연히 영지까지 대리로 관리할 수 있다면 기쁘겠지만, 그렇지 못하더라도 개의치 않는다고 했다. 가끔 사냥을 즐기긴 하지만 사냥감을 잡는 일은 없다고 했다. 대단히 신사다웠다.

셰퍼드 씨는 제독의 가족사항을 다 열거하면서, 그가 세입자로 얼마나 바람직한지에 대해서 열변을 토했다. 결혼은 했지만 자식은 없으니 그야말로 딱 이상적인 상태였다. 셰퍼드 씨는 안주인이 없으면 집을 제대로 돌볼 수가 없고, 아이들이 많으면 가구들이 크게 상할 위험이 있다고 이야기했다. 딸린 식구가 없는 안주인이야말로 가구를 원상 그대로 보존하기에 최적의 인물이다. 그는 크로프트 부인도 만나보았다는 이야기를 전했다. 제독과 함께 톤턴에 온 부인은, 자신과 제독이 집 문제에 대해 이야기를 나누는 동안 함께 있었다고 했다.

"부인은 품위 있는 말씨에 고상하고 영민한 분이셨습니다. 집과 조건, 세금에 대해 제독보다도 더 많이 물어보시더라고요. 그런 일을 더 잘 아는 것 같았습니다. 게다가요, 월터 경, 알고 보니 남편 못지않게 이 지역에 연고가 있더군요. 예전에 여기 살았던 신사의 누이랍니다. 자기 입으로 그렇게 말했다니까요. 몇 년 전 몽크포드에 살았던 신사와 남매지간이라고요. 아! 그분 이름이 뭐였더라? 바로 얼마 전에 들었는데도 지금 당장 이름이 생각나지 않네요. 퍼넬러피, 얘야, 몽크포드에 살았던 신사의 성함이 뭐였지? 크로포트 부인의 동생인데."

그러나 클레이 부인은 엘리엇 양과 수다 삼매경에 빠져 그 말을 듣지 못했다.

"누구 얘기인지 전혀 모르겠군, 셰퍼드. 늙은 트렌트 지사 시절에 몽크포드에서 살았던 신사라니, 기억이 안 나는데."

"맙소사! 이상하네요! 이러다가는 제 이름도 잊어버릴 판입니다. 아주 잘 아는 이름인데. 얼굴도 잘 알아요. 한두 번 본 것이 아닌걸요. 동네 사람의 무단 침입 문제로 저한테 상의하러 온 적도 있어요. 농부가 벽을 무너뜨리고 그의 과수원에 침입해서 사과를 훔쳤다가 잡혔거든요. 제 의견과는 다르게 원만한 해결책을 따르기는 했습니다만. 정말로 이상하군요!"

잠시 기다렸다가 앤이 말했다.

"제 생각에는 웬트워스 씨 얘기를 하시는 것 같은데요."

셰퍼드 씨는 감사해 마지않았다.

"바로 웬트워스였어요! 웬트워스 씨가 그 사람이에요. 몽크포드의 부목사였지요, 월터 경, 아시겠지만 이삼 년 정도 있었지요. 경도 틀림없이 기억하실 겁니다."

"웬트워스라고? 오, 웬트워스 씨, 몽크포드의 부목사 말이지. 신사라고 해서 착각했군. 자네가 재산 많은 사람을 이야기하는 줄 알았지. 웬트워스 씨는 별 볼일 없는 사람이었다고 기억하는데. 연고도 전혀 없고 스트래퍼드 가(웬트워스는 스트래퍼드 귀족 가문에서 쓰는 성이다-옮긴이)와는 아무 관계도 없는 사람이었지. 우리 귀족들 이름이 어떻게 그리도 흔해졌는지 모르겠군."

셰퍼드 씨는 크로프트가의 연고가 월터 경에게 아무런 도움도 되지 못한다는 것을 느끼고 더는 언급하지 않다가, 대신 이들 부부가 가진 유리한 상황에 대해 자세히 설명했다. 그들의 나이, 가족 수, 재산이며 켈린치 홀을 얼마나 높이 평가하는지, 얼마나 간절히 세입자가 되기 원하는지를 말하고, 월터 엘리엇 경의 세입자가 된다면 더없는 영광일 거라 여기는 것처럼 이야기했다. 월터 경의 세입자로서 응당 내야 할 금액을 감당할 수 있다는 점으로 미루어, 훌륭한 취향을 지닌 것도 분명했다.

그리고 그 노력은 성공했다. 월터 경은 여전히 이 집을 빌리겠다는 사람을 곱지 않은 눈으로 보았다. 아무리 비싼 조건으로라도 세를 얻게 된 것만으로 그들은 참으로 복 있는 사람이라고 생각했기 때문이다. 그러나 결국 셰퍼드 씨의 설득에 넘어가 그에게 교섭을 진행하도록 허락하고 크로프트 제독을 상대할 권한을 주었다. 제독이 아직 톤턴에 머물고 있으니 집을 보러 올 날을 잡도록 했다.

월터 경은 그리 현명한 인물이 못 되지만, 세상 경험을 통해 크로프트 제독보다 더 나은 세입자가 나오지 않으리라는 정도는 알고 있었다. 거기까지 생각하고 나자 그의 허영심을 달래줄 상황이 더 눈에 들어왔다. 그것은 제독의 신분, 너무 높지도 않고 딱 그 정도면 좋을 사회적 지위였다. '크로프트 제독에게 내 집을 빌려주기로 했다네' 나쁘지 않았다. '아무개 씨'보다 훨씬 나았다. 아무개 씨는 (전국에서 대여섯 명을 제외한다면) 항상 설명이 필요하다. 제독이라면 나름대로 중요한 인물로 보이면서도, 결코 준남작을 넘어서지는 못했다. 거래와 교섭에서 월터 엘리엇 경이 우선권을 행사할 수 있게 될 터였다.

이 결정에서 엘리자베스의 의견을 빼놓고 넘어갈 수는 없었지만, 그는 떠나고 싶은 마음이 나날이 커져서, 세입자 덕분에 빨리 일이 처리되는 게 기쁘기만 했다. 그는 결정을 늦출 만한 말은 한마디도 하지 않았다.

셰퍼드 씨는 전권을 위임받았다. 일이 다 마무리되자, 누구보다도 전 과정을 주의 깊게 지켜보던 앤은 방을 나와 붉게 달아오른 뺨을 찬 공기로 식혔다. 그는 제일 좋아하는 관목숲을 따라 걸으면서 가만히 한숨을 내쉬며 중얼거렸다.

"몇 달 후면 아마 그이가 이 길을 걷고 있을 테지."

4

'그이'는 얼핏 보면 몽크포드의 전 부목사였던 웬트워스 씨라고 생각할지 모르지만, 실은 그의 동생인 프레더릭 웬트워스 대령이었다. 산토도밍고 작전에서 공을 인정받아 지휘관이 된 웬트워스 대령은, 곧바로 보직을 받지 못해 1806년 서머싯셔로 왔다. 부모님이 모두 돌아가셨으므로 그는 혼자 몽크포드에서 반년 정도 지냈다. 당시의 그는 지적이고 재기가 넘치며 활기로 가득한 멋진 젊은이였다. 앤은 상냥하고 기품 있으며 교양과 감성을 두루 갖춘 아주 예쁜 아가씨였다. 두 사람이 가진 매력의 총합이 절반만 있어도 충분했을 상황이었다. 남자는 할 일이 없었고 여자는 달리 사랑할 만한 사람이 없었으니까. 그러니 이들의 만남이 성사되지 않을 리가 없었다. 그들은 천천히 서로를 알아갔고, 알고 나서는 금세, 깊이 사랑에 빠졌다. 남자는 고백과 청혼을 했으며 여자는 청혼을 승낙했다. 누가 더 상대의 이상형에 가까운지, 누가 더 행복했는지 가려낼 필요도 없었다.

짧은 행복의 시간이 이어졌으나, 너무 짧았다. 곧 고난이 닥쳐왔다. 월터 경은 허락을 구하는 말을 듣고도 허락하지 않거나 딱 잘라 안 된다고 말하지는 않았다. 대신 경악과 냉정함, 침묵으로 일관했고, 딸을 위해 아무것도 하지 않겠다는 단호한 태도를 숨기지 않음으로써 할 수 있는 모든 부정적인 자세를 취했다. 그는 이 결합을 대단히 굴욕적으로 여겼다. 레이디 러셀은 그보다는 자존심을 덜 내세웠지만, 역시 이를 불행하기 짝이 없는 결합이라고 생각했다.

출신과 미모, 지성까지 두루 갖춘 앤 엘리엇이 열아홉의 나이에 내세울 것이라고는 자기 자신밖에 없는 젊은이와 약혼을 하다니. 불안정한 직업에 운을 거는 것 외에는 부를 얻을 희망도 없고, 출세하도록 이끌어줄 연줄도 없는 젊은이와 결혼한다면 스스로를 내팽개치는 것이나 다름없다는 생각에 레이디 러셀은 슬펐다. 앤 엘리엇은 아직 너무 어려서 많이 알려질 기회가 없다 보니 집안도, 재산도 없는 이방인이 낚아채가려는 것이다. 고생과 근심으로 젊음을 잃게 될 곤란한 상태로 끌어넣으려 한다! 절대 안 될 말이다. 친구로서든, 어머니나 다름없는 애정과 권리를 가진 사람으로서든, 누군가가 앞장서서 나선다면 이런 불행을 막을 수 있을 것이다.

웬트워스 대령은 무일푼이었다. 군인으로서는 잘 나갔지만 쉽게 번 돈이니만큼 쉽게 써버렸다. 그러나 그는 곧 부자가 될 자신이 있었다. 활기와 열정이 넘치는 그는 곧 자기 배를 갖게 될 것이고, 원하는 것은 다 손에 넣을 수 있는 자리에 오르게 될 거라 믿었다. 항상 운이 좋았으니 앞으로도 좋을 것이다. 앤에게는 강렬하고 재치 있게 표현되는 이런 자신감이면 충분했을 것이다. 그러나 레이디 러셀의 생각은 전혀 달랐다. 그의 낙관적인 기질과 겁 없는 정신이 레이디 러셀에게는 부정적으로밖에 보이지 않았다. 그 탓에 그가 더 위험한 인물로 보일 뿐이었다. 그는 영리했고 무모했다. 레이디 러셀은 재치 넘치는 사람을 별로 좋아하지 않았고, 무모함에 가까운 면을 두려워했다. 그는 모든 면에서 이 관계를 반대했다.

이런 격렬한 반대는 앤이 맞서 싸우기에 너무 버거웠다. 어리고 온순한 앤이었지만 아버지의 악의는 견뎌낼 수 있었다. 언니의 따뜻한 말 한마디나 눈길이 없어도 괜찮았다. 그러나 앤이 늘 사랑하고 의지해온 레이디 러셀의 확고하고 애정 어린 조언에는 배겨낼 수가 없었다. 앤은 결국 이 약혼이 지각없고, 부적절하며, 잘될 가망은 물론 그럴 가치조차 없는 일이라는 말에 설득되고 말았다. 그러나 앤이 약혼을 끝내기로 한 것이 이기적인 조심성 때문만은 아니었다. 자기 자신보다 그의 행복을 위한 결정이라 생각하지 않았다면 그를 포기하지 않았을지도 모른다. 그에게 득이 되도록 신중을 기하고 자제해야 한다는 믿음이 앤에게는 이별, 마지막 이별의 슬픔 속에서도 큰 위안이 되었다. 이별의 아픔에 더해 그의 비난까지 이어졌기에 앤은 더 고통스러웠다. 이별의 이유를 받아들이지 못한 그는 끝까지 자기 뜻을 굽히지 않았고, 앤이 자신에게 상처를 주었다고 믿었다. 결국 그는 마을을 떠났다.

그들의 관계는 불과 몇 달이었지만, 앤의 고통은 그 후로도 오래 이어졌다. 애정과 회한으로 오랫동안 무엇을 해도 젊음을 즐길 수가 없었다. 그로 인해 잃어버린 생기는 좀처럼 시간이 지나도 회복될 줄 몰랐다.

이 슬픈 사건이 결말에 이른 지도 벌써 7년이 넘는 시간이 지났다. 시간은 그에 대한 애정을 꽤 많이, 어쩌면 거의 무뎌지게 해주었다. 그러나 앤은 너무 시간에만 의지했다. 장소를 바꾼다거나, 새로운 교제를 시도한다는 방법의 도움은 받지 못했다(결별 직후 바스를 한 번 찾은 것을 제외하고는). 프레더릭 웬트워스는 앤의 기억에 또렷이 남았고, 그와 비교할 수 있는 사람이 켈린치 홀의 사교 범위 안으로 들어온 적은 한 번도 없었다. 앤의 삶에서 자연스럽고, 행복하며, 충분한 유일의 치료제인 두 번째 사랑은 찾아오지 않았다. 그들을 둘러싼 좁은 교제 범위 안에서는 앤의 훌륭한 정신, 까다로운 취향에 맞는 사람이 없었다. 스물두 살 때 한 젊은이에게 청혼을 받기도 했지만, 곧 여동생 메리가 더 적극적으로 나섰다. 레이디 러셀은 앤이 거절한 것을 안타까워했다. 찰스 머스그로브는 그 지역에서 월터 경 다음가는 집안의 장남으로, 집안의 재산을 모두 상속받을 뿐 아니라 성격과 외모도 훌륭했다. 그러나 레이디 러셀은 앤이 열아홉 살이었다면 그 정도로는 만족하지 못했을지도 모른다. 하지만 당시 앤은 스물두 살이었고 아버지 밑에서 겪는 편애와 부당한 대우에서 품위 있게 벗어나 자기 옆에 오래 정착하는 모습을 보게 되는 것만으로도 기뻐할 일이라고 생각하게 되었던 것이다. 그러나 이번에는 앤이 충고를 듣지 않았다. 레이디 러셀은 자신의 신중함에 변함없이 만족하고 있는 터라 과거를 되돌리고 싶다는 생각은 전혀 하지 않았다. 그러나 이제는 앤이 재능 있고 능력 있는 사람과 만나 가정을 꾸리게 될 거라는 희망이 점점 사라지는 게 아닌가 불안해지기 시작했다.

그들은 앤이 취한 행동에 대해 서로 어떤 생각을 갖고 있는지, 그때와 여전히 같은 생각인지 아니면 달라졌는지 알지는 못했다. 그 주제는 한 번도 입에 올린 적이 없었다. 그러나 스물일곱 살의 앤은 열아홉 살 때와는 생각이 크게 달라졌다. 레이디 러셀을 원망하지도, 그의 말대로 따른 자신을 탓하지도 않았다. 그러나 비슷한 처지의 젊은이가 자신에게 조언을 구한다면, 절대로 불확실한 미래의 행복을 위해 당장 눈앞의 불행을 감수하라는 말은 하지 않을 거라고 생각했다. 가족의 반대, 그의 직업에 따를 온갖 우려, 예상되는 두려움과 기다림, 실망을 따져보더라도, 파혼하기보다는 약혼 상태를 그대로 유지했더라면 더 행복했을 거라고 생각하게 되었다. 충분히 그랬을 거라고 믿었다. 그들이 파혼한 이후의 일들을 고려하지 않더라도, 이치상 따져 계산했던 것보다 더 빨리 행복이 찾아왔을 거라고 앤은 굳게 믿었다. 웬트워스 대령의 낙관적인 기대, 자신감은 옳았다. 그의 재능과 열정이 번영의 길을 예측하고 지시하는 것만 같았다. 그는 파혼하고 바로 보직을 얻었다. 그가 앤에게 말했던 대로 다 이루어졌다. 그는 수훈을 세워 이른 나이에 높은 지위로 올라섰을 뿐만 아니라, 잇따라 적함을 포획했다고 하니 지금쯤은 재산도 제법 모았을 것이다. 앤에게는 해군 명부와 신문이 유일한 근거였지만, 그가 부자라는 것에는 의심할 여지가 없었다. 또한, 그의 성품을 생각해보건대 결혼했다고 믿을 이유는 없었다.

어린 나이의 앤 엘리엇이 어떻게 인간의 노력을 모욕하고 신의 섭리를 불신하는 듯한 과도한 우려와 조심성에 맞서 뜨거운 애정과 미래에 대한 기운찬 확신을 가지고 자신의 소망을 열렬히 토로할 수 있었겠는가! 어린 시절부터 신중한 태도를 강요받다가 나이 들어 로맨스를 배웠으니, 어쩌면 부자연스러운 시작의 자연스러운 귀결이었는지도 모른다.

앤은 모든 상황, 추억과 감정을 고스란히 간직하고 있었다. 따라서 웬트워스 대령의 누이가 켈린치에 살고 싶어 한다는 말을 들었을 때는, 과거의 고통이 되살아나는 기분이었다. 요동치는 마음을 가라앉히느라 수없이 걷고 한숨을 내쉬어야 했다. 다 소용없는 짓이라고 스스로에게 숱하게 타이른 후에야 그는 크로프트가에 대해 끊임없이 나오는 이야기들을 아무렇지 않게 들을 수 있을 만큼 신경이 강해졌다. 그러나 무엇보다 과거를 알고 있는 세 사람이 완벽하게 무관심한 태도를 보이고 의식하지 못하는 모습을 보인 것이 큰 도움이 되었다. 그런 태도는 과거의 기억조차 부인하는 것 같았다. 앤은 이 문제에서 아버지와 엘리자베스보다는 레이디 러셀의 동기가 더 훌륭하다고 공정하게 평가할 수 있었다. 레이디 러셀의 차분함이야말로 존경할 만하다고 생각했지만, 그들 가운데 전반적으로 다 잊어버린 듯한 분위기가 떠돈다는 것이 중요했다. 만약 크로프트 제독 부부가 정말로 켈린치 홀에 들어오게 된다면, 앤 주변에서는 과거를 아는 사람이 그들 셋뿐이며, 그들이 과거 일은 단 한 마디도 내비치지 않으리라고 확신할 수 있었으므로 새삼 고맙게 느껴졌다. 그의 주위에서는 그가 같이 살았던 형제만이 짧게 끝난 약혼에 대해 알고 있었다. 그의 형은 오래전에 그 지역을 떠났고, 분별 있는 사람인 데다가 당시는 미혼이었으므로 앤은 그가 아무에게도 약혼 이야기를 하지 않았을 거라 믿을 수 있었다.

누나인 크로프트 부인은 그 당시 남편을 따라 영국을 떠나 있었다. 앤의 동생 메리는 그 일이 일어나는 동안 학교에 있었고, 어떤 이들의 자존심과 다른 이의 사려 깊음 덕분에 그 후로도 그런 일이 있었는지는 전혀 알지 못했다.

레이디 러셀이 여전히 켈린치 영지에 살고 있고, 메리는 불과 5킬로미터밖에 떨어지지 않은 곳에 있으니 언젠가 크로프트가와 친분을 쌓을 수밖에 없겠지만, 모두의 도움으로 특별히 어색한 분위기가 되지는 않을 거라 믿었다.

5

크로프트 제독 부부가 켈린치 홀을 보러 오기로 한 날 아침,
앤은 평소대로 레이디 러셀의 집까지 산책하러 가서 방문이
다 끝날 때까지 자리를 피해야겠다고 생각했다.

　두 집안의 만남은 대단히 만족스러웠고, 그 자리에서 모
든 일이 다 결정되었다. 양가의 안주인 모두 계약에 호의적
인 자세로 임했으므로, 상대방을 좋게만 보았다. 신사들로
말하자면, 제독이 먼저 쾌활하고 기분 좋은 어조로 신뢰감을
보이며 너그럽게 나오니 월터 경도 영향을 받지 않을 수 없
었다. 게다가 제독이 월터 경은 훌륭한 예의범절의 모범이라
고 들었다는 칭찬을 셰퍼드 씨에게 전하자, 그 이야기를 전
해들은 월터 경은 가장 훌륭하고 세련된 행동이 무엇인지 보
여주고자 했다.

　크로프트 부부는 집과 부지, 가구를 다 마음에 들어했

고, 계약 조건과 기간 등 모든 것이 누구에게나 만족할 만했다. 셰퍼드 씨의 사무원들이 일에 착수했는데, 계약서 내용 중 수정해야 할 사항은 단 하나도 없었다.

월터 경은 주저없이 제독이 지금까지 만나본 사람들 중에서 가장 잘생긴 해군이라고 단언하고, 자기 하인에게 그의 머리 손질을 시킬 수만 있다면 함께 어디를 다니더라도 부끄럽지 않을 거라는 말까지 했다. 제독은 정원을 통과해 마차를 타고 가면서 아내에게 매우 호의적이고 다정한 태도로 이렇게 말했다. "톤턴에서 들은 얘기와는 달리 계약이 순조롭게 마무리될 것 같아요. 준남작님은 세상을 깜짝 놀라게 할 인물은 아니지만 나쁜 사람도 아닌 것 같소." 아내도 비슷한 칭찬의 말을 했다.

크로프트 부부는 미카엘 축제일에 들어오기로 했다. 월터 경이 그 전달에 바스로 이사하겠다고 했으므로, 모든 부차적인 계약에 시간을 끌 여유가 없었다.

레이디 러셀은 그들이 새집을 고르는 일에 앤이 어떤 발언권을 갖거나 중요한 위치가 되지 못할 거라는 걸 잘 알고 있었다. 그래서 그는 앤이 서둘러 떠나지 않았으면 하고 바랐다. 크리스마스를 지내고 나서 자기가 직접 바스로 데려다줄 수 있기를 바란 것이다. 그러나 레이디 러셀은 선약으로 몇 주간 켈린치 홀을 떠나 있어야 할 형편이라 선뜻 남아달라고 할 수도 없었다. 앤은 햇볕이 하얗게 내리쬐는 무더운 9월의 바스가 두렵고, 달콤하고도 서글픈 분위기 가득한 이곳의 가을을 느껴보기 전에 떠나야 하는 것이 안타까웠지만, 모든 사정을 고려해 남아 있지 않기로 했다. 가족과 함께 떠나는 것이 가장 옳고 현명할 일이며, 가장 덜 힘든 일이기도 했다.

그러나 앤에게는 다른 임무가 주어졌다. 잔병치레가 잦은 메리가 또다시 병에 걸린 것이다. 메리는 불편한 일이 생기면 그것에만 몰두해 습관적으로 앤을 찾았다. 가을 내내 앤에게 자신 옆에 있어 달라고 했다. 바스에 가지 말고 어퍼 크로스 코티지로 와서 자신이 원하는 만큼 곁에 있어 달라는 간청, 아니 요구를 했다.

"앤 언니가 없으면 안 된다니까요." 메리의 논리는 이러했고, 엘리자베스의 대답은 이러했다. "그럼 앤이 남는 게 낫겠구나. 바스에서는 앤을 필요로 하는 사람이 아무도 없을 테니까."

부적절한 식으로라도 도움 된다는 말을 듣는 쪽이, 적어도 아예 그런 소리를 듣지 못하는 것보다는 나았다. 앤은 자기가 뭔가 쓸모 있다고 생각해주는 것이 고맙고, 뭐가 되었건 의무로 주어진 일이 생겼다는 게 기뻤으며, 무엇보다 시골, 자신이 사랑했던 시골에서 지내는 것도 싫지 않아서 메리와 머무는 데 기꺼이 동의했다.

메리가 초대한 덕분에 레이디 러셀은 짐을 덜었다. 결과적으로 앤은 레이디 러셀이 데려갈 때까지는 바스에 갈 필요가 없게 되었고, 그때까지 어퍼크로스 코티지와 켈린치의 작은 집을 오가며 지낼 수 있게 되었다.

여기까지는 아무 문제가 없었다. 그러나 레이디 러셀은 켈린치 홀에 관한 계획이 일부 잘못되었다는 것을 알고는 깜짝 놀랐다. 클레이 부인이 월터 경과 엘리자베스와 동행하여 바스로 가기로 했다는 사실이었다. 엘리자베스가 앞으로 해야 할 모든 일에서 대단히 중요하고 귀중한 조력자라는 명목이었다. 레이디 러셀은 이런 조치가 대단히 유감스러웠다. 어이없고 슬프다가 두렵기까지 했다. 앤은 아무짝에도 쓸모없는 사람 취급하면서 클레이 부인은 대단한 도움이 되는 것처럼 생각하다니, 앤이 받을 모욕을 생각하니 몹시 화가 났다.

앤 본인은 이런 모욕에 무감각해져 있었다. 그러나 레이디 러셀 못지않게 그런 처사가 경솔한 짓임을 절실히 느꼈다. 오랜 시간 아버지를 조용히 지켜보면서 원치 않아도 아버지에 대해 많이 알게 된 앤이었다. 따라서 그는 이런 친분이 집안에 매우 심각한 결과를 불러올 수 있다는 것을 알 수 있었다. 지금은 아버지에게 그런 마음이 있다고 보기는 힘들었다. 클레이 부인은 주근깨투성이에 뻐드렁니였고, 손목은

투박했다. 아버지는 늘 뒤에서 이를 헐뜯곤 했다. 그러나 클레이 부인은 젊었고 전체적으로는 봐줄 만한 외모였다. 눈치가 빠르고 열성을 다해 상대의 기분을 맞추었기 때문에 단순한 사람보다 훨씬 더 위험한 매력이 있었다. 앤은 아무래도 너무 위험하다는 느낌이 들어서 이를 언니에게도 귀띔하려 해보았다. 언니가 귀담아 들어주리라는 희망은 갖지 않았다. 그러나 만약 그런 불행한 사태가 일어난다면, 자신보다 더 딱한 처지가 될 엘리자베스가 왜 미리 경고해주지 않았냐며 비난하지는 못하게 할 생각이었다.

앤이 꺼낸 말은 엘리자베스의 기분만 상하게 한 듯했다. 엘리자베스는 어떻게 그런 말도 안 되는 의심을 품을 수 있는지 모르겠다며 화를 냈다. 분개한 나머지 아버지나 클레이 부인 모두 다 자신들의 상황을 너무나 잘 알고 있다고 대꾸했다.

"클레이 부인은 자기 주제를 절대 잊는 법이 없어. 나는 너보다도 그의 감정을 더 잘 알고 있으니까 하는 말인데, 결혼 문제에 있어서는 나보다도 더 까다로운 기준을 가지고 있거든. 클레이 부인은 조건과 지위가 맞지 않는 결혼에 대해 여느 사람들보다 더 심하게 비난하는걸. 그리고 아버지로 말하자면, 그렇게 오랫동안 우리를 위해 홀몸으로 지내오신 분께 그런 의심을 하는 것 자체가 실례라고 생각해. 클레이 부인이 아주 미인이라면 네 말이 맞을 수도 있어. 그러면 그렇게 많이 어울리는 게 잘못일지도 몰라. 하지만 무슨 일이 있어도 절대로 아버지가 그런 격 떨어지는 관계를 맺으실 리가 없지. 그랬다가는 불행해지실 거야. 클레이 부인은 딱하게도 다른 장점은 다 갖추었는데 예쁘다는 말을 들어본 적은 단 한 번도 없을 거야! 정말이지 불쌍한 클레이 부인이 여기에서 지낸다고 해도 아무 일도 없을 거라 생각해. 아버지가 부인의 부족한 점들에 대해 말씀하시는 걸 너도 50번 정도는 들어봤을 텐데. 누가 보면 한 번도 그런 말씀을 하신 적이 없는 줄 알겠다. 그 뻐드렁니! 주근깨는 또 어떻고! 내 눈에는 주근깨가 그렇게까지 보기 흉하지는 않던데 아버지는 너무 싫어하시더라. 한두 가지 결점이 있다고 해서 추물이 되지는 않지만, 그런 것들을 끔찍이 싫어하셔. 너도 클레이 부인의 주근깨를 아버지가 어떻게 보시는지 들었을 텐데." 엘리자베스는 흥분하여 말했다.

"외모에 결점이 있어도 태도가 사근사근하면 그런 것은 서서히 마음에 걸리지 않게 될 수도 있지." 앤이 대답했다.

"내 생각은 전혀 달라. 사근사근한 태도가 보기 좋은 외모를 더 돋보이게 할 수는 있어도 못생긴 외모를 바꾸어놓지는 못해. 어쨌든 이 문제에서는 다른 누구보다도 내가 더 경계해야 할 처지이니까, 너까지 충고해줄 필요는 없어." 엘리자베스가 짧게 대꾸했다.

앤은 그래도 충고를 했고, 해치워서 기뻤다. 도움이 될지 모른다는 희망을 완전히 버리지도 않았다. 엘리자베스가 그런 의심에 화를 내기는 했어도, 주의해서 지켜보게 될 수도 있을 테니 말이다.

사두마차를 타고 월터 경, 엘리엇 양, 클레이 부인이 바스로 떠났다. 떠나는 그들 모두 기분 좋게 출발했다. 월터 경은 마지막 인사를 하며 슬퍼하는 모든 소작인과 농부들을 향해 거만하게 인사를 건넸다. 같은 시각, 앤은 고요하고 쓸쓸한 분위기에서 첫 주를 보내게 될 별채로 걸어갔다.

앤의 친구도 그 못지않게 기분이 좋지 않았다. 레이디 러셀은 이렇게 가족이 헤어지게 된 것이 못내 마음 아팠다. 그는 그들의 체면을 자신의 일인 것처럼 소중히 여겼다. 매일같이 오가던 습관으로 켈린치 홀 자체가 소중해지기도 한 탓이다. 그들이 떠나간 영지를 보니 괴로웠고, 새로운 손길이 닿게 될 생각을 하면 더 괴로웠다. 너무 바뀌어버린 마을의 고적함과 우울함을 피하고, 크로프트 제독 부부가 도착할 때 방해가 되지 않도록, 레이디 러셀은 앤이 떠날 때 자기도 집을 떠나기로 마음먹었다. 따라서 그들은 동시에 출발했고, 레이디 러셀은 여행을 떠나는 길에 어퍼크로스 코티지에 들러 앤을 내려주었다.

어퍼크로스는 중간 규모의 마을로, 몇 년 전까지만 해도 옛 영국의 모습을 간직한 곳이었다. 자작농이나 소작인의 집보다 나아 보이는 집은 딱 두 채로, 높은 담과 큼직한 대문, 고목이 있는 크고 고풍스러운 향사 저택과, 여닫이창 주위로 포도나무와 배나무가 있는 깔끔한 정원이 딸린 아담한 목사관이었다. 그러나 젊은 주인이 결혼하면서 저택은 농가에서 코티지로 개축했다. 베란다와 프랑스식 창, 그 외 예쁜 장식들이 있는 어퍼크로스 코티지는, 조금 더 가면 나오는 본가의 견고하고 웅장한 모습 못지않게 지나가는 이의 눈길을 사로잡기에 충분했다.

앤은 그곳에 종종 머물러서, 켈린치의 방식만큼이나 어퍼크로스의 생활방식에도 익숙했다. 본가와 아들네 가족은 자주 왕래하고 시도 때도 없이 서로의 집 안팎을 드나들었다. 그래서 메리 혼자 있는 것을 발견하자 놀랍기까지 했다. 몸도 좋지 않고 기운도 처진 상태로 홀로 있었으니 메리의 기분이 좋지 않은 것은 당연한 일이었다. 메리는 언니보다 더 많은 것을 타고났지만 앤의 이해심이나 성품은 갖지 못했다. 몸 상태가 좋고 기분도 좋은 데다 주위에서 잘 돌봐주면 쾌활하고 명랑했지만, 살짝만 몸이 좋지 않아도 기분이 완전히 가라앉았다. 혼자 있는 것을 견디지 못했고, 엘리엇 집안 특유의 거만함을 꽤 많이 물려받아서 어딘가 불편하면 다 자기를 무시하고 함부로 대한 탓이라고 돌렸다. 메리는 두 언니보다 자질 면에서 모자랐고 한창 때에도 '괜찮은 아가씨'라는 소리를 듣는 것에 그쳤다. 그런 메리가 아주 작은 응접실의 빛바랜 소파에 누워 있었다. 한때는 우아한 가구였지만 네 번의 여름과 두 아이를 겪으면서 낡아빠진 소파였다. 앤이 나타나자 메리는 이렇게 말했다.

"아, 드디어 왔네! 언니가 아예 안 오나 보다 싶었지 뭐야. 너무 아파서 말도 하기 힘들어. 오전 내내 누구 하나 코빼기도 안 비치더라고!"

"몸이 안 좋아서 어쩌니. 목요일에 보낸 편지에는 잘 지낸다고 했잖아." 앤이 대답했다.

"그랬지, 나름대로 최선을 다한 거야. 난 항상 그러잖아. 하지만 그때도 상태가 썩 좋은 건 아니었어. 오늘 아침만큼 아팠던 적이 없는 것 같아. 나를 혼자 남겨두면 안 된다고. 갑자기 증상이 심해지면 종을 울릴 수조차 없다니까! 레이디 러셀은 외출을 안 하시나 봐. 올여름 들어 우리 집에 들르신 적이 세 번도 안 될걸."

앤은 대충 받아주고 제부의 안부를 물었다. "아! 찰스는 사냥하러 나갔어. 7시 이후로는 보질 못했네. 내가 아프다고 말했는데도 가버렸어. 금방 돌아오겠다고 해놓고는 안 온다니까. 벌써 1시가 다 되어가는데. 말했잖아, 오전 내내 아무도 보질 못했단 말이야."

"아이들은 같이 안 있었니?"

"있었지. 그런데 시끄러워서 견딜 수가 있어야지. 어찌나 말을 안 듣는지 옆에 없는 편이 나아. 어린 찰스는 내 말이라고는 한마디도 안 듣고, 월터도 마찬가지라니까."

"곧 좋아질 거야." 앤이 명랑하게 위로했다. "내가 오면 항상 너를 낫게 해주잖아. 본가에 계신 분들도 안녕하시지?"

"그분들에 대해서는 할 말이 없네. 오늘 아버님 말고는 아무도 보질 못해서. 지나가다 잠깐 말에서 내리지도 않으시고 창 너머로 몇 마디 하고 가시더라고. 내가 아프다고 했는데도 시댁 식구들은 아무도 와보지 않았어. 아가씨들 계획에 안 맞았나 보지. 그이들은 꼭 계획한 대로만 한단 말이야."

"오후가 되기 전에 보게 될지도 모르지. 아직 이르잖아."

"분명히 말하는데, 그 사람들을 보고 싶다는 말이 아니야. 너무 웃고 떠들어서 힘들어. 아! 언니, 나 몸이 너무 안 좋아! 목요일에 오지 않고 지금 오다니 정말 너무해."

"메리, 네가 나한테 뭐라고 보냈는지 생각해보렴! 아주 활기차게 썼잖아. 몸 상태가 완벽하게 좋으니 서둘러 올 필요 없다고 했지. 그러니 원하는 대로 레이디 러셀과 마지막까지 함께 있으라고 하고선. 그리고 같이 있고 싶어도 정말 바빴어. 할 일이 너무 많아서 켈린치를 더 빨리 떠나기가 쉽지 않았단다."

"맙소사! 언니가 할 일이 뭐가 있다고?"

"할 게 얼마나 많은데. 한 번에 다 떠올릴 수가 없을 정도야. 일부만 말해줄게. 아버지의 책과 그림 목록 사본을 만들었어. 매켄지와 정원에 몇 번이나 나가서 엘리자베스 언니의 화초 중에서 어느 것이 레이디 러셀에게 드릴 것인지 가르쳐주었지. 내 물건도 정리해야 했고. 책이랑 악보를 분류하고, 짐을 다시 싸야 했어. 어떤 것을 마차에 실을지 몰랐거든. 그리고 메리, 꼭 해야 할 더 힘든 일이 한 가지 있었어. 교구 안의 집들을 찾아다니며 작별인사를 전하는 것이었단다. 사람들이 그렇게 해주기를 바란다더라고. 그런 일을 다 하려니 시간이 꽤 많이 걸렸어."

"오! 저런." 메리는 잠시 말을 멈췄다가 이렇게 말했다. "하지만 어제 풀스 집안에서 있었던 만찬에 대해서 나한테 한 번은 물어봐주었어야지."

"그 만찬에 갔었니? 내가 묻지 않았던 건 네가 틀림없이 못 가겠다고 할 것 같아서였지."

"아! 하지만 갔어. 어제는 몸이 아주 좋았거든. 오늘 아침까지는 아무렇지도 않았어. 내가 안 가면 이상할 거 아냐."

"네 몸 상태가 좋았다니 다행이구나. 즐거운 만찬이었겠지."

"별거 없었어. 뻔히 다 아는 대로지 뭐. 올 사람도 뻔하고. 그리고 우리 마차가 없다는 건 정말 불편한 일이야. 시부모님이 데려다주셨는데, 마차가 너무 비좁았어! 두 분 다 얼마나 체구가 크신지, 자리를 다 차지해버리신다니까! 게다가 아버님은 항상 앞으로 몸을 숙이고 앉으셔. 그러면 나는 헨리에타, 루이자와 함께 뒤쪽에 끼어 앉게 된단 말이야. 아무래도 오늘 내가 아픈 건 그 때문인 것 같아."

앤이 인내심을 발휘해 조금 더 버티고 활기를 짜낸 덕에 메리의 기운은 꽤 회복되었다. 곧 소파에 일어나 앉을 수 있게 되어, 저녁 시간까지는 일어날 수 있게 되기를 바랐다. 그러더니 그 생각은 잊어버리고 방 반대편으로 가서 꽃다발을 꾸몄다. 차가운 고기 요리를 먹더니 산책을 하자고 할 정도로 좋아졌다.

"어디로 갈까?" 준비를 마치고 메리가 물었다. "본가에서 먼저 언니를 보러 올 때까지는 찾아가지 않는 편이 좋겠지?"

"네 뜻대로 할게." 앤이 대답했다. "머스그로브 부부야 잘 아는 분들인데 군이 거창하게 예를 차릴 것까지야 없겠지."

"오! 하지만 그분들은 되도록 빨리 언니를 찾아와야 할 거야. 내 언니에게 마땅한 대접을 해야 한다는 의무감을 느끼실 테니까. 하지만 우리가 가서 잠시 만나고 오는 것도 나쁘지 않겠지. 인사는 얼른 해치워버리고 산책을 즐기자고."

앤은 항상 이런 식의 왕래가 굉장히 경박스럽다고 생각했다. 양쪽에서 끊임없이 무례를 범했지만, 가족이 그런 교제마저 없이 지낼 수는 없다는 생각에 막으려 하지는 않았다. 그래서 그들은 본가의 반짝이는 마루 위에 작은 카펫이 깔린 구식 응접실에 앉아 꼬박 반 시간을 보냈다. 그 집안 딸들이 그랜드피아노와 하프, 화분대와 작은 탁자를 여기저기 늘어놓아 어지러운 분위기가 되어갔다. 아! 판을 덧대 장식한 벽에 걸린 저 초상화 속의 주인공들, 갈색 벨벳 옷을 입은 신사들과 푸른 공단 옷의 귀부인들이 지금 벌어지는 광경을 볼 수 있다면, 질서와 단정함을 완전히 내팽개친 모습을 본다면! 초상화도 경악하여 눈을 부릅뜨고 있는 듯했다.

머스그로브 집안 사람들은 자기들 집처럼 변화하는 과정에 있었다. 아마도 개선되는 쪽이었을 것이다. 부모는 옛 영국식이고 자식들은 신식이었다. 머스그로브 부부는 아주 좋은 사람들이었다. 교육을 많이 받았거나 우아하지는 않지만 친절하고 인정이 많았다. 반면 자식들의 생각이나 태도는 신식이었다. 대가족이었지만 성인은 찰스를 제외하고는 헨리에타와 루이자뿐이었다. 열아홉 살, 스무 살의 두 숙녀는 엑서터의 학교에서 받아야 할 교육을 다 받고 집으로 돌아온 뒤, 이제 다른 수많은 젊은 숙녀들처럼 유행에 따라 행복하고 즐겁게 살려고 했다. 한껏 멋들어지게 차려입었고 얼굴도 제법 예뻤다. 활기에 넘쳤으며 행동거지는 거침없고 유쾌했다. 집에서는 귀한 대접을 받고 밖에서도 사랑받았다. 앤은 항상 그들을 지인 중에서 가장 행복한 사람들이라고 생각했다. 그러나 그들의 향락을 전부 다 준다 해도 자신의 우아하고 세련된 정신세계와 바꾸고 싶지는 않았다. 그들에게 부러운 것이 있다면, 이들 자매가 서로를 완벽하게 이해하고 배려하며 진심 어린 애정으로 대한다는 점이었다. 자신의 자매들에게서는 볼 수 없는 감정이었다.

그들은 진심 어린 환대를 받았다. 본가 가족들은 대접에 소홀함이 없었다. 앤이 잘 알고 있듯이, 그들은 보통 나무랄 데가 없었다. 즐겁게 대화를 나누다 보니 30분이 후딱 지나갔다. 그리하여 머스그로브가의 두 딸이 메리의 특별한 초대로 그들의 산책에 동행하게 되었어도 전혀 놀랍게 느껴지지 않았다.

6

어퍼크로스가 불과 5킬로미터밖에 떨어지지 않은 곳이긴 해도, 원래 있던 곳에서 벗어나 다른 무리 속으로 옮겨가게 되면 대화나 견해, 생각이 완전히 확 바뀌어버리는 경우가 많다는 것을 앤은 잘 알고 있었다. 그는 이곳에 머물 때마다 항상 그런 인상을 받았다. 다른 가족들도 여기로 와서, 켈린치 홀에서라면 모르는 사람이 없고 모든 관심이 집중될 만한 일들이 여기에서는 얼마나 무심하고 대수롭지 않게 취급되는지 보았으면 하고 바랐다. 그러나 이런 경험은 자신의 세계밖에서는 자신이 얼마나 하찮은 존재인지 하는 교훈도 깨우쳐주곤 했다. 앤이 이곳에 도착하고 첫 몇 주 동안은 켈린치의 두 집안 관심사를 온통 차지했던 문제로 머릿속이 가득차 있었기에, 머스그로브 부부도 어느 정도는 호기심과 동정심을 보여주리라 예상했다. 그러나 그들의 말은 "그러니까 앤 양, 월터 경과 당신 언니는 떠나셨군요. 버스 어디에 정착하시는 거죠?"라는 말이 고작이었다. 미처 대답하기도 전에 젊은 숙녀들이 끼어들었다. "우리도 겨울에는 버스로 갔으면 좋겠어요. 하지만 아빠, 가게 된다면 꼭 좋은 곳에 머물러야 해요. 아빠가 가시는 퀸스퀘어는 절대 사절이에요!" 메리도 열을 올리며 말을 보탰다. "여러분이 전부 다 버스로 가서 행복하게 지낸다면, 나만 여기 남아 잘 지내겠군요!"

앤은 앞으로도 이런 자기기만에 빠지지 않겠다고 마음먹으며, 레이디 러셀처럼 진심으로 자기 처지를 알아주는 벗이 하나라도 있다는 특별한 축복에 더욱 감사를 느꼈다.

머스그로브 씨에게는 지키고 잡아야 할 사냥감과 말, 개, 신문이 있었고, 여자들은 집안일, 이웃, 드레스, 춤, 음악 등 다른 온갖 공동의 주제들에 몰두했다. 앤은 어떤 소집단이든 나름대로 자신들만의 화제를 정하는 것이 지극히 당연하다고 인정했고, 이제 자신이 옮겨온 곳에 쓸모 있는 구성원이 되기를 바랐다. 어퍼크로스에서 적어도 두 달은 지내야 할 테니, 자신의 상상력, 기억, 모든 생각들을 최대한 어퍼크로스에 맞추어야 할 필요가 있었다.

이 두 달이 걱정되지는 않았다. 메리는 엘리자베스만큼 냉담하거나 정이 없지는 않았고, 자신의 말이 조금은 통할 여지도 있었다. 코티지도 편안히 지내기에 부족함이 없었다. 앤은 늘 제부와 사이가 좋았고, 아이들도 이모를 사랑하고 제 어머니보다 훨씬 더 존경했다. 아이들은 그에게 관심과 재미, 건강한 노력의 대상이었다.

찰스 머스그로브는 공손하고 상냥했다. 그는 기질과 감정 면에서 확실히 아내보다 훨씬 나았다. 다만 대화의 기술, 힘이나 세련됨 면에서는 나을 것이 없어서 두 사람과 관련된 과거의 일로 위험한 상념에 빠질 일은 없었다. 앤은 레이디 러셀과 더불어 그가 더 나은 배필을 만났더라면 훨씬 더나은 사람이 되었을 거라고 믿었다. 진정한 이해심을 가진 여자라면 그의 인격에 더 큰 영향을 미쳤을 것이고, 그의 습관과 취미에 유용함과 합리성, 우아함을 더해주었을 것이다. 지금의 그는 사냥 외에는 그다지 열정을 보이는 것이 없었고, 책이나 그 밖의 것에는 마음을 붙이지 못하고 시간을 허비해버렸다. 그는 활기가 넘쳤고, 종종 아내의 기분이 처져있어도 전혀 개의치 않는 듯했다. 아내가 말도 안 되는 행동을 해도 잘 참아주어서 앤이 감탄스러워 할 정도였다. 사소한 충돌이 자주 있기는 해도(앤은 가끔씩 양쪽의 호소에 원치 않아도 끼어들어야 했지만), 행복한 부부라고 할 만했다. 그들은 돈이 부족하다고 생각하고, 아버지가 보내오는 근사한 선물을 굉장히 좋아한다는 점에서만큼은 항상 완벽하게 의견이 일치했다. 하지만 대부분의 화제에서 그렇듯이 이 부분에서도 그가 더 나았다. 메리는 그런 선물을 하지 않는다면 크게 부끄러워할 일이라고 생각한 반면, 그는 항상 아버지가 자신의 돈을 다른 많은 곳에 쓰는 것을 이해했고, 쓰고 싶은 대로 쓸 권리가 있다고 생각했다.

아이들 양육으로 말하자면, 그의 지론이 아내보다 훨씬 나았고 실천도 그리 나쁘지 않았다. "메리가 간섭하지만 않는다면 아이들을 아주 잘 돌볼 수 있을 겁니다." 그는 앤에게 그런 말을 자주 했고, 그렇게 믿었다. 하지만 "찰스는 아이들을 너무 받아주어서 내가 버릇을 들일 수가 없어"라는 메리의 불평에는 "정말 그래"라고 맞장구를 쳐주고 싶은 마음이 전혀 들지 않았다.

거기에서 지내면서 가장 불편한 점 가운데 하나는, 다들 앤을 친근하게 여기는 탓에 상대 집안의 비밀스러운 불만을 너무 많이 털어놓는다는 것이었다. 메리가 언니의 말은 어느 정도 듣는다는 것을 다들 알고 있어서 끊임없이 앤에게 이런저런 요구를 쏟아냈고, 적어도 설득하도록 애써봐달라는 부탁을 넌지시 전하곤 했다. "메리는 늘 자기가 아프다고 생각하는데, 이 생각에서 벗어나도록 설득해주었으면 좋겠어요." 찰스의 부탁이었다. 그런가 하면 메리는 기분이 좋지 않을 때 이렇게 말했다. "아무래도 찰스는 내가 죽는 꼴을 보고 싶은 모양이야. 내가 멀쩡하다고 생각하나 봐. 틀림없어, 언니.

내가 진짜로 아파서 죽을 지경이라고 그이한테 얘기 좀 해
줘. 내 입으로 말하는 것보다 훨씬 더 나쁜 상태란 말이야."

메리는 이런 말을 할 때도 있었다. "아이들 할머니는 늘
아이들을 보고 싶어 하시지만 애들을 본가로 보내는 건 싫
어. 아이들한테 너무 오냐오냐해주고, 쓸데없는 것이며 단것
을 너무 많이 주어서 아이들이 집에 오면 온종일 속이 안 좋
다고." 그런가 하면 머스그로브 부인은 앤과 단 둘이 남게 되
자마자 이렇게 속을 털어놓았다. "오! 앤 양, 며늘아기가 조
금만이라도 당신처럼 아이들을 대해주면 얼마나 좋을까요.
아이들이 당신하고 있을 때는 얼마나 다른지! 하지만 대체로
버릇을 너무 잘못 들여놓았어요! 당신이 동생을 잘 타일러
아이들을 제대로 교육하도록 일러주면 좋을 텐데요. 아이들
은 참 건강한데. 딱한 것들! 내 손주들이라서 하는 말이 아니
에요. 하지만 며늘아기는 아이들 다루는 법을 전혀 몰라요!
아이고, 가끔은 얼마나 애를 먹이는지! 앤 양, 그렇지만 않으
면 아이들을 집으로 더 자주 부를 텐데 그럴 마음도 없어진
다니까요. 며늘아기는 내가 아이들을 더 자주 부르지 않는다
고 불만이에요. 하지만 당신도 알다시피 끊임없이 '이건 하
지 마라, 저것도 하지 마라' 잔소리를 하거나, 아니면 몸에 나
쁠 정도로 케이크를 줘야 얌전해지니 이런 아이들을 데리고
있는 건 여간 힘든 게 아니에요."

앤은 이런 말을 메리한테서도 들었다. "어머님은 자기 하인들이 다 착실한 줄 아셔. 그걸 문제 삼는다면 반역이라고 생각하실걸. 하지만 과장 없이 하는 말인데, 어머님의 하녀장이랑 세탁부는 할 일은 제쳐놓고 온종일 마을을 쏘다닌다고. 가는 데마다 마주친다니까. 육아실에 갈 때마다 그들 중 누군가가 두 번에 한 번은 눈에 띈다니까. 제마이머가 세상에서 제일 진실하고 성실한 사람이니 망정이지, 그렇지 않았으면 그이까지 버릇이 나빠졌을 거야. 나한테 그랬거든. 그들은 항상 자기더러 같이 바람 쐬러 나가자고 꾀인다고." 머스그로브 부인 쪽에서는 이렇게 말했다. "나는 며느리가 하는 일에는 절대 간섭하지 않기로 했어요. 그런 것은 좋지 않으니까. 하지만 앤 양, 당신이라면 일을 제대로 바로잡을 수 있을지 모르니까 하는 말인데, 나는 며느리네 보모가 좋게 보이지 않아요. 그 여자에 대해 이상한 소문이 돈다니까요. 맨날 나돌아다닌다지요. 내가 보니까 옷을 얼마나 잘 차려입는지 주변 다른 하녀들까지 망쳐놓기 딱 좋다니까요. 며느리는 그 하녀를 철석같이 믿고 있지요. 당신이니까 하는 말인데, 잘 감시해야 할 거예요. 뭔가 이상한 낌새가 보이면 바로 알려주세요."

다시 메리의 불평으로 돌아가면, 머스그로브 부인이 본가에서 다른 가족들과 만찬을 열 때마다 자기 지위에 맞는 상석을 내주지 않는다는 것이다. 자기를 너무 편하게 대해서 자신의 지위를 인정해주지 않는다는 것이었다. 그러던 어느 날 앤이 머스그로브 자매와 산책하는 동안 지위, 지위가 높은 사람들, 지위를 선망하는 사람들에 대해 이야기하던 끝에 자매 중 하나가 이렇게 말했다. "당신에게는 솔직히 말씀드리는데, 어떤 사람들은 자기 자리에 대해 터무니없는 생각을 한다니까요. 당신이 자리에 연연하지 않는다는 건 다들 잘 아는 사실이니까요. 하지만 누군가가 올케한테 그렇게 끈질기게 자리에 집착하지 않았으면 좋겠다고 귀띔이라도 좀 해주었으면 좋겠어요. 특히 엄마 자리를 대신 차지하려고 매번 주제넘게 나서지 말라고 말이에요. 당연히 올케에게 상석을 차지할 우선권이 있지만, 그걸 내세우지 않는 편이 좋을 텐데요. 엄마가 손톱만큼이라도 신경을 쓰셔서가 아니라, 다른 사람들이 알아차리니까 그러지요."

앤이 어떻게 이 모든 문제를 바로잡을 수 있겠는가? 인내심을 갖고 들어주고, 모든 불만을 다독여주고, 상대에게 서로의 변명을 해주는 것 이외에는 할 수 있는 일이 없었다. 이렇게 가까운 사이에서는 관용이 필요하다고 넌지시 알려주고, 동생에게 이롭도록 그런 암시의 의미를 최대한 넓히는 수밖에 없었다.

다른 모든 면에서는 그의 방문은 시작부터 좋았고 순조

로웠다. 켈린치 홀에서 5킬로미터 떨어진 곳으로 와서 장소와 화제가 바뀌니 기분이 훨씬 나아졌다. 계속 곁에 있어 주니 메리의 병도 나아졌다. 코티지에는 애정을 쏟을 너 나은 상대도, 속마음을 나눌 사람도, 일거리도 없었으므로, 다른 가족과 왕래하는 것도 다소 도움이 되었다. 그들은 매일 아침 만나서 저녁까지 함께 보냈으니 거의 대부분의 시간을 같이 보내는 셈이었다. 그러나 앤은 늘 제자리를 지키고 있는 머스그로브 부부의 존경할 만한 모습이나, 딸들의 웃음소리, 이야기 소리, 노랫소리가 없었다면 그렇게 잘 지내기는 어려웠을 거라고 생각했다.

앤은 머스그로브 자매보다 악기 연주에 훨씬 뛰어났다. 그러나 목소리가 좋지 않고 하프는 알지 못했으며 옆에 앉아 기뻐해줄 부모도 없어서, 예의를 차리거나 분위기를 바꾸려는 것이 아니면 자신에게 연주를 청하지 않는다는 것을 잘 알고 있었다. 자신의 연주를 즐길 수 있는 사람은 자기 자신뿐이었다. 그러나 이는 새삼스러운 것도 아니었다. 그의 삶에서 짧은 한 시기를 제외하고는, 열네 살에 사랑하는 어머니를 여읜 이후로는 단 한 번도 누군가 진정한 안목이나 정당한 평가로 자신의 연주에 귀 기울여주거나 격려해주는 행복을 느껴본 적이 없었다. 앤은 음악에 관해서는 늘 세상에 홀로 있는 기분을 느끼곤 했다. 머스그로브 부부는 자기 딸늘의 연주만 좋아하고 다른 이들의 연주에는 완전히 무관심했지만, 앤은 마음 상하기보다 자매를 위해 잘된 일이라고 생각했다.

　본가 식구 말고 다른 사람들이 더해질 때도 있었다. 이웃이 많지는 않지만 머스그로브가의 초대를 받으면 모두가 찾아왔다. 그들은 다른 어떤 집안보다 만찬을 자주 열었고, 초대를 받아서든 우연히 오든 방문객도 더 많았다. 그들은 인기가 아주 좋았다.

　그 집 딸들은 춤을 매우 좋아했다. 만찬이 즉흥적으로 열린 작은 무도회로 마무리되는 일이 자주 있었다. 어퍼크로스에서 걸어갈 수 있는 거리 안에는 그들보다 형편이 좋지 않은 사촌들이 살았는데, 그들이 누리는 즐거움은 다 머스그로브 집안 덕분이었다. 그들은 수시로 찾아왔고 놀이와 춤이라면 언제든 합류했다. 적극적으로 참여하기보다는 연주자의 자리를 더 선호하는 앤은 그들을 위해 몇 시간이나 시골 춤곡을 연주해주었다. 이런 친절 덕분에 그의 음악적 재능이 머스그로브 부부의 주목을 끌어 이런 찬사를 받곤 했다. "잘했어요, 앤 양! 정말 훌륭해요! 세상에! 그 작은 손가락이 어떻게 그렇게 날아다니는지요!"

　그렇게 처음 3주가 지나갔다. 미카엘 축일이 다가오고, 앤의 마음은 다시 켈린치로 향했다. 사랑하는 집이 다른 이들에게 넘어갔다. 소중한 방과 가구, 관목숲, 풍경이 다른 눈과 다른 손길에 속하게 되다니! 9월 29일이 되자 앤은 다른 생각을 할 수가 없었다. 메리는 그날 저녁에야 이를 깨닫고 이렇게 외쳤다. "세상에! 오늘이 크로프트 부부가 켈린치에 오기로 한 날 아니야? 이제야 생각나서 다행이네. 안 그랬으면 얼마나 우울했을까!"

크로프트 부부는 해군다운 기민함으로 이사를 하자마자 손님들의 방문을 받았다. 메리가 이를 놓고 탄식했다. "내가 얼마나 괴로울지 아무도 모른다니까. 할 수 있는 한 오래 방문을 미뤄야겠어." 그러나 영 편치 않다고 하며 결국 찰스에게 말해 곧 그들을 방문했고, 매우 활기차고 편안한 마음으로 돌아왔다. 앤은 함께 가지 않아서 다행이라 생각했다. 그러나 크로프트 부부를 보고 싶기도 해서, 그들이 답례 방문을 왔을 때는 집에 있게 된 것이 기뻤다. 그들이 찾아왔을 때 집주인은 집에 없었지만, 두 자매가 함께 있었다. 어쩌다 보니 앤이 크로프트 부인을 접대하게 되었다. 제독은 메리 옆에 앉아서 어린 아들들에게 사람 좋게 관심을 보여주었다. 그래서 앤은 부인이 동생과 이목구비가 닮았는지, 닮은 데가 없다면 목소리나 생각, 표정 면에서라도 비슷한 구석이 있는지 살펴볼 수 있었다.

크로프트 부인은 키가 크지도 않고 살이 찌지도 않았지

만 체격이 건장하고 꼿꼿했으며 활력이 넘쳐서 돋보였다. 남편처럼 바다에서 오래 지낸 탓에 안색은 불그스레하고 햇볕에 거칠어져서 실제 나이인 서른여덟보다 몇 년 더 들어 보였지만, 빛나는 검은 눈에 이가 고른, 호감 가는 얼굴이었다. 스스로를 전혀 의심하지 않고, 무엇을 할지 망설임이 없는 사람처럼 활달하고 거침없는 태도였다. 그러면서도 거칠거나 다른 사람을 불쾌하게 만드는 면은 전혀 없었다. 앤은 켈린치와 관계된 모든 일에서 부인의 배려에 감사했고, 기뻤다. 특히 서로 인사를 나누고 첫 30분 동안은 크로프트 부인 쪽에서 뭔가를 알고 있거나 의심하는 기미를 전혀 보이지 않아서 다행스러웠다. 그래서 앤은 자신감과 용기를 얻어 편안하게 대할 수 있었다. 그러나 부인이 갑자기 꺼낸 말에 얼어붙어버렸다.

"제 동생이 이 지역에 있을 때 알고 지냈던 분이 당신 언니가 아니라 당신이었군요."

앤은 얼굴을 붉힐 나이는 지났지만, 아직 감정을 느끼지 못할 나이는 되지 않은 것이 분명했다.

"동생이 결혼했다는 소식은 아마 듣지 못하셨겠지요." 크로프트 부인이 덧붙였다.

앤은 이제 그렇다고 대답할 수 있었다. 크로프트 부인의 다음 말을 듣고 부인이 말한 동생이 목사 웬트워스 씨이며,

자신의 대답이 양쪽 형제 모두에게 해당되는 것임을 알고 다행스럽게 여겼다. 생각해보면 크로프트 부인이 이야기한 동생이 프레더릭이 아니라 에드워드인 것은 너무 당연했다. 깜박 잊은 데 부끄러움을 느끼며 예전 이웃의 현재 상태에 적절한 관심을 표하며 열심히 들었다.

나머지 시간은 조용하게 흘러갔다. 마침내 그들이 자리를 뜨려고 할 때, 제독이 메리에게 하는 말을 들었다.

"처남도 곧 여기로 올 겁니다. 이름은 알고 계시지요?"

그는 어린 꼬마들이 옛 친구처럼 그에게 달라붙어 가지 말라고 소란을 피우는 바람에 하던 말을 끝맺지 못했다. 외투 주머니에 아이들을 담아가겠다는 둥 장난을 치느라고 그가 시작했던 이야기를 끝내거나 마무리할 틈을 얻지 못했던 것이다. 앤은 계속 같은 형제를 이야기하는 게 틀림없다고 스스로를 설득했다. 그러나 이 정도로는 충분하지 않아서 크로프트가 사람들이 앞서 방문했던 다른 집에서 혹시 같은 주제로 뭔가 이야기한 것은 없는지, 몹시 궁금했다.

그날 저녁 본가 사람들이 코티지로 올 예정이었다. 걸어서 오기에는 추운 계절이라 마차 소리가 들리기를 기다리던 차에 막내 머스그로브 양이 들어왔다. 오늘은 그들끼리 저녁을 보내야 한다는 불길한 소식과 함께 사과를 전하러 온 것이다. 메리는 곧장 불쾌한 감정을 보일 기세였지만, 하프를

실어오느라 자리가 없어 자기는 걸어서 왔다는 루이자의 말에 분위기가 진정되었다.

루이자는 이렇게 덧붙였다. "여러분께 사정을 다 말씀드릴게요. 오늘 저녁 저희 부모님이 기운이 없으시다는 걸 말씀드리러 왔어요. 특히 엄마가 그러세요. 불쌍한 리처드 생각을 너무 많이 하세요! 그래서 하프가 있으면 좋겠다고 한 거죠. 엄마가 피아노포르테보다 더 좋아하실 것 같아서요. 왜 기운이 없으신지도 말씀드릴게요. 오늘 아침에 크로프트 부부가 방문했는데 (여기에도 왔었지요?) 크로프트 부인의 남동생인 웬트워스 대령이 곧 영국에 돌아올 예정이래요. 공을 세워 보수를 받았다나 뭐라나, 아무튼 제독 부부를 보러 곧장 온다고 해요. 그런데 운 나쁘게도 그분들이 가고 난 후, 웬트워스인지 뭔지 그 사람이 하필 예전에 우리 불쌍한 리처드의 상관이었다는 걸 엄마가 떠올리신 거예요. 언제 어디서였는지는 모르겠지만 리처드가 죽기 한참 전이었을 거예요, 불쌍하기도 하지! 그리고 엄마는 지난 편지와 유품들을 보시다가 그 이름을 발견하셨고요. 바로 그 사람이 맞다는 확신이 들자 엄마는 온통 불쌍한 리처드 생각뿐이세요! 그러니까 엄마가 그런 우울한 생각에 계속 빠져 있으시지 않도록 최대한 즐거운 분위기를 만들어야 해요."

이 애처로운 가족사의 실제 사정을 보자면, 머스그로브

가에는 운 나쁘게도 가망 없는, 아주 골칫덩이 아들이 있었다. 스무 살이 되기 전에 죽어서 다행이었다. 아들은 뭍에 있는 동안 멍청하기만 하고 통제 불능이라 곧 바다로 보내졌다. 그럴 만도 하기는 했지만, 그는 가족에게 그다지 사랑받은 적이 없었고, 해외에서 죽었다는 사실이 2년 전 어퍼크로스에 알려졌을 때에도 그다지 안타까워한 사람은 없었다.

사실 그의 누이들이 지금은 그를 '불쌍한 리처드'라고 부르는 것으로 그를 위해 할 수 있는 전부를 해주고 것이었다. 그는 둔하고 무디며 아무짝에도 쓸모가 없는 딕 머스그로브에 불과했다. 죽어서나 살아서나 이름을 줄여 부르는 것 이외에 뭔가 대접받을 만한 일은 단 하나도 한 적이 없었다.

그는 오래 바다에 있었고, 모든 사관후보생이 이리저리 옮겨 다니기는 하지만, 특히 어떤 함장도 곁에 두고 싶어 하지 않는 후보생이 그렇듯 여러 곳을 전전했다. 라코니아의 프레더릭 웬트워스의 호위함에서도 반년을 보냈다. 대령의 권유로 라코니아에서 아버지와 어머니에게 보낸 단 두 통의 편지가 그가 집을 떠나 있던 세월 동안 유일하게 보내온 편지였다. 다시 말해서 사심 없이 보낸 편지는 딱 그 두 통이었고, 나머지는 모두 돈을 보내달라는 부탁이었다.

두 통의 편지에서 그는 대령을 칭찬했다. 그러나 가족들은 이런 문제에 신경 쓰는 습관이 없었고, 사람이나 배의 이름에 관심이 없었기 때문에 그 당시에는 금세 기억에서 지워 버렸다. 그러다 머스그로브 부인이 바로 그날 아들과 관련하여 갑자기 웬트워스의 이름을 떠올린 것은 가끔가다 예외적으로 일어나는 정신 작용이었을 것이다.

부인이 편지를 꺼내 보았더니 과연 짐작했던 대로였다. 한참이 지나 불쌍한 아들은 가고 없고 그의 과오도 잊힌 상태에서 편지를 다시 읽으니, 마음이 크게 흔들리면서 아들의 죽음을 처음 들었을 때보다 더 큰 슬픔에 빠졌다. 머스그로브 씨도 그보다는 덜하지만 마찬가지로 충격을 받았다. 그들이 코티지에 도착했을 때는 우선 그 주제에 대해 다시 이야기를 한 다음 활기찬 일행들이 줄 수 있는 위안을 받고 싶은 마음이 간절해보였다.

사람들이 웬트워스 대령에 대해 하는 이야기와 그의 이름을 반복해서 듣는 것이 앤에게는 새로운 종류의 시련이었다. 사람들은 지난 몇 년을 되짚어본 끝에 드디어 클리프턴에서 돌아오는 길에 한두 번 마주쳤던 바로 그 웬트워스 대령일지도 모른다고, 아마도 그럴 것이라는 확신을 얻었다. 매우 훌륭한 젊은이라는 것은 기억했지만, 그게 7년 전인지 8년 전인지는 가물가물했다. 그러나 앤은 이런 시련에 익숙해져야 한다는 것을 알았다. 그가 진짜로 마을에 오게 될 테니, 이런 문제에 무뎌지도록 스스로를 다스려야 했다. 머스그로브 부부는 불쌍한 딕에게 보여준 그의 친절에 뜨거운 감사를 전하고, 불쌍한 딕이 그의 밑에 있는 반년 동안 맞춤법은 엉망이지만 '배우는 것에 대해서만 까다롭게 구는 아주 능럼하고 훌륭한 분'이라고 크게 칭찬하여 보증한 그의 인격을 높이 존중하는 뜻에서, 그가 도착했다는 소식을 듣기가 무섭게 그에게 인사를 하고 친분을 쌓을 작정이었다.

그렇게 해야겠다는 다짐이 그들의 저녁을 위로하는 데 도움이 되었다.

7

바로 며칠 후, 웬트워스 대령이 켈린치에 왔다는 소식이 들려왔다. 머스그로브 씨가 그를 방문하고 돌아와 그의 칭찬을 잔뜩 늘어놓았다. 그는 다음 주말에 어퍼크로스에서 크로프트가 사람들과 저녁식사를 하기로 약속했다. 머스그로브 씨는 약속 날짜를 더 빨리 잡지 못해서 실망이 이만저만이 아니었다. 그는 웬트워스 대령을 자기 집으로 초대해, 와인 저장실에서 가장 도수 높고 품질 좋은 것들로 환영과 감사의 마음을 보여주고 싶어 안달이 나 있었다. 그러나 일주일을 기다려야 했다. 앤은 딱 일주일이면 그를 만나야 한다는 생각에, 그 일주일조차 평안히 있을 수 없음을 알게 되었다.

웬트워스 대령은 머스그로브 씨의 예의에 아주 빨리 화답했다. 앤도 그가 찾아온 30분 동안 그 집에 있을 뻔했다! 앤과 메리는 사실 본가를 향해 출발하고 있었다. 나중에 알게 된 사실이지만, 그때 메리의 장남이 낙상 사고를 당해 집으로 실려오지 않았다면 피할 수 없이 그와 마주쳤을 것이다. 아이의 상황 때문에 방문은 완전히 뒷전이 되었지만, 아이 때문에 크게 염려하는 와중에도 그와 마주칠 뻔한 이야기를 무심히 듣고 넘길 수는 없었다.

아이는 빗장뼈가 탈골되었고, 등에 심한 부상을 입어 걱정스러운 상태였다. 심난한 오후였다. 앤은 즉시 모든 일을 처리했다. 약제사를 부르고, 아이 아버지를 찾아 알리고, 아이 어머니가 히스테리에 빠지지 않게 챙겼다. 또한 하인들을 단속하고 막내는 내보내고 아파하는 아이를 돌보고 달래주었다. 그 외에도 상황을 수습하자마자 본가에 연락을 했지만, 달려온 손님들은 필요한 도움을 주기보다는 겁에 질려 이것저것 캐묻기만 했다.

제부가 돌아와서 그나마 마음이 놓였다. 메리를 가장 잘 돌볼 수 있는 사람이 제부였다. 그다음으로 약제사가 도착해서 한숨 돌렸다. 약제사가 와서 아이를 진찰할 때까지 그들은 막연한 상태에서 최악을 걱정했다. 큰 부상이라는 건 알았지만 어느 부위인지는 알지 못했다. 약제사 로빈슨 씨는 탈골되었던 빗장뼈를 맞추었다. 그는 심각한 표정으로 아이의 아버지와 이모에게 얘기했지만, 그들은 잘될 것이라는 희망을 품고 헤어져서 그럭저럭 진정된 마음으로 저녁식사를 할 수 있었다. 헤어지기 직전이 되어서야 두 고모는 조카의 상태에서 다른 곳으로 관심을 돌려 웬트워스 대령의 방문에 대해 이야기할 수 있게 되었다. 그와 함께 있는 동안 너무나 즐거웠고, 전에 알던 그 어떤 남자들보다 잘생겼으며, 호감 가는 인물이라고 말했다. 아빠가 그를 저녁식사에 초대해서 정말 기뻤다가, 그가 사양해서 너무 아쉬웠다가 그가 부모님의 간곡한 초대에 내일 저녁을 함께하기로 약속해서 다시 기뻤다는 얘기를 늘어놓았다. 게다가 마땅히 그래야겠지만, 그들의 관심이 진심에서 우러나왔음을 느꼈는지 더없이 기분 좋게 약속했다! 한마디로, 그의 태도나 언행에 품위가 깃들어 있어 그에게서 눈을 뗄 수가 없었다고 했다. 그래서 그들은 부모가 자리를 뜨고 나서도 몇 분이나 더 이야기를 나누다가 사랑의 기쁨에 잔뜩 취해서 뛰어나갔는데, 어린 찰스보다는 웬트워스 대령 생각이 앞서는 것이 분명했다.

두 숙녀는 아버지와 함께 저녁 어스름을 헤치고 병문안을 왔을 때도 똑같은 열정으로 똑같은 이야기를 되풀이했다. 머스그로브 씨는 상속자의 상태가 처음만큼 걱정하지 않아도 되자, 딸들의 이야기에 자신의 확언과 칭찬을 보태고, 웬트워스 대령의 방문이 미뤄지지 않기만을 바랐다. 다만 코티지 식구들이 다친 아이를 남겨두고 대령을 만나러 올 수 없게 된 것을 안타까워했다. "아, 안 되지요! 어린 것을 남겨둔

다니!" 아이의 부모는 사고가 너무 심했고 막 일어난 참이라 그런 생각은 할 수가 없었다. 앤은 만남을 피하게 된 것이 기뻐서 그들의 말에 자기도 한 목소리로 뜻을 보탰다.

그러나 잠시 후, 찰스 머스그로브도 가고 싶다는 의향을 비추었다. "아이는 잘 회복되고 있고 하니 나도 웬트워스 대령을 꼭 만나보고 싶은걸. 저녁 자리를 함께했으면 좋겠는데, 저녁식사를 함께하지는 않더라도, 반시간 정도 시간을 내도 되겠지." 그러나 아내의 격렬한 반대에 부딪쳤다. "오, 안 돼요! 찰스, 당신이 간다는 생각만 해도 참을 수가 없어요. 무슨 일이라도 생기면 어떡하려고!"

아이는 무탈하게 밤을 보냈고 이튿날에도 상태가 좋았다. 척추의 손상 여부는 시간이 좀 더 지나 봐야 확실히 알 일이지만, 로빈슨 씨는 우려할 만한 점을 찾아내지 못했다. 찰스 머스그로브는 더는 갇혀 있을 필요가 없다고 느끼기 시작했다. 아이는 침대에 머물면서 되도록 조용히 지내야 했다. 하지만 아버지가 할 일이 있을까? 이런 일은 전적으로 여자가 맡아서 할 일이었다. 집에서는 아무 도움도 될 수 없는 그를 나가지 못하게 한다면 그로서는 대단히 불합리한 처사라 느낄 터였다. 그의 아버지도 그가 웬트워스 대령을 꼭 만나보기를 바랐고, 이를 반대할 구실도 없으니 가는 것이 옳았다. 결국 이 싸움은 사냥에서 돌아온 그가 본가에서 저녁을 먹겠다며, 대담하고 공개적으로 선언함으로써 일단락되었다.

그는 이렇게 말했다. "내가 있다고 해서 아이가 더 좋아지는 것도 아니니까. 그래서 방금 전에 아버님께 가겠다고 말씀드렸지. 아버님도 내 말이 옳다고 생각하시고. 처형이 같이 있어줄 테니까 나도 마음이 놓이고. 당신은 아이를 두고 가고 싶지 않겠지만, 내가 있어 봤자 해줄 게 없다는 건 당신도 알지 않소. 무슨 일이 생기면 처형이 나를 부르겠지."

대개 남편과 아내는 반대가 통하지 않는 때를 아는 법이다. 메리는 찰스의 태도에서 그가 가기로 굳게 마음먹었고, 막아 봐야 소용없다는 것을 알았다. 그래서 그가 방을 나갈 때까지 아무 말도 않고 있다가 앤과 둘만 있게 되자 불만을 터뜨렸다.

"그래서! 언니랑 나만 저 가엾은 아이랑 있으란 말이지. 저녁 내내 아무도 우리 곁에 안 올 거고! 그럴 줄 알았어. 내 팔자가 늘 이 모양이지! 불쾌한 일이 생기면 남자들은 항상 어떻게든 빠져나간단 말이야. 찰스도 다른 남자들이랑 똑같아. 인정머리가 없어! 불쌍한 어린 아들을 두고 내빼다니 진짜 인정머리 없지 뭐야. 회복되어간다는 소리나 하고! 멀쩡하다가 30분 만에 갑자기 상태가 나빠질지 어떻게 알아? 찰스가 저렇게까지 냉정한 인간일 줄은 몰랐네. 그러니까 자기는 나가서 신나게 놀겠다 이거지. 나는 불쌍한 엄마니까 꼼짝 말고 있어야 하고. 하지만 나야말로 아이를 돌보기에는 적합지 않은 사람이라고. 내가 엄마이니까 내 감정을 잘 다독여주어야지. 난 이런 일을 감당할 수가 없다고. 언니도 내가 어제 얼마나 신경이 날카로웠는지 알지?"

"하지만 그건 네가 갑자기 놀라서 그랬던 것뿐이야. 충격 때문이라고. 다시 신경과민에 빠지지는 않을 거야. 우리를 힘들게 할 일은 이제 없을 테니까. 나는 로빈슨 씨의 지시를 완벽하게 이해했고, 그래서 전혀 걱정하지 않아. 메리, 난 제부의 말이 당연하다고 생각해. 간호는 남자 몫이 아니야. 남자의 영역도 아니고. 아픈 아이는 항상 엄마 차지이지. 대개 엄마가 걱정도 더 하게 되니까."

"나도 다른 엄마들처럼 내 아이를 사랑해. 하지만 병실에서 도움이 안 되는 건 나나 찰스나 마찬가지인데. 아픈 아이한테는 야단치고 잔소리할 수 없잖아. 오늘 아침만 해도 내가 조용히 하라고 이야기해도 계속 소란을 피웠다고. 난 그런 걸 견딜 만큼 신경이 튼튼하지 못해."

"하지만 저녁 내내 불쌍한 아이를 두고 밖에서 시간을 보내면 너라고 마음이 편할 수 있겠니?"

"아니. 아빠는 잘만 돌아다니는데 나라고 왜 못 해? 제마이머가 얼마나 아이를 잘 보는데! 게다가 매시간 아이 상태를 우리한테 알려줄 수도 있고 말이야. 찰스가 아버님께 우리 모두 갈 거라고 말씀드렸으면 좋았을 텐데. 그이가 아이에 대해 안심하듯 나도 안심하고 있다고. 어제는 정말 너무 놀랐지만 오늘은 상황이 전혀 다르잖아."

"음, 아직 알리기에 너무 늦지 않았다면, 너도 남편과 함께 간다고 해. 찰스는 내가 볼게. 내가 본다고 하면 두 어른도 괜찮다고 하실 거야."

"정말이야?" 메리가 눈을 반짝이며 외쳤다. "세상에! 그거 정말 좋은 생각이네. 난 집에 있어 봤자 도움이 안 되니까 가나 안 가나 마찬가지일 거야, 그렇지? 마음만 괴롭지 뭐. 언니는 어머니의 마음에 이입할 필요가 없으니까 이럴 때 제일 적합한 사람이야. 언니는 아이가 떼쓰더라도 완고하게 못하게 할 수 있잖아. 그 애도 항상 언니 말이라면 잘 듣고. 제마이머만 남겨두는 것보다 내 마음이 훨씬 놓여. 아! 나는 가야겠어. 찰스뿐만 아니라 나도 가보는 게 마땅한 도리이기도 하고. 시부모님도 내가 웬트워스 대령과 인사하기를 바라실 거야. 언니만 남겨두고 간다고 언니가 마음 상해할 사람도 아니고. 정말 잘 생각했어, 언니! 가서 찰스한테 말하고 바로 준비할게. 무슨 일이 생기면 즉시 사람을 보내줘. 하지만 갑자기 놀랄 일은 없을 거야. 소중한 우리 아이한테 조금이라도 불편한 기색이 보이면 난 당연히 안 갈 테니까."

그 말을 남기고 그는 곧장 남편의 옷방 문을 두드렸다. 앤이 동생의 뒤를 따라 위층으로 올라가자 때마침 그들의 대화가 들려왔다. 메리가 먼저 잔뜩 흥분한 어조로 말했다.

"나도 같이 갈래요, 찰스. 나도 이 집에서 소용없기는 당신이나 마찬가지이니까요. 아이랑 계속 갇혀 있어 봤자 아이를 얼러 싫어하는 일을 시킬 수도 없고요. 언니가 남아 있겠대요. 언니가 집에 남아서 아이를 봐줄 거예요. 언니가 먼저 그러라고 했어요. 그러니까 나도 같이 갈 거예요. 그 편이 훨씬 더 좋아요. 목요일 이후로 본가에서 저녁식사를 하지 못했다고요."

"처형은 정말 친절하군. 당신도 함께 간다면야 나도 좋지. 하지만 처형 혼자 집에 남아 우리 아이를 간호하게 하는 건 좀 매정한 것 같은데." 찰스의 대답이 들렸다.

이때 앤이 먼저 나서서 자기 입장을 설득했다. 처형의 진정성 있는 태도는 찰스를 설득하기에 충분했고 설득되는 편이 그에게도 유리했기 때문에, 그는 아이가 잠이 들면 자기들과 합류하자고 권하면서도 더는 앤을 혼자 두고 가는 데 양심의 가책을 느끼지 않았다. 그는 친절하게도 자기가 데리러 오겠다고 했지만, 앤은 그의 설득에 넘어가지 않았다. 앤은 곧 다행스럽게도 그들이 즐거운 마음으로 함께 집을 나서는 모습을 볼 수 있었다. 다소 이상하게 짜맞추어진 듯한 행복이지만 그들이 가서 즐거운 시간을 보내기를 바랐다. 앤은 홀로 남아 전에 느껴본 적 없는 복잡한 위안을 느꼈다. 자신이 아이에게 가장 도움이 된다는 것을 알고 있었다. 프레더릭 웬트워스가 고작 1킬로미터 떨어진 곳에서 다른 이들의 호감을 사고 있다 해도 자신과 무슨 상관이겠는가!

앤은 재회에 대해 그가 어떻게 느낄지 궁금했다. 무관심할지도 모른다. 그런 상황에서 그럴 수 있다면 말이다. 그는 틀림없이 무관심하거나 마지못해 임하거나 둘 중 하나일 것이다. 그가 행여나 앤을 다시 만나고 싶었다면 지금까지 기다릴 필요도 없었을 것이다. 유일하게 부족한 조건이었던 경제력을 얻게 되었을 때, 앤이라면 이미 오래전에 응당 했으리라 믿을 수밖에 없는 일을 했을 것이다.

동생과 제부는 새로 이웃을 사귄 데다 모임 전체가 즐거웠는지 기분 좋게 돌아왔다. 더할 나위 없이 즐거운 음악, 노래, 대화, 웃음이 있었다. 웬트워스 대령은 매력적인 태도를 보였다. 전혀 수줍어하거나 뒤로 빼는 면이 없었다. 그들 모두가 서로 전부터 잘 아는 사이 같았다. 대령은 바로 다음 날 찰스와 함께 사냥을 나가기로 했다. 아침식사도 함께하기로 했는데, 처음 제안한 대로 코티지에서가 아니라 본가에서 하기로 했다. 그는 아픈 아이를 돌보는 찰스 머스그로브 부인에게 방해가 될까 염려하는 것 같았다. 그래서 이야기 끝에 찰스가 아버지 집으로 가서 그와 아침식사를 하는 것으로 정리됐다.

앤은 상황을 파악했다. 대령은 그를 피하려 하는 것이다. 그는 예전에 조금 알던 사람에게 할 법한 안부 정도만 전했다. 그들이 만나게 되더라도 서로 소개를 해야 하는 상황을 피하기 위해 안면 있는 관계라는 것을 밝혀두는 정도인 듯했다.

코티지의 오전은 항상 본가보다 늦었다. 그날 아침에는 그 차이가 너무 커서, 메리와 앤이 아침식사를 시작했을 때 찰스가 들어와 그들이 방금 출발했다고 알렸다. 그는 자기 개들을 데리러 왔으며, 여동생들이 웬트워스 대령과 함께 이리로 오는 중이라고 말했다. 여동생들은 메리와 아이를 보러 오는 것이고, 웬트워스 대령도 폐가 되지 않는다면 잠시 들르겠다고 했다. 찰스는 아이의 상태가 방문이 폐가 될 정도는 아니라고 대답했지만, 웬트워스 대령은 계속해서 그에게 꼭 미리 메리에게 기별해달라는 뜻을 꺾지 않았다.

메리는 이러한 배려에 매우 고마워하면서 그의 방문을 기쁘게 받아들이겠다고 말했다. 앤의 머릿속에 셀 수 없이 많은 감정들이 밀어닥쳤다. 그나마 곧 끝나리라는 사실이 가장 큰 위안이었다. 그리고 정말 금방 끝났다. 찰스가 준비를 마치자마자 일행들이 나타났다. 그들은 응접실에 있었다. 앤의 눈이 웬트워스 대령과 얼핏 마주쳤다. 가벼운 목례로 형식적인 인사를 나눴다. 그의 목소리가 들렸다. 그는 메리에게 말을 걸었다. 잘 지낸다고 말하고, 머스그로브 자매에게 뭔가 친근한 관계인 듯한 어조로 얘기했다. 응접실은 사람들과 목소리로 꽉 찬 듯했지만 몇 분 만에 끝나버렸다. 찰스가 창가에 모습을 드러내고 모두 준비되었다고 하자 손님은 인사를 하고 자리를 떴다. 머스그로브 자매도 갑자기 마을 끝까지 사냥꾼들을 배웅하겠다며 방을 나갔다. 방이 텅 비고, 앤은 아침식사를 끝낼 수 있게 되었다.

"끝났어! 끝났다고!" 앤은 되풀이해 혼잣말했다. "최악은 지나갔어!"

메리가 뭐라고 말을 했지만 그의 귀에는 들리지 않았다. 그를 보았다. 그들이 만났다. 다시 한 번 같은 공간에 있었다!

그러나 곧 앤은 이성을 되찾고 감정을 다스리려 애썼다. 모든 것이 끝나버린 후로 8년, 거의 8년이 지났다. 이렇게 시간이 흘러 희미한 먼 기억으로 사라진 감정의 격동이 되살아나다니 얼마나 이상한가! 8년이란 세월이 할 수 없는 일이 무엇이란 말인가! 수많은 설명, 변화, 소원함, 사라짐, 그 모든 일이 일어날 수 있는 시간이었다. 과거를 잊는 것이 얼마나 자연스럽고 당연한 일인가! 그가 살아온 삶의 3분의 1에 달하는 시간이라도 말이다.

어쩌면 좋은가! 앤은 곰곰이 따져본 끝에 감정을 잘 간직하는 사람에게는 8년의 세월이 별 의미가 없을 수도 있다는 것을 깨달았다.

이제 그의 감정을 어떻게 읽어내면 좋을까? 자신을 피하고 싶어 하는 것일까? 그러자 곧 그런 질문을 던진 어리석은 자신이 미워졌다.

있는 힘껏 지혜를 다해도 막지 못했을 또 다른 한 가지 질문에 대해서는 의심의 여지가 전혀 없었다. 머스그로브 자매가 돌아와서 코티지 방문을 마무리하고 간 뒤, 메리에게서 우연히 답을 얻었던 것이다.

"웬트워스 대령은 언니한테는 그리 친절하지 않네. 나한테는 그렇게 정중히 굴면서. 헨리에타가 밖에 나가 있을 때 대령한테 언니를 어떻게 생각하는지 물어봤더니 '너무 변해서 알아보지 못할 뻔했다'지 뭐야."

메리는 평소에도 언니의 감정을 존중할 만큼의 배려심은 없었지만, 이번만큼은 특히 깊은 상처를 남겼음이 확실했다.

"알아보지 못할 만큼 변했다고!" 앤은 조용한, 깊은 굴욕감을 느꼈다. 과연 그랬다. 그는 갚아줄 수단이 없었다. 그는 변하지 않았다. 적어도 나쁜 쪽으로는 아니었다. 앤은 이를 이미 스스로 인정했고, 달리 생각할 수는 없었다. 그가 앤을 어떻게 생각하든 상관없었다. 자신의 활짝 꽃피었던 젊음을 망가뜨린 세월이 그에게는 더 빛나고, 남자답고, 관대하게 보이도록 만들어주었을 뿐, 어느 모로나 개인적인 장점은 전혀 줄어들지 않았다. 앤은 예전과 다르지 않은 프레더릭 웬트워스를 보았다.

'너무 변해서 알아보지 못할 뻔했다!' 이 말이 앤의 머릿속을 떠나지 않았다. 그러나 곧 그 말을 전해 듣게 되어서 다행이라는 생각이 들었다. 그 말을 들은 후로 정신이 번쩍 들고 요동치던 감정이 사그라들었다. 마음의 평정을 되찾았으니, 이제 앤도 더 행복해질 것이 틀림없었다.

프레더릭 웬트워스는 그런 말, 아니 그 비슷한 말을 하기는 했지만 그 말이 돌고 돌아 앤의 귀에까지 들어가리라고는 생각지 못했다. 그는 앤의 모습이 보기 딱하게 변했다고 생각했고, 질문을 받자마자 느낀 대로 말해버린 것이다. 그는 앤 엘리엇을 아직도 용서하지 못했다. 앤은 그에게 잘못을 저질렀다. 그를 버렸고 실망시켰다. 그 과정에서 앤은 나약한 면을 보여주었고, 그의 단호하고 자존심 센 기질로는 이를 견뎌낼 수 없었다. 앤은 다른 사람들의 뜻에 따라 그를 포기했다. 설득에 쉽게 넘어간 탓이었다. 나약함과 비겁함의 결과였다.

그는 앤에게 더없이 깊은 애정을 품었고, 그 후로도 그에 버금갈 만한 여자를 만나보지 못했다. 그러나 자연스러운 호기심 말고는 앤을 다시 만나보고 싶은 마음이 전혀 없었다. 그를 사로잡았던 앤의 힘은 영영 사라져버렸다.

　　이제 그의 목표는 결혼이었다. 그는 부유했고, 육지로 돌아와 마음이 끌리는 사람을 만나는 대로 곧 정착하겠다는 의지로 충만했다. 주위를 둘러보고, 명석한 머리와 섬세한 취향이 허락하는 한 최대한 빨리 사랑에 빠질 준비가 되어 있었다. 머스그로브 자매 중 누구든 자기 마음을 사로잡을 수 있다면 상대해줄 마음이 있었다. 그의 앞에 나타나는 어떤 매력적인 젊은 여자든 다 받아들일 준비가 되어 있었다. 단, 앤 엘리엇만 빼고. 이것은 그 자신만 아는 유일한 예외 사항이었다. 그래서 그는 누나의 질문에 이렇게 답했다.

　　"그래요, 나는 어리석은 결혼이라도 얼마든지 할 거예요. 열다섯 살부터 서른 살까지 어느 누구라도 나를 원하기만 하면 가질 수 있어요. 조금의 미모와 조금의 미소, 해군 장교에 대해 몇 마디 칭찬만 해준다면 나는 푹 빠져버릴 거예요. 자기를 멋지게 만들어줄 여자와 교제해본 적 없는 선원에게 그 정도면 충분하지 않나요?"

　　누나는 그가 마음에도 없는 소리를 한다는 것을 알고 있었다. 그의 밝고 자부심 넘치는 눈은 자신감에 찬 행복한 확신을 전하고 있었다. 그가 더 진지하게 만나고 싶은 여자를 설명할 때, 앤 엘리엇이 안중에도 없었다고는 할 수 없었다.

그가 원하는 상대는 '강단이 있으면서 다정한 여자'였다.

"그런 여자를 원해요. 물론 좀 부족한 점이 있다면 참아 줘야겠지만, 지나치면 안 돼요. 내가 바보일지도 모르지요. 여느 남자들보다 더 많이 그 문제를 생각해왔으니까요."

8

이때부터 웬트워스 대령과 앤 엘리엇은 수차례 마주쳤다. 그
들은 곧 머스그로브 씨의 집에서 함께 저녁식사를 하게 되었
다. 더 이상 다친 아이를 구실로 모임에서 빠질 수 없었던 것
이다. 그리고 이것은 다른 만찬과 모임의 시작일 뿐이었다.

　이전의 감정이 되살아날지는 시험해봐야 할 문제였다.
틀림없이 각자 과거의 시간들을 떠올렸을 것이다. 그 시간으
로 되돌아가지 않을 수 없었다. 그는 대화를 나누는 동안 사
소한 이야기나 설명에서 그들의 약혼 기간을 입에 올리지 않
을 수 없었다. 직업과 성향 탓에 그는 말하기를 주저하지 않
았다. '1806년의 일이었지요' '제가 1806년 바다로 나가기 전
의 일이었습니다' 이런 말들은 그들이 함께하게 된 첫 만찬에
서 오갔다. 그의 목소리는 평온하기 그지없었지만, 말하면서
그의 눈길이 자신을 향했다고 짐작할 이유는 전혀 없었지만,

앤은 그 역시 자신만큼이나 과거의 기억을 떠올리고 있다고 느꼈다. 똑같은 고통을 느낄 거라 상상할 수는 없었지만, 같은 생각을 떠올리고 있음이 분명했다.

그들이 함께 대화를 하거나 교류하는 일은 별로 없었지만 최대한의 예의를 차렸다. 한때는 서로에게 그토록 큰 의미였는데, 이제는 아무것도 아니라니! 지금 어퍼크로스의 거실을 가득 채우고 있는 사람만큼 많은 사람이 모인 곳에서도 끊임없이 서로의 대화에만 몰두했던 때가 있었다. 유독 사이좋고 행복해 보이는 제독과 크로프트 부인을 제외하고는(앤은 결혼한 부부들 중에서조차 다른 예외를 찾을 수가 없었다), 앤과 웬트워스 대령 두 사람만큼 친밀한 연인은 없었다. 그들은 서로 마음이 통했으며, 취미가 비슷하고 언제나 한결같은 마음으로 서로를 아꼈다. 그런데 이제 그들은 서로를 남남처럼 대했다. 아니, 다시 가까운 사이가 될 수도 없으니 남보다 더 못했다. 언제까지나 소원한 관계였다.

그가 말을 할 때 앤은 같은 목소리를 들었고 같은 마음을 알아보았다. 모인 사람들은 해군에 관해 대체로 잘 몰랐다. 그에게 질문 공세가 쏟아졌고, 특히 머스그로브 자매가 열을 올렸다. 자매는 선상에서의 생활방식이라던가 일과, 음식, 근무시간 등에 많은 질문을 쏟아내며 그에게서 눈을 떼지 못하는 듯했다. 그들은 그가 이야기한 배 안에서 실제 가능한 편의와 설비 등을 전해 듣고 놀라워했고, 그는 장난스레 이를 놀리기도 했다. 앤은 그 모습에서 자신의 옛 시절을 떠올렸다. 그는 그때도 선상의 해군이 나이프와 포크 없이 식사하고, 먹을 것도 없이 지내는 줄 아냐며 앤을 놀리곤 했다.

대화를 들으며 생각에 잠겨 있던 앤은 옆에서 머스그로브 부인이 속삭이는 소리에 정신이 번쩍 들었다. 부인은 안타까운 목소리로 이런 말을 꺼냈다.

"아! 앤 양, 하늘이 불쌍한 우리 아들을 살려주셨다면 지금쯤은 꼭 저런 모습이었을 텐데요."

앤은 미소를 억누르고 머스그로브 부인의 이야기를 다정하게 들어주었다. 그러느라 잠시 다른 사람들의 대화를 놓치기도 했다. 다시 이어지는 대화로 주의를 돌려보니, 머스그로브 자매가 해군 요람을 가져와서(어퍼크로스에 처음으로 들여온 그 집안의 해군 요람이었다) 웬트워스 대령이 지휘하는 배를 찾아내겠다며 열심히 들여다보고 있었다.

"처음 타신 배가 애스프호라고 하셨지요. 애스프호를 찾아볼게요."

"거기에서는 못 찾을 겁니다. 너무 낡고 망가졌어요. 제가 마지막으로 그 배를 지휘했답니다. 그 당시에도 군 복무에는 적절하지 않은 배였어요. 일이 년 정도 국내 복무에는 적합하다고 했습니다. 저는 서인도제도로 전속됐고요."

숙녀들은 경탄에 찬 표정이었다.

"해군성은 가끔 수백 명의 해군을, 전함으로는 쓸 수 없는 배에 태워 바다로 내보내기를 즐긴답니다. 보낼 사람은 많으니까요. 그러거나 말거나 바다에 나가려는 수많은 사람들 중에, 없어도 아쉽지 않을 사람을 가려내기란 불가능하지요."

제독이 외쳤다. "저런, 저런! 요즘 젊은이들은 별소리를 다 한다니까! 한때 애스프호만큼 잘나가는 범선도 없었어. 옛날에 건조한 범선 중에 그 배만 한 것이 없다네. 그 배를 지휘한 사람은 운이 좋았지! 그 자리에 자네보다 자격 있는 사람이 스무 명은 더 있었을 거야. 그런 사람들보다 뒷배가 있는 것도 아니면서 그렇게 빨리 뭐든 자리를 얻었으면 운이 좋은 거지."

"저도 제가 운이 좋다고 생각합니다, 제독님. 진심입니다." 웬트워스 대령이 진지한 어조로 대답했다. "제독님이 바라시는 이상으로 임명되었을 때 만족했습니다. 그 당시 제가 바다에 타고 나가기에는 훌륭한 배였습니다. 정말 훌륭한 배였지요. 저는 뭔가 하고 싶었습니다."

"당연히 그랬겠지. 자네 같은 젊은이가 뭍에서 반년 동안 할 일이 뭐가 있었겠나? 가정이 없는 남자는 금방 다시 바다로 나가고 싶어지게 마련이지."

루이자가 외쳤다. "하지만, 웬트워스 대령님, 애스프호에 가서 대령님이 받으신 배가 얼마나 낡았는지 알게 되었을 때는 정말 속상하셨겠어요."

　　그가 미소를 지으며 말했다. "그전에도 어떤 상태인지는 아주 잘 알고 있었답니다. 기억할 수도 없을 만큼 오래전부터, 아는 지인이란 지인은 돌려가며 다 빌려 입은 외투가 있다고 생각해보세요. 어느 비 오는 날 당신이 그 외투를 빌려 입을 차례가 되었다면, 이미 그 외투의 장점과 모양에 대해 훤히 알고 있어 새로울 것은 없겠지요. 아! 저에게는 그리운 애스프호가 그랬어요. 제가 원하는 대로 다 해주었지요. 그럴 줄 알았습니다. 함께 바닷속으로 가라앉던가 아니면 성공으로 이끌어주거나 둘 중 하나일 거라고 생각했어요. 애스프호를 타고 나가서 날씨가 궂었던 적은 단 이틀도 되지 않았어요. 사나포선을 만족할 만큼 포획하고, 이듬해 가을 귀국길에 올랐을 때는 운 좋게도 제가 바라던 프랑스 호위함과 딱 마주쳤답니다. 그 배를 플리머스로 끌고 갔을 때 또 한 번 행운을 만났지요. 만에 들어온 지 채 여섯 시간도 안 되어 돌풍이 불어닥쳤는데 나흘간 밤낮으로 계속되었답니다. 불쌍하고 낡은 애스프호가 그 태풍을 바다 위에서 맞았다면 이틀도 버티지 못했을 겁니다. 대영제국에 닿았어도 우리 상황이 그다지 나아지지는 않았으니까요. 그랬다면 저는 스물네 시간이 지난 후 신문 한 귀퉁이에 조그맣게, 고작 범선에서 최후를 맞은 용맹한 웬트워스 대령으로 이름을 올렸겠지요. 누구 하나 신경 쓰는 사람도 없었을 테고요."

앤은 남몰래 혼자 몸서리를 쳤다. 그러나 머스그로브 자매는 진지한 만큼 솔직하기도 해서, 거침없이 동정과 공포의 감탄사를 쏟아냈다.

머스그로브 부인이 머릿속의 생각을 소리 내어 말하듯 나지막한 목소리로 말했다. "그러면 그 무렵에 라코니아호로 떠나셨겠네. 거기에서 우리 불쌍한 아들을 만나게 되었고. 찰스, 우리 아들." 부인은 아들을 자기 쪽으로 손짓해 부르면서 말을 이었다. "웬트워스 대령에게 네 불쌍한 동생을 어디에서 처음 만났는지 좀 물어봐주렴. 난 늘 잊어버린다니까."

"지브롤터에서였어요, 엄마. 딕은 전임 상관이 써준 추천서를 가지고 웬트워스 대령에게 전속된 거예요."

"오! 하지만, 찰스, 웬트워스 대령에게 말해주렴. 내 앞에서 불쌍한 딕 얘기를 삼가려고 애쓰지 않아도 된다고 말이야. 이렇게 좋은 친구분한테서 그 애 이야기를 듣는다면 오히려 기쁠 거야."

그 상황이 대충 어떠했을지 어머니보다 더 잘 짐작하고 있던 찰스는 대답 대신 고개만 끄덕이고 자리를 떴다.

자매는 이제 라코니아호를 열심히 찾기 시작했다. 웬트

워스 대령은 그들의 수고를 덜어주고자 직접 편람을 손에 들고 배의 이름과 등급, 현재 복무에서 제외된 등급에 대한 짧은 설명을 한 번 더 큰소리로 읽어주고서 라코니아호는 선원이 만나본 중에서 최고의 친구였다고 말했다.

"아! 라코니아호에 있을 때는 즐거웠답니다! 그 배를 타고 얼마나 빨리 돈을 벌었는지 모릅니다. 제 친구와 함께 헤브리디스제도를 유유자적 돌곤 했답니다. 불쌍한 하빌. 누나, 하빌이 얼마나 돈을 벌고 싶어 했는지 누나도 아시지요. 나보다 더했어요. 아내가 있었으니까. 대단한 녀석이었어요! 그가 얼마나 행복해했는지 아직도 잊을 수가 없어요. 아내 덕분에 그런 행복을 누렸던 것이지요. 이듬해 여름 지중해에서 다시 한번 행운을 잡았을 때 그가 곁에 없어서 아쉬웠어요."

"맞아요, 대령님이 그 배의 함장이 되었을 때는 우리에게도 운 좋은 날이었어요. 대령님 은혜는 결코 잊지 못할 거예요." 머스그로브 부인이 말했다.

감정에 북받쳐 부인의 목소리가 낮아졌다. 웬트워스 대령은 부인의 말을 일부만 듣고 딕 머스그로브 쪽으로는 미처 생각이 미치지 못했는지 다소 어리둥절한 표정으로 뭔가 더 나올 말을 기다리는 듯했다.

자매 중 한 명이 속삭였다. "우리 오빠 얘기예요. 엄마는 불쌍한 리처드 생각을 하고 계세요."

머스그로브 부인이 말을 이었다. "불쌍한 것! 대령님의 보호 아래 있을 동안에는 편지도 곧잘 보냈지요. 아! 계속 대령님 밑에 있었더라면 얼마나 다행이었겠어요. 웬트워스 대령님, 그 애가 대령님 곁을 떠난 것이 못내 아쉽네요."

이 말에 웬트워스 대령의 표정이 일순 바뀌었다. 언뜻 스쳐간 그의 반짝이는 눈빛, 잘생긴 입꼬리가 올라가는 것으로, 앤은 그가 아들에 대한 머스그로브 부인의 따뜻한 소망에 공감하기보다는 아마도 그를 떼어내느라 고생했으리라 짐작했다. 그러나 이런 것은 너무 순식간에 스쳐 지나가는 감정이기에, 앤만큼 그를 잘 아는 사람이 아니고서는 발견할 수 없었다. 다음 순간, 그는 완벽하게 침착한 모습으로 돌아갔다. 앤과 머스그로브 부인이 앉아 있는 소파 쪽으로 와서는 부인과 아들에 대해 부모의 감정에서 나올 법한 진실하고 당연한 감정과 더없이 친절한 배려를 보여주면서, 그만큼의 동정심과 자연스러운 품위 또한 잃지 않고 그 아들에 대하여 나지막한 목소리로 대화를 나누었다.

그들은 사실상 같은 소파에 앉아 있었다. 머스그로브 부인이 그에게 기쁘게 앉을 자리를 내주었던 것이다. 그들은 머스그로브 부인을 사이에 두고 앉아 있었다. 무의미한 장벽은 아니었다. 머스그로브 부인은 다정함과 감상적인 생각보다는 활기와 즐거운 기분을 드러내기에 훨씬 더 어울리는 넉

넉하고 푸근한 몸매의 소유자였다. 앤의 가느다란 몸매와 수심 어린 얼굴에 떠오른 동요가 아주 완벽하게 가려졌다고 보아도 좋았지만, 살아서는 아무에게도 관심받지 못했던 아들의 운명에 한숨짓는 큰 몸집의 부인을 배려해주는 웬트워스 대령의 자제심도 칭찬받을 만했다.

체구와 마음의 슬픔 사이에 당연히 어떤 관계가 있지는 않다. 덩치 큰 사람도 세상에서 가장 가녀린 팔다리를 가진 사람만큼이나 깊은 고통을 느낄 권리가 있다. 그러나 공정하건 그렇지 않건, 이성으로 가르치려 해도 소용이 없고, 취향이 도저히 참아주지 못하며, 조롱받기 쉬운, 어울리지 않는 조합이 있는 법이다.

제독은 기분전환 삼아 뒷짐을 지고 방을 두세 바퀴 돌고 나서 아내의 부름에 웬트워스 대령 곁으로 와서, 자기 생각에만 빠져 분위기 파악도 하지 못하고 이렇게 말했다.

"프레더릭, 자네가 지난봄에 리스본을 일주일 뒤에 갔더라면, 레이디 메리 그리어슨과 따님을 태우고 오라는 요청을 받았을 걸세."

"제가요? 그렇다면 일주일 뒤에 가지 않아서 다행이군요."

제독은 그에게 신사답지 못하다고 나무랐다. 그는 몇 시간 정도 무도회에 참석하거나 잠깐 방문하는 정도가 아니라면 자기 배에 절대 귀부인들을 태우지 않는다고 공언하며 이렇게 말했다.

"하지만, 분명히 말씀드리건대 이건 그분들을 존중하는 태도가 부족해서가 아닙니다. 그보다 아무리 애를 쓰고 노력한다 해도 배 위에서는 여성분들이 지내시기에 충분할 만큼 편의를 제공하기가 도저히 불가능하다고 생각해서입니다. 제독님, 개인적인 편의를 최고 수준으로 원하는 여성의 요구를 중시하는 제게 존중하는 태도가 없을 리가 있습니까. 그것이야말로 저의 본분입니다. 저는 배에서 여성분들의 목소리를 듣거나, 모습을 보는 것을 좋아하지 않습니다. 제 휘하에 있는 배라면 귀부인들 일행은 어디로든 절대 태워다드리지 않을 겁니다. 제가 피할 수만 있다면요."

그 말에 그의 누이가 발끈했다.

"오 프레더릭! 네가 그런 말을 하다니 믿을 수가 없구나. 번드르르하지만 말도 안 되는 소리야! 여자들도 영국에서 제일 좋은 집 못지않게 배 위에서도 편안히 지낼 수 있어. 난 그 어떤 여자들보다도 배 위에서도 오래 지내보았는데, 해군의 시설만큼 좋은 것은 본 적이 없어. 켈린치 홀에서조차 (앤에게 다정하게 인사를 건네고) 내가 지냈던 대부분의 배에서처럼 편안하고 안락하게 지냈다고 할 수 없다고. 전부 다섯 척이나 되었는데 말이지."

"그건 얘기가 다르지요. 누나는 매형과 함께 지냈잖아요. 여자들만 배에 탄 경우는 아니죠." 남동생이 대꾸했다.

"하지만 그러는 너도 하빌 부인이랑 여동생, 사촌, 세 아이들을 플리머스까지 데려간 적이 있잖니. 그때는 너의 그 최고로 훌륭하고 특출나게 잘난 신사다운 태도가 어디로 갔던 거지?"

"그건 우정에서 한 행동이었어요, 누나. 형제 같은 장교의 부인이니 최대한 도와야 했다고요. 하빌과 관계된 것이라면, 그가 원한다면 세상 끝까지라도 갖다줄 수 있어요. 하지만 아무 거리낌도 없이 했다고는 생각하지 말아주세요."

"그분들이 전혀 불편을 느끼지 않았다는 건 내가 확실히 보장하마."

"그렇다고 제가 그분들을 더 좋아하게 되지는 않을걸요. 그렇게 많은 여성과 아이들이 배 위에서 편의를 요구할 권리는 없어요."

"프레더릭, 말 같지 않은 소리 치우렴. 다들 너같이 생각한다면 남편을 따라 여기저기 항구를 옮겨 다녀야 하는 딱한 해군 아내들은 어떻게 되겠니?"

"제 생각이 그렇다고 해도 어쨌든 하빌 부인과 가족을 플리머스로 모셔다드렸잖아요."

"하지만 네가 훌륭한 신사랍시고 그런 말하는 건 듣고

싶지 않구나. 마치 여자들은 모두 이성적인 존재가 아니라 고상한 귀부인들이라는 식으로 말이야. 우리 중에서 항해 내내 바다가 잔잔할 거라 기대하는 사람은 아무도 없어."

"아! 처남도 아내를 얻으면 말이 달라질 거요. 처남이 결혼을 하고, 운 좋게 우리가 다음 전쟁까지 살아있게 된다면, 처남도 당신과 나, 다른 많은 이들이 했던 대로 하는 것을 보게 될 테니까. 누구든 자기 아내를 데려다주는 사람에게 크게 감사하게 될 테지." 제독이 말했다.

"아, 그럴 거예요."

웬트워스 대령이 외쳤다. "이제 됐습니다. 일단 결혼한 사람들이 '오! 결혼하면 생각이 완전히 달라질 거야!'라며 공격하기 시작하면, 저는 그냥 이렇게 말해주지요. '아니, 절대 그럴 일은 없어.' 그럼 그들은 또 이렇게 말합니다. '아니, 그렇게 될 거야.' 그러면 그걸로 대화는 끝입니다."

그는 일어서서 다른 쪽으로 가버렸다.

"정말 여러 곳을 여행하셨군요, 부인!" 머스그로브 부인이 크로프트 부인에게 말을 건넸다.

"그렇답니다, 부인. 결혼생활 15년 동안에요. 저보다도 더 많은 여행을 한 분들도 많지만요. 대서양을 네 번 건넜고, 동인도에도 한 번 갔다왔어요. 영국 주변의 코크, 리스본, 지브롤터를 가본 것을 제외하면 딱 한 번이었어요. 하지만 지브롤터 해협 너머서까지 가본 적은 한 번도 없어요. 서인도에도 가본 적 없고요. 버뮤다나 바하마를 서인도제도라고 부르지는 않으니까요."

머스그로브 부인은 그의 말에 일절 토를 달지 않았다. 평생 그곳들을 어떤 이름으로도 불러본 적이 없었기 때문이다.

크로프트 부인이 말을 이었다. "그리고 분명히 말씀드리는데요, 부인, 해군의 편의시설을 따라갈 것은 없답니다. 높은 등급의 군함들에 한해서이지만요. 물론 호위함에 가보시면 좀 더 답답하기는 해요. 그래도 정신이 제대로 박힌 여자라면 누구든 거기서 완전히 만족할 수 있을 정도랍니다. 사실 저는 배에서 보낸 때가 살면서 가장 행복한 시간이었어요. 함께 있는 동안에는 아무것도 두렵지 않았거든요. 감사할 일이지요! 저는 운 좋게도 항상 건강했고, 날씨로 고생하지도 않았어요. 바다로 나가서 첫 스물네 시간은 항상 좀 힘들지만, 그때만 잘 넘기면 뱃멀미도 전혀 없어요. 심신의 고통을 느꼈던 적은 지금껏 딱 한 번 있었어요. 제가 몸이 좋지 않다거나 위험을 느꼈던 때는 딜에서 혼자 겨울을 보낼 때가 유일했지요. 제독(그때는 크로프트 대령이었죠)은 북해에 있었어요. 그때는 내내 두려움에 사로잡혀 살았고 저한테 무슨 일이 생길지, 혹은 다음번에는 언제 그이 소식을 듣게 될지 몰라 온갖 불안에 시달렸어요. 하지만 남편과 함께 있을 때는 다 괜찮았어요. 손톱만큼도 불편을 느끼지 못했답니다."

"아, 정말 그럴 거예요. 맞아요, 그럼요, 나도 같은 생각이에요, 크로프트 부인." 머스그로브 부인이 다정하게 대답했다. "떨어져 있는 게 제일 힘들지요. 당신 말이 백번 맞아요. 나도 그게 어떤 건지 잘 알아요. 우리 바깥양반도 늘 순회재판을 다니니까요. 재판이 끝나서 무사히 돌아오면 정말 기쁘답니다."

저녁의 마무리는 춤이었다. 춤을 추자는 제안이 나오자마자 앤은 평소처럼 연주를 맡았다. 악기 앞에 앉아 있자니 눈가에 눈물이 고이기도 했지만, 할 일이 있는 것이 너무나 기뻤고 남의 눈에 띄지 않는 것 외에는 아무런 보상도 바라지 않았다.

유쾌하고 신나는 파티였다. 그중에서도 웬트워스 대령이 제일 기분이 좋아 보였다. 앤은 그럴 만도 하다고 느꼈다. 모두의 관심과 경의가 그에게 쏟아졌고, 특히 모든 아가씨들의 관심을 한 몸에 받았다. 앞서 언급한 사촌 아가씨들인 헤이터 자매는 그와 사랑에 빠지는 영광을 얻을 수 있었다. 헨리에타와 루이자로 말하자면, 둘 다 그에게 완전히 푹 빠져서 언제나처럼 서로 사이좋은 모습이 아니었다면, 완전히 경쟁자로 보였을 것이다. 이렇게 모두에게 열렬히 찬양을 받고 있으니 그가 좀 우쭐해진다 한들, 누가 이상하다 여기겠는가?

30분 내내 똑같이 실수 없이, 의식하지도 않고 기계적으로 손가락을 놀리면서 앤의 머릿속은 이런 생각으로 가득했다. 한번은 그가 자신을 보고 있음을 느끼기도 했다. 아마도 그의 변해버린 이목구비를 살펴보면서, 거기에서 한때 자신을 매혹했던 얼굴의 흔적을 찾아내려 했을 것이다. 그리고 한번은 그가 앤의 이야기를 하고 있다는 것을 알게 되었다. 처음에는 거의 의식하지 못하다가 상대의 대답을 듣고서야 알았다. 그가 파트너에게 엘리엇 양은 춤을 추지 않느냐고 물어봤던 것이다. 그에 대한 대답은 이러했다. "오! 네, 절대 안 춰요. 엘리엇 양은 절대 춤을 추지 않아요. 대신 연주를 하지요. 연주는 싫증 내는 법이 없어요." 한번은 그가 앤에게도 말을 걸었다. 춤이 끝나자마자 앤이 연주하던 자리를 비웠는데, 그가 그 자리로 와서 머스그로브 자매에게 어떤 곡인지 알려주려 하고 있었다. 잠시 뒤, 앤은 별 뜻 없이 피아노가 있는 자리로 돌아왔다. 웬트워스는 그를 보자 바로 일어나 한껏 예의를 차려 이렇게 말했다.

　　"죄송합니다. 당신 자리죠." 앤은 바로 단호하게 부인하며 뒤로 물러섰지만, 그는 한사코 다시 앉기를 마다했다.

　　앤은 이런 표정과 말투를 더는 바라지 않았다. 그의 차가운 공손함, 과하게 격식 차린 우아함이야말로 최악이었다.

9

제독과 누나가 형제의 정을 듬뿍 나눠주고 있었기에 웬트워스 대령은 원하는 만큼 켈린치에서 제집처럼 머물 수 있었다. 처음 도착했을 때는 곧 슈롭셔로 가서 그 지역에 정착한 형제를 방문할 계획이었지만, 어퍼크로스의 매력에 끌려 계획을 늦추었다. 어퍼크로스에서는 모두가 친절히 대해주고 추켜세우며 온갖 환대를 베풀어주었다. 어르신들은 호의적이고 젊은이들은 상냥해서, 거기에서 더 지내기로 했다. 에드워드 형의 아내가 매력적이고 완벽하다는 사실을 확인하는 건 조금 더 뒤로 미루기로 했다.

곧 그는 거의 매일을 어퍼크로스에서 보내게 되었다. 머스그로브가 사람들은 그를 초대하지 못해 안달이었고, 특히 그가 집에 혼자 있는 아침이면 더욱 그랬다. 제독과 크로프트 부인은 새로운 소유물이 된 잔디와 양에 푹 빠져서, 제삼자로서는 참기 힘들 정도로 오래 주변을 서성거리거나, 이륜마차를 타고 늦게까지 돌아다니느라 거의 집을 비웠던 것이다.

그때까지 머스그로브가와 집안 식구들의 웬트워스 대령에 대한 의견은 하나로 모아졌다. 어디에나 변함없이 따뜻한 존경이 흘러넘쳤다. 그러나 친밀한 관계가 자리 잡을 즈음, 찰스 헤이터가 돌아왔다. 그는 이런 분위기를 언짢아하며 웬트워스 대령을 방해물로 여기게 되었다.

찰스 헤이터는 사촌 중에서 제일 맏이로, 대단히 쾌활하고 유쾌한 젊은이였다. 웬트워스 대령이 나타나기 전에는 그와 헨리에타 사이에 꽤 좋은 감정이 있는 듯했다. 그는 성직에 있었는데, 인근 지역 부목사여서 그곳에 살지는 않고 어퍼크로스에서 3킬로미터 떨어진 아버지의 집에 머물고 있었다. 이 중대한 시기에 잠시 집을 비우느라 마음에 둔 상대를 자신의 눈이 닿지 않는 곳에 남겨두었던 것이다. 돌아와 보니 분위기가 영 딴판으로 바뀌어 있고, 웬트워스 대령이 등장했다는 것을 알게 되었다.

머스그로브 부인과 헤이터 부인은 자매지간이었다. 각자 물려받은 돈은 있었지만 결과를 놓고 보면 결혼으로 인해 사회적인 지위는 제법 벌어졌다. 헤이터 씨는 자기 재산이 좀 있었지만 머스그로브 씨에 비하면 변변찮은 수준이었다. 머스그로브가가 그 지역 최상류층인 반면, 손아래인 헤이터가는 그보다 낮았다. 부모는 교양이 부족하고 세련되지 못한 데다 교육도 많이 받지 못한 탓에 어퍼크로스와의 연을 제외하면 어느 계층에도 낄 주제가 못 되었다. 물론 이 맏아들은 학자이자 신사가 되기로 했고, 교양이나 태도 면에서 다른 가족들보다 월등히 뛰어났기 때문에 예외였다.

두 집안은 거드름을 피우거나 질투하는 쪽이 없었기에 늘 관계가 좋았다. 머스그로브 자매는 우월함을 가지고 사촌들을 기쁘게 도왔다. 머스그로브 부부는 찰스가 헨리에타에게 관심을 가지고 있는 것을 알았지만 반대하지는 않았다. "훌륭한 짝이라고까지는 할 수 없지만, 헨리에타가 찰스를 좋아한다면야. 헨리에타도 그 애를 좋아했던 것 같기는 해."

헨리에타는 웬트워스 대령이 오기 전까지는 자기도 그렇게 생각했다. 하지만 이제 사촌 찰스는 기억에서 사라졌다.

앤이 지켜본 바로는 웬트워스 대령이 두 자매 중 어느 쪽을 더 좋아하는지 아직 확실치는 않았다. 외모는 헨리에타가 더 나았지만 루이자에게는 활기가 있었다. 지금으로서는 온순한 쪽과 활기찬 쪽 중에서 어떤 성격이 더 그의 마음을 끌지 알 수 없었다.

머스그로브 부부는 신경이 무뎌서인지 아니면 두 딸과 그들에게 접근하는 모든 젊은 청년들의 신중함을 철석같이 믿어서인지, 매사를 자연스레 흘러가도록 놔두는 것 같았다.

본가에서는 남자들에 대해 염려하거나 의견을 내놓는 기미가 전혀 없어 보였다. 그러나 코티지에서는 사정이 달랐다. 코티지의 젊은 부부는 이런저런 추측과 걱정을 더 많이 하곤 했다. 웬트워스 대령이 머스그로브 자매와 자리를 함께한 게 고작 너댓 번이고 찰스 헤이터가 이제 막 다시 모습을 나타냈을 뿐인데, 앤은 누가 누구를 좋아하는가에 대한 동생 부부의 의견을 들어야만 했다. 찰스는 루이자 편이었고 메리는 헨리에타 편이었지만, 그가 어느 쪽과 결혼하든 대단히 기쁜 일일 거라는 데에는 의견을 같이했다.

"그보다 더 호감 가는 사람은 내 평생 본 적이 없다니까. 예전에 웬트워스 대령 본인 입에서 들은 말로 미루어보건대, 전쟁으로 못해도 2만 파운드 이상은 모은 것이 틀림없어요. 여기에서는 그 정도만 해도 큰 재산이지. 게다가 앞으로도 전쟁에서 또 벌 기회가 있을 테고. 웬트워스 대령은 어느 모로 보나 해군에서 그 어떤 장교보다도 두각을 나타낼 인물이에요. 오! 누이들 중 누구한테건 최고의 배필이 될 거요." 찰스는 이렇게 말했다.

메리의 대답은 이러했다. "내 생각도 그래요. 아! 그가 뭐든 아주 높은 자리까지 오른다면! 언젠가 준남작 작위를 얻게 된다면! '레이디 웬트워스'라니 정말 듣기 좋네요. 정말로 헨리에타에게는 고귀한 명예지요! 그때는 나 대신 상석을 차지할 수 있을 테고, 헨리에타도 싫어하지는 않을 거예요. 프레더릭 경과 레이디 웬트워스! 하지만 그건 새로 받은 작위가 되겠지요. 나는 새로 만든 작위는 별로 대단찮게 보지만요."

메리는 찰스 헤이터 때문에라도 웬트워스가 헨리에타를 더 좋아한다고 생각하고 싶었다. 그는 헤이터가 설치는 꼴을 더는 보고 싶지 않았다. 메리는 헤이터를 매우 낮춰보았고, 두 집안의 관계가 그들의 혼인으로 새롭게 맺어진다면 그거야말로 불행한 일이라고 생각했다. 그 자신이나 아이들에게 대단히 슬픈 일이었다.

"알다시피 나는 도저히 그가 헨리에타에게 적당한 짝이라고는 생각할 수 없어요. 머스그로브가가 그동안 맺었던 혼사들을 생각해보면, 그런 식으로 자신을 내버리면 안 되죠. 누구든 자기 가족에게 불편과 불쾌함을 가져오고, 어울리지 않는 사람들과 잘못된 인연을 맺을 수 있는 선택을 할 권리는 없다고 봐요. 그리고 맙소사, 찰스 헤이터가 대체 누구예요? 시골 부목사에 지나지 않잖아요. 어퍼크로스의 머스그로브 양에게는 도저히 안 어울리는 짝이라고요." 메리는 이렇게 덧붙였다.

그러나 이 점에서 남편의 생각은 달랐다. 사촌 간이라는 점도 그렇지만, 찰스 헤이터는 장자였다. 그는 장자의 관점에서 이 상황을 보았다. 그래서 이렇게 대답했다. "그건 말도 안 되는 소리예요, 메리. 헨리에타에게 훌륭한 짝이라고까지는 못 해도, 찰스도 스파이서가를 통해 일이 년이면 주교님한테서 뭔가 얻어낼 기회가 있을 거라고. 그리고 당신도 잊지 말았으면 좋겠는데 그는 장남이오. 이모부께서 돌아가시면 물려받을 재산이 꽤 된단 말이오. 윈스럽의 영지가 100헥타르는 되고, 톤턴 근처에 농장도 있으니까. 그 지역에서 가장 좋은 땅이지. 물론 찰스가 아니라 다른 사람이라면 그런 정도로는 헨리에타에게 턱도 없는 조건일 테지만. 정말이지 그럴 수는 없어요. 찰스이니까 가능한 거지. 무엇보다 그는 아주 선량하고 좋은 청년이니까. 윈스럽이 그의 것이 되기만 하면 그의 지위도 달라질 테고, 전혀 다른 삶을 살게 될 거요. 그 정도 재산이면 무시당할 인물은 아니지. 성품 좋고 재산도 있고. 아니, 헨리에타는 찰스 헤이터보다 못한 상대와 결혼하게 될 수도 있어요. 만약 그 애가 찰스와 결혼하고 루이자는 웬트워스 대령과 맺어진다면 나로서는 더 바랄 게 없겠소."

그가 방을 나가자마자 메리가 앤에게 소리쳤다. "찰스가 뭐라고 하건 헨리에타가 찰스 헤이터와 결혼한다는 건 말도 안 돼. 헨리에타한테도 아주 나쁜 일이고, 나한테는 더 말할 것도 없어. 그러니까 웬트워스 대령이 빨리 헨리에타의 머릿속에서 헤이터를 지워주기만을 바랄 수밖에. 그리고 꼭 그렇게 될 거야. 어제 보니까 헨리에타는 찰스 헤이터에게 신경 쓰지도 않던걸. 언니도 그 자리에서 헨리에타의 행동을 보았으면 좋았을 텐데. 그리고 웬트워스 대령이 헨리에타와 루이자 둘 다 좋아한다니, 그건 말도 안 되는 소리야. 그는 헨리에타를 제일 *좋아한다고*. 찰스는 너무 적극적이야! 언니가 어제 우리랑 같이 있어야 했는데. 그랬더라면 언니가 우리 사이에서 판단을 내려줄 수 있었을 거 아냐. 틀림없이 언니도 나한테 어깃장을 놓으려는 의도가 아니라면 똑같은 생각을 했을 거야."

이 모든 것을 앤이 보았어야 한다고 말한 그 행사는 머스그로브 씨 집에서 열린 만찬이었다. 그러나 앤은 두통이 생긴 데다 어린 찰스의 상태도 좋지 않다는 핑계로 집에 남았다. 오로지 웬트워스 대령을 피할 생각뿐이었다. 그러나 이제 보니 심판 역할을 해달라는 간청을 피하게 된 것도 조용한 저녁을 보낸 이점에 추가되었다.

앤이 보기에 웬트워스 대령의 의향은, 그가 헨리에타보다 루이자를 더 좋아하느냐, 아니면 루이자를 헨리에타보다 더 좋아하느냐의 문제보다는 그가 두 자매 중 어느 한쪽의 행복을 위험에 빠뜨리거나 자신의 명예가 위태로워지기 전에 빨리 자기 마음을 아는 것이 더 중요한 것 같았다. 어느 모로 보나 둘 중 누구든 그에게 애정이 깊고 착한 아내가 될 것이다. 찰스 헤이터에게는 동정심을 느꼈다. 앤은 처녀가 단순한 호의에서 하는 가벼운 행동을 알아볼 만큼 섬세했고, 그로 인한 헤이터의 고통에 공감하는 따뜻한 마음을 가졌다. 헨리에타가 자신의 감정에 문제가 있음을 스스로 깨닫게 된다면 한시라도 빨리 바로잡아야 할 것이다.

찰스 헤이터는 사촌의 행동으로 상당한 불안과 굴욕을 느꼈다. 헨리에타는 오랫동안 그를 존경해왔기 때문에 두 번의 만남으로 과거의 모든 희망을 다 꺼버리고 그를 어퍼크로스에서 멀어지게 할 만큼 쌀쌀맞게 대하지는 않았다. 그러나 웬트워스 대령 같은 사람이 원인이라면 이런 변화는 대단히 우려할 만한 것이었다. 헤이터는 고작 2주간 자리를 비웠을 뿐이었다. 그들이 헤어질 때만 해도 곧 지금의 부목사직을 그만두고 어퍼크로스의 자리를 얻게 되리라는 전망에 헨리에타도 관심을 보이고 있었다. 그가 떠나던 때만 해도 곧 그의 마음을 얻을 것 같았다. 교구 목사인 셜리 박사는 40년이 넘도록 모든 직무를 열성적으로 수행해왔으나 최근 들어 쇠약해질 대로 쇠약해져서 제대로 일하는 게 힘들어졌다. 부목사 임명을 결정해야 할 때가 온 것이었다. 그는 여유가 되는 한 부목사에게 최선의 조건을 제공할 것이고, 찰스 헤이터에게 이를 약속해줄 것이다. 그는 10킬로미터 떨어진 곳이 아니라 어퍼크로스로 올 것이며, 어느 모로 보나 더 나은 부목사직을 얻어, 친애하는 셜리 박사님과 일할 수 있었다. 선량한 셜리 박사님이 지쳐서 더는 수행할 수 없게 된 직무에서 곧 해방될 수 있으니 이 또한 좋은 점이었다. 루이자가 보기에도 대단한 것이었으니 헨리에타에게는 말할 것도 없었다. 하지만 그가 돌아왔을 때는, 슬프도다! 그런 상황에 대한 뜨거운 관심은 다 사라진 뒤였다. 루이자는 그가 셜리 박사와 막 나누고 온 대화의 내용을 설명해주어도 전혀 관심을 보이지 않았다. 그는 창가에서 웬트워스 대령의 모습을 찾느라 바빴다. 헨리에타조차 기껏해야 약간의 관심을 할애해주었을 뿐, 협상 때문에 걱정하고 신경 쓰던 지난 일은 깡그리 잊은 듯했다.

"저, 정말로 기뻐요. 하지만 항상 당신이 그 자리를 얻을 거라고 생각했어요. 틀림없이 그럴 줄 알았다니까요. 제가 보기에는…… 그러니까, 아시겠지만 셜리 박사님한테는 부목사가 필요하고, 당신은 그 자리를 약속받은 거잖아요. 대령님이 오시니, 루이자?"

어느 날 아침, 머스그로브가에서 앤은 참석하지 않은 저녁식사가 끝나자마자 웬트워스 대령이 코티지의 응접실로 걸어 들어왔다. 거기에는 앤과 소파에 누운 어린 환자 찰스뿐이었다.

앤 엘리엇과 단둘이 있게 된 데 깜짝 놀라서, 그는 평소의 평정심을 잃어버렸다. 입을 열었지만 나오는 말은 고작 이것뿐이었다. "머스그로브 자매가 여기 계신 줄 알았습니다. 머스그로브 부인이 여기에 가보면 있을 거라고 하셔서요." 그러고는 마음을 가라앉히고 평소의 태도를 되찾기 위해 창가로 걸어갔다.

"그분들은 제 동생과 함께 2층에 있어요. 곧 내려올 거예요." 앤도 당연한 일이지만 당황스러움을 감추지 못한 채 대답했다. 아이가 뭘 좀 해달라고 부르지 않았다면, 그는 바로 방을 나가 웬트워스 대령과 자신에게 곤란한 이 상황에서 벗어났을 것이다.

계속 창가에 서 있던 그는 차분하고 정중하게 말했다. "아이가 얼른 회복되었으면 좋겠군요." 그러고는 다시 입을 다물었다.

앤은 소파 옆에 무릎을 꿇고 아픈 아이의 말을 들어주기 위해 그대로 있어야 했다. 그래서 그들은 잠시 더 그대로 있었다. 매우 다행스럽게도 다른 사람들이 작은 대기실을 가로질러 오는 소리가 들렸다. 그는 집주인의 모습이 보일 거라 기대하며 고개를 돌렸다. 그러나 눈에 들어온 것은 상황을 편하게 만들기에는 부적합한 인물, 바로 찰스 헤이터였다. 아마도 웬트워스 대령이 앤의 모습을 보고 그랬듯이 그 또한 웬트워스 대령을 보고 전혀 기쁘지 않았을 것이다.

앤은 애써 입을 열었다. "안녕하세요? 좀 앉으시겠어요? 다른 사람들도 곧 올 거예요."

웬트워스 대령은 창가를 떠나 다가왔다. 분명 대화를 나눌 마음이 전혀 없지는 않은 듯했다. 그러나 찰스 헤이터가 곧 탁자 옆에 앉아 신문을 집어들며 대령의 시도를 막았다. 웬트워스 대령은 다시 창가로 돌아갔다.

잠시 후 또 다른 사람이 들어왔다. 눈에 띄게 통통하고 조숙해 보이는 두 살짜리 아이가, 누가 문을 열어주었는지 그들 사이에 망설임 없이 모습을 드러냈다. 아이는 뭘 하고 있나 보고 뭔가 좋은 것이 있으면 자기도 끼려고 곧장 소파 쪽으로 왔다.

먹을 것이 아무것도 없어서 아이는 그저 놀잇거리를 찾는 수밖에 없었다. 하지만 앤이 아픈 형을 괴롭히지 못하게 했기 때문에 아이는 이모에게 매달리기 시작했다. 앤은 어린 찰스를 돌보느라 무릎을 꿇고 있어서 아이를 흔들어 떼어낼 수가 없었다. 앤은 아이를 이런저런 식으로 달래보았다. 그만하라고도 해보고 어르거나 엄하게도 말해보았지만 소용이 없었다. 겨우 떼어놓으면 아이는 더 신나 하면서 다시 이모의 등에 매달렸다.

"월터, 이제 내려오렴. 장난이 심하잖아. 이모 지금 화 많이 났어." 앤이 타일렀다.

찰스 헤이터가 소리쳤다. "월터, 왜 말을 듣지 않니? 이모 말씀 안 들리니? 이리 오렴, 월터, 찰스 형한테 와."

그러나 월터는 들은 척도 하지 않았다.

그러나 다음 순간, 앤은 아이가 떨어져 나간 것을 느꼈다. 그의 머리를 꽉 누르고 있던 아이를 누군가 떼어냈다. 그의 목을 감고 있던 그 작고 억센 손을 풀어내고 단호히 아이를 데려간 후에야, 웬트워스 대령이 아이를 떼어냈다는 것을 알았다.

이를 알고 앤은 감정이 북받쳐 말문이 막혔다. 그에게 고맙다는 말조차 할 수 없었다. 그저 복잡한 마음으로 어린 찰스를 굽어볼 따름이었다. 가만히 두고 보는 대신 기꺼이 도와준 그의 친절, 예의 바른 태도, 말없이 조용히 처리하는 태도, 이 모든 것을 생각하느라 앤의 머리는 복잡했다. 그러나 그가 아이와 시끄럽게 노는 소리를 내는 것으로 보아 앤에게 감사의 말을 듣고 싶지 않고, 그와의 대화를 전혀 원치 않는 것이 확실해졌다. 이런 소란으로 일어난 복잡하지만 대단히 고통스러운 마음의 동요가 채 가라앉기 전에, 때마침 내려온 메리와 머스그로브 자매에게 어린 환자의 간호를 맡기고 방에서 벗어났다. 앤은 그 자리에 계속 있을 수가 없었다. 네 남녀 간의 애정과 질투를 관찰해볼 기회가 될 수도 있었다. 그들은 이제 모두 한자리에 모였지만, 앤은 같이 있을 수가 없었다. 찰스 헤이터가 웬트워스 대령에게 그리 호의적이지 않다는 것은 분명했다. 웬트워스 대령이 끼어들자 그가 짜증 섞인 목소리로 말했던 것이 앤의 뇌리에 강하게 남았다. "내 말 들었어야지, 월터. 이모를 괴롭히지 말라고 했잖아." 웬트워스 대령이 자신이 해야 할 일을 해버린 데 대해 불쾌를 표시한 것이다. 그러나 찰스 헤이터의 감정이건 다른 누구의 감정이건 앤에게는 아무래도 좋았다. 자기감정을 조금이라도 다스리는 쪽이 급선무였다. 앤은 자신이 부끄러웠다. 그렇게 예민해진 것이, 아무것도 아닌 사소한 일에 동요한 것이 너무나 수치스러웠다. 그러나 일은 이미 그렇게 되었다. 평정을 회복하려면 혼자 오래 사색에 잠겨야 했다.

10

앤이 상황을 관찰할 기회가 다시 왔다. 얼마 안 가 네 사람과 자리를 함께할 기회가 자주 생겼다. 앤으로서는 상황을 보다 잘 판단할 수 있게 되었지만, 현명한 그는 집에서 자신의 의견을 말하지 않는 방법을 택했다. 남편이나 아내나 만족하지 않을 것을 알았기 때문이다. 앤이 보기에 대령은 루이자를 가장 마음에 들어 하는 것 같았지만, 기억과 경험에 의지해 판단해보건대, 웬트워스 대령은 어느 쪽도 사랑한다고 할 수 없었다. 자매 쪽에서 오히려 그에게 더 푹 빠져 있었다. 그러나 사랑은 아니었다. 약간의 열띤 존경이었다. 하지만 누군가하고는 사랑으로 끝날 수도 있고, 아마도 그렇게 될 것이었다. 찰스 헤이터는 무시당하고 있다는 것을 눈치챈 듯했으나 헨리에타는 종종 둘 사이에서 마음을 정하지 못하는 분위기를 풍겼다. 앤은 그들에게 지금 어떤 일에 휘말려 있는지를 알려주고, 그들이 겪게 될 해악을 가르쳐줄 힘이 있다면 얼마나 좋을까 싶었다. 그가 보기에 누구도 교활한 수를 쓰지는 않았다. 웬트워스 대령이 자신이 지금 어떤 고통을 주고 있는지 손톱만큼도 눈치채지 못하고 있는 게 확실해 보여서 무엇보다도 다행스러웠다. 그의 태도에는 승리감, 상대를 안쓰럽게 여기는 승자의 태도는 전혀 없었다. 그에게는 찰스 헤이터의 주장이 전혀 들리지 않거나, 아예 안중에도 없는 듯했다. 그에게 잘못이 있다면 단지 자매의 관심을 한꺼번에 받게 되었다는 점뿐이었다.

그러나 짧은 싸움이 끝나고 찰스 헤이터는 물러서기로 한 듯했다. 사흘째 어퍼크로스에 얼굴을 비추지 않았던 것이다. 눈에 띌 수밖에 없는 변화였다. 그는 정기적인 만찬 초대를 거절하기까지 했다. 머스그로브 부인은 그가 앞에 책을 잔뜩 쌓아놓고 있는 것을 우연히 보고, 남편과 함께 틀림없이 뭔가 문제가 있다며, 심각한 얼굴로 저렇게 공부하다가는 죽겠다며 걱정을 했다. 메리는 그가 헨리에타에게 거절당했기를 바랐으므로 그랬을 거라 굳게 믿었고, 남편은 내일은 그가 다시 얼굴을 비출 것이라는 기대를 버리지 않았다. 앤은 찰스 헤이터가 현명하다고 느꼈다.

어느 날 아침, 찰스 머스그로브와 웬트워스 대령이 함께 사냥을 나가고 앤과 메리는 조용히 앉아서 할 일을 하고 있을 때, 본가에서 머스그로브 자매가 찾아와 창밖에 서 있었다.

11월의 화창한 날씨였다. 머스그로브 자매는 작은 공
터를 가로질러와서는 **멀리 산책하러 갈 작정**이라는 말을 하
면서, 메리는 아마 같이 가고 싶어 하지 않을 것 같다고 했
다. 메리는 자기가 산책을 좋아하지 않는다는 암시에 발끈해
서 즉시 이렇게 대답했다. "아, 좋아요. 나도 꼭 여러분과 함
께 가고 싶어요. 멀리 산책 간다니, 아주 좋아요." 앤은 자매
의 표정에 나타난 메리만 데리고서는 절대 가고 싶지 않다는
간절한 뜻에 설득되었다. 무엇이든 서로 터놓고 얘기해야 하
고, 아무리 마음에 없고 불편해도 무엇이든 함께해야 한다는
집안의 관습에서 나온 듯한 의무감에 다시금 감탄했다. 앤은
메리에게 산책은 접으라고 설득해보았지만 소용이 없었다.
그렇다면 머스그로브 자매의 같이 가자는 간곡한 청을 받아
들이는 것이 최선일 듯했다. 여차하면 동생을 데리고 돌아올
수 있을 테고, 자매에게 다른 계획이 있다면 피해를 줄일 수
있을 것이다.

"왜 내가 걷기 싫어할 거라고 생각하는지 알 수가 없네!"
메리가 계단을 올라가면서 투덜댔다. "다들 항상 내가 산책
을 즐기지 않을 거라 생각한단 말이야! 하지만 우리가 함께
가지 않겠다고 했으면 서운해했을 거야. 이런 식으로 일부러
부탁하는데, 어떻게 대놓고 싫다고 해?"

그들이 막 출발하려는데 신사들이 돌아왔다. 그들은 어린 개 한 마리를 데리고 갔는데, 개 때문에 사냥을 망쳐서 일찍 돌아온 것이다. 그래서 남은 시간으로나 기운으로나 활기로나 이 산책에 동행할 준비가 충분했다. 그들은 즐겁게 산책에 합류했다. 앤이 이런 상황을 예상할 수 있었다면 집에 남았을 것이다. 하지만 흥미도 생기고 호기심도 동해서, 이제 와서 안 가겠다고 하기에는 늦었다고 생각했다. 그리하여 여섯 명이 함께 머스그로브 자매가 제안한 방향으로 출발했다.

앤은 누구도 방해하지 않으려 했다. 들판을 가로지르는 좁은 길에서 일행이 나뉘어야 할 때는 동생 부부와 함께 갔다. 황갈색으로 물든 낙엽과 시든 울타리에서 한 해의 마지막 미소를 볼 수 있어 산책하는 동안 기쁨을 얻었다. 감수성을 지닌 이들에게 영감을 주고, 시인들에게는 풍부한 시상을 안겨주는 가을이라는 계절을 찬미하는 시를 읊조리며 앤은 명상과 시구를 떠올리는 일에 가능한 한 정신을 집중했다. 그러나 아무리 해도 웬트워스 대령이 머스그로브 자매 중 누군가와 나누는 이야기 소리에 무관심할 수는 없었다. 특별히 주의를 끌 만한 내용은 아니었다. 친밀한 사이의 젊은이들이 주고받을 법한 쾌활한 잡담에 불과했다. 그는 헨리에타보다는 루이자와 더 많은 대화를 나누었다. 루이자가 헨리에타보다 그의 관심을 끌고 있는 것이 확실했다. 이런 차이는 점점 더 커져서, 루이자의 말이 앤의 주의를 사로잡았다. 웬트워스 대령은 그날 날씨에 대해 끊임없이 찬사를 늘어놓은 끝에 이렇게 덧붙였다.

"제독님과 제 누이에게 얼마나 근사한 날씨인가요! 두 분은 오늘 아침에 멀리까지 마차를 몰고 간다고 했거든요. 여기 언덕에서 마주칠지도 모르겠군요. 이쪽으로 오겠다고 했거든요. 오늘은 어디쯤에서 마차가 뒤집혔을지 궁금하군요. 오! 아주 흔한 일이랍니다. 하지만 저희 누님은 전혀 신경 쓰지 않으신답니다. 구르든 말든 상관 안 해요."

"아! 농담이신 줄 알아요. 하지만 만약 정말로 그렇다면, 저 같아도 그럴 거예요. 누님이 남편을 사랑하듯이 제가 누군가를 사랑하게 된다면, 전 늘 그와 함께할 거고, 그 무엇도 우리를 갈라놓지 못할 거예요. 다른 사람이 모는 안전한 마차를 타고 가기보다는 그 사람과 함께 구르는 편을 택하겠어요." 루이자는 열정에 넘쳐 이렇게 외쳤다.

"그러십니까?" 대령도 똑같이 들뜬 어조로 외쳤다. "존경스럽습니다!" 그러고는 둘 사이에 잠시 침묵이 이어졌다.

앤은 조금 전처럼 다시 인용구 속으로 빠져들 수가 없었다. 아름다운 가을 풍경도 눈에 들어오지 않았다. 저물어가는 한 해, 저물어가는 행복, 모두 함께 사라진 젊음과 희망, 봄에 어울리는 적절한 비유로 가득한 부드러운 소네트가 떠오르지 않는 한은. 앤은 정신을 차리고 그들이 또 다른 길로 들어설 때 이렇게 말했다. "이 길은 윈스럽으로 가는 길 아닌가요?" 그러나 아무도 그 말을 듣지 못했다. 들었더라도 대답하는 이가 없었다.

그러나 젊은이들은 종종 집 주변을 거닐다가 그곳까지 가기도 했기에 윈스럽은 자연스럽게 그들의 목적지가 되었다. 쟁기로 갈아 새로 낸 농로가, 시인들이 노래하는 달콤한 낙담에 맞서 다시 봄을 준비하려는 농부들을 대변해주는 듯했다. 넓은 목장을 지나 완만한 비탈길을 따라 800미터쯤 더 가면 제법 높은 언덕 꼭대기까지 닿았다. 그 언덕을 기점으로 어퍼크로스와 윈스럽이 나뉘었다. 곧 반대편 언덕 아래에서 윈스럽이 한눈에 들어왔다.

아름답지도 않고 품위 있지도 않은 윈스럽이 그들 눈앞에 펼쳐졌다. 헛간과 농장 건물들에 에워싸인 나지막한, 그저 그런 집이었다.

"세상에! 윈스럽이네! 난 전혀 몰랐어! 이제 돌아가는 게 좋겠어요. 난 너무 지쳤어요." 메리가 외쳤다.

헨리에타는 상황을 의식하고 부끄러워하던 참이었다. 사촌 찰스가 길을 걷고 있거나 어디 문에라도 기대어 있는 모습조차 보이지 않아서 메리가 하자는 대로 하려고 했다. 그러자 찰스 머스그로브가 "그건 안 돼" 하며 반대하고 나섰다. "그럼요, 안 되지요." 루이자가 더 열성적으로 소리치며 언니를 옆으로 데려가 격하게 따지기라도 할 태세였다.

그럴 동안 찰스는 여기까지 왔으니 이모님을 방문해야 한다는 결심을 단호하게 밝히고, 더 조심스럽게, 아내도 함께 가야 한다고 아주 분명히 전했다. 그러나 이 대목에서는 메리도 쉽게 뜻을 굽히지 않았다. 찰스가 아내도 피곤하다고 했으니 윈스럽에서 잠깐 쉬어가는 게 좋겠다고 말하자, 메리는 단호히 대답했다. "오! 아뇨, 정말로 됐어요! 저 언덕을 다시 올라가야 한다면 아무리 오래 앉아 있는다 해도 도움이 될 것 같진 않아요." 요컨대 메리는 표정과 태도만으로 절대 가지 않겠다고 선언했다.

이런 갑론을박이 잠시 이어진 끝에, 찰스와 누이들이 결론을 낸 듯했다. 그와 헨리에타가 잠시 가서 이모와 사촌들을 만나고 오는 동안 나머지 사람들은 언덕 꼭대기에서 기다리자는 것이었다. 루이자가 이 계획을 주도한 듯했다. 루이자가 일행을 따라 언덕 아래로 내려가면서 헨리에타와 이야기를 나누는 동안, 메리가 경멸하는 눈으로 주위를 둘러보더니 웬트워스 대령에게 이렇게 말했다.

"이런 집안과 친척이라니 너무 싫어요! 하지만 장담하는데 지금까지 두 번 이상 저 집에 들어가 본 적은 없어요."

대령은 그의 말에 대답 대신 억지로 동의하는 미소를 지어주고는 이내 경멸스러운 시선으로 고개를 돌렸다. 앤은 그 의미를 아주 잘 알고 있었다.

남은 일행이 머무는 언덕 꼭대기는 기분 좋은 곳이었다. 루이자가 돌아왔고, 메리는 다른 사람들은 다들 서 있는데 자기만 울타리 계단참에 앉기 편한 곳을 찾은 듯해서 기분이 아주 좋았다. 하지만 루이자가 근처 관목숲을 따라 열매를 따러 가자며 웬트워스 대령을 끌고 가버렸다. 두 사람이 점차 소리도 들리지 않고 시야에서도 벗어나자, 메리의 좋던 기분이 싹 가셨다. 자기 자리가 마음에 들지 않았다. 루이자가 틀림없이 어딘가 더 나은 데를 찾은 거라고 믿었다. 그렇다면 그도 가만히 있을 수는 없었다. 메리도 그들이 지나간 곳을 지났지만, 그들의 모습은 보이지 않았다. 앤은 마르고 양지바른 비탈 쪽에 동생을 위한 자리를 찾아 앉혀주었다. 메리는 잠시 앉았지만 계속 앉아 있지는 못했다. 루이자가 어딘가 더 나은 곳을 찾았을 거라는 생각을 떨치지 못하고 그들을 따라잡을 때까지 계속 가보기로 했다.

정말로 지쳤던 앤은 자리에 앉게 되어 반가웠다. 곧 웬트워스 대령과 루이자가 뒤쪽 관목숲에서 다가오는 소리가 들렸다. 거친 수로를 따라 숲 한가운데로 돌아오는 모양이었다. 그들은 가까이 오면서 뭔가 이야기를 하고 있었다. 먼저 루이자의 목소리가 들렸다. 그는 뭔가 열을 올리며 한창 이야기를 하던 중이었다. 앤의 귀에 제일 먼저 들린 말은 이러했다.

"그래서 제가 헨리에타를 보낸 거예요. 이런 말도 안 되는 일로 방문을 꺼린다니 참을 수가 없었어요. 세상에! 제가 꼭 하겠다고 마음먹었고, 분명 옳은 일인데, 그런 사람이 훼방놓는다고 물러설 것 같으세요? 아니, 그 누구라도 말이에요. 천만에요, 저는 그렇게 쉽게 설득에 넘어갈 생각 전혀 없어요. 일단 한번 마음을 먹으면 전 꼭 해내고 말아요. 그리고 헨리에타는 오늘 윈스럽을 방문하기로 굳게 마음먹은 것 같았어요. 그런데 다 와서는 말 같지도 않은 소리로 포기하려고 했잖아요!"

"헨리에타 양은 당신이 아니었더라면 그때 돌아섰을까요?"

"언니는 정말로 그랬을 거예요. 제 입으로 말하기 차마 부끄럽지만."

"당신 같은 분이 곁에 있다니 헨리에타 양에게는 다행한 일이로군요! 당신이 지금 주신 암시가 제가 마지막으로 그분과 함께 있었을 때 관찰한 것과 같아서, 무슨 말씀인지 모르는 척을 할 필요는 없겠군요. 제가 보기에는 단순히 이모님께 의무적인 문안을 드리는 정도의 문제가 아닌 것 같습니다. 참으로 딱한 일입니다. 중요한 일이 닥칠 때, 마음의 용

기와 힘이 필요할 때, 이런 사소한 일로 마음이 흔들리는 것
도 막지 못할 만큼 결단력이 약하다면 말입니다. 헨리에타
양은 상냥한 성격입니다. 하지만 당신은 결단력 있고 의지가
강하지요. 언니의 행복을 중히 여기신다면, 할 수 있는 데까
지 당신의 의기를 불어넣어주세요. 하지만 틀림없이 늘 그렇
게 하셨겠지요. 귀가 얇고 우유부단한 성격의 사람은, 어떤
영향력도 소용이 없습니다. 좋은 인상을 받았어도 얼마나 갈
지 알 수가 없습니다. 온갖 사람들 말에 다 흔들리니까요. 행
복해지려면 결단력이 있어야 합니다. 여기 개암나무가 있군
요." 그가 머리 위의 가지에서 개암 한 개를 땄다. "이 아름답
고 반짝이는 개암이, 원래 강하게 타고난 덕분에 가을 폭풍
우를 다 견디고 살아남은 것이 좋은 예이지요. 흠집 하나 없
고 어디에도 약한 구석이 없습니다. 이 개암은." 그는 짐짓 엄
숙한 척 장난스레 말을 이었다. "수많은 형제들이 떨어져 발
에 밟힐 동안에도 여전히 개암이 누릴 수 있는 모든 행복을
다 누렸습니다." 그러고는 다시 이전의 진지한 어조로 돌아
왔다. "아무쪼록 제가 관심을 갖는 분들 모두가 결단력이 있
기를 바랍니다. 루이자 머스그로브 양이 지금 가진 강한 정
신력을 소중히 여기신다면, 인생의 11월에도 아름답고 행복
하실 겁니다."

　그는 말을 끝냈다. 대답은 없었다. 이토록 의미심장한

내용을 이토록 진지하게 열기를 띠고 이야기한 뒤였으니, 바로 대답할 수 있었다면 오히려 놀랐을 것이다. 루이자가 어떤 기분인지 상상할 수 있었다. 앤은 행여나 눈에 띌까 두려워 움직이지 못했다. 앤은 그들이 자리를 뜰 때까지 호랑가시나무 덤불 속에 그대로 있었다. 그러나 그들의 목소리가 들리지 않는 곳까지 벗어나기 전에 루이자가 입을 열었다.

"새언니는 여러모로 좋은 사람이에요. 하지만 가끔은 터무니없는 소리를 하고 거만을 떨어서 짜증이 나요. 엘리엇가의 거만함이지요. 새언니는 엘리엇가의 거만함을 너무 많이 물려받았어요. 찰스 오빠가 차라리 앤 언니랑 결혼했으면 좋았을 텐데. 오빠가 앤 언니랑 결혼하고 싶어 했다는 거 아세요?"

잠시 말이 없던 웬트워스 대령이 되물었다.

"앤 양이 청혼을 거절했다는 뜻입니까?"

"오! 그럼요, 당연하죠."

"언제 있었던 일입니까?"

"정확히는 모르겠어요. 헨리에타랑 저는 그때 학교에 다니던 중이었으니까요. 하지만 그 일이 있고 1년쯤 후에 오빠는 메리 언니하고 결혼했어요. 앤 언니가 청혼을 받아주었더라면 좋았을 텐데, 우리 모두 언니를 훨씬 더 좋아했을 거예요. 아빠 엄마는 항상 언니가 청혼을 거절한 건 가장 친한 친구인 레이디 러셀 탓이라고 생각하세요. 레이디 러셀은 찰스 오빠가 교양과 학식이 모자라다며 마음에 들어하지 않으셨대요. 그래서 앤 언니한테 청혼을 거절하라고 설득하셨을 거예요."

말소리가 멀어져 앤에게 더는 들리지 않았다. 앤은 여전히 감정에 휩싸여 자리를 뜰 수가 없었다. 다시 움직일 수 있기까지 한참이 걸렸다. 흔히 얘기하는 남의 말을 엿들은 자의 운명은 그의 것이 아니었다. 자신의 험담을 들은 것은 아니었다. 그러나 대단히 고통스러운 의미가 담긴 얘기였다. 웬트워스 대령이 자신의 됨됨이를 어떻게 보고 있는지 알게 되었다. 그의 태도에서 드러난 앤에 대한 감정과 호기심이 그의 마음을 온통 휘저어놓은 듯했다.

앤은 움직일 수 있게 되자 곧장 메리를 찾아 나섰다. 메리를 찾아서 좀 전에 앉았던 계단 옆의 자리로 돌아오니, 곧 일행이 모두 모이고 다같이 길을 나서게 되었다. 그제야 앤의 마음이 놓였다. 지금은 사람들이 모여야만 얻을 수 있는 고독과 침묵이 필요했다.

찰스와 헨리에타는 짐작대로 찰스 헤이터를 데리고 돌아왔다. 앤은 자세한 상황은 알려고 하지도 않았다. 웬트워스 대령조차 사정을 다 파악하지는 못한 것 같았다. 그러나 남자 쪽에서는 한발 물러서고 여자 쪽에서는 누그러진 태도가 보였다. 다시 같이 있게 되어 매우 기뻐하고 있음이 분명했다. 헨리에타는 조금 부끄러워했지만 아주 기분이 좋았다. 찰스 헤이터는 날아갈 듯 행복한 표정이었다. 그들은 어퍼크로스로 출발하는 순간부터 서로를 살뜰히 챙겼다.

이제 어느 모로 보나 웬트워스 대령은 루이자의 차지가 되었다. 누가 보아도 분명한 사실이었다. 일행이 갈라져야 하는 곳은 물론이고 그렇지 않은 곳에서도 그들은 대개 둘씩 나란히 걸었다. 다같이 걸을 수 있을 만큼 넓은 목초지 길에서도 세 무리로 나뉘어 걸었다. 앤은 불가피하게 가장 활기가 적고 가장 말 안 듣는 무리에 끼게 되었다. 바로 찰스와 메리였다. 지친 상태라 찰스의 한쪽 팔에 기꺼이 기댈 수 있을 정도였다. 그러나 찰스는 앤에게는 아주 친절히 대해주었지만 아내한테는 화가 나 있었다. 메리가 그의 말을 듣지 않고 고집부린 결과가 이제 돌아온 것이다. 찰스는 막대기로 울타리 위로 튀어나온 쐐기풀을 쳐낸다는 구실로 매번 자기 팔을 잡고 있던 아내의 팔을 떨쳐냈다. 메리가 반대편의 앤은 전혀 불편을 겪지 않는데 울타리 쪽에 있는 자기만 힘들게 한다고 불평을 늘어놓자, 그는 잠깐 보았던 족제비를 쫓는다며 두 여자의 팔을 다 떨쳤다. 그들은 거의 그와 함께 걸을 수 없었다.

이 긴 목초지 둘레로 마차길이 있고, 그들이 걸어온 길

끝에서 이 길과 만났다. 일행이 모두 출구까지 다다랐을 때 좀 전부터 소리를 내며 달려오던 마차가 모습을 나타냈다. 크로프트 제독의 이륜마차였다. 그와 아내는 산책을 마치고 집으로 돌아가던 중이었다. 그들은 젊은이들이 얼마나 멀리까지 산책을 다녀왔는지 듣고는 친절하게도 지친 숙녀 한 분에게 자리를 내주겠다고 했다. 어차피 어퍼크로스를 지날 참이니 그러면 족히 1킬로미터는 걷지 않아도 될 것이라고 했다. 너그러운 제안이었으나 다들 거절했다. 머스그로브 자매는 전혀 피곤하지 않다고 했다. 메리는 다른 이들보다 먼저 물어보지 않아서 기분이 상했는지, 루이자가 엘리엇가의 오만이라고 부른 것 때문에 말 한 필이 끄는 마차에 세 번째로 탄다는 것이 참을 수 없었는지, 이를 거절했다.

일행은 마차길을 건너 울타리 반대편 계단으로 올라갔다. 제독이 다시 말을 달리려는데 웬트워스 대령이 누이에게 뭔가 할 말이 있는지 울타리를 잠시 벗어났다. 무슨 말을 전했는지는 그 말이 가져온 결과로 짐작할 수 있었다.

크로프트 부인이 소리쳤다. "엘리엇 양, 아무래도 지치신 것 같아요. 부디 집까지 모셔다드리게 해주세요. 저희 부탁을 거절하지 말아주세요. 셋이 타기에 자리가 넉넉하답니다. 우리가 당신처럼 날씬하기만 했으면 넷도 탈 수 있을 거예요. 제발, 청을 거절하지 마세요."

앤은 여전히 마차길에 있었다. 본능적으로 거절하려 했으나 뜻대로 되지 않았다. 제독의 간청에 아내도 거들었다. 아무리 거절해도 소용없을 것 같았다. 그들은 최대한 몸을 바짝 붙여 그에게 자리를 내주었다. 웬트워스 대령은 한마디도 않고 앤 쪽으로 몸을 돌려 조용히 그가 마차에 타도록 도왔다.

그렇다, 그가 한 일이었다. 앤은 마차에 올라 그가 자신을 거기 태웠음을, 그의 뜻과 그의 손이 한 일이었음을, 그가 자신이 지쳤음을 눈치채고 쉬게 해주기로 마음먹었음을 알았다. 이 모든 것들로 자신에 대한 그의 마음이 명백해졌고, 앤은 이에 크게 감동했다. 이 사소한 사건이 이전에 지나간 모든 일을 완결지어주는 듯했다. 앤은 그를 이해했다. 그는 앤을 용서할 수 없었다. 그러나 무심할 수도 없었다. 과거 일로 그를 원망하고 부당한 분노를 품으면서도, 그에게 전혀 관심 없는 척 굴면서도, 또 다른 이에게 마음을 붙여가고 있으면서도, 여전히 그가 힘들어하는 모습을 보면 도와주고 싶은 마음을 누르지 못했다. 예전의 감정이 아직 다 사라지지는 않은 것이다. 자신도 의식하지 못했지만 순수한 우정의 충동적 발로였다. 그에게 따뜻하고 상냥한 마음이 있다는 증거였다. 앤은 기쁨과 고통이 복잡하게 뒤엉켜서 어느 쪽이 더 우세한지 알 수 없는 감정에 휩싸였다.

처음에는 동행들의 친절과 대화에 무의식적으로 대답했다. 거친 마차길을 반쯤 달린 후에야 그들의 말이 앤의 귀에 들어왔다. 그들은 '프레더릭'의 이야기를 하고 있었다.

"당연히 그 두 아가씨들 중 한 명을 생각하고 있지요, 소피. 하지만 어느 쪽인지는 알 수 없지. 그만큼 충분히 따라다녔으면 마음을 정할 때도 되었는데. 아, 이게 다 평화로운 때라 그런 거요. 지금이 전쟁 중이었다면 벌써 결정했을걸. 엘리엇 양, 우리 해군은 전시에는 오래 구애를 할 여유가 없답니다. 여보, 내가 당신을 처음 만나고 노스 야머스의 숙소에 같이 앉기까지 얼마나 걸렸더라?"

크로프트 부인이 유쾌하게 대답했다. "그 얘기는 안 하는 편이 좋겠어요, 여보. 엘리엇 양이 우리가 얼마나 빨리 마음이 맞았는지 들으면 아무리 말해줘도 우리가 함께 있어서 행복하다는 사실을 믿지 못할 테니까요. 하지만 나는 당신에 대해서는 그전부터 들어서 알고 있었어요."

"흠, 나도 당신이 예쁜 아가씨라는 소문을 들었지. 그런데 뭘 더 기다리겠소? 나는 그런 일에 시간 낭비하는 걸 좋아하지 않아요. 프레더릭이 조금 더 큰 돛을 펼쳐서 이 아가씨들 중 하나를 켈린치로 데려왔으면 좋겠군. 그럼 늘 같이 지낼 수 있을 텐데. 게다가 둘 다 아주 훌륭한 아가씨들이지. 내 눈에는 둘 다 비슷해 보이는데."

"아주 성격 좋고 솔직한 아가씨들이에요." 크로프트 부인이 칭찬치고는 차분한 투로 말했다. 앤이 듣기에는 부인의 날카로운 눈으로는 둘 다 그다지 동생에게 어울리지 않는다고 생각하는 듯했다. "그리고 집안도 아주 좋고요. 그보다 나은 집안과 연을 맺기는 어려울 거예요. 여보, 저기 역마차! 부딪치겠어요."

부인은 직접 침착하게 고삐를 잡아 방향을 틀어서 무사히 위험을 피했다. 일단 부인이 신중하게 고삐를 잡고서부터는 웅덩이에 빠지는 일도, 분뇨차와 충돌하는 일도 없었다. 앤은 그들의 마차를 모는 방식을 흥미롭게 지켜보면서 아마도 그들이 매사를 이런 식으로 이끌어나갈 것이라고 짐작했다. 그러는 사이 앤은 무사히 코티지에 도착했다.

11

레이디 러셀이 돌아올 때가 거의 다 되었다. 날짜가 정해졌
다. 앤은 부인이 돌아오는 대로 합류하기로 했기에 켈린치로
돌아갈 날을 고대하면서 그렇게 되면 생활이 더 편해질지 어
떨지를 생각해보기 시작했다.

웬트워스 대령과 같은 마을에, 불과 800미터도 안 되는
거리에서 지내게 될 것이다. 같은 교회에서 자주 마주치게
될 것이고, 두 집안 사이에 당연히 교류도 있을 것이다. 앤에
게는 달갑지 않은 상황이었다. 하지만 한편으로는 그는 어퍼
크로스에서 많은 시간을 보낼 테니 그곳으로 가면 그에게 가
까이 간다기보다 멀어진다고 볼 수도 있었다. 전체적으로 이
흥미로운 상황에서 얻는 것이 더 많으리라 믿었다. 딱한 메
리를 떠나 레이디 러셀과 함께 지내면 얻을 수 있는 환경의
변화만큼이나 확실해 보였다.

앤은 웬트워스 대령을 켈린치의 홀에서 마주치는 일이 없기를 바랐다. 지난날의 추억이 깃든 방에서 그와 다시 만나게 되는 것만큼 고통스러운 일은 없을 것이다. 그러나 그보다 더 간절히 바라는 것이 있다면, 레이디 러셀과 웬트워스 대령이 어디에서든 절대 마주치지 않는 것이었다. 그들은 서로 좋아하지 않았고, 이제 와 다시 새롭게 친분을 맺은들 전혀 좋을 것이 없었다. 레이디 러셀이 두 사람을 한자리에서 보게 된다면, 태연한 그에 비해 앤은 안절부절못한다고 생각할지 모른다.

어퍼크로스를 떠날 날을 기다리는 동안 앤의 걱정거리는 주로 이런 것들이었다. 어퍼크로스에 너무 오래 머물렀다는 생각이 들었다. 어린 찰스에게 도움이 되었다는 생각을 하면 두 달간 이곳에서 지낸 기억이 즐거운 일로 남을 테지만, 아이는 빨리 회복되었고 따라서 더 있을 이유가 없었다.

그러나 앤의 방문은 전혀 생각지도 못했던 식으로 결말을 맺었다. 지난 이틀 동안 어퍼크로스에 나타나지도, 소식도 없던 웬트워스 대령이 다시 나타나서는 친구의 일로 오지 못했노라고 해명했다.

그의 친구 하빌 대령은 가족과 함께 겨울 동안 라임에 머물 예정이라는 편지를 보내왔다. 그들은 미처 몰랐지만 서로 30킬로미터도 안 되는 거리에 있었던 것이다. 하빌 대령은 2년 전 심각한 부상을 입은 후로 늘 건강이 좋지 않았다. 웬트워스 대령은 그를 보고 싶어 즉시 라임으로 달려갔다. 그는 거기에서 꼬박 하루를 지냈다. 그의 이야기를 들은 모두는 그가 어퍼크로스를 찾지 못한 사정을 충분히 이해했고, 그의 우정을 높이 평가했으며, 친구에게도 진지한 관심을 보였다. 라임 주변의 아름다운 시골에 대한 그의 묘사는 일행에게도 라임에 가보고 싶다는 마음을 일으켰고, 결국 라임에 가는 계획을 세우게 했다.

젊은이들 모두 라임에 무척 가보고 싶어 했다. 웬트워스 대령이 다시 방문할 예정이라고 말하는데, 어퍼크로스에서 27킬로미터밖에 떨어지지 않은 곳이었다. 11월이지만 날씨도 괜찮았다. 누구보다도 열성이었던 루이자는 이미 가겠다고 단단히 마음먹었다. 자기 하고 싶은 대로 하는 쾌감에, 고집대로 밀고 나가는 것이 훌륭하다는 생각까지 더해져, 여름까지 여행을 미루자는 부모의 뜻을 꺾었다. 그래서 그들은 라임으로 떠났다. 일행은 찰스, 메리, 앤, 헨리에타, 루이자, 웬트워스 대령이었다.

처음 세운 대강의 계획은 오전에 갔다가 밤에 돌아오는 것이었지만, 말들을 염려한 머스그로브 씨가 동의하지 않았다. 이성적으로 따져서 시골의 특성상 갔다가 돌아오는 데만 일곱 시간이 걸린다 치면, 11월 중순 하루로는 낯선 곳을 둘러볼 시간이 얼마 되지 않았다. 그들은 결국 하룻밤을 거기에서 묵기로 하고, 이튿날 저녁식사 시간 전까지 돌아오기로 했다. 처음 계획에서 대폭 수정된 일정이었다. 그들 모두 이른 아침에 본가로 모여 정시에 출발했지만, 숙녀 넷을 태운 머스그로브 씨의 마차와 웬트워스 대령이 모는 찰스의 이륜마차가 라임까지 긴 언덕을 내려가 훨씬 더 가파른 읍내 거리로 들어선 것은 정오가 한참 지나서였다. 한낮의 빛과 온기가 가시기 전에 주변을 둘러볼 시간 정도밖에 없었다.

숙소를 잡고 저녁식사를 주문해놓고 나서 할 일은 당연히 곧장 바다까지 걸어가는 것이었다. 라임에서 즐거운 관광을 즐기기에는 너무 늦은 계절이었다. 숙소는 문을 닫아걸었고 여행객들도 거의 떠나서 주민들 말고는 남은 가족들이 거의 눈에 띄지 않았다. 건물 자체도 볼 만한 것이 없고, 도시인들의 눈길을 끄는 것은 바다로 곧장 이어지는 산책로, 아담하고 풍광 좋은 만을 에워싸고 콥 방파제까지 이어지는 길이었다. 성수기에는 이동식 탈의시설과 행락객들로 넘쳐나는 곳으로, 오래된 경치와 현대식 시설을 두루 갖춘 모습이었다. 도시 동쪽까지 아름다운 절벽 선을 따라 쭉 뻗은 콥 방파제는 그 자체로도 외지인의 눈길을 끌 만했다. 만약 이곳에와서 라임의 경치에 매력을 느끼지 못한다면 참으로 이상한일일 것이다. 근처의 차머스에는 높은 고원과 광활하게 펼쳐진 들판이 있고, 검은 절벽을 뒤로 하고 외떨어진 아름다운 만도 있었다. 모래사장의 나지막한 바위들 덕에 언제까지라도 앉아서 명상에 잠기며 부서지는 파도를 보기에는 더할 나위 없이 좋은 장소였다. 활기 넘치는 업라임 마을에는 다양한 나무들이 있고, 낭만적인 바위 사이 초록색 협곡에 자리한 피니는 흩어진 수풀림과 풍요로운 과수들로 보아 처음 절벽이 무너져 지금과 같은 평지를 이룬 이래로 여러 세대가 지났음을 알 수 있었다. 그곳의 경치는 너무나도 근사하고 아름다워서, 풍광으로 이름 높은 와이트섬 경치와 견준대도 절대 뒤떨어지지 않을 것이다. 라임의 가치를 이해하려면 이곳들을 몇 번이고 다시 봐야 할 것이다.

　　지금은 인적이 끊겨 을씨년스러워 보이는 집들을 지나 계속 내려가던 어퍼크로스 일행은 곧 해변에 닿았다. 그들은 바다를 감상할 줄 아는 사람이라면 으레 그러하듯이 한참을 서성이며 바다를 응시하다가, 그들의 목적지이기도 하고 마침 웬트워스 대령의 뜻도 있고 해서 방파제로 향했다. 언제 지어졌는지 모를 낡은 선창 끄트머리에 위치한 작은 집에 하빌 부부가 살고 있었다. 웬트워스 대령은 친구를 방문하러 갔고, 다른 사람들은 산책을 계속하다가 그와 방파제에서 합류하기로 했다.

　　그들은 아무리 돌아다니며 감탄해도 지치지 않았다. 루

이자조차도 웬트워스 대령과 오래 떨어져 있었다고 느끼지 않는 듯했다. 그러던 중 대령이 친구들 셋을 데리고 그들을 뒤따라왔다. 이미 설명을 들어 잘 알고 있는 하빌 대령과 부인, 그리고 그들과 함께 지내고 있는 벤윅 대령이었다.

벤윅 대령은 얼마 전까지 라코니아호에서 대위로 복무했다. 웬트워스 대령이 라임에서 돌아오면서 그의 이야기해준 적이 있었다. 그는 벤윅 대령을 훌륭한 젊은이이자 장교라고 따뜻하게 칭찬하면서 항상 높이 평가한다고 말했다. 웬트워스 대령의 칭찬과 함께, 그가 들려준 개인사가 더해져 모든 숙녀들의 눈에는 그가 대단히 흥미로운 인물로 그려졌다. 그는 하빌 대령의 여동생과 약혼한 사이였는데 지금은 약혼녀를 잃은 슬픔에 빠져 있었다. 그들은 돈을 벌고 승진을 하기까지 일이 년이라는 시간을 기다렸다. 그는 대위로 큰 포상금을 얻어 재산을 모았고, 결국 승진도 했다. 그러나 패니 하빌은 살아서 그 소식을 듣지 못했다. 패니는 그해 여름, 그가 바다에 나가 있는 동안 세상을 떴다. 웬트워스 대령은 어떤 남자도 한 여자를, 불쌍한 벤윅이 패니 하빌을 사랑했듯이 사랑할 수는 없고, 그보다 더 깊이 끔찍한 변화에 괴로워할 수도 없을 거라고 믿었다. 벤윅처럼 차분하고 진지하며 내성적인 태도와 독서처럼 정적인 취미를 좋아하는 취향을 가진 이들이 아주 강렬한 감정과 만나면 더 큰 고통을 겪을 수밖에 없었다. 그와 하빌 부부의 우정은 인척이 될 가능성을 모두 끝내버린 그 사건으로 인해 오히려 더 깊어진 듯했다. 벤윅 대령은 이제 아예 그들과 함께 살고 있었다. 하빌 대령은 지금 살고 있는 집을 반년 전에 얻었는데, 그의 취향과 건강상태, 재산을 고려할 때 딱 맞는 집이었다. 장엄한 자연을 가진 라임의 조용한 겨울은 벤윅 대령의 마음 상태에도 잘 맞는 듯했다. 벤윅 대령의 이야기에 다들 크나큰 동정심과 호의를 갖게 되었다.

앤은 일행과 함께 그들을 만나기 위해 걸어가면서 혼잣말을 했다. '하지만 그분이 나보다 더 슬프지는 않을 거야. 그의 앞날이 영원히 어두울 리는 없을 테니까. 나보다 젊은걸. 실제 나이는 모르지만 감정 면에서도 나보다 젊을 거야. 남자로서도 더 젊고. 다시 활기를 되찾을 거고, 다른 누군가와 행복해질 테지.'

그들 모두 만나서 인사를 나누었다. 하빌 대령은 거무스름한 피부와 분별 있고 인정 많아 보이는 얼굴에 키가 크고 다리를 약간 절었다. 억센 이목구비에 불편한 몸이 더해져 웬트워스 대령보다 훨씬 나이 들어 보였다. 벤윅 대령은 셋 중 가장 젊었고, 다른 둘과 비교하면 키가 작았다. 호감 가는 얼굴에 우울한 분위기를 풍겼고, 대화에서 한 발 물러서 있었다.

하빌 대령은 태도 면에서 웬트워스 대령을 따르지는 못했으나 꾸밈없고 따뜻하며 친절한, 그야말로 신사였다. 하빌 부인은 남편처럼 세련된 맛은 없었지만, 그와 마찬가지로 선량한 인물인 듯했다. 웬트워스 대령의 친구인 일행 전부를 자기들도 친구로 여기겠다는 마음보다 더 즐거운 것은 없을 것이다. 또한 꼭 저녁식사에 초대하고 싶다는 그의 간청은 더없이 후의에 넘쳤다. 하지만 결국 저녁식사를 숙소에 미리 주문해두었으니 양해해달라는 그들의 사과를 마지못해 받아들였다. 그러나 그들은 웬트워스 대령이 라임까지 사람들을 데리고 오면서 저녁식사를 같이할 생각을 하지 않았다는 데 몹시 서운해하는 듯했다.

이 모든 것에서 그들이 웬트워스 대령을 얼마나 아끼는지 알 수 있었다. 또한 정말 보기 드문, 으레 하는 주고받기식 초대나 보여주기 위한 격식 차린 만찬과는 너무나도 다른 호의가 지닌 매력에, 앤은 그의 동료 장교들과 점점 친분을 넓혀갈수록 더 울적한 기분이 되었다. '이 사람들 모두 내 친구가 될 수도 있었는데.' 앤은 한없이 기분이 처지는 것을 이겨내기 위해 애써야 했다.

방파제를 떠나 그들 모두 새로운 친구들과 함께 집 안으로 들어왔다. 막상 가보니 방들이 너무 작아서 진심으로 초대한 사람이 아니고서는 누구도 이렇게 많은 사람들을 수용

할 수 있다고 생각하지 못할 정도였다. 앤도 잠시 놀랐다. 하지만 이내 하빌 대령이 고안한 온갖 기발한 장치들과 멋진 배치를 보고 즐거워졌다. 그렇게 하여 실제 공간을 가장 쓰기 편하게 바꾸었고, 셋집의 가구가 지닌 결함을 보완했으며, 겨울에 닥칠 폭풍우에 창문과 문을 보호할 수 있게 했다. 셋집 주인이 아무렇게나 들여놓은 기본 가구들이 희귀한 목재로 공들여 만든 몇 점의 가구들, 하빌 대령이 다녀온 먼 이국의 진귀하고 귀한 것들과 대조를 이룬 방의 다채로운 모습에 앤은 흥미 이상의 감정을 느꼈다. 그 모든 것은 그의 직업과 연결되었다. 노고의 결실이면서 그의 습관에 미치는 영향력, 그것이 상징하는 휴식과 가정의 행복을 보여주는 그림이었기 때문에 앤에게는 단순한 만족감과는 또 다른 느낌을 주었다.

하빌 대령은 독서를 즐기는 사람은 아니었다. 그러나 서가를 아주 훌륭하게 꾸며놓았고, 벤윅 대령이 가진 멋진 장정의 책들을 잘 보관할 수 있게 아주 예쁜 책장을 만들어놓았다. 그는 다리가 불편해서 많이 움직일 수는 없었지만, 부지런하고 재주가 좋아서 끊임없이 집 안에서 일거리를 찾아내는 듯했다. 밑그림을 그리고 광택제를 칠하고 목공 일을 하고 풀로 붙였다. 아이들의 장난감을 만들어주고, 더 쓰기 편하게 개선한 새 뜨개바늘과 핀을 만들어냈다. 더 할 일이 없으면 방 한쪽 구석의 커다란 낚시 그물을 손보았다.

앤은 그 집을 나오면서 큰 행복을 뒤에 두고 온다고 생각했다. 루이자는 걸어가는 동안 잔뜩 흥분해서 해군들은 친절하고 전우애가 넘치며, 솔직하고, 강직한 사람들이라며 감탄의 말을 쏟아냈다. 해군들이야말로 영국에서 그 어떤 이들보다 더 가치 있고 따뜻한 사람들이라고 목소리를 높였다. 잘 사는 법을 알고 있는 사람들은 그들뿐이고, 존경과 사랑을 받을 자격이 있는 사람들도 그들뿐이라고 했다.

일행은 옷을 갈아입고 저녁식사를 하기 위해 다시 모였다. 계획대로 아주 잘되어서, '철이 완전히 지났다'거나 '라임에는 사람의 왕래가 없다'거나, '만나볼 만한 사람들이 없다'며 여관 주인이 거듭 사과했지만 하나도 아쉬운 것이 없었다.

앤은 이제 웬트워스 대령과 동행하는 데에도 점점 더 무뎌져서, 그와 한 식탁에 앉아 예를 차려 평범한 대화를 주고받는 것도 별일 아니라는 생각까지 하게 되었다.

밤에는 너무 어두워서 아침까지는 숙녀들을 다시 볼 수 없었지만, 하빌 대령은 그들에게 저녁에 찾아오겠다고 약속했다. 그는 약속대로 왔고, 친구도 데려왔다. 벤윅 대령은 낯선 사람들이 많이 모인 곳에 오기를 불편해하는 성격이라 그가 온 것은 예상 밖이었다. 즐거운 분위기의 모임이 지금의 그에게는 견디기 어려웠을 텐데도 용기를 내어 찾아온 모양이었다.

　웬트워스 대령과 하빌이 방 한쪽에 자리를 잡고 대화를 주도하면서 예전 기억들을 끌어내 다른 사람들의 관심을 끌고 흥미를 돋워줄 일화들을 잔뜩 들려줄 동안, 앤은 벤윅 대령과 함께 좀 떨어진 자리에 앉게 되었다. 타고난 선한 마음씨의 앤은 그의 말상대가 되어주었다. 그는 낯가림이 심했고 혼자만의 생각에 빠지는 성격이었다. 그러나 앤의 온화한 표정과 부드러운 태도가 곧 효력을 발휘했다. 앤은 처음에는 좀 어려움을 겪었지만 곧 노력의 보상을 받았다. 그는 주로 시에 한정되긴 했지만, 독서에 상당한 취미를 가진 젊은이였다. 게다가 그의 친구들은 아마 관심도 없을 주제들을 놓고 토론하며 적어도 하루 저녁 시간은 즐겁게 보낼 수 있는 사람이었다. 앤은 고통에 맞서 싸워야 할 의무가 있고 거기에서 얻는 점도 있음을 일깨워주어 그에게 정말로 도움이 되기를 바랐다. 그들의 대화에서 이런 이야기가 자연스럽게 나왔다. 그는 수줍음이 많기는 했지만 내성적이지는 않았다. 오히려 평소 자제하던 태도를 버리게 되어 기쁜 듯했다. 최근 풍요롭게 나오는 시들에 대해 이야기하다가 최고의 시인들에 대해 짤막한 의견을 나누고, 「마미온」과 「호반의 여인」(월터 스콧의 대표시—옮긴이) 중에서 어느 쪽을 더 좋아하는지, 「불신자」와 「아비도스의 신부」(바이런의 대표시—옮긴이)는 어떻게 평가

149

하는지에 대해 토론했다. 게다가 '불신자'를 어떻게 발음해야 하는지 이야기하면서 그는 스콧 경의 가장 달콤한 노래들과 바이런의 희망 없는 고뇌에 대한 열정적인 묘사를 아주 잘 알고 있음을 보여주었다. 그는 북받치는 감정을 담아 비참함으로 무너진 마음을 그리는 여러 시구를 읊었다. 그가 이해해주기를 바라는 듯 보여서, 앤은 그에게 시 외에도 다른 책을 읽어볼 것을 권했다. 시를 온전히 즐기는 이들에게는 늘 위험이 따른다는 게 시의 불행이라고 생각했다. 시를 진정으로 평가할 수 있는 것은 강렬한 감정들이지만, 이런 감정으로 시를 음미하되 적절히 거리를 두어야 했다.

그의 표정에서 그가 자신의 상황에 대한 이러한 암시에 괴로워하기보다는 기뻐한다는 것을 알고, 앤은 대담하게 대화를 계속해나갔다. 자신이 정신적으로 더 성숙한 연장자라 느끼고, 그가 매일 하는 독서에서 산문의 비중을 대폭 늘리도록 권했다. 자세히 예를 들어달라는 부탁에, 최고의 계율과 가장 강력한 도덕적 신념, 종교적 인내의 사례들로 정신을 고양하고 강화해줄 수 있는 작품들 가운데 생각나는 대로 이야기했다. 대부분 우리 시대의 가장 훌륭한 도덕가들의 작품, 훌륭한 서간집들, 가치 있는 삶을 살고 고통을 겪어본 인물들의 비망록들이었다.

벤윅 대령은 주의 깊게 귀를 기울이면서 고마워하는 듯

했다. 이런 슬픔에 도움 될 책이 있을지 믿을 수 없다며 고개를 가로젓고 한숨을 내쉬기는 했지만, 그가 추천한 작가들의 이름을 적어두고 꼭 구해서 읽어보겠노라고 약속했다.

　저녁 모임이 끝났을 때 앤은 라임에 와서 생전 처음 보는 젊은이에게 자신이 인내와 감수에 대해 설교하고 있다니 재미있다는 생각이 들었다. 더 진지하게 생각해보면 다른 많은 위대한 도덕가와 설교자들이 그러는 것처럼 정작 자신의 행동도 꼼꼼히 들여다보면 허점투성이일 텐데 열변을 토한 것에 두려움마저 들었다.

12

다음 날 아침, 앤과 헨리에타는 아침식사 전에 바다로 산책을 나가기로 했다. 모래사장까지 가서 파도치는 바다를 구경했다. 신선한 남동풍을 타고 파도치는 밀물의 흐름을 보았다. 광활한 해안에서나 볼 수 있는 장관이었다. 그들은 아침을 찬양하고, 바다를 찬미하며 신선한 산들바람의 기쁨에 공감했다. 그리고 침묵에 잠겼다. 그러다가 헨리에타가 갑자기 입을 열었다.

"아! 맞아요, 대부분의 사람들이 바다 공기는 항상 건강에 이롭다고 믿는대요. 셜리 박사님도 1년 전 봄에 병을 앓고 나신 후에 큰 효과를 얻으셨대요. 라임에서 한 달 동안 지냈던 것이, 드셨던 어떤 약보다도 더 효험이 있었다고 하셨거든요. 바닷가에 있으면 다시 젊어지는 기분이라고 하시더라고요. 아예 바닷가에서 사시면 좋을 텐데. 어퍼크로스를 떠나서 라임에 정착하시는 편이 더 나을 것 같아요. 그렇게 생각하지 않으세요? 그렇게 하는 게 그분과 셜리 부인께 제일 좋을 것 같은데, 앤 생각은 어떠세요? 아시다시피 셜리 부인은 여기에 사촌들도 있고 지인들도 많이 있잖아요. 그러니 즐겁게 지내실 수 있을 거예요. 혹시라도 또 발작이 올 경우를 대비해서라도 의사의 도움을 받기 편한 곳으로 오시면 좋을 텐데요. 셜리 박사님 부부처럼 평생 좋은 일만 하신 훌륭한 분들이 어퍼크로스 같은 곳에서 말년을 힘들게 보내신다는 건 생각만 해도 우울해져요. 거기에서 그분들은 우리 가족 이외에는 누구와도 교류가 없으신 것 같거든요. 박사님 친구분들이 제안해주시면 좋을 텐데. 정말로 꼭 그래야 한다고 생각해요. 특별 허가를 받는 문제에 있어서라면, 박사님의 연세와 인격에 비추어 아무 어려움이 없을 거예요. 딱 하나 마음에 걸리는 점이 있다면, 박사님이 담당 구역을 떠나시도록 설득할 수 있느냐지요. 아주 엄격하고 양심적인 분이니까요. 지나치게 양심적이세요. 그렇다고 생각하지 않아요, 앤? 다른 사람이 수행해주는 편이 나을지도 모르는데 목사가 의무를 위해 자신의 건강을 희생시킨다면 그건 잘못된 양심이 아닐까요? 게다가 라임은 27킬로미터밖에 떨어져 있지 않으니 사람들이 뭔가 불만을 이야기해도 그분이 충분히 들으실 수 있을 테고요."

앤은 이 말을 들으면서 남몰래 여러 번 미소지었다. 그녀는 젊은 남자뿐만 아니라 아가씨의 감정도 살펴서 도움을 줄 자세가 되어 있었기에 바로 그 주제로 들어갔다. 여자의 경우에는 잠자코 들어주기만 하면 되니까 남자보다 더 낮은 기준을 적용해야겠지만. 앤은 헨리에타의 토로에 이치에 맞고 적합한 말만 해주었다. 셜리 박사가 휴식을 취해야 한다는 주장이 맞고, 부목사로 활동적이고 존경할 만한 젊은이를 들인다면 그거야말로 바람직한 일이라고 말했다. 이런 부목사가 기혼자라면 더 좋을 것이라는 암시까지도 예의에 벗어나지 않는 선에서 흘렸다.

헨리에타는 잔뜩 신이 나서 말했다. "레이디 러셀이 어퍼크로스에 살면서 셜리 박사님과 친하게 지내시면 좋을 텐데요. 레이디 러셀이 하시는 말씀이라면 다들 잘 따른다는 말을 많이 들었답니다! 어떤 일이든 사람을 설득할 수 있는 분이라 늘 존경했어요. 전에도 말했지만, 저는 그분이 좀 무서워요. 실은 많이 무서워요. 아주 명석하신 분이라면서요. 하지만 그분을 대단히 존경하고 있어요. 어퍼크로스에도 그런 이웃이 계시면 좋겠어요."

앤은 헨리에타가 고마워하는 태도가 재미있다고 느꼈고, 그의 관점에서 사건이 진행되고 새로운 이해관계가 생기면서, 자기 친구 레이디 러셀이 머스그로브 가족 중 누군가의 호의를 얻게 되었다는 것도 재미있었다. 그러나 앤이 무난한 대답을 해주고 이런 새로운 여자가 어퍼크로스에 나타나기를 바란다고 말한 순간, 루이자와 웬트워스 대령이 그들 쪽으로 오는 모습이 보여서 모든 화제는 갑자기 중단되었다. 그들도 아침식사가 준비될 때까지 산책을 하러 나온 모양이었다. 하지만 루이자는 갑자기 가게에서 살 것이 생각났다면서 모두 자기와 함께 마을로 가자고 청했다. 그들은 모두 루이자의 청에 따랐다.

해변에서 위로 올라가는 계단까지 왔을 때, 마침 내려가려던 한 신사가 예의 바르게 뒤로 물러서서 그들에게 길을 비켜주었다. 그들은 계단을 올라 그 신사의 곁을 지나쳤다. 지나치면서 앤의 얼굴이 그의 눈길을 끌었다. 그가 앤을 열렬한 찬미의 눈길로 바라보는 바람에 앤도 눈치채지 않을 수 없었다. 앤은 유난히 예뻐 보였다. 균형이 잘 잡힌 예쁘장한 이목구비는 얼굴을 스치는 바람과 그 때문에 더욱 활기를 띤 눈빛 덕분에 젊음의 신선함과 아름다움을 되찾았다. 그 신사(태도에서 완벽하게 신사였다)는 앤을 진심으로 찬양하는 것이 분명했다. 웬트워스 대령도 이를 알아차린 듯 바로 앤을 보았다. 그는 앤에게 잠깐 눈빛을 보냈다. 그 밝은 눈빛은 '저 남자가 당신한테 반했군. 나조차도 이 순간만큼은 앤 엘리엇을 다시 보았소'라고 말하는 듯했다.

루이자가 일을 보는 동안 그들은 조금 더 걷다가 여관으로 돌아왔다. 자기 방에서 나와 서둘러 식당으로 향하던 앤은 옆방에서 나오던 신사와 부딪칠 뻔했다. 조금 전 바닷가에서 마주친 그 신사였다. 앤은 그 신사도 자기들처럼 손님일 거라 짐작하고, 그들이 돌아올 때 여관 근처에서 거닐고 있던 인상 좋은 마부는 그의 하인일 거라 생각했다. 하인과 주인 모두 상복 차림인 것도 이런 추측을 뒷받침했다. 이제 그 신사 또한 그들과 같은 여관에 묵고 있음을 알게 되었다. 이 두 번째 만남 역시 짧았지만 신사의 표정으로 보아 앤에게 매혹된 것이 틀림없었으며, 재빨리 적절한 사과의 말을 한 것으로 보아 대단히 매너가 좋은 사람인 듯했다. 그는 서른쯤 되어 보였고, 잘생기지는 않았지만 호감 가는 인물이었다. 앤은 그에 대해 알고 싶어졌다.

그들이 아침식사를 거의 끝내갈 무렵, 마차 소리(라임에 온 후로 처음 듣는 소리였다)에 일행들 절반이 창가로 갔다. "어느 신사의 이륜마차네. 마구간 쪽 마당에서 나와 대문으로 가네요. 떠나는 사람이 있는가 보지. 상복을 입은 하인이 몰고 있네요."

이륜마차라는 말에 찰스 머스그로브가 자기 마차와 비교해보고 싶은 마음에 벌떡 일어났다. 앤은 상복 차림의 하인이라는 말에 호기심이 일었다. 여섯 명이 다 보려고 모였을 때, 마차 주인이 집안 식구들의 인사를 받으며 문에서 나와 마차를 타고 떠날 채비를 했다.

"아!" 웬트워스 대령이 외치며 앤을 슬쩍 쳐다보았다. "우리가 마주쳤던 그 사람이로군요."

머스그로브 자매도 맞장구를 쳤다. 다들 그의 모습이 언덕 위로 사라질 때까지 쳐다보다가 다시 아침식사 자리로 돌아왔다. 잠시 후 시중드는 하인이 방으로 들어왔다.

"방금 떠난 신사분은 성함이 어떻게 되나?" 웬트워스 대령이 물었다.

"예, 엘리엇 씨라고, 재산이 많은 신사분입지요. 어젯밤에 시드머스에서 오셨답니다. 저녁식사 중에 마차 소리를 들으셨겠지요. 크루컨을 거쳐 바스에서 런던으로 가는 길이라고 하셨습니다."

"엘리엇이라고!" 하인이 분명히, 빠르게 말했지만 그의 말이 다 끝나기도 전에 많은 이들이 서로 마주 보며 그 이름을 되풀이했다.

메리가 외쳤다. "세상에! 우리 사촌이 틀림없어요. 그 엘리엇 씨예요, 진짜로요! 찰스, 앤 언니, 맞지? 상중이라니 엘리엇 씨가 틀림없어요. 정말로 신기한 일이네! 우리와 같은 여관에 묵다니! 앤 언니, 우리 사촌 엘리엇 씨가 틀림없겠지? 아버지의 상속인 말이야. 저기," 메리는 하인을 향해 말했다.

"그분 하인이 혹시 주인이 켈린치가 사람이라는 말은 않던가?"

"아뇨, 그런 말은 없었습니다. 하지만 자기 주인이 아주 부유한 신사분이고, 언젠가는 준남작이 되실 거라는 말은 했습니다."

"그렇다니까! 맞지!" 메리는 신이 나서 외쳤다. "내가 말했잖아요! 월터 엘리엇 경의 상속자라고! 그렇다면 그 얘기가 나올 줄 알았지. 하인들이 어디를 가든지 남들 앞에서 떠들고 싶어 할 만한 얘기니까. 하지만 앤 언니, 진짜 신기하지 않아! 그를 좀 더 오래 보았으면 좋았을 텐데. 그랬으면 즉시 누구인지 알아봤을 테고 인사도 나눌 수 있었을 거야. 서로 인사도 못 했다니 어쩌면 좋아! 언니는 그 사람이 엘리엇가 사람의 외모를 가졌다고 생각해? 난 거의 보질 못해서. 말을 보고 있었지 뭐야. 하지만 엘리엇가 사람답게 생겼을 거야. 문장을 알아보지 못했다니! 오! 큰 포장을 판 위에 걸쳐놓아서 문장이 가려졌어. 그렇지 않았다면 보았을 텐데. 제복도 말이야. 상중이 아니었다면 제복으로 알아보았을 거야."

"참으로 놀라운 상황을 종합해보자면, 부인이 사촌과 인사를 나누지 못한 것은 하늘의 뜻이라고 생각해야 할 것 같군요." 웬트워스 대령이 말했다.

앤은 메리가 자신의 말에 귀 기울일 수 있게 되자, 그들의 아버지와 엘리엇 씨는 오랫동안 인사를 나눌 만한 관계가 아니었다는 점을 납득시키려 했다.

그러나 한편으로는 사촌을 보았고, 미래의 켈린치 주인이 의심의 여지 없이 신사이며, 지각 있는 사람임을 알게 되어 속으로 기뻤다. 하지만 앤은 그들이 두 번이나 마주쳤다는 걸 절대 말할 생각이 없었다. 메리는 이른 아침 산책 중 그와 닿을 듯이 가깝게 지나쳤던 일에 그다지 관심을 두지 않겠지만, 자기는 그의 곁에 가까이 가보지도 못했는데 앤이 복도에서 그와 거의 부딪칠 뻔하고 정중한 사과를 받은 데 대해서는 매우 부당하다고 느낄 것이다. 아니, 사촌 간의 짧은 만남은 절대 비밀에 붙여야만 했다.

"다음에 바스로 편지를 보낼 때 꼭 우리가 엘리엇 씨를 만났다는 얘기를 해야 해. 아버지도 아셔야지. 그에 대한 얘기를 꼭 전해드리라고." 메리가 말했다.

앤은 즉답을 피했으나, 굳이 전할 필요가 없을 뿐 아니라 덮어두어야 할 일이라고 보았다. 오래전 아버지가 느낀 모욕감을 잘 알고 있었기 때문이다. 그 점에서는 엘리자베스도 마찬가지일 것 같았다. 엘리엇 씨를 생각만 해도 둘 다 짜증이 솟구칠 것이 뻔했다. 메리는 절대 바스에 편지를 쓰지 않았다. 엘리자베스와의 느리고 불만스러운 서신 교환을 이어가는 귀찮은 일은 모두 앤의 몫이었다.

아침식사가 끝나고 잠시 후, 하빌 대령 부부와 벤윅 대령이 찾아왔다. 라임에서의 마지막 산책길에 동행하기 위해서였다. 그들은 1시에 어퍼크로스로 떠나야 했다. 그전까지는 다 함께 모여서 되도록 야외에서 시간을 보내기로 했다.

　　모두 거리로 나오자마자 벤윅 대령이 앤 곁으로 왔다. 전날 밤 그들이 나눈 대화로 그는 앤을 다시 만나고 싶었다. 그들은 함께 걸으면서 전날처럼 스콧과 바이런 경에 대해 이야기를 나누었고, 어느 쪽이 더 나은가와 같은 문제에서는 두 사람의 독자가 한자리에 있으면 늘 그렇듯이 정확히 의견일치를 보지 못했다. 그렇게 가다 보니 일행들의 대열이 전체적으로 바뀌면서 벤윅 대령 대신 하빌 대령과 나란히 걷게 되었다.

　　그가 목소리를 낮추어 말을 걸었다. "엘리엇 양, 저 딱한 친구가 저렇게 말을 많이 하게 만들어주시다니 훌륭하십니다. 그가 이런 벗을 더 자주 만날 수 있으면 좋겠군요. 입을 다물고만 있으니 안됐지 뭡니까. 하지만 어쩌겠습니까? 헤어질 수도 없고."

　　"네, 저도 어려울 거라 생각해요. 하지만 시간이 지나면, 어떤 고통이라도 시간이 해결해줄 테지요. 하빌 대령님, 친구분이 상을 당하신 지 얼마 되지 않았다는 것을 기억하셔야지요. 제가 알기로는 불과 작년 여름의 일인걸요."

"아, 그렇습니다." 그는 깊은 한숨을 쉬며 말했다. "6월이었답니다."

"게다가 바로 그 사실을 아시게 된 것도 아니었지요."

"8월 첫 주에 희망봉에서 돌아와서야 들었답니다. 그래플러호에 막 탔을 때였습니다. 저는 플리머스에 있었는데, 그에게서 소식을 듣기가 두려웠답니다. 그가 편지를 보내왔지만, 그래플러호는 포츠머스로 가라는 명령을 받은 상태였지요. 거기에서 소식을 받았을 겁니다. 하지만 누가 그 소식을 전하려 했겠습니까? 저는 못 합니다. 저라면 차라리 활대 끝으로 올라가는 쪽을 택하겠습니다. 아무도 할 수 없는 일이었지만, 저 착한 친구가 해주었지요." 그는 웬트워스 대령을 가리키며 말했다. 라코니아호가 그 전주에 플리머스에 들어와 있었답니다. 다시 바다로 나갈 위험은 없었어요. 그는 휴가 신청서를 내고 답장도 기다리지 않고서 밤낮으로 항해해서 포츠머스까지 갔습니다. 도착하자마자 곧장 그래플러호로 가서 그 불쌍한 친구 곁에 일주일을 꼬박 붙어 있어 주었지요. 그가 아니었다면 다른 누구도 불쌍한 제임스를 구해줄 수 없었을 겁니다. 그러니 생각해보세요, 엘리엇 양, 그가 우리에게 소중하지 않겠습니까!"

앤은 그 질문에 대해 완벽하게 확신을 가지고 대답했다. 자신의 감정이 닿을 수 있을 만큼, 혹은 그의 감정이 견딜 수 있을 정도까지만 말했다. 하빌 대령은 감정이 북받쳐 그 주제를 다시 끄집어내기만 해도 힘들어했기 때문이다. 그가 다시 말을 할 수 있게 되었을 때는 화제를 완전히 바꾼 후였다.

하빌 부인이 남편의 상태로는 더 이상의 산책이 무리라고 해서, 다들 산책은 이 정도에서 끝내기로 했다. 그들은 하빌 부부를 집 앞까지 함께 데려다준 다음, 헤어져서 돌아왔다. 계산으로는 이렇게 하면 시간이 딱 맞았다. 그러나 방파제까지 거의 다 왔을 때, 다들 한 번 더 마을을 둘러보고 싶은 마음이 생겼다. 루이자는 15분 정도 늦는 건 큰일이 아니라고 단호하게 밀어붙였다. 하빌 부부의 집에 도착한 그들은 서로 온갖 따뜻한 작별의 말과 떠올릴 수 있는 모든 친절한 초대와 약속의 말들을 주고받으며 헤어졌다. 그들은 방파제에 적절한 작별을 고하기 위해 계속 발걸음을 옮겼다. 벤윅 대령은 끝까지 함께 있으려는 듯 그들과 동행했다.

어느새 벤윅 대령이 다시 앤에게 다가왔다. 눈앞에 펼쳐진 풍경을 보니 자연스럽게 바이런 경의 '검고 푸른 바다' 이야기가 나왔다. 앤은 기쁘게 그의 말에 모든 주의를 기울여주었다. 그런데 곧 다른 쪽으로 주의를 돌리지 않을 수 없는 상황이 발생했다.

새로운 방파제의 위쪽 길은 바람이 너무 거세서 숙녀들에게는 불편했다. 그들은 낮은 쪽 계단으로 내려가기로 했다. 다들 가파른 계단을 차분하고 조심스럽게 내려왔으나, 루이자가 문제였다. 웬트워스 대령의 도움을 받아 계단을 뛰어내려온 것이다. 산책하는 내내 대령은 그가 계단에서 뛰어내릴 수 있도록 도와주어야 했다. 루이자는 그것이 아주 즐거웠다. 웬트워스는 이번에는 포장도로가 딱딱해서 발을 다칠지도 모른다고 주저했지만, 결국 그가 원하는 대로 해주었다. 무사히 내려온 루이자는 잔뜩 신이 나서 다시 뛰어내리겠다고 계단을 달려 올라갔다. 대령은 그만두는 게 좋겠다며 말렸다. 몸에 무리가 될 거라 생각했기 때문이었다. 하지만 그의 염려도 루이자에게는 통하지 않았다. 그는 웃으며 이렇게 말했다. "저는 하겠다면 해요." 대령이 손을 내밀었지만, 간발의 차이로 루이자는 방파제 아래 포장도로로 떨어져 기절했다!

상처도, 피도, 눈에 보이는 멍도 없었지만 눈을 꼭 감은 채 숨도 쉬지 않았다. 얼굴은 꼭 죽은 사람 같았다. 주위에 둘러선 이들에게는 끔찍한 순간이었다!

한발 늦게 그의 곁으로 온 웬트워스 대령은 그만큼이나 창백해진 얼굴로 무릎을 꿇은 채 루이자를 팔에 안아올려 살펴보면서 괴로운 심정에 말도 하지 못했다. "루이자가 죽었어! 죽었다고!" 메리가 남편을 붙잡고 비명을 질러대는 통에, 그렇지 않아도 겁에 질려 있던 찰스는 움직이지도 못했다.

그 말을 들은 헨리에타는 루이자가 죽은 것이 틀림없다고 믿고 기절해버렸다. 하마터면 계단에서 떨어질 뻔했지만 벤윅 대령과 앤이 붙잡아 양쪽에서 부축했다.

"누구 저 좀 도와주실 분 없습니까?" 제일 먼저 입을 연 사람은 웬트워스 대령이었다. 기운이 다 빠져나가버린 듯 절망에 빠진 목소리였다.

앤이 외쳤다. "대령님께 가보세요, 제발요. 헨리에타는 저 혼자 돌볼 수 있어요. 여기는 제게 맡기고 대령님께 가주세요. 루이자의 손을 주물러주세요. 관자놀이도 문질러주시고요. 여기 소금이 있어요. 가져가세요."

벤윅 대령은 그 말대로 따랐다. 찰스도 아내의 손을 뿌리치고 대령에게로 갔다. 그들은 루이자의 몸을 세워서 양쪽에서 더 단단히 받치고 앤이 말했던 대로 다해보았으나 소용이 없었다. 웬트워스 대령이 비틀거리며 벽에 몸을 기대고 괴로움에 어쩔 줄 몰라 하며 외쳤다.

"아아! 루이자의 부모님께 뭐라고 하나!"

"의사를 불러요!" 앤이 말했다.

그는 그 말을 들었다. 그 말에 바로 기운이 났는지 "맞아, 맞아, 당장 의사를 불러와야지"라면서 뛰어나가려 하자 앤이 말했다.

"벤윅 대령님, 대령님이 가시는 게 더 낫지 않을까요? 의사를 어디에서 찾을 수 있는지 아실 테니."

생각을 할 수 있는 사람들은 모두 그 말이 맞다고 느꼈다. 벤윅 대령은 곧(모든 일이 순식간에 이루어졌다) 시체처럼 축 늘어진 불쌍한 루이자를 오빠에게 맡기고, 최대한 빨리 마을로 떠났다.

뒤에 남은 딱한 일행으로 말하자면, 완전히 제정신인 세 사람, 웬트워스 대령과 앤, 찰스, 세 사람 중에서 누가 가장 괴로워하고 있는지 말하기 어려웠다. 정 많은 오빠 찰스는 슬픔에 흐느끼며 한 누이에게서 눈길을 돌려 역시 의식을 잃고 있는 다른 누이를 보거나, 그가 도울 수 있는 상황이 아닌데도 도와달라며 히스테리에 빠져 소동을 부리는 아내를 지켜보았다.

앤은 모든 힘을 모으고 열성을 다해 본능이 시키는 대로 헨리에타를 돌보고, 틈틈이 다른 이들도 편하게 해주려 애썼다. 메리를 진정시키고, 찰스에게 기운을 불어넣고, 괴로워하는 웬트워스 대령을 달랬다. 둘 다 앤이 지시해주기를 바라는 듯했다.

"앤, 앤, 다음에는 어떻게 해야 할까요? 대체 뭘 하면 좋지요?" 찰스가 외쳤다.

웬트워스 대령의 시선도 앤을 향했다.

"루이자를 여관으로 데려가는 게 낫지 않을까요? 그래

요, 여관으로 조심해서 데려가요."

"그래요, 그래, 여관으로." 웬트워스 대령이 어느 정도 정신을 차리고 되풀이해 말했다. 뭔가 할 일이 생겨서 기운이 난 듯했다. "내가 데려가지요. 머스그로브, 다른 사람들을 돌봐주세요."

이때쯤에는 사고 소식이 방파제 주변의 노동자와 뱃사공들 사이에도 퍼져서, 그들 주위에 많은 이들이 모여들었다. 필요하다면 도움을 주려는 뜻이기도 하고, 젊은 아가씨가 목숨을 잃은 광경을 구경하려고 온 사람들도 있었다. 처음에는 쓰러진 사람이 하나라고 들었는데 와보니 둘이라 두 배는 볼 만한 광경이었다. 헨리에타는 이 선량한 사람들 중에서도 점잖아 보이는 이들에게 맡겼다. 의식이 돌아오긴 했지만 여전히 기운을 쓰지 못했기 때문이다. 이렇게 앤은 그 옆에서 걸어가고, 찰스는 아내를 데리고 말할 수 없는 심경으로 왔던 길을 되돌아갔다. 바로 조금 전까지만 해도 그토록 가벼운 마음으로 지나왔던 길이었다.

그들이 방파제를 벗어나기도 전에 하빌 부부와 마주쳤다. 벤윅 대령이 뭔가 심상치 않은 표정으로 그들의 집 옆을 달려가는 모습을 보았던 것이다. 그들은 즉시 집을 나서서 소문을 듣고 현장으로 왔다. 하빌 대령은 충격을 받았지만 이내 정신을 차리고 도움을 주려 나섰다. 그는 아내와 눈짓

166

으로 해야 할 일을 결정했다. 루이자를 자기네 집으로 데리고 가 의사를 기다리자고 한 것이다. 사람들은 주저했지만, 그는 굽히지 않았다. 결국 모두 그의 집으로 갔다. 루이자가 하빌 부인의 지휘 아래 위층으로 옮겨져 부인의 침대에 눕혀질 동안, 남편은 필요한 모든 도움을 제공하고 강장제, 원기회복제를 아낌없이 가져다주었다.

루이자는 눈을 떴지만 의식을 제대로 회복하지 못하고 다시 눈을 감았다. 그러나 이 정도만 해도 죽지는 않았다는 증거였으니 헨리에타에게 도움이 되었다. 헨리에타는 희망과 공포에 눌려 여전히 정신을 차리지 못한 상태라서 루이자와 한 방에 있을 수는 없었지만, 다시 정신을 잃지는 않았다. 메리도 점점 차분해졌다.

의사는 믿을 수 없을 만큼 빨리 도착했다. 의사가 진찰할 동안 사람들은 잔뜩 겁에 질려 있었다. 그러나 가망이 없어 보이지는 않았다. 머리에 심각한 타박상을 입긴 했지만, 더 큰 부상에서도 회복되는 것을 보았다고 했다. 의사는 밝은 어조로 결코 가망 없는 상태가 아니라고 말했다.

의사가 심각한 상태로 보지 않는다는 것, 곧 사망할 거라고 말하지 않았다는 데 우선 모두 크게 안도했다. 그들 모두 하늘에 열렬한 감사와 기쁨의 탄성을 터트렸다. 최악의 사태를 면했다는 깊고 고요한 기쁨은 상상할 수 있을 것이다.

웬트워스 대령이 "하느님 감사합니다!"라고 외치는 어조와 표정을, 앤은 결코 잊지 못할 것 같았다. 탁자 옆에 앉아서 영혼에서 우러나오는 다양한 감정들에 압도된 듯, 포갠 양팔에 얼굴을 묻고 감정을 가라앉히려 기도의 말을 웅얼대던 모습 또한 잊지 못할 것이다.

루이자의 사지는 멀쩡했다. 머리 외에는 다친 곳이 아무데도 없었다.

이제 이 상황에서 어떻게 하는 것이 가장 좋을지 생각해봐야 했다. 이제 서로 대화를 나누고 의논할 수 있을 만큼 진정이 되었다. 하빌 부부를 이렇게 곤란한 일에 말려들게 한 것이 친구들로서는 괴로웠지만, 루이자를 그대로 놔두어야 한다는 점에는 의심의 여지가 없었다. 루이자를 옮긴다는 것은 불가능했다. 하빌 부부는 모든 망설임을 잠재웠다. 감사의 말도 듣지 않으려 했다. 그들은 다른 이들이 미처 생각하기도 전에 모든 것을 다 내다보고 정리했다. 벤윅 대령이 자기 방을 그들에게 내주고 다른 데 잘 곳을 구하기만 하면 모든 것이 해결된다는 것이었다. 그들은 오히려 집이 좁아 사람들을 더 많이 받아주지 못하는 것을 걱정할 따름이었다. 하지만 '아이들을 하녀 방으로 보낸다거나 어딘가에 간이침대를 놓는다면' 두세 명쯤은 더 지낼 곳을 만들 수 있을 거라고 이야기했다. 반면 머스그로브 양의 간호만큼은 아무 걱정

168

말고 하빌 부인에게 전적으로 맡겨달라고 했다. 하빌 부인은 경험 많은 간호사였다. 오래도록 부인 곁에서 지낸 보모 역시 그가 가는 곳이면 어디든 따라다녔기에 하빌 부인 못지않았다. 이 두 명이 있으면 밤낮으로 완벽한 간호가 가능했다. 이 모든 제안을 거부할 수 없을 만큼 진실하게, 진심으로 전했다.

찰스와 헨리에타, 웬트워스 대령 셋이 의논을 해보았지만, 한동안 당혹스러움과 두려움에 찬 이야기들만 오갔다.

"어퍼크로스, 누군가 어퍼크로스로 가야 해요. 소식을 전해야지요."

"어떻게 머스그로브 어른들께 알려야 하나……."

"떠나기로 한 시간에서 벌써 한 시간이 지났어요. 지금 출발해도 너무 늦을 텐데."

처음에는 이런 외침들만 난무할 뿐 이야기에 진전이 없다가, 잠시 후 웬트워스 대령이 애써 정신을 차리고 이렇게 말했다.

"결정을 해야 합니다. 한시도 지체할 수 없어요. 일분일초가 급합니다. 누군가 지금 바로 어퍼크로스로 출발해야 해요. 머스그로브, 당신 아니면 나 둘 중 하나가 가야 합니다."

찰스도 동의했다. 그러나 자기는 갈 수 없다고 했다. 하빌 대령 부부에게 짐이 되고 싶진 않지만, 누이를 이런 상태로 두고 가는 것은 안 될 일이고 그럴 수도 없다는 것이었다. 그래서 찰스는 남기로 했다. 처음에는 헨리에타도 같은 생각이었다. 그러나 곧 설득을 받아들여 마음을 바꾸었다. 자기가 남는다고 무슨 도움이 되겠는가! 루이자의 방에 있어도 루이자를 보고 있으면 괴로움에 아무것도 할 수 없을 것이다. 그는 결국 자신이 아무 도움도 줄 수 없다는 것을 인정하지 않을 수 없었다. 여전히 떠나는 게 내키지 않았지만, 부모님 생각에 마음이 움직인 나머지 남지 않기로 했다. 헨리에타는 집으로 가는 데 동의했고, 막상 그렇게 되자 빨리 집으로 가고 싶어졌다.

계획이 여기까지 정리됐을 즈음, 루이자의 방에서 조용히 나오던 앤은 응접실 열린 문틈 사이로 다음과 같은 대화를 듣게 되었다.

"그러면 그렇게 합시다, 머스그로브. 당신이 남고, 내가 헨리에타를 집으로 데려가지요. 하지만 나머지 사람들은, 한 명은 남아서 하빌 부인을 도와야 할 것 같은데, 딱 한 명만 있으면 될 것 같습니다. 찰스 머스그로브 부인은 당연히 아이들이 있으니 집으로 돌아가셔야지요. 하지만 앤 양이 남는다면, 누구도 앤 양만큼 이 일에 적합하고 유능한 사람은 없을 겁니다!"

앤은 자신에 대해 그렇게 말하는 것을 듣고 놀란 가슴을 진정시키려 잠시 멈추었다. 다른 두 명도 그의 말에 적극 찬성했다. 그제야 앤이 모습을 나타냈다.

"당신이 남아주실 거라 믿습니다, 틀림없이. 남아서 루이자를 돌봐주세요." 웬트워스 대령이 앤 쪽으로 몸을 돌리고 흥분에 가득찬, 그러나 부드러운 어조로 외쳤다. 과거를 되살아나게 하는 듯한 어조였다. 앤은 얼굴이 새빨개졌다. 그는 마음을 가라앉히고 자리를 떴다. 앤은 더없이 자발적으로, 기꺼이, 기쁘게 남겠다는 뜻을 표했다. "그럴 생각이었고, 꼭 그렇게 하도록 허락해주시기를 바라요. 하빌 부인이 허락만 해주신다면 루이자의 방에 침대를 놓으면 돼요."

한 가지만 더 결정하면 다 정리가 될 듯싶었다. 이렇게 지체되었으니 머스그로브 부부도 소식을 듣기 전에 벌써 좋지 않은 예감을 하고 있기를 차라리 바라지만, 어퍼크로스까지 말을 타고 되돌아가는 데 시간이 걸리니 끔찍한 걱정의 시간이 더 길어질 것이다. 그래서 웬트워스 대령이 여관에서 마차를 빌려 타고 가고, 머스그로브 씨의 마차와 말은 다음 날 아침 일찍 집으로 보내면 밤사이 루이자의 상태를 알릴 수도 있을 거라고 제안했다. 찰스 머스그로브도 이에 동의했다.

웬트워스 대령은 서둘러 자기가 할 수 있는 일들을 준비하기 위해 떠났고, 두 숙녀도 곧 그 뒤를 따랐다. 그러나 메리에게 계획을 알리는 순간, 모든 평화는 끝이 나고 말았다. 메리는 앤이 아니라 자신이 떠나야 한다는 사실이 너무 화가 날 정도로 비참하고 부당한 일이라며 불만을 터뜨렸다. 앤은 루이자와 아무 관계도 아니지만 자기에게는 시누이이다. 헨리에타를 대신할 권리가 있다! 왜 내가 앤만큼 도움이 되지 못한다고 생각한단 말인가? 게다가 찰스도 없이, 남편도 없이 집으로 가라니! 안 된다, 너무 매정하다! 메리는 남편이 못 견딜 때까지 떠들어댔다. 그가 포기하자 남은 이들 중 누구도 반대하고 나서지 못했으므로 어쩔 수가 없었다. 메리가 앤을 대신하게 할 수밖에 없었다.

앤은 질투에서 비롯된 메리의 생떼를 받아주는 게, 이번 만큼은 정말 내키지 않았다. 그러나 그렇게 하는 수밖에 없었다. 찰스는 누이동생을 챙기고, 벤윅 대령은 앤 옆에 서서 마을로 출발했다. 앤은 그날 아침 바로 여기서 일어났던 사소한 정황들을 잠시 되새겨보았다. 거기에서 셜리 박사가 어퍼크로스를 떠났으면 좋겠다는 헨리에타의 속마음을 들었다. 그리고 엘리엇 씨를 처음 보았다. 그러나 이런 생각도 한순간일 뿐, 이제는 루이자의 안위를 걱정하는 이들을 생각해야 할 때였다.

벤윅 대령은 앤에게 배려를 아끼지 않았다. 그날 그들 모두가 겪은 괴로움이 더해져서인지, 앤도 그에게 더 잘해주고 싶은 마음이 들었다. 앞으로도 알고 지내는 사이로 남을 수 있다고 생각하니 기뻤다.

웬트워스 대령은 길 아래쪽에 그들이 편히 탈 수 있도록 사륜마차를 대기시켜놓고 기다리고 있었다. 그러나 경악하는 그의 낯빛으로 보아 앤과 메리가 바뀐 데 놀라고 화가 난 것이 분명했다. 찰스의 설명을 듣는 동안 감정을 드러내는 듯했지만 곧 자제하고 억눌렀다. 자신을 맞이하는 그의 표정에서 앤은 굴욕감을 느낄 수밖에 없었다. 그에게는 자신의 가치가 루이자에게 도움이 될 수 있는가만으로 평가된다는 것이 분명해 보였다.

앤은 애써 평정을 찾고 공정하게 상황을 보려고 노력했다. 자신이라면 헨리에 대한 에마의 감정(매슈 프라이어의 시 「헨리와 에마」에 나오는 대목—옮긴이)에 비할 정도는 아니더라도, 그를 위해 열정으로 루이자를 돌보았을 것이다. 앤은 그가 자신이 부당하게 친구로서의 의무를 저버렸다고 생각하는 게 오래가지 않기를 바랐다.

그런 생각을 하면서 앤은 마차에 올랐다. 그는 두 사람이 자리에 앉을 수 있도록 도운 다음 둘 사이에 앉았다. 이렇게 놀랍고 여러 감정이 북받치는 상황에서 앤은 라임을 떠났다. 어떻게 이 긴 여정이 지나갈지, 그들의 태도에 어떤 영향을 미치게 될지, 어떤 대화를 나누게 될지, 그는 짐작도 할 수 없었다. 그러나 모든 것이 아주 자연스러웠다. 그는 헨리에타에게 끔찍이 정성을 쏟았다. 줄곧 그쪽으로 몸을 돌리고, 항상 그가 바라는 바를 따르고 활기를 북돋아주는 쪽으로 말했다. 대체로 그의 목소리와 태도는 차분했다. 헨리에타의 감정이 동요하지 않게 하는 것이 그의 첫째 원칙인 듯했다. 딱 한 번, 헨리에타가 방파제로 마지막 산책갔을 때 일어난 운 나쁜 순간에 대한 이야기를 꺼내며, 그런 생각을 한 게 잘못이었다고 슬퍼하면서 탄식을 쏟아내자 그가 감정을 자제하지 못한 듯 폭발했다.

"그런 말은 마세요, 하지 마세요. 오 하느님! 그 운명의 순간에 내가 그의 뜻대로 해주지 않았더라면! 응당 해야 할 행동을 했더라면! 하지만 루이자는 너무 신이 나 있었고 너무 단호했어요! 아, 사랑스러운 루이자!"

앤은 지금 그가 단호한 성격이 대체로 더 이롭고 행복해질 수 있다고 믿는 자신의 의견에 대해 의문을 느끼고 있을지, 다른 모든 정신적 자질들과 마찬가지로 단호한 의지도 균형과 한계가 필요하다는 사실을 깨달았을지 궁금했다. 앤은 그가 남의 설득에 귀 기울이는 유연한 성격 또한 단호한 성격 못지않게 행복에 도움이 될 때도 있다는 점을 느끼지 않을 수 없으리라 생각했다.

그들은 빨리 움직였다. 앤은 낯익은 풍경이 보이자 깜짝 놀랐다. 여행의 끝이 두려운 탓인지 여정이 전날의 반밖에 되지 않은 것 같았다. 그러나 어퍼크로스 부근에 들어서기도 전에 날이 완전히 어두워졌다. 다들 잠시 아무 말이 없었다. 헨리에타는 구석에서 얼굴을 숄로 덮고 뒤로 몸을 기댄 채 울다가 잠든 것 같았다. 마지막 언덕을 올라가고 있을 때 웬트워스 대령이 앤에게 말했다. 그는 신중한 목소리로 나지막이 말했다.

"어떻게 하는 것이 가장 좋을지 생각해보았습니다. 헨리에타가 제일 먼저 모습을 보이면 안 될 것 같습니다. 아마 견디지 못할 테니까요. 두 분이 마차에 남아 있는 동안, 내가 들어가서 머스그로브 부부께 말씀드리는 게 어떨까 합니다. 당신 생각은 어떠신지요?"

앤은 동의했다. 그는 만족하고 더는 말하지 않았다. 그러나 그런 부탁을 했다는 것이 앤에게 기쁨을 주었다. 우정의 증거이자 자신의 판단력을 존중한다는 의미로서 큰 기쁨이었다. 마지막으로 남긴 증거라 해도 그 가치가 줄어들지는 않았다.

어퍼크로스에서의 괴로운 대화가 끝났다. 부부가 이런 상황에서도 침착함을 유지하고 딸은 그들과 함께 있게 되어 회복된 모습을 보이자, 웬트워스 대령은 타고 온 마차로 라임으로 돌아가겠다고 말했다. 말이 준비되자 그는 곧 떠났다.

13

어퍼크로스에서 앤에게 남은 시간은 이틀뿐이었고, 그 시간은 모두 본가에서 보냈다. 앤은 그곳에서 편한 벗이면서 또한 앞일을 준비하는 데 도움을 주는 사람으로서 자신이 매우 쓸모있는 존재라는 점에 만족감을 느꼈다. 머스그로브 부부는 너무 근심에 빠져 있어서 그가 없었다면 앞일을 대비하기가 어려웠을 것이다.

그들은 다음 날 아침 라임에서 일찍 전갈을 받았다. 루이자의 상태는 비슷했다. 전보다 더 나빠진 징후는 없었다. 몇 시간 후에 찰스가 돌아와 그 이후의 더 자세한 설명을 전했다. 그는 좀 기운을 차린 모습이었다. 빨리 낫기를 바랄 수는 없겠지만, 상황은 양호한 편이라고 했다. 하빌 부부만큼 친절한 사람들은 본 적이 없고, 특히 간호사로서 하빌 부인의 노고는 이루 말할 수 없을 정도라고 전했다. "정말 메리가 할 일이 없더라고요. 저와 메리는 그분들의 설득을 받아들여 어젯밤 일찍 여관으로 돌아갔습니다. 메리는 오늘 아침에도 신경이 날카로웠어요. 제가 떠나올 때 벤윅 대령과 산책하러 나가는 길이었는데, 그게 메리에게 좋을 것 같아서요. 메리에게 그 전날 집으로 돌아가도록 설득했어야 했는데. 하빌 부인이 정말 완벽하게 일을 해주셔서 다른 사람이 전혀 필요 없었어요."

찰스는 그날 오후 라임으로 돌아갈 예정이었다. 그의 아버지도 처음에는 함께 갈까 생각했지만 여자들이 반대하고 나섰다. 그러면 다른 사람들을 더 힘들게 할 뿐이고, 아버지 본인도 더 힘들 거라는 이유에서였다. 그보다 훨씬 더 나은 계획이 나왔는데, 크루컨에서 마차를 불러와 찰스가 훨씬 더 도움이 될 사람을 데리고 가는 것이었다. 바로 집안의 아이들을 모두 키워낸 나이 든 보모였다. 보모는 아이들을 다 키우고, 제일 막내로 오래도록 귀여움을 받아온 해리가 형들을 따라 학교로 떠나는 모습까지 지켜본 사람이었다. 이제는 인적 없는 육아실에서 양말을 수선하거나 주변 사람들의 물집이나 타박상을 치료하며 소일하고 있었다. 보모는 사랑하는 루이자 양의 간호를 돕게 되어 기뻐했다. 머스그로브 부인과 헨리에타도 새라를 그쪽으로 보냈으면 하고 막연하게 떠올리기는 했다. 그러나 앤이 없었더라면 그렇게 빨리 결심하고 실행에 옮기지는 못했을 것이다.

그들은 다음 날 찰스 헤이터 덕분에 루이자에 대해 자세한 것까지 전해들을 수 있었다. 가족들이 루이자의 경과를 스물네 시간 내내 궁금해했기에 그가 일부러 라임까지 다녀왔던 것이다. 그의 설명을 전해들고서야 다들 조금씩 기운을 차렸다. 의식을 회복하는 데 차도를 보인다는 것이었다. 전하는 말들로 보아 웬트워스 대령은 라임에 있는 것 같았다.

앤은 오전에 떠날 예정이었지만, 다들 그의 출발에 걱정이었다. "앤이 없으면 우리는 어떡하지? 우리끼리 있어봤자 서로 위안도 안 되는데!" 이런 식의 얘기를 하도 들어서, 앤은 그들 모두 라임에 가도록 설득하는 게 낫겠다는 생각을 하게 됐다. 사실 모두 그러고 싶다고 속내를 보였던 터라 설득에 별 어려움이 없었다. 결국 다음 날 모두 떠나기로 했다. 여관에 묵거나 다른 숙소를 정하기로 하고 루이자가 이동이 가능해질 때까지 머물기로 했다. 루이자를 돌봐주는 선량한 사람들의 곤란을 덜어주어야 했다. 적어도 하빌 부인이 자기 아이들을 돌보는 수고라도 덜어줄 수 있을 것이다. 요컨대 그들은 그 결정에 대단히 만족했고 앤도 자신이 한 일에 기뻤으며 그들의 준비를 도와주고 이른 시간에 떠나보내면서, 어퍼크로스에서의 마지막 오전을 이보다 더 알차게 마무리할 수는 없을 거라고 생각했다. 결국 앤은 텅 빈 집을 홀로 떠나게 되겠지만.

코티지에 있는 어린아이들을 제외하면, 두 집을 가득 메우고 활기를 불어넣었던 사람들, 어퍼크로스를 즐거운 곳으로 만들었던 모든 이들 중에서 앤만이 마지막으로 남았다. 불과 며칠 사이에 얼마나 큰 변화가 일어났는가!

루이자가 회복된다면 다시 모든 것이 좋아질 것이다. 이전보다 더 큰 행복이 돌아올 것이다. 그가 보기에 루이자가 회복된 이후에 어떤 일이 일어날지는 불 보듯 훤했다. 지금은 홀로 조용히 생각에 잠겨 있는 이 방이, 몇 달 후면 다시 행복과 기쁨, 꽃피는 사랑으로 밝게 빛나는 모든 것, 앤 엘리엇과는 전혀 닮지 않은 모든 것으로 가득하게 될 것이다.

굵은 빗방울에 창에서 어렴풋이 보이던 몇 안 되는 것들도 거의 보이지 않게 된 흐린 11월 하루, 한 시간을 꼬박 이런 생각에 잠겨 있다 보니 레이디 러셀의 마차 소리가 더할 나위 없이 반갑게 들렸다. 하지만 아무리 떠나고 싶은 마음이 굴뚝 같았어도 본가를 떠나면서, 빗방울이 뚝뚝 떨어지는 불편하고 시커먼 베란다가 있는 코티지에 작별인사를 고하면서, 또는 김 서린 창 너머로 마을 맨 끝의 초라한 농가들을 보면서 서글픈 마음이 들기 시작했다. 어퍼크로스를 지나며 보는 풍경들이 다 소중했다. 그곳은 한때는 격심했으나 이제는 누그러진 수많은 고통의 감정들, 사그러진 감정과 우정, 화해의 경험들, 다시 돌아갈 수는 없겠지만 언제나 소중한 기억으로 남을 모든 것이 담겨 있었다. 앤은 이런 기억만을 안고, 그 모든 것을 뒤로 했다.

앤은 9월에 레이디 러셀의 집을 떠나온 후로 한 번도 켈린치에 간 적이 없었다. 꼭 가야 할 필요도 없었고, 가볼 기회가 몇 번 있었지만 애써 피해왔다. 다시 돌아온 그는 현대적이고 우아한 방에 거처를 잡고 그곳 안주인의 눈을 즐겁게 해줄 생각이다.

레이디 러셀은 앤을 다시 만나 기쁘면서도 한편으로는 좀 불안하기도 했다. 누가 어퍼크로스를 자주 찾았는지 알고 있었기 때문이다. 그러나 다행히도 앤은 살이 좀 오르고 더 예뻐진 듯했다. 적어도 레이디 러셀의 눈에는 그렇게 보였다. 앤은 예뻐졌다는 칭찬에 사촌이 말없이 감탄하던 기억을 떠올리고는 즐거워했다. 젊음과 아름다움이 두 번째 봄을 맞았기를 바랐다.

함께 대화를 나누면서 앤은 곧 자신에게 정신적인 변화가 일어났음을 깨달았다. 켈린치를 떠날 때 그의 마음을 가득 채우고 있던 주제들, 무시당했다는 느낌, 머스그로브 가족들 속에서 억눌러야만 한다고 느꼈던 것들이 이제는 그다지 중요하지 않게 되었다. 최근 들어서는 아버지와 언니, 바스조차 잘 생각하지 않게 되었다. 레이디 러셀이 예전의 희망과 두려움을 다시 꺼내며 캠든 플레이스에 구한 집은 만족할 만하지만 클레이 부인이 아직도 그들과 함께 있어서 안타깝다고 말했을 때에도, 앤은 라임과 루이자 머스그로브, 거기에서 알게 된 사람들 생각에만 정신이 쏠려 있음을 깨닫고 문득 부끄러워질 지경이었다. 앤에게는 캠든 플레이스의 아버지 집이나 언니와 클레이 부인과의 친분보다도 하빌 부부와 벤윅 대령의 우정과 그들의 집이 훨씬 더 흥미로웠다. 사실 그에게 가장 중요한 일이어야 할 화제임에도 레이디 러셀의 말에 응당 보여야 할 관심을 보이려고 억지로 노력을 해야 할 정도였다.

또 다른 주제에 대한 그들의 대화도 처음에는 약간 어색했다. 그들은 라임에서 있었던 사고에 대해 이야기해야 했다. 레이디 러셀은 그 전날 도착하자마자 그 소식을 전부 다 들었지만, 그래도 이야기를 듣고, 질문을 하고, 경솔한 행동에 안타까워하고, 결과에 탄식해야 했다. 웬트워스 대령의 이름이 두 사람의 입에 오르내리지 않을 수 없었다. 앤은 레이디 러셀만큼 자연스럽게 할 수가 없었다. 그 이름을 입 밖으로 낼 수 없었고, 레이디 러셀의 눈을 똑바로 쳐다볼 수가 없었다. 결국 그와 루이자의 관계에 대해 자신이 생각하는 바를 짧게 말하는 쪽을 택했다. 그 얘기를 하고 나니 더는 그의 이름이 앤을 괴롭히지 않았다.

레이디 러셀은 앤의 이야기를 차분하게 듣더니 그들의 행복을 빌어주었다. 하지만 속으로는 스물세 살 때는 앤 엘리엇의 진가를 어느 정도는 알아보았던 것 같던 남자가 8년이 지나서는 루이자 머스그로브에게 끌렸다는 사실에 분하면서도 기쁘고, 기쁘면서도 경멸감을 느꼈다.

처음 사나흘은 라임에서 편지가 두어 통 온 이외에는 별일 없이 조용히 지나갔다. 편지가 어떻게 앤에게 전해졌는지는 알 수 없으나 루이자의 상태가 다소 호전되었다는 소식을 담고 있었다. 사나흘이 지났을 무렵, 레이디 러셀은 더는 예의를 잊고 지낼 수가 없었다. 과거에 대한 두려움도 희미해지면서 태도가 단호해졌다. "크로프트 부인을 방문해야겠다. 지금 바로 찾아가야겠어. 앤, 나와 함께 그 집을 방문할 수 있겠니? 우리 둘에게는 다소 힘든 시련이 될 텐데."

앤은 피하지 않기로 했다. 오히려 진심 그대로 이렇게 말했다.

"우리 둘 중에서 부인이 더 힘드실 텐데요. 감정을 수습할 시간이 없으셨잖아요. 이웃으로 지내게 되었으니 저도 차차 무뎌질 거예요."

앤은 그 문제와 관련해 할 말이 더 있었다. 사실 크로프트 부부를 매우 좋게 보았고, 아버지가 운 좋게 좋은 세입자를 들였다고 보았기 때문이다. 교구에 훌륭한 모범이 되어

가난한 사람들을 잘 돌보고 베풀어주리라 생각했다. 자기 가족들이 떠나야만 했던 것은 안타깝고 부끄러운 일이지만, 머물 자격이 없는 사람들이 떠난 것이고 켈린치 홀은 원주인보다 더 나은 주인을 만난 거라고 생각할 수밖에 없었다. 이런 믿음은 그 나름대로는 분명히 고통스럽고 가혹했으나, 레이디 러셀처럼 저택을 다시 찾아 잘 아는 방들을 둘러보면서 겪을 법한 고통을 겪지는 않았다.

이럴 때에 앤은 스스로에게 이렇게 말할 힘이 없었다. '이 방들은 우리 것인데, 주인이 바뀌어 이렇게 운명이 타락하다니! 무가치한 이들이 차지하다니! 유서 깊은 집안이 그렇게 쫓겨가다니! 낯선 자들이 그들의 자리를 채우고 있어!' 아니, 어머니를 생각하고 과거에 어머니가 앉아 집안을 돌보던 자리를 기억할 때를 제외하고는, 그런 광경에 한숨을 쉬지는 않았다.

크로프트 부인은 항상 앤이 사랑받고 있다고 느끼게끔 다정하게 맞아주었지만, 오늘은 특히 더 많은 배려를 기울였다.

라임에서 있었던 슬픈 사고가 곧 주요 화제가 되었다. 서로 자기가 들은 환자의 최근 소식을 교환하던 중에, 어제 아침 같은 시각에 소식을 들었다는 걸 알게 되었다. 웬트워스 대령이 어제 켈린치에 왔었고(사고 이후로 처음이었다), 정확히 어떻게 된 것인지는 알 수 없지만 그가 앤에게 편지를 전해주고 몇 시간 후 다시 라임으로 돌아갔던 것이다. 당분간은 라임에 있을 생각이라고 했다. 그가 앤의 안부를 물었다는 것도 알게 되었다. 그는 엘리엇 양의 노력이 매우 컸으며, 이번 일로 애쓰느라 몸을 상하지는 않았으면 좋겠다는 말도 전했다. 기분 좋은 말이었고, 앤에게 그 무엇보다도 큰 기쁨을 주었다.

그 슬픈 사건에 대해, 차분하고 분별 있는 두 여자는 심사숙고한 끝에 올바른 판단을 적용하여 동일한 식으로 결론을 끌어냈다. 경솔함과 부주의함의 결과였으며, 그 여파는 대단히 우려스럽고, 머스그로브 양의 회복이 얼마나 오래 걸릴지 알 수 없고, 그 후로도 뇌진탕의 후유증이 얼마나 심각할지 생각만 해도 무섭다는 데 완벽하게 의견 일치를 보았다. 제독은 이런 외침으로 마무리했다.

"아, 정말 안된 일입니다. 젊은이가 연인의 머리를 깨는 식으로 구애를 하는 게 새로운 연애 방식인지! 그렇지 않습니까, 엘리엇 양? 머리부터 깨놓고 치료해주는 겁니까!"

크로프트 제독의 태도는 레이디 러셀에게는 좀 거슬렸지만 앤은 재미있었다. 그의 선량한 마음씨와 단순한 성격은 거부할 수 없는 매력이 있었다.

잠시 생각에 잠겨 있다가 그가 불쑥 말했다. "저, 여기에 오셔서 저희를 보시게 되니 앤 양으로서는 참으로 마음이 편치 않으시겠습니다. 전에는 미처 생각 못 했지만, 기분이 좋지 않으시겠어요. 하지만 그래도 어쩌겠습니까. 일어나서 원하시는 만큼 집을 둘러보셔도 됩니다."

"감사하지만 다음번에 하지요, 지금은 말고요."

"그럼 아무 때고 편한 때 보십시오. 언제든 관목숲을 지나 들어와도 됩니다. 그리고 저 문 옆에 우산을 걸어두었답니다. 딱 좋은 자리지 않습니까? 하지만," 제독은 자제하면서 말을 이었다. "당신은 좋은 자리라고 생각지는 않을 겁니다. 당신 우산은 항상 집사의 방에 보관되어 있었으니까요. 아, 그러니까 항상 그랬을 거라는 말입니다. 사람마다 방식은 다 다르지만, 다들 자기한테 제일 좋은 쪽을 선호하지요. 그러니 집을 둘러보는 게 좋을지 어떨지도 앤 양 스스로 결정하면 됩니다."

앤은 거절해야겠다고 생각하면서도 무척이나 고마웠다.

제독이 잠시 생각하더니 말을 이었다. "우리가 몇 가지는 변화를 주었답니다! 거의 손대지 않았지만요. 어퍼크로스에서 세탁실 문에 대해서는 이야기를 드렸지요. 그건 아주 훌륭한 개조였습니다. 문이 그렇게 열려 있는데 그런 불편을 어떻게 그리 오래 참고 사셨는지 놀랍습니다. 월터 경께 저희가 고쳤다고 말씀드려주세요. 셰퍼드 씨는 이 집에서 고친

부분 중에 가장 훌륭하다고 하더군요. 정말로 저희가 고친 몇 가지 부분들은 훨씬 더 나아졌다고 자신 있게 말할 수 있어요. 처가 그런 것을 아주 잘한답니다. 내가 한 일이라고는 내 옷방에서 당신 아버님이 쓰시던 큰 거울을 치운 정도지요. 월터 경은 아주 좋은 분이시죠, 정말 신사이십니다. 하지만 내 생각에는, 엘리엇 양," 제독은 진지한 표정으로 말했다. "연세에 비해 옷차림에 꽤 많이 신경 쓰는 분이신가 봅니다. 거울이 얼마나 많던지요! 세상에! 사방에서 다 자기 모습을 볼 수 있겠더군요. 그래서 소피의 도움을 받아 그것들을 옮겼답니다. 지금은 한쪽 구석에 조그만 면도 거울을 하나 놓고 나니 편하더군요. 큰 거울 곁에는 얼씬도 안 합니다."

앤은 자기도 모르게 그의 말에 웃음이 나서 대답할 말을 찾지 못했다. 제독은 자기가 예의 없게 말을 한 것은 아닐까 걱정이 되어 다시금 말을 이었다.

"엘리엇 양, 다음번에 아버님께 편지를 쓸 때는 나와 아내가 인사 전한다고 꼭 좀 해줘요. 우리 취향대로 여기를 꾸몄을 뿐이지 여기 자체는 전혀 문제없다고요. 거실 굴뚝에서 연기가 좀 나기는 하지만, 바람이 북쪽에서 세게 몰아칠 때뿐이고, 겨울에 한 세 번이나 있을까 말까 한 일이지요. 그리고 이 근방의 집들을 거의 다녀보고 나서 하는 말인데, 이 집보다 더 마음에 드는 집은 없더군요. 꼭 안부와 함께 내 말을 전해주세요. 아버님이 들으시면 기뻐하실 겁니다."

레이디 러셀과 크로프트 부인은 서로 아주 잘 맞았다. 하지만 이번 방문으로 시작된 인연이 당분간은 이어지지 못할 운명이었다. 크로프트 부부가 시골 북쪽의 친척들을 방문하기 위해 몇 주간 집을 비울 예정이었기 때문이다. 아마도 그들이 다시 집으로 돌아올 때쯤에는 레이디 러셀이 바스에 가고 없을 것이다.

이제 켈린치 홀에서 앤이 웬트워스 대령을 만나게 되거나, 레이디 러셀과 함께 그를 보게 될 위험은 다 사라졌다. 모든 것이 안전했고 앤은 쓸데없는 걱정에 공연히 마음을 썼다는 생각에 절로 미소가 지어졌다.

14

머스그로브 부부가 도착한 뒤에도 찰스와 메리는 훨씬 더 오래 라임에 남아 있었다. 그러나 앤은 그들이 손톱만큼이라도 도움이 될 거라고 생각지는 않았다. 그래도 그들이 가족 중에서는 제일 먼저 집으로 돌아왔고, 어퍼크로스로 돌아오자마자 켈린치의 별채로 앤을 보러 왔다. 그들은 루이자가 자리에서 일어나 앉는 것까지 보고 왔다. 머리는 맑아졌지만 체력이 굉장히 약해져 있었고, 아무리 신경 써서 세심하게 잘 대해주어도 신경과민이 되곤 했다. 루이자는 대체로 잘 지내고 있었지만, 언제 집으로 돌아올 수 있을지는 여전히 알 수 없었다. 머스그로브 부부는 크리스마스 휴일에 돌아올 아이들을 맞으러 집으로 먼저 돌아와야 했기에 딸과 함께 올 수가 없었다.

그들은 다 함께 여관에서 지냈다. 머스그로브 부인은 하빌 가족의 불편을 덜어주기 위해 하빌 부인의 아이들을 되도록 오래 데리고 있으면서 어퍼크로스에서 제공할 수 있는 모든 도움을 다 주려 했지만, 하빌 부부는 오히려 매일 저녁식사를 하러 오라고 그들을 불렀다. 요컨대 양쪽에서 누가 더 사심 없이 환대를 베푸는가를 놓고 경쟁을 벌인 꼴이었다.

메리는 나름대로 불만이 있었으나 그렇게 오래 머무른 것으로 보아 힘들기보다는 즐거웠던 것이 틀림없었다. 찰스 헤이터는 좀 과할 정도로 라임을 자주 찾아왔다. 하빌 부부와 저녁식사를 할 때, 시중 들 하녀가 한 명밖에 없었다. 처음에는 하빌 부인이 항상 머스그로브 부인을 상석에 앉혔으나, 메리가 누구의 딸인지 알게 된 후로 매우 정중하게 사과했고 말했다. 매일 할 일이 아주 많았다. 그들의 숙소와 하빌 가 사이를 자주 산책했고, 도서관에서 책을 빌려 하빌 부부와 자주 바꾸어 보기도 해서 라임이 훨씬 더 지내기 좋았다. 메리는 차머스에도 갔다 왔고, 목욕도 하고, 교회에도 갔다. 어퍼크로스보다 라임의 교회에 구경할 만한 사람들이 훨씬 더 많았다. 여기에 자신이 매우 도움이 되고 있다는 기분까지 더해져 2주를 정말로 즐겁게 보냈다.

앤은 벤윅 대령의 안부를 물었다. 메리의 얼굴이 표나게 어두워졌다. 찰스가 웃음을 터뜨렸다.

"오! 벤윅 대령은 아주 잘 지내는 것 같아. 하지만 참 묘한 사람이야. 무슨 생각을 하고 있는지 모르겠다니까. 우리 집에서 하루 이틀쯤 지내도록 초대했거든. 찰스가 사냥에 데려가주겠다고 했더니 아주 좋아하는 것 같았어. 그래서 다 정해졌다고 생각했지. 그런데 세상에! 화요일 밤에 이상한 변명을 늘어놓더라고. 자기는 절대 사냥을 하지 않는다나. 오해하게 만들어 미안하다고. 그러더니 이런저런 약속을 해 놓고는 끝에 가서 못 가겠다고 하다니. 내 생각에는 지루할까 봐 그런 것 같아. 벤윅 대령처럼 상심한 사람에게는 코티지도 충분히 활기 있을 거라고 생각했는데."

찰스는 다시 웃으며 이렇게 말했다. "메리, 사정이 어떻게 된 것인지 잘 알면서 그래요. 다 처형 때문이잖소." 그는 앤을 향해 몸을 돌려 말했다. "그는 우리와 함께 가면 처형도 가까이 있게 될 줄 알았나 봐요. 모두 어퍼크로스에 사는 줄 알았던 거예요. 레이디 러셀이 5킬로미터 떨어진 곳에 산다는 것을 알게 되자 실망해서 올 마음이 없어져버렸답니다. 맹세코 그게 사실이라니까요. 메리도 나도 그렇다는 걸 알아요."

그러나 메리는 아주 우아하게 이를 부인했다. 출신으로 보나 처지로 보나 벤윅 대령이 엘리엇가 사람과 사랑에 빠질 자격이 없다고 보아서인지, 혹은 앤이 자신보다 어퍼크로스에 더 큰 매력이 된다고 믿고 싶지 않은지의 여부는 추측에 맡겨둘 수밖에 없다. 그러나 어떤 말을 듣게 되더라도 그 때문에 그에 대한 앤의 호감이 줄어들지는 않을 것이었다. 앤은 대담하게 과찬이라고 인정하고, 계속 질문을 했다.

"아! 벤윅 대령이 처형 얘기를 하더군요." 찰스가 외쳤다. "이렇게," 메리가 그의 말을 가로막았다. "찰스, 거기 있으면서 그가 앤 언니 이름을 입에 올리는 건 한 번도 듣지 못했어요. 언니, 그는 언니 얘기를 전혀 한 적이 없어."

찰스가 인정했다. "그렇지. 일반적인 식으로 언급했는지는 나도 모르겠소. 하지만 그가 처형을 매우 존경한다는 것 하나는 확실해요. 처형이 추천해준 책을 읽느라 온통 그 생각뿐이던걸요. 처형과 책에 대해 이야기하고 싶어 해요. 책에서 뭔가 좀 발견한 것들이 있답니다. 오! 기억이 확실치는 않지만 아주 멋진 것이었어요. 그가 헨리에타에게 이야기하는 것을 옆에서 들었는데. '엘리엇 양'에 대해 최고의 찬사를 늘어놓더군요. 자, 메리, 정말로 그랬다니까요. 내 두 귀로 똑똑히 들었다고. 당신은 다른 방에 있었고. '우아하고, 다정하고, 아름답고,' 오! 엘리엇 양의 매력에는 끝이 없어요."

메리가 흥분해서 외쳤다. "설령 그렇게 말했다 해도 믿을 수는 없어요. 하빌 양이 세상을 뜬 게 불과 지난 6월이에요. 그런 사람의 마음이라면 받을 가치가 없어요. 그렇지 않나요, 레이디 러셀? 틀림없이 저와 같은 생각이실 거예요."

"벤윅 대령을 먼저 보고 나서야 판단할 수 있겠는걸." 레이디 러셀이 미소지으며 말했다.

찰스가 말했다. "아마 곧 만나보게 되실 겁니다. 그는 우리와 함께 와서 여기를 정식으로 방문할 용기는 내지 못했어도, 언젠가 켈린치에 스스로 찾아올 겁니다. 제가 그에게 거리가 얼마나 되고 어떤 길로 와야 하는지 알려주었답니다. 교회가 아주 구경할 만하다는 말도 해주었고요. 그는 그런 것들을 좋아하거든요. 그러니까 좋은 구실이 되겠지요. 열심히 귀담아듣던걸요. 그의 태도로 보아 곧 여기에서 만나보시게 될 것 같네요. 자, 미리 말씀드렸습니다, 레이디 러셀."

"앤의 지인이라면 나야 언제든 환영이지." 레이디 러셀이 다정하게 대답했다.

메리가 말했다. "오! 앤 언니의 지인이라기보다는 저의 지인이에요. 지난 2주 동안 매일 그를 보았으니까요."

"두 사람의 지인으로 벤윅 대령을 만나게 된다면 정말 기쁠 거야."

"보시면 아시겠지만 호감 가는 구석은 하나도 없는 사람이에요. 그렇게 지겨운 사람은 처음 봤어요. 가끔 해변 끝에서 끝까지 저와 함께 산책을 하면서도 말 한마디 없었어요. 예의가 없다니까요. 틀림없이 부인도 좋아하지 않으실 거예요."

"그 점에서는 우리 의견이 다른걸. 나는 레이디 러셀이 그를 좋아하실 거라고 봐. 그의 마음 됨됨이를 보시면 설령 태도에 부족한 면이 있더라도 흠잡지 않으실 거야." 앤이 말했다.

찰스가 맞장구를 쳤다. "제 생각도 그렇습니다. 레이디 러셀도 틀림없이 그를 좋아하실 겁니다. 레이디 러셀이 좋아하실 만한 부류의 사람이거든요. 책 한 권만 주면 온종일 읽고 있을 겁니다."

메리가 비웃었다. "그래, 맞아요! 앉아서 책만 들여다보고 누가 자기한테 말을 걸었는지, 가위를 떨어뜨렸는지, 무슨 일이 일어났는지도 모를걸요. 당신은 레이디 러셀이 그런 걸 좋아하실 거라고 생각해요?"

레이디 러셀은 웃지 않을 수 없었다. "누군가에 대한 내 의견을 놓고 이렇게 서로 다른 추측이 나오게 될 줄은 몰랐는걸. 나는 기복이 없고 현실적인 사람이라 자부해왔는데. 이렇게 상반된 의견이 나오게 하는 사람이라니 꼭 한번 보고 싶구나. 그가 여기를 방문하게 되면 좋겠구나. 그렇게 되면, 메리, 내 의견을 들어볼 수 있을 거란다. 하지만 미리 판단할 생각은 없단다."

"마음에 안 드실 거라니까요. 장담할 수 있어요."

레이디 러셀은 화제를 바꾸었다. 메리는 신이 나서 엘리엇 씨와의 만남, 아니 그와 마주치지 못한 일을 이야기했다.

레이디 러셀이 말했다. "그 사람이라면 절대 보고 싶지 않구나. 자기 집안 어른과 친분 맺길 거부한 것 때문에 영 좋게 보이지 않거든."

그 말에 열을 올리던 메리가 멈칫하고 엘리엇 씨의 얼굴 이야기를 하던 도중에 멈추었다.

웬트워스 씨에 관해서는, 앤은 아무것도 묻지 않았지만 자연스럽게 이야기가 나왔다. 최근 들어 그는 기대했던 대로 상당히 기운을 되찾았다. 루이자의 상태가 호전되면서 그의 기분도 나아졌다. 그는 이제 첫 주에 왔을 때와는 영 다른 사람이 되었다. 그는 루이자를 보지 않았다. 만나서 이야기하다가 혹시나 루이자에게 좋지 않은 영향이 갈까 극도로 두려워한 나머지, 만남 자체를 피했다. 루이자의 상태가 좋아질 때까지 일주일이나 열흘쯤 자리를 비울 계획을 하고 있었다. 그는 일주일간 플리머스에 다녀오겠다고 말했고, 벤윅 대령에게도 같이 가자고 설득했다. 그러나 찰스가 끝까지 주장했듯이, 벤윅 대령은 켈린치 쪽을 더 염두에 두고 있는 듯했다.

레이디 러셀과 앤, 둘 다 이때부터 벤윅 대령 생각을 종종 떠올렸다는 것은 의심의 여지가 없었다. 레이디 러셀은 초인종 소리만 들려도 그의 소식이 아닌가 했다. 앤은 고독을 즐기며 산책하고 돌아올 때나, 마을에 자선을 베풀러 방문했다가 돌아올 때면 그의 모습을 보거나 소식이 와 있지는 않을까 기대했다. 그러나 벤윅 대령은 오지 않았다. 그는 찰스가 생각했던 것보다 그럴 마음이 없었거나 아니면 너무 수줍음이 많거나 둘 중 하나였다. 일주일을 기다리고서 레이디 러셀은 그가 그토록 관심을 가질 만한 인물은 아니라고 판단했다.

머스그로브 부부가 하빌 부인의 아이들을 데리고, 학교에서 돌아온 행복한 손주들을 맞이하기 위해 집으로 돌아왔다. 덕분에 어퍼크로스는 더 시끄러워지고 라임은 조용해졌다. 헨리에타는 루이자 곁에 남았다. 하지만 나머지 가족은 모두 다시 그들의 보금자리에 모이게 되었다.

레이디 러셀과 앤이 그들을 방문했을 때, 앤은 어퍼크로스가 벌써 완전히 다시 살아났다는 것을 느낄 수 있었다. 헨리에타도, 루이자도, 찰스 헤이터도, 웬트워스 대령도 없었지만, 방은 앤이 마지막으로 보았을 때와는 완전히 정반대의 모습이었다.

머스그로브 부인은 하빌 가 아이들을 옆에 꼭 끼고 있었다. 부인은 말로는 그들과 놀아준다는 핑계로 코티지의 두 아이들이 못된 장난을 치지는 않을까 막고 있는 것이라 했다. 한쪽 탁자는 소녀들이 차지하고 앉아 금색 은색 색종이를 자르며 재잘대고 있었다. 또 다른 탁자는 머릿고기와 차

195

가운 파이들로 다리가 휘어질 지경이었고, 남자아이들이 시끌벅적하게 소란을 피우고 있었다. 난로에서 이글이글 타오르는 크리스마스 장작불로 모든 것이 완벽해졌다. 장작은 다른 소음에 지지 않겠다는 듯 맹렬한 소리를 내며 타올랐다. 찰스와 메리도 왔다. 머스그로브 씨는 레이디 레셀에게 인사를 하고 10분쯤 곁에 앉아 이야기하려 했으나, 무릎 위에 앉아 고함을 지르는 아이들 때문에 목소리를 높여 말해도 소용이 없었다. 참으로 보기 좋은 가족의 한 장면이었다.

앤 자신의 기질로 보건대, 이러한 집안의 소란이 루이자의 병으로 크게 타격받은 신경을 회복하는 데는 그다지 좋은 영향을 주지 않을 것 같았다. 그러나 머스그로브 부인은 앤을 일부러 곁에 있게 하고 거듭하여 진심에서 우러나온 감사를 표했다. 아이들에게 온 정신을 팔면서도 힘들었던 일들을 짧게 요약하여 들려주고, 행복한 시선으로 방 안을 둘러보며 그런 일을 겪고 나니 집에서 작은 북새통을 보는 것만큼이나 좋은 것은 없다고 결론지었다.

루이자는 이제 빠른 회복을 보였다. 머스그로브 부인은 아이들이 다시 학교로 가기 전에 집에서 모두 함께 파티를 할 수 있지 않을까 하는 기대까지 품었다. 하빌 부부는 언제든 루이자가 돌아가게 되면 함께 어퍼크로스로 와서 머물겠다고 약속했다. 웬트워스 대령은 슈롭셔에 있는 형을 만나러 가고 없었다.

"앞으로 크리스마스 휴일 기간에는 어퍼크로스 방문을 삼가야겠다는 걸 꼭 기억해두어야겠구나." 레이디 러셀은 마차로 돌아오자마자 이렇게 말했다.

다른 문제와 마찬가지로 소음에도 누구나 자기만의 취향이 있는 법이다. 소리는 크기보다도 종류에 따라 전혀 무해할 수도 있고 대단히 괴로울 수도 있다. 레이디 러셀은 오래지 않아 비 오는 오후에 바스로 가기 위해 올드 브리지에서 캠든 플레이스까지의 긴 거리를 마차를 타고 지나갈 때, 다른 마차들이 달리는 소리, 수레와 마차들이 육중하게 덜그럭거리는 소리, 신문팔이 장수, 머핀 장수, 우유 장수들의 고함, 쉴 새 없이 들려오는 종소리에도 전혀 불평하지 않았다. 아니, 이런 소음들은 겨울의 즐거움에 속했다. 그런 소란스러움 속에서 그는 기운이 되살아났다. 머스그로브 부인처럼 그 또한 말은 않아도 시골에서 오래 지내고 나면 작은 북새통만큼 좋은 것이 없었다.

앤은 그런 감정을 느낄 수 없었다. 절대 입 밖에 내지는 않았지만 바스를 싫어하는 마음은 늘 변함없었다. 빗속에서 연기를 뿜으면서 죽 늘어선 건물들의 희미한 전경이 눈에 들어와도 아무런 기대가 일지 않았다. 그곳이 마음에 들지는 않았지만, 거리를 달려갈 때면 마차 속도가 너무 빠르게 느껴졌다. 앤이 도착한들 반겨 줄 사람이 누가 있겠는가? 돌이켜보면 어퍼크로스의 소란스러움과 켈린치의 고적함이 좋았다.

엘리자베스가 마지막으로 보낸 편지에는 재미있는 소식이 있었다. 엘리엇 씨가 바스에 있다는 것이었다. 그는 캠든 플레이스를 방문했다. 두 번, 세 번이나, 그것도 매우 정중한 태도로 방문했다고 한다. 엘리자베스와 아버지가 스스로를 기만한 것이 아니라면, 이전에는 그렇게 애써 무시하더니 지금은 친분을 쌓으려 하고, 이 관계가 얼마나 소중한 것인지 널리 알리고 있다는 것이다. 사실이라면 정말로 멋진 일이었다. 레이디 러셀은 엘리엇 씨에 대해 꽤 호의적인 호기심과 당혹감을 느꼈다. 부인은 최근에 메리에게 '절대 보고 싶지 않은 사람'이라고 했던 반감은 버린 상태였다. 부인은 그를 꼭 다시 보고 싶었다. 그가 정말로 의무를 지닌 가문의 일원으로서 본분을 다하고자 한다면, 족보에서 스스로 나가려 했던 전적이 있어도 용서해줄 만했다.

앤은 그런 상황에 함께 동요하지는 않았다. 그러나 엘리엇 씨를 다시 보고 싶은 마음이 없지는 않았다. 바스에 있는 다른 많은 이들보다는 그가 더 보고 싶을 정도였다.

앤은 캠든 플레이스에 내렸다. 레이디 러셀은 앤을 내려준 다음 리버스 스트리트에 있는 자신의 숙소로 향했다.

15

월터 경은 캠든 플레이스에서 아주 좋은 집을 얻었다. 고귀한 인물에게 어울리는 고상하고 품위 있는 곳이었다. 그와 엘리자베스는 그곳에 매우 만족해했다.

앤은 몇 달이나 거기 갇혀 지낼 생각을 하니 무거운 마음이 들어 집에 들어서면서 불안하게 혼잣말을 했다. '아! 언제 다시 여기를 떠나게 될까?' 그러나 예상과 다른 다정한 환대에 마음이 좀 풀렸다. 아버지와 언니는 앤에게 집과 가구를 보여줄 수 있게 되어 기쁜 마음에 앤을 따뜻하게 맞이해주었다. 저녁식사를 위해 자리에 앉았을 때는 앤이 와서 다시 넷이 되었으니 잘된 일이라고까지 했다.

클레이 부인은 만면에 활짝 미소를 띤 얼굴로 기분이 아주 좋았다. 그러나 그의 예의 바른 행동과 미소는 예상할 수 있는 것이었다. 앤은 자신이 도착하면 그가 꾸며서라도 예의 차리는 행동을 할 거라고 생각했지만, 다른 이들의 상냥함은 기대하지 않았던 것이었다. 분명 그들은 아주 신이 나 있었고, 곧 앤은 이유를 듣게 될 것이다. 그들은 앤의 말을 들어줄 의향은 전혀 없었다. 옛 이웃들이 크게 아쉬워하고 있다는 찬사의 말을 기다렸으나 앤이 만족할 만한 답을 들려주지 않자, 그들은 몇 가지 대충 묻고는 자기들 할 말을 늘어놓았다. 어퍼크로스에는 전혀 관심이 없고, 켈린치에도 별 흥미를 보이지 않았으며, 오직 바스에 대한 얘기뿐이었다.

그들은 바스가 모든 면에서 자기들의 기대에 부응해주고 있다고 자랑했다. 그들의 집은 말할 것도 없이 캠든 플레이스에서 제일 훌륭했다. 응접실은 그들이 지금까지 보거나 들었던 그 누구의 것보다도 훨씬 나은 점을 잔뜩 갖고 있었다. 실내 장식이나 가구의 취향에서 타의 추종을 불허한다고 말했다. 다들 그들과 어울리고 싶어 했다. 모두가 그들을 방문하길 원했다. 무수히 많은 소개를 물리쳤는데도 여전히 일면식도 없는 사람들이 계속해서 명함을 남겨두고 갔다.

여기에서는 즐거운 일이 한가득이었다! 앤이 아버지와 언니가 행복하다는 사실을 의심할 수 있겠는가? 의심은 않았을지 몰라도, 아버지가 자신의 바뀐 처지에 전혀 굴욕감을 느끼지 않고, 자기 영지에 거주해야 하는 지주의 의무와 품위에 전혀 아쉬움을 느끼지도 않으며, 이 도시의 하찮은 것들에서 허영심을 채우려 한다는 사실에 한숨이 나왔다. 엘리자베스가 접이식 문을 열어젖히고 신이 나서 방의 넓이를 자랑하며 한 응접실에서 다른 응접실로 들어갈 때는, 한때는 켈린치 홀의 안주인이었던 여자가 고작 9미터 정도 떨어진 벽 사이를 오가며 저렇게 자랑스러워한다는 데 한숨과 웃음이 동시에 나왔다.

그러나 그들의 기분이 좋았던 이유는 이것뿐만이 아니었다. 그 이유에는 엘리엇 씨도 있었다. 앤은 엘리엇 씨에 대해 귀가 아프도록 들었다. 그들은 그를 용서했을 뿐만 아니라, 기쁘게 받아주었다. 그는 바스에 2주 동안 머물렀다. 11월에 런던으로 가는 길에 바스에 들렀다가 월터 경이 이곳에 정착했다는 사실을 전해들었지만, 그때는 하루 머무는 일정이었기에 찾아올 수는 없었다고 했다. 그러나 2주 동안 머물게 되었을 때는 도착하자마자 제일 먼저 캠든 플레이스로 찾아와 자기 명함을 남기고 어떻게든 그들과 만나기 위해 온갖 노력을 아끼지 않았다. 드디어 만나게 되었을 때는 진솔한 태도로 과거 일에 대해 진심으로 사죄하면서 다시 친척으로 받아들여달라고 간청했기 때문에, 이전의 좋은 관계를 완벽하게 회복할 수 있었다.

그는 나무랄 데가 하나도 없었다. 자기 쪽에서 무시하는 듯이 보였던 것을 다 해명했다. 전부 다 오해에서 비롯된 것이었다. 그는 연을 끊는다는 생각은 꿈에도 해본 적이 없었고, 자신이 내쳐졌다고 생각했지만 이유는 알 수 없었으며, 조심스러운 태도를 취하느라 침묵을 지켰다고 했다. 가문이나 가문의 명예에 대해 경솔하게, 또는 불손하게 말했을 거라는 암시에 그는 크게 분개했다. 엘리엇가의 일원이라는 사실을 늘 자랑스럽게 여겼고, 인척관계에 대해서도 최근의 반봉건적인 분위기에 맞지 않는 엄격한 견해를 가지고 있다는 것이었다. 그는 정말로 경악을 금치 못했다! 그러나 자신의 성격과 전반적인 행동거지는 틀림없이 그런 말들을 불식시킬 거라고 했다. 그는 월터 경에게 자신을 아는 사람 모두에게 알아보아도 좋다고 했다. 물론 그가 이렇게 친척이자 차기 상속인의 기반을 회복하기 위해, 화해의 첫 번째 기회를 잡기 위해 공들이는 것만 보아도 그 문제에 대해 어떤 소신을 가지고 있는지 증명한 셈이었다.

그의 결혼을 둘러싼 정황 역시 알고 보니 충분히 정상 참작할 만했다. 그는 제 입으로 그 주제를 꺼내지는 않았다. 대신 그의 아주 가까운 친구인 월리스 대령이 그의 결혼에 관해 한두 가지 이야기를 전했다. 이를 통해 망신스러운 결혼이었다는 그들의 생각이 크게 바뀌었다. 그는 말버러 단지에서 아주 흠잡을 데 없는 생활을 하고 있는, 매우 존경받는 인물이며 완벽한 신사(그리고 인물도 못나지 않았다고 월터 경이 덧붙였다)로, 엘리엇 씨를 통해 그들과 지인이 되었다.

월리스 대령은 엘리엇 씨와 오래 알고 지낸 사이이며 그의 아내와도 잘 알아서 전모를 환히 꿰뚫고 있었다. 아내는 물론 좋은 집안 출신은 아니었지만, 교육을 잘 받아서 교양도 있었으며, 부유하고, 엘리엇 씨와 깊이 사랑하는 사이였다. 매력이 넘쳤던 그는 먼저 엘리엇 씨에게 고백했다. 그런 매력 없이 엘리엇 씨가 그의 돈에만 이끌려 좋아하게 된 것은 아니라는 말이었다. 게다가 월터 경은 그가 대단한 미인이었다고 들었다. 그렇다면 충분히 사정을 이해할 만했다. 돈 많은 미인이 그를 사랑하게 되었다니! 월터 경은 이 정도면 봐줄 수 있다고 받아들인 것 같았다. 엘리자베스는 그렇게까지 호의적으로 볼 수는 없었지만, 어쨌든 정상참작은 해주기로 했다.

엘리엇 씨는 여러 차례 방문하여 그들과 저녁식사도 같이했다. 저녁식사에 누군가를 초대하는 일이 없던 그들이 식사 초대를 하자 그는 무척 기뻐했다. 요컨대 그는 사촌으로서 대접받는 것에 기뻐했고, 캠든 플레이스와 친밀한 관계를 맺게 되어 대단히 만족해했다.

앤은 이야기를 들으면서도 온전히 다 이해하지는 못했다. 말하는 사람이 상당 부분 자기 생각대로 바꾸었을 것이 틀림없었다. 앤이 들은 것은 윤색된 이야기였다. 화해하는 과정에서 과장스럽거나 앞뒤가 맞지 않는 것들은 모두 말하는 사람의 표현 때문일 것이었다. 하지만 몇 년이나 지나서 그들과 다시 좋은 관계가 되고 싶어 하는 엘리엇 씨의 바람에는 겉으로 드러난 것 이상의 뭔가가 있을 거라는 느낌이 들었다. 세속적인 관점에서 보자면 그가 월터 경과 친해져서 얻을 것도, 잃을 것도 전혀 없었다. 그는 이미 월터 경보다 부자였고, 켈린치의 영지는 장차 작위와 마찬가지로 당연히 그의 차지가 될 것이었다. 분별 있는 사람! 그는 매우 분별 있는 사람으로 보였는데, 왜 그들과 가까워지려 하겠는가? 앤은 한 가지 해답밖에는 내놓을 수 없었다. 아마도 엘리자베스 때문일 것이다. 편의와 우연이 그를 다른 방향으로 이끌어가기는 했지만, 예전에는 정말로 좋아하는 감정이 있었을지도 모른다. 이제 하고 싶은 대로 할 여유가 생겼으니까, 그의 환심을 사려는 뜻일지도 모른다. 물론 엘리자베스는 교양 있고 우아한 태도에 매우 아름다웠다. 엘리엇 씨는 그를 사적으로는 알지 못했고 자신도 아주 젊었을 때의 일이니 그의 인품을 꿰뚫어 보지 못했을 것이다. 엘리자베스의 기질과 지성이 시간이 흘러 더 노련해진 그의 눈길에 버틸 수 있을지는 다른 문제였고, 좀 걱정스러운 문제였다. 엘리자베스가 그의 목표라면, 그가 너무 착하거나 너무 눈썰미가 날카로운 사람이 아니기만을 간절히 바랄 뿐이었다. 엘리엇 씨의 잦은 방문에 대해 들으면서, 엘리자베스는 물론이고 친구인 클레이 부인이 이를 부추기고 있다는 사실을 분명히 알 수 있었다.

앤은 그를 라임에서 잠깐 보았다고 이야기했지만 그다지 관심을 얻지는 못했다. "오! 그래, 아마 엘리엇 씨였을 거야. 우리는 몰랐지. 아마 그였을 거야." 그들은 그를 묘사하는 앤의 말을 들어줄 정신이 없었다. 오히려 자기들이 더 나서서 그의 외모를 묘사하기 시작했다. 특히 월터 경이 그랬다. 그는 엘리엇 씨의 대단히 신사다운 외모와 우아하고 세련된 풍채, 보기 좋은 얼굴, 총명한 눈빛을 제대로 이야기해주었다. "하지만 주걱턱이라는 건 참 아쉽구나. 시간이 갈수록 점점 더 튀어나오는 것 같다니까. 10년 전보다 이목구비 하나하나가 보기 흉하게 변했더구나. 엘리엇 씨는 내가 마지막으로 보았던 때와 하나도 달라지지 않았다고 생각하는 것 같았다만. 내 쪽에서 똑같은 칭찬을 되돌려줄 수 없어서 당혹스러웠단다. 하지만 불만을 말하려는 것은 아니야. 엘리엇 씨는 여느 남자보다 외모가 낫고, 같이 어디를 가더라도 부끄럽지 않을 정도는 되니까."

저녁 내내 엘리엇 씨와 말버러 단지에 사는 그의 친구들 얘기뿐이었다. "월리스 대령은 우리를 한시라도 빨리 소개받고 싶어 해! 그리고 엘리엇 씨도 안달이고!" 월리스 부인은 해산일이 임박했기 때문에 아직까지는 얘기로만 전해들었다. 엘리엇 씨는 그에 대해 '캠든 플레이스 사람들이 꼭 알고 지내야 할 대단히 매력적인 여인'이라고 말했다. 그가 회복하는 대로 곧 인사를 나눌 예정이었다. 월터 경은 월리스 부인에게 관심이 지대했다. 대단히 아름다운 여인이라고 들었기 때문이다. "꼭 만나보고 싶구나. 거리에서 끊임없이 스치는 수많은 못생긴 얼굴들에 대해 다소라도 보상이 되었으면 좋겠어. 바스에서 제일 나쁜 점은 못생긴 여자들이 많다는 거야. 예쁜 여자가 전무하다는 말은 아니지만, 못생긴 여자들이 비율상 너무 많아. 산책하면서 살펴본 바로는, 잘생긴 얼굴은 서른 명, 혹은 서른다섯 명 중 하나 꼴이랄까. 한번은 본드 스트리트의 상점에 서서 지나가는 여자들을 여든일곱 명까지 세었는데, 그중에 봐줄 만한 얼굴이 단 한 명도 없었단다. 살을 에듯 추운 오전이기는 했어. 1000명 중 한 명도 그런 시련을 견디기는 쉽지 않지. 하지만 그래도 바스에 못생긴 여자들이 엄청나게 많다는 것은 변함없는 사실이란다. 그리고 남자들로 말하자면! 비교할 수도 없이 더 나빠. 길거리에 허수아비들이 가득하다니까! 여자들이 조금 괜찮은 정도의 외모를 가진 남자한테 정신 못 차리는 걸 보면, 준수한 외모를 가진 남자들을 얼마나 보지 못하고 살았는지 알 수 있지. 월리스 대령(그는 머리카락이 옅은 갈색이기는 했지만, 군인답게 인물이 훤칠하지)과 팔짱을 끼고 산책하다 보면 모든 여자의 시선이 그에게 쏠리더구나. 여자들이 죄다 월리스 대령한테서 눈을 떼지 못한다니까." 겸손한 월터 경! 하지만 그렇게 빠져나가지는 못했다. 그의 딸과 클레이 부인이 합심하여 월리스 대령과 동행한 월터 경도 대령 못지않게 인물이 좋으며, 물론 옅은 갈색머리도 아니라는 암시를 흘렸다.

"메리는 어때 보이더냐?" 월터 경이 기분이 아주 좋아져서 물었다. "지난번에 보았을 때는 코가 빨갛더구나. 매일 그렇지는 않았으면 좋겠다만."

"오 아니에요, 아마 그때만 어쩌다 그랬을 거예요. 평소에는 건강이 아주 좋아요. 미카엘 축일 이후로는 얼굴도 좋고요."

"새 모자와 털외투를 보내주고 싶어도 밖에 나가서 찬바람에 얼굴이 거칠어질까 봐 보내지 못하겠더구나."

앤이 드레스건 모자건 그렇게 잘못 쓰일 리는 없을 거라는 말을 해드려야 하나 고민하는데 문 두드리는 소리에 모든 대화가 뚝 끊겼다.

"문 두드리는 소리라니!"

"이렇게 늦은 시간에!"

"10시야. 설마 엘리엇 씨인가? 랜스다운 크레슨트에서 식사하기로 했다던데. 집으로 돌아가는 길에 안부를 물으러 잠깐 들렀을 수도 있지. 그 사람 말고는 달리 올 만한 사람이 없어."

클레이 부인은 틀림없이 엘리엇 씨라고 생각했다. 과연 그의 말이 맞았다. 집사와 사환이 상황을 알리고 방으로 안내한 사람은 엘리엇 씨였다.

옷차림만 다를 뿐, 바로 그 사람이었다. 앤이 약간 뒤로 물러서 있고 다른 사람들은 그에게 인사를 받았다. 그는 언니에게 이렇게 야심한 시각에 방문한 데 사과하면서, 이렇게 바로 집 근처를 지나가면서 잠시 들러 엘리자베스와 친구분이 전날 감기라도 걸리지 않았는지 안부를 묻지 않을 수가 없었다는 등등의 이야기를 늘어놓았다. 최대한 공손하게 사과를 하고 역시 상대방도 공손하게 받아들였다. 그다음으로 앤의 차례가 돌아왔다. 월터 경이 막내딸에 대해 말했다. "엘리엇 씨에게 제 막내딸을 소개해드리지요."(메리는 까맣게 잊어버린 게 틀림없었다!) 앤은 얼굴을 살짝 붉히고 미소를 지으며 엘리엇 씨에게 그가 결코 잊을 수 없었던 예쁜 얼굴을 드러냈다. 엘리엇 씨는 앤인 줄 미처 알아차리지 못한 데 놀라면서도 재미있어했다. 그는 깜짝 놀란 기색이었지만, 이는 유쾌한 놀라움이었다. 그는 눈을 밝게 빛내면서 더할 나위 없이 활기차게 친척으로서 앤을 알게 되어 기쁘다고 하면서, 원래 알고 지내던 사이처럼 대해달라고 청했다. 그는 라임에서 보았던 대로 대단히 미남이었고, 예의 바른 어조는 그의 얼굴을 더욱 기품 있게 해주었으며, 태도도 부족함이 없었다. 세련되고 여유 있으며 상대에게 호감을 주는 그의 태도에, 앤은 여기 비할 만한 사람은 딱 한 명밖에 없다고 생각했다. 두 사람의 태도가 완전히 똑같지는 않았지만 누구 하나떨어지지도 않을 듯했다.

엘리엇 씨는 그들과 함께 앉아 이야기꽃을 피웠다. 그가양식 있는 사람이라는 데에는 의심의 여지가 없었다. 10분만 얘기해보면 충분했다. 그의 어조, 표현, 주제의 선택, 이야기를 멈추어야 할 때를 아는 것까지, 양식 있고 명민한 정신을 갖고 있어야만 가능한 자세였다. 그는 기회가 될 때마다앤에게 라임 얘기를 꺼내면서 그곳에 대한 자신의 의견을 앤의 생각과 비교하고 싶어 했다. 특히 같은 시간, 같은 여관에우연히 손님으로 묵게 되었던 일에 대해 이야기하고 싶어 했다. 그때 자신의 여정을 이야기해주고, 앤의 여행에 대해서도 묻고는 그에게 인사할 좋은 기회를 놓친 데 아쉬워했다. 앤은 그에게 동행했던 사람들과 라임에서 일어난 일에 대해짤막하게 설명해주었다. 앤의 이야기를 들으면서 그는 점점더 아쉬워했다. 자기는 그들의 바로 옆방에서 내내 홀로 쓸쓸하게 저녁 시간을 보냈다는 것이다. 즐거운 목소리가 계속들려오는 것을 듣고, 아주 명랑한 사람들이 틀림없다고 생각하고 같이 어울리고 싶었다. 그러나 그들에게 자신을 소개할 권리가 있다고는 당연히 꿈에도 생각지 않았다. 일행의 정체를 물어만 봤더라도! 머스그로브라는 이름만 알았어도 되었을 것이다. "이번 일을 계기로 여관에서 궁금한 것이 있어도 절대 묻지 않는 잘못된 습관을 고쳐야겠다고 생각했습니다. 젊을 때부터 호기심을 품는 것이 예의에 크게 어긋난다는 원칙에서 그렇게 행동했지요."

그는 말을 이었다. "올바른 예의범절에 필요한 것으로 말하자면, 스물한두 살 젊은이의 생각만큼 이치에 닿지 않는 것도 없을 겁니다. 그들은 종종 마음먹은 의도만큼이나 어리석은 수단을 쓰곤 한답니다."

그러나 앤하고만 이야기를 나눌 수 있는 자리는 아니었다. 그것을 잘 알고 있었기에, 그는 곧 다시 다른 사람들과도 대화를 나누었고, 라임에 대한 얘기는 간간이 들을 수 있었다.

그러나 그는 자리에서 일어나기 전에, 그곳에서 앤이 휘말렸던 상황에 대한 설명을 듣고 싶어 했다. '사고'를 넌지시 언급하면서 전말을 다 듣고 싶어 했다. 그가 질문하자 월터 경과 엘리자베스도 질문을 던지기 시작했다. 그러나 질문하는 태도에서 어쩔 수 없이 차이가 느껴졌다. 엘리엇 씨는 그때 벌어진 일을 진심으로 알고 싶어 하고, 앤이 그 사고를 목격하고 겪었을 고통에 깊은 관심을 보이는 점에서 레이디 러셀에 비할 만했다.

그는 그들과 한 시간가량 머물렀다. 벽난로 위 우아한 작은 시계가 '맑은 소리로 11시'를 알렸고, 시각을 알리는 야경꾼의 소리가 멀리에서 들려오기 시작했다. 엘리엇 씨나 그들 모두 벌써 시간이 그렇게 지났는지 몰랐다.

앤은 캠든 플레이스에서의 첫날 저녁을 이렇게 무사히 잘 보낼 수 있으리라고는 생각지 못했다.

16

앤은 가족들 곁으로 돌아와서 엘리엇 씨가 엘리자베스와 사랑에 빠졌는지보다도 아버지가 클레이 부인과 사랑에 빠지지 않았는지 확인할 수만 있다면 더 고마울 것 같았다. 집에 돌아온 지 몇 시간이 지났지만 그 점에 대해 완전히 마음을 놓을 수는 없었다. 다음 날 아침식사를 하러 내려가 보니, 클레이 부인이 이제 집으로 돌아가야겠다고 점잖게 구실을 대고 있었다. 클레이 부인은 이렇게 말한 것 같았다. "이제 앤 양이 왔으니, 저는 없어도 될 것 같아요." 엘리자베스가 목소리를 낮추어 이렇게 대답했기 때문이다. "절대로 그럴 필요 없어요. 난 전혀 그렇게 생각 안 해요. 당신에게 비하면 앤은 나에게 아무것도 아니에요." 아버지가 이렇게 말하는 소리도 들었다. "친애하는 부인, 그럴 일은 아닙니다. 아직 바스 구경도 못 하셨잖습니까. 이곳에 있으면서 부인 도움을 얼마나 많이 받았는데, 이제 와서 그냥 가버리겠다니 안 될 말이지요. 월리스 부인, 그 아름다운 월리스 부인도 만나보셔야지요. 부인의 고운 마음씨에는 아름다운 것을 보는 게 최고의 만족이라는 걸 잘 알고 있습니다."

아버지의 표정과 목소리에 진심이 담겨 있어서, 앤은 클레이 부인이 엘리자베스와 자신을 흘낏 훔쳐보는 것을 보고도 놀라지 않았다. 그의 표정에서 경계심이 드러났을지도 모른다. 그러나 고운 마음씨를 가졌다는 칭찬은 엘리자베스한테서는 아무 생각도 불러일으키지 않은 듯했다. 부인은 이렇게 둘이 합심해서 간청하는 데 못 이기고 더 머물겠다고 약속했다.

같은 날 오전, 앤과 아버지 둘만 남게 되자 아버지는 딸의 외모가 나아졌다고 칭찬했다. 그는 딸의 몸과 얼굴에 살이 붙었고 피부와 안색이 무척 좋아졌다고 생각했다. 더 맑아지고 젊어졌다.

"특별히 뭔가 사용하기라도 한 거냐?" "아뇨, 아무것도 안 썼는데요." "가울랜드 로션을 썼겠지." 아버지가 말했다. "아뇨, 안 썼다니까요." "하! 그거 놀랍구나. 하던 대로 죽 계속하렴. 지금이 아주 최상의 상태야. 가울랜드를 써보렴. 봄내내 꾸준히 써야 해. 클레이 부인도 내 추천에 따라 쓰고 있는데, 피부가 얼마나 좋아졌는지 봐라. 주근깨가 희미해졌

213

어.”

엘리자베스가 이 말을 들었더라면! 이런 직접적인 칭찬에 충격을 받았을지도 몰랐다. 특히 앤이 보기에는 주근깨가 전혀 없어지지 않았기에 더욱 그랬다. 하지만 다 때가 있는 법이었다. 엘리자베스도 결혼하게 된다면 아버지의 결혼이 미칠 악영향은 훨씬 줄어들 것이다. 앤 자신으로 말하자면 언제든 레이디 러셀과 함께 살면 되었다.

캠든 플레이스를 방문한 레이디 러셀의 차분하고 공손한 태도는 이 대목에서 시련에 부딪쳤다. 레이디 러셀은 그 집에서 항상 클레이 부인이 우대받고 앤은 천대받고 있는 모습을 보는 게 괴로웠다. 그 집에 있지 않을 때도 화가 났다. 바스에서 온천물을 마시고, 신간 도서를 모두 섭렵하고, 무수한 지인을 만나는 동안에도 여전히 화를 삭일 수 없었다.

엘리엇 씨와 친분이 쌓여가면서 레이디 러셀은 다른 사람들에 대해 점점 더 너그러워졌다. 아니 무관심일 수도 있었다. 그의 태도는 흠잡을 데 없이 훌륭했다. 그와 대화를 나누어보고 겉모습 못지않게 내면도 훌륭하다는 사실을 알고, 처음에 앤에게도 말했듯이 이렇게 말할 뻔했다. “정말 엘리엇 씨가 이렇단 말이니?” 이보다 더 호감 가거나 존중할 만한 사람을 떠올릴 수 없을 정도였다. 훌륭한 지성, 정확한 견해, 세상사에 대한 지식, 따뜻한 마음 등 무엇 하나 부족한 점이 없었다. 가족의 애정과 명예를 중시하면서도 오만해지거나 마음이 약해지지도 않았다. 재산 있는 사람답게 여유롭게 살면서도 과시하지는 않았다. 중요한 문제라면 어떤 것이든 스스로의 생각에 따라 판단했으나 세속의 예의 면에서 여론에 맞서지는 않았다. 그는 착실하고, 관찰력이 뛰어나며, 겸손하고, 솔직했다. 강렬한 감정으로 착각하고 기분에 따라, 혹은 이기심에서 제멋대로 구는 일도 없었다. 상냥하고 다정한 것에 대한 감수성을 가졌고 가정생활의 행복을 중시했는데, 열정과 격한 감정을 선호하는 성격에서는 좀처럼 찾아보기 힘든 면이었다. 레이디 러셀은 그의 결혼생활이 행복하지 않았을 거라 짐작했다. 월리스 대령이 그렇게 말했고, 레이디 러셀도 이를 알았다. 그러나 불행 때문에 그의 마음이 비뚤어지지도 않았고, (부인은 곧 짐작하게 되었듯이) 두 번째 선택을 아예 머리에서 지워버리지도 않았다. 엘리엇 씨에 대한 부인의 만족감은 클레이 부인으로 인한 심란함을 지워주었다.

앤은 이미 몇 년 전부터 자신의 훌륭한 친구와 가끔 생각이 다를 때가 있다는 것을 깨닫기 시작했다. 그래서 레이디 러셀이 엘리엇 씨의 화해하고 싶은 마음에서 뭔가 의심스럽거나 앞뒤가 맞지 않는 정황을 전혀 보지 못했다거나, 겉으로 보이는 것 이외의 다른 동기를 찾아내지 못했어도 놀라지는 않았다. 레이디 러셀이 보기에는 이제 나이를 먹고 성숙해진 엘리엇 씨가 가문의 최고 연장자와 좋은 관계를 맺는 것이 매우 바람직한 목표이며, 모든 양식 있는 사람들 속에서 널리 권할 만한 일이라고 생각하게 된 것이 아주 자연스러웠다. 젊을 때는 실수를 했더라도 시간이 지나면 자연히 제정신이 들게 되는 것이 당연한 일이었다. 그러나 앤은 그 말에 미소를 짓고 결국 '엘리자베스'라는 이름을 입에 올렸다. 레이디 러셀은 잘 듣고 나서 이런 신중한 대답만을 남겼다. "엘리자베스라! 아주 좋구나. 시간이 좀 지나면 알게 되겠지."

미래로 판단을 맡겨두자는 말이었고, 잠시 관찰해본 후, 앤은 그렇게 할 수밖에 없겠다고 느꼈다. 지금으로서는 아무것도 결정할 수가 없었다. 그 집에서는 엘리자베스가 첫 번째여야 했고, '엘리엇 양'으로 행동하는 데 익숙해져 있어서 어떤 주목을 받아도 특별하게 느끼지 않는 듯했다. 엘리엇 씨 또한 상처한 지 일곱 달밖에 되지 않았다는 사실을 잊지 말아야 했다. 그가 서두르지 않는다 해도 충분히 이해할 만한 사정이었다. 사실 앤은 그의 모자에서 검은 상장喪章을 볼 때마다 그를 두고 이런 상상을 한다는 것이 용서받지 못할 일이라는 두려움을 느꼈다. 그의 결혼이 그리 행복하지 못했다 해도, 짧지 않은 세월이었기에 결혼생활이 끝나버린 끔찍한 기억에서 빨리 회복될 거라는 생각은 할 수 없었다.

결론이야 어떻건 그는 바스의 지인들 중에서 가장 유쾌한 사람임은 분명했다. 앤은 그에 필적할 사람은 아무도 보지 못했다. 가끔씩 그에게 라임에서의 이야기를 해주는 것도 큰 기쁨이었다. 그는 꼭 다시 가보고 싶어 하는 것 같았고, 앤보다도 더 그런 듯했다. 그들은 첫 번째 만남을 아주 사소한 것까지 몇 번이나 되짚었다. 그는 앤에게 자신이 그를 뚫어져라 바라보았다고 말했다. 앤도 잘 알고 있었다. 또 다른 사람의 표정 또한 기억했다.

　　그들의 생각이 항상 같지는 않았다. 앤은 그가 지위와 친족관계에 자신보다 더 큰 가치를 두고 있음을 알았다. 앤은 그럴 만한 가치가 없다고 생각하지만 아버지와 언니는 신경을 많이 쓰고 있는 문제에 그 또한 진지하게 관심을 보였다. 단순히 예의를 차리느라 그런 것이 아니라 자신도 그런 명분에 마음을 많이 쓰기 때문이었다. 어느 날 아침, 바스 신문에 달림플 자작의 미망인과 영애 카트릿 양이 도착했다는 소식이 실렸다. 며칠 동안이나 캠든 플레이스는 그 문제로 정신이 없었다. 달림플가는 (앤이 보기에는 대단히 불행하게도) 엘리엇가와 사촌 관계였기에, 어떻게 적절한 방법으로 자신들을 소개할 것인가가 큰 고민거리였다.

　　앤은 아버지와 언니가 귀족들과 만나는 모습을 처음으로 보았는데, 무척 실망하고 말았다. 자신들의 지위를 그토록 대단하게 여겼던 그들이니만큼 그보다는 더 나을 줄 알았다. 하지만 앤은 자신이 바라게 되리라고는 한 번도 생각해본 적이 없던 바람을 품게 되었으니, 그들이 좀 더 자부심을 가졌으면 좋겠다는 마음이었다. '우리 친척 레이디 달림플과 카트릿 양,' '우리 친척 달림플가'가 온종일 그의 귀에 울렸다.

월터 경은 고인이 된 자작과 한 번 만난 적이 있었지만 다른 가족은 본 적이 없었다. 자작이 숨을 거두던 때에 하필 월터 경이 중병에 걸려 불행히도 아일랜드로 조문 편지를 보내지 못했던 것이다. 그래서 자작이 사망한 후로 서신 왕래가 완전히 끊어진 탓에 상황이 곤란해졌다. 죄인에게 무시로 앙갚음이 이루어졌으니, 레이디 엘리엇이 세상을 떠났을 때에도 켈린치에 조문 편지가 오지 않았다. 결국 달림플가 쪽에서 관계가 끊어졌다고 여길 이유가 충분했다. 이렇게 골치 아픈 문제를 어떻게 바로잡고 다시 친척으로 인정받을지가 문제였다. 더 합리적인 레이디 러셀도, 엘리엇 씨도 가볍게 여길 수는 없는 문제였다. "가문 간의 친분은 언제나 잘 유지해야 하고, 항상 좋은 관계가 되도록 노력해야지요. 레이디 달림플은 로라 플레이스에 석 달간 집을 얻어 지위에 걸맞은 생활을 누리실 거예요. 작년에도 바스에 계셨는데, 매력적인 분이라더군요. 할 수만 있다면, 엘리엇가의 품위를 지키면서 관계를 회복하면 좋겠네요."

그러나 월터 경은 자신이 쓸 수 있는 수단을 선택하여 결국 고결하신 친척 앞으로 장황한 설명과 후회, 애원을 담은 아주 훌륭한 편지를 썼다. 레이디 러셀도, 엘리엇 씨도 그 편지를 잘 썼다고 보지는 않았다. 그러나 자작 미망인이 흘려쓴 세 줄의 답장을 보내옴으로써 편지는 제 목적을 다해 냈다. "편지에 감사드리며, 알게 되어 무척 기쁘게 생각합니다." 고진감래였다. 그들은 로라 플레이스를 방문하여 달림플 자작 미망인과 카트릿 양의 명함을 받아와서는 눈에 제일 잘 띄는 곳에 놓아두고, "로라 플레이스에 사는 우리 친척," "우리 사촌 레이디 달림플과 카트릿 양"의 이야기를 만나는 사람마다 붙잡고 늘어놓았다.

앤은 부끄러웠다. 레이디 달림플과 딸이 꽤 괜찮은 사람이라 해도 아버지와 언니가 빚어낸 소란이 부끄러웠겠지만, 그들은 대단치 않은 존재였다. 예의범절, 교양, 지성, 어느 면에서도 우월한 점이라고는 없었다. 레이디 달림플은 모두에게 미소 지으며 공손하게 대했기에 '매력적인 여인'이라는 칭호를 얻었다. 카트릿 양에 대해서는 더 얘기할 것이 없었다. 평범하고 어색한 몸가짐 탓에 출생 신분이 아니었다면 캠든 플레이스에서 절대 참고 받아주지 않았을 것이다.

레이디 러셀은 그보다는 나을 줄 알았다고 솔직히 털어놓았다. 하지만 "알고 지낼 가치는 있다"라고 했다. 앤이 엘리엇 씨에게 그들에 대한 자신의 견해를 말하자, 그는 그들 자체로는 변변찮다는 데 의견을 같이했으나, 친척으로서, 좋은 벗으로서, 주변에 좋은 친구들을 모이게 하는 사람들로서 나름대로 가치가 있다는 의견을 고수했다. 앤은 미소를 짓고 이렇게 말했다.

"좋은 친구에 대한 저의 의견은요, 엘리엇 씨, 현명하고 박식한 사람들이랍니다. 대화 거리가 풍부한 사람들 말이에요. 그런 사람들이 좋은 친구라고 생각해요."

그가 부드럽게 말했다. "당신 생각이 틀렸습니다. 그건 좋은 친구가 아니라 최고의 친구지요. 좋은 친구가 되려면 출신, 교육, 예의범절을 갖추어야 합니다. 교육에 관해서라면 그리 훌륭하지 않아도 됩니다. 출신과 좋은 예의범절은 꼭 필요하지요. 하지만 배움이 적다고 절대 좋은 친구가 되지 못하는 것은 아닙니다. 오히려 아주 좋을 겁니다. 내 사촌 앤, 고개를 흔드는군요. 납득할 수 없다는 표정이군요. 당신은 까다로워요. 친애하는 사촌, (그의 곁에 앉으면서) 당신은 내가 아는 그 어떤 여자보다도 까다로울 자격이 있어요. 하지만 그것이 답이 될까요? 당신을 행복하게 해줄까요? 로라 플레이스의 그 선량한 귀부인들과의 교제를 받아들이고 그런 친분이 가져올 이득을 최대한 누리는 편이 더 현명하지 않을까요? 그분들은 이번 겨울 바스의 최상류층 인사들과 어울릴 겁니다. 지위는 지위니까, 그들과 친척이라는 게 알려지면 당신 집안(우리 집안이라고 해도 괜찮겠지요)은 모두가 바라마지 않는 관심을 얻게 될 겁니다."

앤이 한숨을 내쉬었다. "맞아요, 정말 우리가 그분들과 친척이라는 소문이 나게 되겠지요!" 마음을 가라앉히고 대답을 듣기를 바라지는 않지만 이렇게 덧붙였다. "저는 지금까지 그분들과 친분을 얻기 위해 너무 많은 수고를 들였다고 생각해요. 제 생각에는 (미소지으며) 제가 제일 자존심이 강한가 봐요. 하지만 솔직히 말하면 짜증이 나요. 그 관계를 인정받기 위해 이렇게까지 애걸복걸해야 한다니. 틀림없이 그들에게는 전혀 관심 밖의 일일 텐데요."

"실례지만, 친애하는 사촌, 당신은 자신의 가치를 부당하게 깎아내리고 있어요. 아마 런던에서 지금처럼 조용한 생활 방식을 유지한다면 당신 말이 맞을 수도 있을 거예요. 하지만 바스에서라면 월터 엘리엇 경과 그분 가족은 충분히 알 만한 가치가 있고, 모두가 지인이 되고 싶어 한답니다."

앤이 말했다. "흠, 제 자존심이 너무 센가 봐요. 자존심이 너무 강해서 그렇게 장소에 좌우되는 환영이라면 달갑지 않다는 거지요."

"당신이 화내는 것도 마음에 듭니다. 아주 당연한 일이에요. 하지만 당신은 여기 바스에 있고, 목표는 여기에서 월

터 엘리엇 경이 응당 받으셔야 할 인정을 받고 품위를 지키
며 정착하는 것입니다. 당신은 자존심이 있다고 하셨죠. 저
도 그런 말을 듣습니다. 다른 식으로 스스로를 생각하고 싶
지는 않습니다. 우리의 자존심은 잘 살펴보면 같은 목표를
갖고 있을 테니까요. 종류는 좀 다를지 몰라도 의심치 않습
니다. 한 가지 점에서 확신컨대, 친애하는 사촌, (그는 방에 아
무도 없는데도 목소리를 낮추어 말을 이었다) 한 가지 점에서는
확신하건대, 아버님이 지위가 같거나 더 높은 사람들과 교류
하시는 게, 그분보다 밑에 있는 사람들을 멀리하시는 데 도
움이 될 겁니다."

그는 이렇게 말하면서 클레이 부인이 방금전까지 앉아
있던 자리를 쳐다보았다. 그가 어떤 의도로 한 말인지 충분
한 설명이 되었다. 앤은 그들이 같은 종류의 자존심을 가졌
다고 생각하지는 않았지만, 그가 클레이 부인을 좋아하지 않
는다는 점이 기뻤다. 아버지가 훌륭한 지인을 얻도록 장려하
는 것이 클레이 부인을 낭패시키기 위해서라면, 자신의 자존
심도 용서해줄 수 있다고 인정했다.

17

월터 경과 엘리자베스가 로라 플레이스에서 부지런히 자신들의 행운을 좇는 동안, 앤은 전혀 다른 부류의 사람들과 교분을 쌓고 있었다.

앤은 예전 선생님 댁을 방문했다가 바스에 옛 학교 친구가 살고 있다는 소식을 들었다. 과거에 다정하게 지냈던 친구였던데다, 지금 어려움을 겪고 있다고 하니 절로 관심이 갈 수밖에 없었다. 이제는 스미스 부인이 된 해밀턴 양은 앤의 삶에서 그 어느 때보다도 간절히 친절이 필요하던 때에 친절을 베풀어준 사람이었다. 당시 앤은 깊이 사랑하던 어머니를 잃은 슬픔에다 집에서 멀리 떠나왔다는 고립감, 감수성은 풍부하나 활력은 부족한 열네 살 소녀가 겪어야 하는 고통으로 힘든 시간을 보내고 있었다. 해밀턴 양은 앤보다 세 살 위였지만 가까운 친척도 안정된 집도 없는 탓에 1년 더 학교에 남아 있던 중이었다. 해밀턴 양의 살뜰한 보살핌은 앤에게 큰 위로가 되어주었기에, 앤으로서는 그를 무심하게 기억할 수가 없었다.

해밀턴 양은 학교를 떠난 후 오래지 않아 상당한 재산을 가진 남자와 결혼했다. 앤이 들은 소식은 거기까지였다. 선생님은 그의 근황을 이야기해주었는데 전에 알던 것과는 전혀 다른 내용이었다.

그는 가난한 과부가 되어 있었다. 사치가 심했던 남편이 세상을 떠난 2년 전부터 집안 형편은 엉망진창이었다. 그는 이를 감당하느라 온갖 고생을 다했고, 그것도 모자라 심한 류머티즘열에 시달린 끝에 결국 다리를 절게 되었다. 그런 사정으로 바스로 와서 이제는 온천 근처에 묵으면서 아주 초라하게 지내고 있었다. 하인을 둘 만한 여유조차 없고, 당연히 사교계와도 연이 끊어졌다.

찾아가면 스미스 부인이 무척 반길 거라는 선생님의 말을 듣자 앤은 망설일 필요가 없었다. 그는 자신이 들은 소식이나 뜻한 바에 대해서는 집에서 일언반구도 하지 않았다. 집에서는 어차피 마땅한 관심을 받지 못할 것이었다. 앤은 레이디 러셀하고만 상의했는데, 그는 앤의 심정에 깊이 공감해주었고 앤이 부탁한 대로 웨스트게이트 단지에 있는 스미스 부인의 숙소 근처로 기꺼이 데려다주기로 했다.

찾아간 보람이 있었다. 인사를 나누고 나서 그들은 서로에 대한 관심을 다시 일으켰다. 첫 10분은 어색하게 흘렀다. 그들이 헤어진 지 12년이 흘렀고, 각자 상대방이 상상하던 것과는 어느 정도는 다른 사람이 되어 있었다. 아직 완전히 성숙하지 않은 열다섯 살의 말 없고 조용한 소녀였던 앤은 12년의 세월이 지나 한창 때는 지났지만 여전히 아름답고 변함없이 다정하면서도 예의를 잃지 않는 태도를 지닌 스물일곱 살의 우아한 여인이 되어 있었다. 건강하고 성숙한 데다 자신감 넘치는 모습이 아름다웠던 해밀턴 양은 예전 후배의 방문에 감사해하는 가난하고 병약하며 무기력한 과부로 변해 있었다. 그러나 첫 만남의 불편한 분위기는 이내 사라졌고, 재미있게 옛정을 되새기며 옛 시절을 이야기했다.

앤은 스미스 부인이 여전히 양식 있고 유쾌한 태도를 지니고 있음을 알았다. 대화를 좋아하는 성향과 명랑함은 기대 이상이었다. 과거에 그가 누렸던 화려한 생활도, 현재의 궁색함도, 병이나 슬픔도 그의 마음을 닫히게 하거나 기운을 꺾지는 못한 듯했다.

두 번째 방문에서 마음을 활짝 열고 대화를 나누면서 앤의 놀라움은 더 커졌다. 상황 자체만 놓고 본다면 스미스 부인의 처지보다 더 우울한 상황은 상상하기 힘들 지경이었다. 스미스 부인이 몹시 사랑했던 남편은 땅에 묻혔다. 한때는 부유했으나 그 부도 다 사라졌다. 삶에 애착을 갖게 하고 행복을 느끼게 해줄 자식도 없고, 곤란한 일들을 대신 처리해줄 친척도 없었다. 건강하기라도 하면 그나마 나을 텐데 그마저도 없었다. 그의 거처는 소란한 응접실과 뒤쪽의 어두운 침실이 전부였고 도움을 받지 않고서는 그 사이를 오갈 수도 없는데 집에는 하인이 한 명밖에 없었다. 하인이 온천에 데려다줄 때가 아니면 집을 떠나지 못했다. 하지만 이 모든 어려움에도 잠깐씩 처지고 우울해질 때야 있겠지만 대부분의 시간은 분주하고 즐겁게 보낸다고 충분히 믿을 수 있었다. 어떻게 그럴 수가 있을까? 지켜보고, 관찰하고, 생각해본 끝에 앤은 이 모든 것이 용기나 체념에서만 나오는 것이 아니라고 확신했다. 순종적인 정신을 가진 이는 인내심이 강하고, 강한 이성을 가진 이는 결단력이 있는 법이다. 이 경우에는 그 이상의 무언가가 있었다. 스미스 부인에게는 위안을 잘 얻는 성향, 쉽게 악을 선으로 바꾸고, 자신의 처지에서 빠져나오게 해주는 소일거리를 찾아내는 힘, 정신의 유연성이 있었다. 그것이야말로 하늘이 내려주신 더할 나위 없는 재능이었다. 앤이 보기에 친구는 자비롭게도 이런 재능을 받은 덕에 다른 모든 것이 거의 다 결핍되었어도 균형을 잡을 수 있는 듯했다.

스미스 부인은 자신도 기운이 꺾일 뻔한 때가 있었다고

말했다. 바스에 처음 왔을 때의 상태와 비교하면 지금 자신은 환자라 할 수도 없다는 것이었다. 그때는 정말로 가련하기 짝이 없었다. 여행 중 감기에 걸린 데다가 숙소를 구하기 전까지는 침대에서 꼼짝 못하고 누워 극심한 고통에 시달려야 했다. 아는 사람도 없고 상주 간병인이 꼭 있어야 하는 상황이었으나 그 당시에는 형편이 더욱 좋지 않아 그런 비용을 감당할 여유가 없었다. 그러나 그는 이제, 그런 난관을 헤치고 가보니 좋은 점도 있었다고 말할 수 있을 정도가 되었다. 그 덕분에 좋은 사람들 속에 있다는 위안을 더 깊이 느낄 수 있었다. 그는 세상을 너무 많이 보아서 어디에서든 갑작스럽거나 사심 없는 애정을 기대하지 않았으나, 병을 앓은 덕분에 집주인이 선한 성품을 지닌 사람이라 자신의 병을 악용하지 않으리라는 것을 확신하게 되었다. 특히 간병인 면에서 운이 좋았다. 전문 간병인인 집주인의 여동생이 마침 일을 쉬던 상태라 집에 항상 머물고 있어서 제때 그를 돌봐줄 여유가 있었다. 스미스 부인이 말했다. "게다가 그는 나를 더없이 훌륭하게 간호해주었을 뿐 아니라, 정말로 소중한 친구가 되어주었답니다. 내가 손을 쓸 수 있게 되자마자 뜨개질을 가르쳐주었어요. 정말 재미있더라고요. 이 작은 실 바구니랑 바늘꽂이, 카드 상자 만드는 걸 도와주었어요. 이런 일을 하다 보면 한가할 틈이 없어요. 이런 것을 만들어 어려운

227

이웃 한두 가정에 도움도 줄 수 있고요. 그는 아는 사람도 많고 그중에는 이런 것들을 사줄 여유가 있는 사람들도 있어서, 내가 만든 것들을 팔아준답니다. 항상 제시간에 와서 가져가요. 심한 통증에서 벗어나거나 건강을 되찾고 나면 마음이 활짝 열리게 되는 법이거든요. 루크 간호사는 언제 말을 꺼내야 할지를 아주 잘 알고 있어요. 영리하고, 눈치 빠르고, 분별 있는 사람이지요. 사람의 본성을 꿰뚫어 볼 줄 알아요. 양식 있고 관찰력도 좋지요. 그래서 '세계 최고의 교육'을 받은 사람들이 아무리 많아도 친구로서 그를 능가할 사람은 없답니다. 당신은 뜬소문이라 하겠지만, 루크 간호사가 30분쯤 시간이 날 때마다 해주는 이야기들은 모두 재미있고 유익한 것들이에요. 인간이라는 족속을 더 잘 알게 해주는 이야기들이지요. 세상 돌아가는 일을 들으면 재미있잖아요. 사소하고 실없다 해도 요즘 유행하는 것들에 정통할 수도 있고. 외롭게 지내는 나에게는 그와의 대화가 낙이에요."

앤은 그러한 즐거움에 트집 잡을 마음이 전혀 없었으므로 이렇게 대답했다. "나도 충분히 그럴 거라 생각해요. 그 직업의 사람들은 좋은 경험이 많고, 그들이 영리한 사람들이라면 들어줄 만한 이야기도 많을 거예요. 그 사람들이 목격한 인간 본성이 얼마나 가지각색이겠어요! 그리고 어리석은 짓만 잘 아는 것도 아닐 테고. 온갖 경우를 보다 보면 재미있거

228

나 충격적인 것도 있겠지요. 어떤 경우에는 열렬하고, 사심 없고, 이타적인 애정이나 영웅적인 행동, 용기, 인내, 체념, 온갖 갈등과 우리를 가장 고귀하게 만들어주는 희생도 보게 될 테고요. 병자의 방이 수십 권의 책 못지않게 가치 있을 때도 있을 거예요."

스미스 부인이 회의적인 투로 말했다. "그래요. 가끔은 그럴 수도 있겠지요. 교훈이 당신이 묘사한 것처럼 고귀한 경우가 많지는 않을 것 같지만. 여기저기에서 인간 본성은 시험에 처할 때 위대해지기도 하지요. 하지만 일반적으로 말하자면 병자의 방에서 보이는 건 약함이지 강함이 아니에요. 거기에서 듣게 되는 것은 관대함과 용기보다는 이기심과 조급함이고. 세상에 진짜 우정 같은 건 아주 찾기 힘들어요. 그리고 불행히도," (떨리는 목소리로 나지막이) "대부분의 사람들이 진지하게 생각해보게 될 때는 이미 늦어버린 경우가 많거든요."

앤은 이런 감정들에서 그의 불행을 보았다. 남편은 남편으로 해야 할 도리를 다하지 않았고, 아내는 좋지 못한 인간 부류 속으로 끌려들어가 바랐던 것보다 세상을 나쁘게 보게되었다. 그러나 스미스 부인은 그런 감정을 오래 품고 있지는 않았다. 이내 그런 기분을 털어내고 어조를 바꾸어 이렇게 덧붙였다.

"내 친구 루크 부인은 요즘 즐겁거나 흥미로운 이야깃거리를 찾을 상황이 아닌 것 같아요. 말버러 단지의 월리스 부인을 돌보고 있거든요. 예쁘지만 바보 같고, 사치스러운 상류층 여자인 모양인가 봐요. 그래서 레이스와 화려한 옷 말고는 전해줄 얘기가 없을 거예요. 하지만 나는 월리스 부인 덕을 좀 보려고 해요. 돈이 아주 많다니까 지금 내 수중의 것들을 비싼 값에 사줄 거예요."

앤이 친구를 방문하는 횟수가 늘다 보니 그의 존재가 캠든 플레이스에도 알려졌다. 드디어 스미스 부인에 대한 이야기를 해야 할 때가 왔다. 어느 날 아침 월터 경과 엘리자베스, 클레이 부인이 레이디 달림플을 방문했다가 갑작스러운 만찬 초대를 받고 돌아왔다. 앤은 그날 저녁을 웨스트게이트 단지에서 보내기로 이미 약속을 해둔 터였다. 못 간다고 말하면서도 미안하지는 않았다. 레이디 달림플이 심한 감기로 외출을 못하게 되자, 줄곧 부담을 느껴왔던 친척을 이 기회에 기꺼이 이용하기로 하고 초대했을 뿐이라고 확신했다. 앤은 말이 나오자마자 거절했다. "저는 옛날 학교 친구와 저녁을 보내기로 약속했어요." 그들은 앤과 관계된 것이라면 어느 것에든 별 관심을 보이지 않았다. 그러나 이 옛 학교 친구가 어떤 인물인지 알아내기 위해 질문을 좀 해야 했다. 엘리자베스는 경멸하는 태도를 보였고, 월터 경은 신랄했다.

"웨스트게이트 단지라고! 앤 엘리엇 양이 웨스트게이트 단지의 누구를 방문한다고? 스미스 부인이랬지. 미망인 스미스 부인. 남편이 누구였는데? 어딜 가나 흔하게 널린 5000명의 스미스 씨들 중 하나 아니냐. 그리고 그 여자의 매력이 뭔데? 늙고 병들었다면서. 앤 엘리엇 양, 너는 정말 대단히 훌륭한 취향을 갖고 있구나! 지체 낮고, 좁아터진 방에, 더러운 공기에, 어울리는 사람들도 구역질 나는 인간들일 텐데, 다른 사람들이라면 끔찍해할 것들이 너한테는 솔깃한가 보구나. 하지만 그래도 그 노인네와의 약속을 내일로 미루는 정도야 할 수 있겠지. 죽을 날이 머지않았겠지만 당장 내일은 아니겠지. 나이가 몇이나 되었다고? 마흔?"

"아뇨, 서른한 살도 안 됐어요. 하지만 제 약속을 미루기는 어려울 것 같아요. 둘 다 시간이 맞는 때가 오늘 저녁뿐이라서요. 친구는 내일 온천에 가기로 했고, 아버지도 아시다시피 이번 주 내내 우리는 일정이 있잖아요."

"레이디 러셀은 네 친구에 대해 어떻게 생각하신다니?" 엘리자베스가 물었다.

"레이디 러셀은 뭐라 하지 않으셨어. 오히려 적극 찬성하셔. 스미스 부인을 방문할 때면 보통 나를 데려다주시는걸."

월터 경이 말했다. "웨스트게이트 단지 근처에 마차가

나타나 거기 사람들이 틀림없이 깜짝 놀랐겠구나. 헨리 러셀 경의 미망인에게는 문장紋章에 더할 명예는 없지만, 훌륭한 마차에 엘리엇 양을 태우고 왔다는 사실은 틀림없이 소문이 났을 테니 말이다. 웨스트게이트 단지에 묵는 미망인 스미스 부인이라! 서른 줄의 먹고살 여유도 없는 가난한 과부란 말이지. 그냥 스미스 부인, 세상에 널린 흔해빠진 이름 중에서도 별 볼일 없는 스미스 부인이 앤 엘리엇 양의 친구로 간택되다니. 영국과 아일랜드의 귀족 친척을 제치고! 스미스 부인이라고! 그런 이름을!"

이 모든 소동이 벌어질 동안 그 자리에 있었던 클레이 부인은 이제 방을 뜨는 것이 낫겠다고 생각했다. 앤은 자신의 친구도 그들의 친구와 그리 다르지 않다고 변호하고 싶은 마음은 굴뚝같았지만, 아버지를 존중하는 마음에서 참았다. 앤은 아무런 대꾸도 하지 않았다. 그저 바스에 먹고살 재산도, 알아줄 만한 가문의 이름도 없는 서른 줄의 미망인이 스미스 부인밖에 없는 것은 아니라는 사실을 아버지가 스스로 깨닫기만을 바랐다.

앤은 약속을 깨지 않았다. 다른 사람들은 자기들 약속을 지켰다. 물론 이튿날 아침 앤은 그들이 얼마나 즐거운 저녁을 보냈는지 이야기로 전해 들었다. 모임에 빠진 사람은 앤뿐이었다. 월터 경과 엘리자베스가 레이디 달림플의 초대

에 응했을 뿐 아니라 기꺼이 나서서 다른 사람들까지 불러모
았고, 레이디 러셀과 엘리엇 씨를 초대하는 수고까지 마다하
지 않았기 때문이다. 엘리엇 씨는 월리스 대령 집을 일찍 떠
나 모임에 참석했고, 레이디 러셀은 레이디 달림플의 초대에
응하느라 모든 저녁 약속을 조정했다. 앤은 이런 저녁 모임
에서 나올 수 있는 모든 이야기를 레이디 러셀에게 전해들었
다. 앤에게 가장 재미있었던 것은 레이디 러셀과 엘리엇 씨
가 주고받은 대화의 내용이었다. 그들은 앤이 참석하기를 바
랐고 오지 않아 아쉬워했지만, 앤이 참석하지 않은 이유는 훌
륭하다고 높이 평가했다. 앤이 병들고 궁색해진 옛 학교 친
구를 외면하지 않고 친절하게 방문했다는 이야기에 엘리엇
씨는 매우 기뻐하는 기색이었다. 그는 앤이 참으로 보기 드
문 젊은 여자라고 생각했다. 그의 성격, 태도, 마음씨, 모든
것이 훌륭한 여인의 본보기가 될 만했다. 그는 앤의 장점에
대해 레이디 러셀과 의견 일치를 보았다. 앤은 레이디 러셀
이 그렇게 자신을 잘 이해해주었다는 것과, 양식 있는 남자
가 자신을 높이 평가해준 데 대해 레이디 러셀이 의도한 대
로 여러 기분 좋은 만족감을 느끼지 않을 수 없었다.

　레이디 러셀은 이제 엘리엇 씨에 대한 의견이 확고하게
굳어졌다. 부인은 그가 조만간 앤을 얻겠다는 뜻이 확실할 뿐
아니라 그럴 자격이 충분한 사람이라고 확신하게 되었다. 그

가 상처한 홀아비라는 구속에서 벗어나 앤을 기쁘게 할 힘을 행사할 자유를 얻게 되려면 몇 주가 남았는지 세어보기 시작했다. 그 문제에 대해 자신이 느끼는 확신의 절반도 앤에게 내보이지는 않았다. 그가 앤에게 좋은 애정을 가지고 있는 것 같다는, 그런 애정이 진짜이고 답을 얻는다면 둘이 맺어지는 게 좋겠다는 암시를 슬쩍 흘리는 정도가 고작이었다. 앤은 부인의 이야기를 듣고 감탄을 마구 터뜨리지는 않았다. 그저 얼굴을 붉히고 미소지으며 가볍게 고개를 저었다.

레이디 러셀이 말했다. "너도 잘 알다시피, 나는 중매쟁이가 아니야. 인간사가 얼마나 불확실한지 지나칠 정도로 잘 알고 있는 것뿐이지. 단지 엘리엇 씨가 언젠가 너에게 구애를 해온다면, 너도 그를 받아들일 마음이 있다면, 두 사람이 함께 행복해질 수 있을 거라 생각해. 누가 보나 더할 나위 없이 잘 어울리는 혼사이기도 하겠지만, 아주 행복한 결합이 되지 않을까 싶구나."

"엘리엇 씨는 정말로 호감 가는 분이에요. 저는 여러 면에서 그분을 높이 평가하고 있어요. 하지만 저희가 잘 어울린다고 생각하지는 않아요."

레이디 러셀은 이 말을 대수롭지 않게 들어 넘기고, 다만 이렇게 말했다. "솔직히 말하면, 네가 미래의 켈린치 가의 안주인, 미래의 레이디 엘리엇이 될 수 있다면, 네가 사랑하는 어머니의 자리를 물려받아 어머니의 모든 미덕은 물론, 권리와 사랑까지 물려받는 모습을 보게 된다면 나로서는 그보다 더 기쁜 일이 없을 거다. 너는 외모나 성품이나 네 어머니를 꼭 닮았어. 네가 어머니의 지위, 이름, 집을 다 물려받고 같은 곳에서 안주인 노릇을 하면서 어머니보다도 더 훌륭하다는 평을 듣게 된다면! 사랑하는 앤, 내 평생 그보다 더 기쁜 일은 없을 거야!"

앤은 고개를 돌려 자리에서 일어나 멀찍이 떨어진 테이블까지 걸어갔다. 일부러 바쁜 척 딴짓을 하면서 이런 상상이 불러온 감정들을 다스렸다. 잠시 동안 그도 그런 상상을 하면서 마음이 흔들렸다. 어머니의 자리를 물려받는다는 생각, '레이디 엘리엇'의 귀한 이름이 자신에게서 되살아난다는 생각, 켈린치 가를 되찾는다는 생각, 그곳을 다시, 영원히 자신의 집으로 부르게 된다는 생각은 즉시 뿌리치기 어려운 매력을 가지고 있었다. 레이디 러셀은 한 마디도 더 보태지 않고 사태가 자연스럽게 흘러가도록 내버려두었다. 때가 되면 엘리엇 씨가 예의를 갖추어 직접 자기 속마음을 말해줄 것이라 믿었다. 요컨대 부인은 앤이 믿지 않는 것을 믿고 있었다. 엘리엇 씨가 직접 고백하는 바로 그 모습을 떠올리자 앤의 마음은 다시 착 가라앉았다. 켈린치와 '레이디 엘리엇'의 매력이 다 희미하게 사라졌다. 앤은 도저히 그를 받아들일 수 없었다. 그의 감정들이 여전히 한 남자에게만 향해 있어서는 아니었다. 이런 일이 일어날 가능성을 진지하게 고려해보건대, 엘리엇 씨는 아니라는 판단이 들었기 때문이다.

그들이 아는 사이가 된 지 이제 한 달이 되었지만, 앤은 그가 어떤 사람인지 잘 알 수가 없었다. 양식 있고 호감 가는 사람이라는 점, 언변이 좋고, 바른 생각을 지녔으며 판단력이 올바르고 원칙이 있는 사람이라는 점은 확실해 보였다. 그는 무엇이 옳은지 알았고, 앤은 그가 도덕적 의무 중 어느 하나 뚜렷이 어겼다고 콕 집어 말할 수는 없었다. 하지만 그의 품행에 대해서는 확실히 말하기가 어려웠다. 현재는 아닐지 몰라도 과거는 믿음이 가지 않았다. 때때로 들리는 예전 지인들의 이름, 과거 행적과 취미에 대한 암시는 그가 어떤 사람이었는지에 대해 그다지 좋게 볼 수 없는 의혹들을 나타냈다. 앤은 그에게 좋지 않은 생활습관이 있었다는 것을 알았다. 일요일에 여행하는 것은 다반사였고, 진지한 문제에 무심했던 시기(짧지도 않았던 것 같다)도 있었다고 했다. 지금은 생각이 전혀 달라졌겠지만, 흠 없는 인품을 제대로 평가할 수 있을 만큼 나이를 먹은 현명하고 신중한 남자의 진짜 감정에 대해 누가 장담할 수 있겠는가? 그의 마음이 정말로 정화되었는지 어떻게 확신할 수가 있겠는가?

엘리엇 씨는 이성적이고, 신중하고, 세련된 사람이었지

만 속을 잘 드러내지 않았다. 감정을 터뜨리는 일은 절대 없었고, 다른 사람들의 선행이나 악행에 화를 낼 때나 기뻐할 때나 뜨뜻미지근했다. 앤에게는 이런 점이 확실한 결함이었다. 예전에 받은 인상이 사라지지 않았다. 앤은 무엇보다도 솔직하고 개방적이며 열정적인 성격을 높이 쳤다. 따뜻함과 열정이 여전히 그의 마음을 사로잡았다. 그는 마음이 절대 바뀌지 않는 사람, 절대 실언하지 않는 사람보다도 경솔해 보이거나 성급한 말을 뱉을지라도 진지한 사람을 훨씬 더 의지할 수 있다고 생각했다.

엘리엇 씨는 지나칠 정도로 대체로 남에게 맞추어주었다. 앤의 아버지의 집에는 다양한 기질의 사람들이 있지만, 그는 그들 모두를 기쁘게 해주었다. 자제심이 강하고, 모든 이들과 너무 잘 지냈다. 그는 앤에게 어느 정도는 클레이 부인에 대해 터놓고 얘기했고, 클레이 부인이 어떤 사람인지도 완벽하게 꿰뚫어 보고 그에게 경멸감을 품고 있는 것 같았다. 하지만 클레이 부인은 여느 사람들처럼 그를 좋게만 보았다.

레이디 러셀이 뭔가 불신을 일으킬 만한 점을 보지 못한 걸 보면, 앤보다 더 많은 걸 보았거나 알아챈 것은 아닌 것 같았다. 부인은 엘리엇 씨보다 더 남자가 마땅히 갖추어야 할 것을 다 갖춘 사람은 상상도 할 수 없었다. 그가 다음 가을에는 켈린치 교회에서 사랑스러운 앤의 손을 잡는 모습을 보게 되리라는 희망보다 더 달콤한 기대도 없었다.

18

2월 초였다. 바스로 온 지도 한 달이 되어가자 앤은 어퍼크로스와 라임의 소식이 점점 궁금해졌다. 메리가 전해주는 것으로는 만족할 수가 없었다. 마지막으로 소식을 들은 지 벌써 3주가 지났다. 헨리에타는 집으로 돌아왔고, 루이자가 빠른 속도로 회복하고는 있지만 여전히 라임에 있다는 것만 알고 있었다. 어느 날 저녁, 앤은 메리한테서 평소보다 두꺼운 편지를 받고 그들 생각에 깊이 빠져들었다. 크로프트 제독 부부의 안부 편지도 함께 들어 있어 놀라운 한편 기쁘기도 했다.

크로프트 부부가 바스에 있는 것이 틀림없다! 그의 관심을 끌 만한 이야기였다. 그들은 아주 자연스럽게 그의 마음을 잡아끄는 사람들이었다.

월터 경이 외쳤다. "그게 무슨 소리냐? 크로프트 부부가 바스에 와 있다고? 켈린치를 세낸 크로프트 부부? 네게 뭘 보냈느냐?"

"어퍼크로스 코티지에서 편지를 보냈어요, 아버지."

"오! 그런 편지들이야말로 편리한 통행증이지. 그것으로 어디를 가나 인사 나눌 구실이 될 테니 말이다. 어쨌거나 크로프트 제독을 방문해야겠구나. 세입자에게 그 정도 호의는 베풀어줘야 마땅하지."

앤은 더 이상 듣지도 않았다. 편지를 읽는 데 정신이 팔려, 월터 경이 불쌍한 제독의 안색 얘기를 어쩌다 빼먹었는지 신경 쓰지도 못할 정도였다. 편지는 며칠 전에 시작되었다.

2월 1일,

사랑하는 앤 언니,

답장하지 못해 미안하다는 말은 하지 않을게. 바스 같은 곳에서는 사람들이 편지에 관심이 없는 줄 잘 아니까. 틀림없이 바스에서 너무 잘 지내고 있어서 어퍼크로스에는 관심도 없겠지. 잘 알다시피 어퍼크로스에는 편지에 쓸 만한 얘깃거리도 없어. 우리는 아주 지겨운 크리스마스를 보냈어. 시부모님은 연휴 내내 만찬 한 번 열지 않으셨어. 헤이터가 사람들을 파티 손님이라 할 수는 없으니까. 하지만 연휴가 드디어 끝났어. 아이들이 이렇게 긴 연휴를 보내기는 처음일 거야. 나도 처음이니까. 어제 하빌 가 아이들 빼고는 모두 떠났어. 하지만 그 아이들이 크리스마스 때에도 집에 가지 않았다는 걸 알면 언니도 놀랄 거야. 그렇게 오래 아이들을 떼어놓다니 하빌 부인은 참 별난 엄마야. 이해를 못하겠다니까. 내가 보기에 착한 아이들은 못 돼. 하지만 시어머님은 그 아이들을 손주만큼 좋아하시는 것 같아. 날씨는 또 얼마나 끔찍한지! 바스는 도로포장이 잘되어 있으니 그런 기분은 아니겠지. 하지만 시골에서는 난리가 난다니까. 1월 둘째 주 이후로 나를 찾아온 사람이라고는 찰스 헤이터 말고 아무도 없었어. 너무 자주 와서 이제는 반갑지도 않아. 우리끼리니까 하는 말인데, 헨리에타가 루이자만큼 오래 라임에 남아 있지 않았다니 너무 안타깝지 뭐야. 그랬으면 찰스하고 좀 덜 만나게 되었을 텐데. 오늘 라임으로 마차를 보냈으니 내일이면 루이자랑 하빌 씨 부부가 도착하겠지. 하지만 우리는 그다음 날이나 저녁식사에 초대될 거야. 어머님은 루이자가 여행 때문에 너무 피곤해할까 봐 걱정이셔. 루이자에게 쏟은 정성을 보면 별로 그럴 것 같지는 않은데. 내일 거기서 저녁 먹는 게 나로서도 훨씬 더 편할 텐데. 엘리엇 씨가 꽤 친절한 분이라니 다행이네. 나도 그분과 친해지고 싶어. 하지만 내 팔자가 그렇지 뭐. 좋은 일이 생길 때는 난 늘 뒷전이라니까. 우리 가족 중에서 항상 나만 안 챙겨준단 말이지. 클레이 부인은 엘리자베스 언니랑 밤낮으로 붙어 있겠네! 그 여자 진짜 안 떠난대? 그 사람이 떠나서 빈방이 생기더라도 우리를 초대해주지는 않겠지만. 언니는 어떻게 생각하는지 말해줘. 우리 아이들까지 초대해주지는 않겠지. 한 달이고 한 달 반이고 얼마든지 본가에 아이들을 맡겨놓을 수 있는데. 지금 막 크로프트 부부가 바스로 떠난다는 소식을 들었어. 제독께 통풍이 생겼대. 찰스가 우연히 들었다나. 예의 없게 나한테는 알리지도 않다니. 뭘 가져다주겠다는 말도 않고 말이야. 이웃으로 그 사람들이 나아질 거라 생각지는 않아. 코빼기도 볼 수가 없어. 우리한테 관심을 보이질 않는다니까. 찰스도 언니한테 안부 전해달래.

메리가

유감이지만 나는 몸이 아주 좋지 않아. 제마이머가 그러는데, 고깃간 주인이 요즘 심한 목감기가 돌고 있다고 했대. 아무래도 내가 걸릴 것 같아. 언니도 알겠지만 내 목감기는 항상 남들보다 심하잖아.

그렇게 첫 부분이 끝나고 나중에 봉투에 넣을 때에는 거의 그것만큼 긴 편지 한 통이 추가되었다.

루이자가 어떻게 여행을 잘 견뎠는지 언니한테 전해줄 수 있을 것 같아서 편지를 끝내지 않고 두었는데, 이제야 그 얘기를 쓸 수 있게 되어서 정말 기뻐. 더 해줄 이야기가 아주 많아. 우선, 크로프트 부인한테 어제 기별이 왔는데, 언니한테 보낼 게 있으면 뭐든 전해주겠다는 거야. 정말 아주 친절하고 다정한 편지를 보내왔더라고. 그래서 편지를 쓰고 싶은 만큼 길게 쓸 수 있게 되었어. 제독은 그리 심하게 아프신 것 같지는 않아. 진심으로 바스에서 바라는 만큼 효과를 보셨으면 좋겠어. 그분들이 다시 돌아오면 정말 기쁠 거야. 우리 이웃에서 이렇게 다정한 가족이 빠지면 서운하지. 각설하고, 이제 루이자 얘기를 할게. 언니가 진짜로 깜짝 놀랄 만한 소식이 있어. 루이자는 화요일에 하빌 부부와 함께 무사히 돌아왔어. 저녁에 괜찮은지 보러 갔는데, 벤윅 대령이 없어서 좀 놀랐지. 하빌 부부만이 아니고 그 사람도 초대했거든. 언니 생각에는 이유가 뭘 것 같아? 글쎄 그가 루이자와 사랑에 빠졌다는 거야. 그래서 아버님께 답을 받기 전에는 어퍼크로스에 얼굴을 비추지 않기로 한 거지. 루이자가 떠나오기 전에 이미 둘은 마음을 정했고, 하빌 대령 편에 아버님께 전하는 편지를 보냈대. 맹세코, 진짜라니까! 놀랍지 않아? 언니가 살짝 눈치챘다고 한다면 나는 정말 깜짝 놀랄 것 같아. 난 꿈에도 생각 못 했거든. 어머님도 전혀 몰랐다고 해서. 하지만 우리 모두 아주 기뻐하고 있어. 웬트워스 대령과 결혼하는 것보다야 못하지만, 찰스 헤이터하고는 비할 바도 아니지. 아버님도 허락한다는 편지를 보내셨고, 벤윅 대령은 오늘 오기로 했어. 하빌 부인 말로는 남편은 불쌍한 여동생 때문에 심란해하고 있다지만, 어쨌거나 두 분 다 루이자를 무척 좋아하셔. 하빌 부인이랑 나는 루이자를 간호하면서 그 애를 더 좋아하게 되었다는데 정말 같은 의견이야. 찰스는 웬트워스 대령이 뭐라고 말할지 궁금해하더라고. 하지만 언니도 기억하겠지만, 나는 대령이 루이자를 좋아한다고는 전혀 생각지 않았어. 그런 낌새는 전혀 보지 못했다니까. 그리고 봐, 벤윅 대령이 언니를 대단히 여기는 것 같았지만 결국 끝은 이런 거야. 찰스가 어떻게 그런 생각을 할 수 있었는지 나로서는 도통 이해가 안 된다니까. 이제는 그이가 내 말을 좀 들어주었으면 좋겠어. 물론 루이자 머스그로브에게 썩 훌륭한 짝이라고 할 수는 없지만, 헤이터가 사람이랑 결혼하는 것보다야 백만 배는 낫지.

메리는 언니가 이 소식을 어느 정도는 예상하지 않았을까 걱정할 필요가 없었다. 앤은 평생 이렇게 놀라본 적이 없었다. 벤윅 대령과 루이자 머스그로브라니! 도저히 믿을 수가 없어서 방에 남아 차분한 태도를 유지하면서 평범한 질문에 대답하는 데에도 엄청난 노력이 필요했다. 앤에게는 다행스럽게도 질문이 많지는 않았다. 월터 경은 크로프트 부부가 사륜마차로 여행했는지, 바스에서 엘리엇 양과 자신이 찾아가도 괜찮을 만한 곳에 자리를 잡았는지 알고 싶어 했으나, 그의 궁금증은 딱 거기까지만이었다.

"메리는 잘 지내니?" 엘리자베스가 물었지만 대답을 기다리지도 않고 다시 물었다. "대체 크로프트 부부는 무슨 바람이 불어 바스에 온다니?"

"제독님 때문에 오신대. 통풍에 걸리신 것 같다는데."

"늙고 쇠약해져 통풍까지 왔다니! 불쌍한 노신사로군." 월터 경이 외쳤다.

"그 사람들 여기에 아는 사람은 있대?" 엘리자베스가 물었다.

"나도 모르겠어. 하지만 크로프트 제독님의 나이로 보나 직업으로 보나 이런 곳에 지인이 없지는 않겠지."

월터 경이 차갑게 대꾸했다. "아마 크로프트 제독은 바스에서 켈린치 홀의 세입자로 알려지는 게 그나마 제일 나을 거다. 엘리자베스, 로라 플레이스에 제독과 처를 한번 소개해야 하지 않을까?"

"오, 안 돼요! 그러시지 않는 게 좋겠어요. 우리가 레이디 달림플과 친척 관계라 해도 그분이 탐탁잖게 생각하실지도 모르는 사람을 소개해서 불쾌해하시면 어떡해요. 우리가 친척 관계만 아니면 상관없겠지요. 하지만 친척으로서 그분은 우리가 소개해드린 사람에게 신경을 써주실 수밖에 없잖아요. 그러니 크로프트 부부는 수준에 맞는 사람들을 찾도록 내버려두는 게 나아요. 이 근처에 이상하게 생긴 사람들이 어슬렁거리던데, 듣기로는 해군들이래요. 크로프트 부부는 그런 사람들하고 어울리겠죠."

이것이 월터 경과 엘리자베스가 공통적으로 편지에 대해 보인 관심이었다. 클레이 부인이 찰스 머스그로브 부인과 그 귀여운 아이들의 안부를 물으면서 좀 더 점잖게 관심을 보이자 비로소 앤은 마음을 놓았다.

앤은 자기 방에서 사태를 이해해보려고 했다. 웬트워스 대령의 기분이 어떨지 찰스가 궁금해할 만도 했다. 어쩌면 그는 마음을 접고 루이자를 포기한 것일지도 모른다. 애정을 거두었을지도 모른다. 그를 사랑하지 않는다는 것을 깨달았을지도 모른다. 그와 그의 친구 사이에 배신이나 경박한 행동, 혹은 뭐가 되었건 부당한 처사가 있었으리라 생각만 해도 참을 수가 없었다. 두 사람의 진실된 우정이 부당하게 끊어져야 한다는 것도 견딜 수 없었다.

벤윅 대령과 루이자 머스그로브! 활기 넘치고 사랑스

러운 수다쟁이 루이자 머스그로브와, 의기소침하고 생각 많고, 감정이 풍부한 독서가 벤윅 대령은 서로 하나도 맞지 않을 것 같았다. 그토록 다른 정신의 소유자들인데! 어디에 매력이 있었던 것일까? 그 답은 곧 나왔다. 상황에 있었다. 그들은 몇 주 동안이나 함께 있었다. 함께 작은 무리 속에 섞여 지냈다. 헨리에타가 집으로 돌아간 후로는 거의 전적으로 서로를 의지하여 지냈을 것이 틀림없었다. 이제 막 병에서 회복 중인 루이자는 관심이 필요한 상태에 있었고, 벤윅 대령은 깊은 슬픔에서 빠져나오고 있는 중이었다. 그 점은 앤이 전에도 짐작했던 바였다. 하지만 상황이 이렇게 되었다고 해서 앤은 메리와 같은 결론을 내리지는 않았다. 그의 마음속에 자신을 향한 애정이 싹트고 있었다는 생각을 더욱 굳혀줄 따름이었다. 하지만 앤은, 메리라면 그랬을 테지만, 자신의 허영심을 만족시키기 위해 거기에서 훨씬 더 많은 것을 끌어낼 뜻은 없었다. 웬만큼 붙임성 있는 아가씨가 그의 말에 귀 기울여주고 동정해주면 똑같은 찬사를 얻어낼 수 있었을 것이다. 그는 다정한 마음의 소유자였다. 누군가를 사랑해야만 했다.

그들이 행복하게 살지 못할 이유가 없었다. 루이자는 처음부터 해군에 큰 호감이 있었고, 그들은 곧 서로를 닮아가게 될 것이다. 남자는 명랑해질 것이고, 여자는 스콧과 바이런 경의 열광적인 애호가가 되는 법을 배울 것이다. 아니, 어쩌면 벌써 배웠을지도 모른다. 물론 그들은 시를 놓고 사랑에 빠졌다. 루이자 머스그로브가 문학적 취향을 지니고 감상적인 성찰을 즐기는 사람으로 바뀌었다고 생각하니 재미는 있었다. 그러나 그렇게 되었으리라는 것은 의심하지 않았다. 라임에서 보낸 하루, 방파제에서 추락한 사고는 그의 운명에 영향을 미친 것만큼이나 그의 건강과 기질, 용기, 성격에 죽을 때까지 깊이 영향을 미치게 될지도 모른다.

이 모든 일의 결론은, 웬트워스 대령의 장점을 알아보았던 여자가 또 다른 남자를 더 좋아하게 될 수도 있다 해도 그 약혼에 의구심을 품을 일은 아니라는 것이었다. 웬트워스 대령이 그 일로 친구를 잃는 일만 없다면, 당연히 아쉬워할 것도 없었다. 아니, 웬트워스 대령이 자유의 몸이 되었다고 생각하니, 앤의 심장이 자기도 모르게 뛰고 얼굴이 달아오른 것은 아쉬움 때문이 아니었다. 그는 부끄러워 차마 더 깊이 따져보지 못할 감정들을 느꼈다. 그것은 기쁨, 주체할 수 없는 기쁨과 너무 닮았다!

앤은 크로프트 부부를 한시라도 빨리 보고 싶었다. 하지만 그들과 만나 보니 아직 그 소식을 전해 듣지 못한 것이 분명했다. 의례적인 방문이 이어지는 동안 루이자 머스그로브와 벤윅 대령이 화제에 올랐지만 그들은 미소 한 번 띠지 않았다.

크로프트 부부는 월터 경이 충분히 만족할 만한 곳인 게이 스트리트에 숙소를 잡았다. 월터 경은 그들과의 친분을 전혀 부끄럽게 여기지 않았다. 실은 제독이 그에 대해 생각하거나 이야기한 것보다 월터 경이 제독에 대해 훨씬 더 많이 생각하고 이야기했다.

크로프트 부부는 바스에 꽤 많은 지인들이 있었고, 엘리엇가와의 교제는 그들에게 어떤 즐거움도 주지 못하는 형식적인 것일 뿐이었다. 그들은 시골에서 하던 습관대로 거의 항상 붙어 다녔다. 제독은 통풍을 예방하기 위해 걸으라는 처방을 받았다. 크로프트 부인은 뭐든지 남편과 함께했고, 남편에게 도움이 되기 위해 열심히 걸어다녔다. 앤은 어디를 가나 그들의 모습을 볼 수 있었다. 레이디 러셀이 거의 매일 아침 자기 마차에 앤을 태우고 나갔는데, 앤은 그들 생각을 잊은 적이 없고 그들의 모습을 놓친 적이 없었다. 그들의 감정을 자기 것처럼 잘 알고 있어서, 앤에게 그들의 모습은 그야말로 가장 매력적인 행복의 그림이었다. 앤은 할 수 있는 한 오래 그들을 지켜보면서, 그들이 행복하게 걷는 순간마다 무슨 이야기를 할지 알겠다는 생각에 기쁨을 느꼈다. 혹은 제독이 옛 친구와 마주쳐서 따뜻한 악수를 하는 모습을 보거나, 때로는 해군들 몇몇이 무리를 이루어 신나게 대화를 나누는 모습을 볼 때도 마찬가지로 기쁨을 느꼈다. 그럴 때 크로프트 부인은 주변의 여느 장교 못지않게 영리하고 기민해 보였다.

앤은 레이디 러셀과 함께 다니는 탓에 혼자 걸어다니는 일이 드물었다. 하지만 크로프트 부부가 도착한 지 일주일 혹은 열흘쯤 지난 어느 아침, 마침 시내 아래쪽에서 부인의 마차를 타지 않고 혼자 캠든 플레이스로 돌아갈 일이 있었다. 앤은 밀섬 스트리트를 걸어가다가 운 좋게도 제독과 마주쳤다. 제독은 판화점 창가에 혼자 뒷짐을 지고 서서 판화를 열심히 들여다보고 있었다. 그는 앤이 지나가는 줄도 눈치채지 못해서, 그의 주의를 끌기 위해 툭 치며 말을 건네야만 했다. 하지만 앤을 알아보자 그는 평소처럼 솔직하고 쾌활하게 반응했다. "하! 당신이었습니까? 고마워요, 고맙습니다. 이렇게 나를 친구로 대해주다니요. 보시다시피 여기에서 그림을 보고 있었답니다. 이런 가게만 보면 그냥 지나치질 못하겠더라고요. 하지만 여기 이게 뭡니까, 배 말입니다! 이걸 좀 봐요. 이런 것을 본 적이 있습니까? 화가들이란 참 이상한 족속이 틀림없어요. 누가 이런 볼품없는 낡은 조각배에 생명을 맡길 거라고 생각하는지. 하지만 여기 두 신사는 아주 태평하게 자리 잡고 앉아서 주위의 산과 암석들을 둘러보고 있군요. 금세라도 배가 뒤집힐 지경인데 말이지요. 틀림없이 그렇게 되고 말 겁니다. 저런 배를 어디에서 만들었나 모르겠어요!" 그는 호탕하게 껄껄 웃으면서 "나같으면 저런 배를 타고서는 말 씻기는 구덩이도 건너지 않을 겁니다"라고 이야기하며 앤을 향해 고개를 돌렸다. "어디 가는 길인가요? 내가 함께 가줄 수 있는데, 도와줄 일이 있을까요?"

"아뇨, 감사합니다. 그럼 괜찮으시다면 가시던 길까지만 동행할 수 있을까요? 저는 집에 가는 길이랍니다."

"기꺼이 그러지요. 더 멀리까지라도 좋아요. 예, 예, 함께 조금만 산책을 해볼까요. 가면서 할 얘기도 좀 있고요. 자, 내 팔을 잡아요. 그렇지요. 숙녀 분은 그렇게 해줘야 내가 편합니다. 맙소사! 저런 배라니!" 마지막으로 그림을 한 번 보고 그들은 자리를 떴다.

"하실 말씀이라는 건 뭔가요?"

"그럼 바로 하지요. 그런데 저기 친구인 브리그던 대령이 오는군요. '잘 지내나?' 하고 인사만 던지고 계속 갑시다. 브리그던이 내가 처 아닌 다른 사람과 있으니 빤히 쳐다보는군요. 내 처는 딱하게도 발이 아파서 꼼짝 못 한답니다. 발꿈치에 3실링 동전만 한 물집이 잡혔어요. 길 건너편을 보면 브랜드 제독이 동생과 같이 걸어오는 모습이 보일 겁니다. 둘다 딱한 사람들이지요! 길 건너편에 있어서 다행이군요. 소피라면 저들을 참아주지 못한답니다. 예전에 나한테 못된 짓을 한 적이 있지요. 내 부하 중에서 제일 훌륭한 사람 몇을 빼돌렸어요. 다음에 기회 되면 그 이야기를 이야기해줄게요. 저기 아치볼드 드루 경이 손자와 함께 오는군요. 우리를 봤어요. 당신에게 손 키스를 보내시네요. 당신을 처로 착각했나 봅니다. 아! 저 젊은이한테는 평화가 너무 빨리 왔어요. 불쌍한 아치볼드 경! 바스는 마음에 드나요, 엘리엇 양? 우리는 아주 잘 지내고 있어요. 늘 옛 친구들과 만나고 있지요. 매일 아침이면 거리마다 친구들이 가득하거든요. 같이 수다 떨 친구가 너무 많아요. 대화를 나누고 그들과 헤어져서 숙소로 돌아와 의자에 앉아 있으면 켈린치에 있는 것처럼 아늑합니다. 노스 야머스나 딜에서 지냈던 때 같기도 하고요. 노스 야머스에서 지냈던 숙소가 떠올라서, 지금 숙소도 지낼만 합니다. 거기에서처럼 바람이 찬장 틈새로 들어온다니까요."

조금 더 갔을 때, 앤은 용기를 내어 그가 한다던 이야기가 무엇인지 다시 채근했다. 밀섬 스트리트를 벗어날 때쯤이면 호기심이 충족될 줄 알았지만, 아직도 기다려야 했다. 제독은 더 탁 트여 있고 조용한 벨몬트까지 가서야 이야기를 시작할 생각이었다. 앤이 크로프트 부인은 아니니 제독이 뜻대로 하도록 기다리는 수밖에 없었다. 벨몬트를 꽤 올라왔을 즈음에야 그가 이야기를 시작했다.

"자, 이제 놀랄 만한 이야기를 시작하지요. 하지만 먼저 내가 이야기하려는 아가씨의 이름을 내게 말해줘야 합니다. 알겠지만 우리 모두가 굉장히 걱정했던 아가씨지요. 그 모든 일을 겪었던, 머스그로브 양 말입니다. 이름이 뭐였더라. 늘 이름을 잊어버린다니까."

앤은 바로 누구 이야기인지 알아차렸지만 그런 티가 날까 봐 부끄러웠다. 그러나 이제는 '루이자'라는 이름을 안심하고 알려줄 수 있었다.

"아, 아, 루이자 머스그로브 양, 그렇지요. 아가씨들 이름이 그렇게 많지 않았으면 좋겠어요. 모두 소피던가 뭐 그 정도 이름이면 절대 잊어버리지 않을 텐데. 그 루이자 양 말인데요, 알고 있겠지만 우리 모두 그 아가씨가 프레더릭과 결혼할 줄 알았잖습니까. 그가 몇 주 동안 그 아가씨를 따라다녔지요. 그들이 대체 뭘 더 기다리고 있는지 그것이 궁금할 정도였는데, 라임에서 그 사고가 닥쳤지요. 그렇게 되고 보니 머리 부상이 좋아질 때까지 기다리는 수밖에 없었고요. 하지만 그때도 둘 사이에 돌아가는 형편을 보면 뭔가 좀 이상했어요. 그는 라임에 남지 않고 플리머스로 떠났다가 에드워드를 보러 가버렸으니까요. 우리가 마인헤드에서 돌아왔을 때에는 에드워드에게 가고 없었지요. 그 후로 죽 거기에서 지냈고요. 11월 이후로는 아예 전혀 보지 못했어요. 소피조차도 이해를 못 하겠다고 했다니까요. 하지만 이제 상황이 참으로 알 수 없게 뒤바뀌어버렸어요. 그 아가씨, 바로 그 머스그로브 양이 프레더릭이 아니라 제임스 벤윅과 결혼한다니. 제임스 벤윅을 알죠?"

"조금 압니다. 벤윅 대령과 조금 아는 사이예요."

"머스그로브 양이 벤윅과 결혼한답니다. 아니, 벌써 결혼했을 수도 있겠군. 더는 기다릴 게 없을 테니."

"벤윅 대령님은 아주 호감 가는 분이라고 생각했어요. 훌륭한 성품을 지니신 것 같아요." 앤이 말했다.

"오! 예, 예, 제임스 벤윅에 대해서는 흠잡을 것이 없지요. 지난여름에야 지휘관이 되었고, 요즘은 좀 쉽지 않은 시기이기는 하지만, 그 외에는 흠이랄 것이 없어요. 훌륭하고 선량한 사람이니까. 아주 적극적이고 열정적인 장교이기도 하고요. 부드러운 태도 때문에 그렇게 안 보일 수도 있지만, 예상 외로 그렇답니다."

"그 점이라면 잘못 보셨어요. 벤윅 대령님의 태도에서 활기가 부족하다는 느낌은 전혀 받지 못했답니다. 그분의 태도가 특히 호감을 준다고 생각했어요. 분명히 말씀드릴 수 있는데, 전반적으로 호감 가는 태도를 지니셨다고 생각해요."

"여자분들의 판단이 가장 정확하지요. 하지만 제임스 벤윅은 내 눈에는 좀 지나치게 유약해요. 다 우리가 편애해서 그럴 수도 있지만, 소피와 내가 보기에는 아무래도 프레더릭의 태도가 더 나아 보인다니까요. 프레더릭 쪽이 뭔가 우리한테 더 잘 맞는 데가 있지."

앤은 난처했다. 활기와 부드러움이 나란히 함께할 수 없다는 너무나 흔한 생각에 반대하려던 것뿐이었다. 벤윅 대령의 태도를 가장 좋은 것이라 말할 생각은 전혀 없었다. 약간 망설이다가 그는 이렇게 말했다. "두 친구 분을 비교하려던 뜻은 아니었어요." 그러나 제독이 앤의 말을 끊었다.

"그런데 사정이 진짜로 그렇게 되었다오. 뜬소문 따위가 전혀 아니라니까요. 프레더릭 본인한테서 들었으니까. 처남이 보낸 편지를 어제 받았는데, 거기에 그 이야기가 있었어요. 프레더릭은 하빌한테서 좀 전에 편지로 그 이야기를 들었다고 하더군요. 하빌은 어퍼크로스에서 편지를 썼고요. 그들 모두 어퍼크로스에 있는 모양입니다."

이것은 앤이 뿌리칠 수 없는 기회였다. 그래서 그때를 놓치지 않고 말했다. "제독님, 웬트워스 대령의 편지에 제독님이나 부인께서 특별히 불편하게 여기실 내용이 없기를 바랍니다. 지난가을에는 루이자 머스그로브와 그분 사이에 좋은 감정이 있는 것처럼 보였어요. 하지만 양쪽에서 똑같이, 별문제 없이 감정이 사그라졌다고 보고 싶어요. 대령님의 편지에 부당한 대우를 받은 사람의 느낌이 배어 있지는 않았으면 좋겠습니다."

"아니, 전혀 그렇지 않았어요. 처음부터 끝까지 욕설도
불평도 없었으니까."

앤은 고개를 숙여 미소를 감추었다.

"아니, 아닙니다. 프레더릭은 불평을 늘어놓고 징징거
리는 남자가 아니라오. 그러기에는 너무나 의기충천해요. 그
아가씨가 다른 사람을 더 좋아한다면, 그 사람하고 잘 맞는
거지요."

"물론이에요. 하지만 제 말은, 웬트워스 대령님의 편지
에 제독님께서 그분이 친구한테 부당하게 배신당했다고 생
각한다고 추측하실 만한 내용은 없기를 바란다는 거예요. 아
시다시피 말로 하지 않아도 그런 느낌을 줄 수도 있지요. 그
분과 벤윅 대령님 사이에 이어져온 우정이 이런 일로 무너지
거나 다치기라도 한다면 정말 유감스러울 거예요."

"아, 아, 무슨 말인지 알겠소. 하지만 편지에 그런 느낌은
전혀 없었어요. 대령은 벤윅에 대해 전혀 악감정이 없으니
까. '어떻게 그렇게 되었는지 궁금하군요. 제 입장에서도 궁금
해할 만은 하지요' 정도의 말도 없었지. 편지 쓰는 투로 보아
서는 그 아가씨(이름이 뭐였더라?)를 마음에 품은 적이 있기
는 한가 싶을 정도라니까요. 처남은 아주 관대하게 두 사람
이 함께 행복하기를 빌어주었어요. 원한 같은 것은 전혀 느

256

낄 수가 없었다니까요."

앤은 제독이 전하려 하는 완벽한 확신을 받아들이지는 않았으나, 그 이상 캐물어보았자 쓸데없을 것 같았다. 그래서 평범한 대화를 나누거나 조용히 듣는 것으로 만족했고, 제독은 자기 할 말을 계속했다.

마침내 그가 이렇게 말했다. "불쌍한 프레더릭! 이제 또 다른 누군가를 만나 다시 처음부터 시작해야 한다니. 대령을 바스로 데려와야겠소. 소피가 편지를 써서 바스로 오라고 청해야 한다니까. 여기에는 예쁜 아가씨들이 넘치니까요. 다시 어퍼크로스로 가봐야 소용 없을 테고. 그 또 다른 머스그로브 양은 사촌이라는 젊은 목사랑 어울릴 테니. 엘리엇 양, 우리가 프레더릭을 바스로 데려와야 한다고 생각지 않나요?"

19

크로프트 제독이 앤과 함께 산책하며 웬트워스 대령을 바스로 데려오고 싶다는 뜻을 피력할 동안, 웬트워스 대령은 이미 그쪽으로 향하는 중이었다. 크로프트 부인이 편지를 쓰기도 전에 그가 도착했고, 앤은 바로 다음번 산책에서 그를 보았다.

엘리엇 씨는 두 사촌, 클레이 부인과 함께 밀섬 스트리트에 있었다. 비가 내리기 시작했다. 거세지는 않았지만 여자들이 비 피할 곳을 찾아야 했고, 덕분에 엘리엇 양은 얼마 떨어지지 않은 곳에서 기다리고 있던 레이디 달림플의 마차를 타고 집까지 가는 이득을 기대하고 있었다. 그리하여 엘리자베스와 앤, 클레이 부인이 몰랜드에 들어가 있는 동안 엘리엇 씨가 레이디 달림플에게 가서 도움을 청했다. 그는 물론 호의적인 답을 얻어 곧 그들 곁으로 다시 돌아왔다. 레이디 달림플은 그들을 아주 기쁘게 집으로 데려다주기로 했으며, 잠시 후 그들을 부르러 오겠다고 했다.

레이디 달림플의 마차는 4인승 사륜마차여서 네 명 이상 타기는 불편했다. 카트릿 양이 어머니와 함께 있었기에 캠든 플레이스의 아가씨들 셋이 다 타기는 어려웠다. 엘리엇 양에게는 두 번 생각해볼 여지도 없었다. 불편을 감수하는 사람이 누가 되건 자신은 절대 아니어야 했다. 하지만 다른 둘이 예의를 차리며 양보하느라 시간이 좀 지체되었다. 비 정도는 대단치 않았기 때문에 앤은 진심으로 엘리엇 씨와 함께 걸어가는 편이 더 좋았다. 하지만 클레이 부인에게도 비는 대단치 않았다. 그는 빗방울이 거의 떨어지지도 않는 데다 자기 장화는 앤 양의 것보다 훨씬 두껍다고 했다. 요컨대, 예의 바른 그는 앤 못지않게 간절히 마차를 양보하고 뒤에 남아 엘리엇 씨와 함께 걸어가고 싶다는 것이었다. 두 사람 모두 관대하고 예의 바르며 단호하게 자기주장을 내세운 탓에, 다른 사람들이 그들을 위해 대신 결론을 내주어야 했다. 엘리엇 양은 클레이 부인이 벌써 가벼운 감기에 걸렸다고 주장하면서 엘리엇 씨에게 판결을 내려주기를 청했고, 사촌은 앤의 장화가 더 두꺼워 보인다고 말했다.

따라서 클레이 부인이 마차에 타는 것으로 정해졌다. 이렇게 결정이 되었을 때, 창가에 앉아 있던 앤의 눈에 거리를 걸어오는 웬트워스 대령의 모습이 또렷하게 들어왔다.

앤은 놀랐지만 내색하지 않았다. 그러나 곧 자기야말로 세상에서 제일가는 멍청이, 이해할 수 없고 말도 안 되는 사람이라고 생각했다. 잠시 눈앞에 아무것도 보이지 않았다. 그저 혼란스러울 뿐이었다. 애써 자신을 수습하고 정신을 차려보니 다른 사람들이 여전히 마차를 기다리고 있고, (언제나 친절한) 엘리엇 씨는 클레이 부인의 부탁을 들어주러 유니언 스트리트를 향해 막 나서는 참이었다.

앤은 이제 그만 밖으로 나가고 싶은 마음이 굴뚝같았다. 비가 오는지 보고 싶었다. 자신의 행동에 어째서 다른 동기가 있다고 의심하겠는가? 웬트워스 대령은 틀림없이 시야를 벗어났을 것이다. 앤은 자리에서 일어나 밖으로 나가려고 했다. 그의 절반은 항상 나머지 절반만큼 현명하지 못했다. 아니면 항상 나머지 절반을 더 나쁜 쪽으로 의심했다. 비가 오는지 보고 싶었다. 하지만 웬트워스 대령이 안으로 들어오는 바람에 자리로 되돌아왔다. 그는 지인으로 보이는 남녀 무리들과 함께였는데, 밀섬 스트리트 조금 아래에서 그들과 만난 것이 확실했다. 그는 앤을 보고 그 어느 때보다도 더 놀라고 당황한 기색이 역력했다. 그들이 헤어졌다 다시 만난 이후 처음으로 앤은 그가 두 사람 사이에서 최소한의 감정을 내보였다는 느낌이 들었다. 그래도 마지막 순간에 잠시 마음의 준비를 할 수 있었으므로 앤이 대령보다는 유리했다. 너무 놀란 탓에 가슴이 답답하고 눈앞이 캄캄해지면서 정신을 못 차릴 것 같은 감정은 지나갔다. 하지만 여전히 감정들을 느낄 수는 있었다. 동요, 고통, 기쁨, 희열과 비참 그 사이 어딘가의 감정이었다.

웬트워스 대령은 앤에게 인사를 하고 돌아섰다. 그의 태도로 보아 당황한 것이 분명했다. 앤은 그의 태도를 당황스러움 외의 그 어떤 말로도, 차갑다고도, 다정하다고도 할 수가 없었다.

그러나 잠시 후 그가 앤 쪽으로 다가와 다시 말을 걸었다. 공통의 주제를 놓고 서로 문답을 주고받았다. 두 사람 다 상대의 대답을 통해 뭔가를 더 잘 알게 되지는 않았을 것이다. 앤은 계속해서 그의 태도가 예전보다 불편해 보인다는 것을 의식했다. 그들은 예전에는 함께 아주 많은 시간을 보냈기에 서로 어느 정도는 무심하고 차분하게 말할 수 있었다. 그러나 지금은 그러지 못했다. 시간이 그를 바꿔놓았다. 아니면 루이자가 바꿔놓았던가. 뭔가를 의식하고 있었다. 그는 아주 좋아 보였다. 건강이나 정신적인 면에서 고통을 겪은 사람처럼 보이지는 않았다. 그는 어퍼크로스, 머스그로브가, 아니, 루이자 이야기까지도 했다. 그 이름을 입에 올리면서 그의 얼굴에 순간적으로 짓궂은 표정이 떠오르기도 했다.

그러나 웬트워스 대령은 아직 편치 않은 듯 부자연스러웠다. 편한 척도 하지 못했다.

엘리자베스가 그를 모르는 척하는 데 앤은 놀라기보다는 슬펐다. 그가 엘리자베스를 보았고, 엘리자베스도 그를 보았다. 앤은 두 사람이 속으로는 서로를 완벽히 알아보았다는 것을 알았다. 앤이 보기에 대령 쪽에서는 아는 체를 할 준비가 되어 있었고, 그러기를 기대하고 있었다. 그러나 언니가 변함없이 차가운 태도로 외면하는 모습을 마음 아프게 바라보아야 했다.

엘리엇 양이 점점 더 초조해져가던 참에 레이디 달림플의 마차가 도착했다. 하인이 들어와 도착을 알렸다. 다시 비가 오기 시작해서 조금 지체되는 중에 웅성거리며 소란이 일었다. 가게 안의 작은 무리 모두 레이디 달림플이 엘리엇 양을 데려다주러 왔다는 것을 알았음이 분명했다. 드디어 엘리엇 양과 친구는 하인 외에는 누구의 시중도 없이(사촌은 아직 돌아오지 않았으므로) 가게를 나갔다. 웬트워스 대령은 그들을 쳐다보다가 다시 앤에게 고개를 돌리고 말보다는 태도로 자신이 도와주겠다고 제안했다.

앤은 이렇게 대답했다. "정말 감사합니다만, 저는 같이 가지 않는답니다. 마차에 자리가 부족해서요. 저는 걸어갈 거예요. 걷는 게 더 좋고요."

"하지만 비가 오는데요."

"오! 아주 조금 내리는걸요. 그 정도는 괜찮아요."

잠시 가만히 있다가 그가 말했다. "저는 어제 왔지만 아시다시피 벌써 바스에 잘 적응을 했습니다." 그는 새 우산을 가리켰다. "걸어가겠다면 이것을 쓰세요. 제가 마차를 불러 드리는 편이 더 나을 것 같지만 말입니다."

앤은 대단히 고맙지만 비가 많이 오지는 않을 것 같다는 자신의 믿음을 되풀이해 말하며 모두 거절했다. 그리고 이렇게 덧붙였다. "엘리엇 씨를 기다리고 있답니다. 곧 오실 거예요."

앤이 그 말을 하기가 무섭게 엘리엇 씨가 들어왔다. 웬트워스 대령은 그를 알아보았다. 지금의 그와 라임에서 앤이 지나갈 때 감탄했던 그 남자 사이에 차이가 있다면, 지금은 친척이자 친구로서 특권이 있다는 태도와 분위기뿐이었다. 엘리엇 씨는 눈에 보이는 것이나 머릿속에 생각하는 것이나 오직 앤뿐이라는 듯이 진지한 태도로 다가와 늦어서 미안하다고 사과했다. 오래 기다리게 한 데 유감을 표하며 빗줄기가 거세어지기 전에 더 시간 끌지 않고 속히 그를 데리고 나가겠다는 뜻을 밝혔다. 곧 앤은 그와 팔을 끼고 대령에게 난처하지만 부드러운 눈길로 "안녕히 계세요!"라는 인사만 남기고는 밖으로 나섰다.

그들의 모습이 보이지 않게 되자마자 웬트워스 대령의 무리 가운데 부인들이 그들을 놓고 얘기꽃을 피우기 시작했다.

"엘리엇 씨는 자기 사촌을 싫어하지 않나 보네요?"

"오! 천만에요, 그럴 리가요. 앞으로 어떻게 될지 짐작이 가지요. 요즘 항상 그 사람들과 함께 다니더라고요. 반은 그 집에서 살다시피 한다던데요. 정말 미남이지요!"

"맞아요, 앳킨슨 양이 월리스 가에서 그와 함께 저녁식사를 했는데, 자기가 만나 본 사람 중에서 저렇게 호감 가는 분은 없었다네요."

"앤 엘리엇, 저분도 예쁘네요. 참 예뻐요. 잘 보면 말이에요. 이런 말은 좀 그렇지만, 솔직히 언니보다 훨씬 나아요."

"오! 제 생각도 그래요."

"저도 동감이에요. 비교가 안 되지요. 하지만 남자들은 엘리엇 양한테 정신을 못 차린다니까요. 앤 양은 남자들한테는 너무 섬세해요."

사촌이 입을 다물고 캠든 플레이스까지 내내 함께 걸어가주었다면 앤은 그에게 특히 고마워했을 것이다. 그가 하는 말은 배려 넘치고 신중했지만, 그리고 그의 화제는 주로 레이디 러셀을 따뜻하고 공정하며 안목 있다고 칭찬하고 클레이 부인에 대해 매우 이성적으로 에둘러 비판하는 등 평소 같으면 그의 관심을 불러일으킬 만한 것이었지만, 앤은 그의 이야기에 집중하기가 매우 힘들었다. 웬트워스 대령 생각이 머리를 떠나지 않았다. 그가 지금 어떤 기분일지, 정말로 실망감으로 괴로워하고 있는지 알 수가 없었다. 궁금증이 풀리기 전까지는 마음을 다잡을 수가 없었다.

앤은 현명하고 이성적이 되기를 바랐다. 그러나 슬프도다! 아직 현명해지지 못했다고 스스로에게 고백해야 했다.

앤이 꼭 알고 싶은 한 가지는, 그가 바스에 얼마나 머물 예정인가였다. 그는 그 얘기는 하지 않았고, 앤도 짐작할 수가 없었다. 잠깐 지나쳐가는 것일 수도 있었다. 그러나 잠시 지내러 왔을 가능성이 더 컸다. 만약 그렇다면, 바스에서는 다들 서로 마주치지 않을 수가 없으니 레이디 러셀도 어디선가는 그를 보게 될 것이다. 부인은 그를 기억할까? 만나면 어떻게 될까?

앤은 루이자 머스그로브가 벤윅 대령과 결혼하기로 했다는 소식을 레이디 러셀에게 미리 알려야 했다. 그는 레이디 러셀이 놀라는 모습에 마음이 좀 괴로웠다. 그런데 이제 그 사정을 제대로 다 알지는 못하는 부인이 웬트워스 대령과 우연히 마주치게 된다면 그에 대한 편견에 또 다른 편견이 한 겹 더 덧씌워질 수도 있었다.

다음 날 아침 앤은 레이디 러셀과 함께 외출했다. 처음에는 그의 모습이 보이지 않는데도 혹시 보게 되면 어쩌나

하는 두려움에 안절부절못했다. 그러나 결국 펄트니 스트리트로 돌아오던 중 오른쪽 보도에서 그의 모습을 보았다. 그의 주변에는 다른 사람이 많이 있었고 같은 방향으로 걸어가는 사람도 많았지만, 틀림없이 그였다. 앤은 자기도 모르게 레이디 러셀을 쳐다보았다. 그러나 자기처럼 바로 그를 알아보리라 생각하지는 않았다. 레이디 러셀은 일행이 거의 맞은편까지 와서야 그를 알아볼 것이다. 하지만 앤은 걱정스레 부인을 흘끔거리며 보았다. 틀림없이 그를 알아보게 될 순간이 다가오자, 다시 쳐다볼 용기는 없었지만 (자기 표정을 보면 부인이 이상한 낌새를 눈치챌 테니) 레이디 러셀의 눈이 대령 쪽을 정확히 향하고 있음을 충분히 알 수 있었다. 즉, 부인은 그에게서 눈길을 떼지 않고 주시하고 있었다. 앤은 그에게 레이디 러셀의 마음을 사로잡을 만한 매력이 있음을 알 수 있었다. 부인은 그에게서 눈길을 거두지 못했다. 8, 9년의 세월 동안 외국의 풍토에 시달렸음에도 매력이 전혀 줄어들지 않았다는 데에 크게 놀라고 있다는 게 느껴졌다.

드디어 레이디 러셀이 고개를 돌렸다. 이제 레이디 러셀이 그에 대해 어떻게 말씀하실까?

부인이 입을 열었다. "내가 뭘 그렇게 오래 보고 있었는지 의아하겠지. 레이디 얼리샤와 프랭클랜드 부인이 어젯밤에 말해주었던 창문 커튼을 찾고 있었단다. 이쪽 길, 이쪽 거리 집 가운데 하나의 거실 창문 커튼이 바스에서 제일 아름답다고 했거든. 그런데 정확한 번지수는 기억이 나지 않아서 어느 것인지 찾아보려고 했지. 하지만 아무리 보아도 이 근처에서는 그분이 말한 것과 같은 커튼은 안 보이는구나.”

앤은 친구에 대해서인지 자신에 대해서인지, 동정심과 경멸감에 얼굴을 붉히고 한숨을 토하며 미소를 지었다. 공연히 이런저런 예측을 하고 조심하느라 그가 자기들을 보았는지 확인할 기회를 놓친 것이 제일 속상했다.

특별한 일 없이 하루이틀이 지나갔다. 그가 나타날 법한 극장이나 방들은 엘리엇가 사람들이 갈 만한 수준은 아니었다. 그들은 우아하지만 한심한 개인 파티에서만 저녁 시간을 보냈고, 그런 곳에 점점 더 많이 다녔다. 앤은 이런 지겨운 자리에 싫증이 났고, 아무것도 알지 못한 채로 시간만 보내는 데에도 질렸다. 자신의 힘을 써보지 않았기 때문에 실제보다 더 강하다고 생각하고 음악회가 열리는 저녁을 조바심내며 기다렸다. 레이디 달림플이 후원하는 음악가를 위한 음악회였다. 물론 그들도 참석해야 했다. 정말로 좋은 자리가 되리라 기대했다. 웬트워스 대령도 음악을 아주 좋아했다. 앤은 그와 잠시라도 좋으니 이야기를 나눌 기회가 생기기를 바랐다. 그에게 말을 걸 힘으로 말하자면, 기회가 생긴다면 그런 용기도 낼 수 있었다. 엘리자베스는 그를 외면했고 레이디 러셀은 무시했다. 이런 상황이 앤의 마음을 더욱 굳건하게 만들어주었다. 앤만이라도 그에게 꼭 관심을 보여주어야 한다고 생각했다.

앤은 스미스 부인에게 함께 저녁 시간을 보내기로 약속해두었던 터였다. 그러나 곧 서둘러 찾아가 미안하다고 사과하고, 다음 날 더 오래 머물겠노라 굳게 약속하고 약속을 미뤘다. 스미스 부인은 너그럽게 봐주었다.

스미스 부인이 말했다. "다음에 올 때 나한테 다 말해주기만 하면 돼요. 누구랑 같이 가나요?"

앤은 모두의 이름을 댔다. 스미스 부인은 아무 대답도 하지 않았다. 그러나 헤어질 때 반쯤은 진지하게, 반쯤은 짓궂은 표정으로 말했다. "음악회에 간 보람이 있기를 진심으로 바라요. 올 수 있으면 내일 꼭 와줘요. 앞으로 당신을 자주 보지 못할지도 모르겠다는 예감이 들거든요."

앤은 깜짝 놀라고 당황했다. 하지만 잠시 가만히 있다가 서둘러 자리를 떠나야 했다. 떠나는 것이 아쉽지는 않았다.

20

월터 경과 두 딸, 클레이 부인은 그날 저녁 제일 먼저 도착했다. 레이디 달림플을 기다리기 위해 팔각형 방의 난롯가에 자리를 잡았다. 그러나 미처 제대로 앉기도 전에 다시 문이 열리고 웬트워스 대령이 홀로 걸어 들어왔다. 앤이 제일 문과 가까운 곳에 있었지만 좀 더 다가가 인사를 했다. 그는 고개를 숙여 인사만 하고 지나가려 했지만 "안녕하세요"라는 앤의 다정한 인사에 가던 발길을 돌려 그 곁에 멈췄다. 만만찮은 아버지와 언니가 뒤에 버티고 있었지만 그에게 안부를 건넸다. 앤은 그들이 뒤쪽에 있어서 다행이라 생각했다. 그들이 어떤 표정인지 보이지 않으니, 그는 자신이 옳다고 믿는 일은 무엇이든 할 수 있을 것 같았다.

그들이 대화를 나누고 있는 동안 아버지와 엘리자베스가 귓속말로 속삭이는 소리가 앤의 귀에 들려왔다. 무슨 말인지 정확히 알아듣지는 못했지만, 내용은 대충 짐작이 갔다. 웬트워스 대령이 멀리서 인사를 했을 때 그의 아버지가 경우에 맞게 알은체를 했음을 알 수 있었고, 곁눈질로 엘리자베스도 가볍게 예의를 차리는 모습을 보았다. 뒤늦게 마지못해서 무례하게 하는 인사이기는 했지만 그래도 아예 안 한 것보다는 나았고, 앤은 기분이 훨씬 나아졌다.

그러나 날씨와 바스, 음악회 이야기를 하고 나니 대화가 시들해지기 시작했다. 마침내 더 할 이야기가 없어지자 앤은 혹시 그가 다른 데로 가버리는 게 아닐까 걱정했지만, 그는 자리를 뜨지 않았다. 서둘러 다른 곳으로 갈 마음이 없는 듯했다. 그는 곧 활기를 되찾아 살짝 미소를 짓고 밝은 표정으로 이렇게 말했다.

"라임에서의 그날 이후로 거의 뵙지 못했군요. 충격으로 많이 힘들어하신 게 아닌가 걱정했습니다. 그때는 괜찮았어도 나중에 더 힘들 수도 있어서요."

앤은 괜찮다고 안심시켰다.

"끔찍한 시간이었지요. 끔찍한 날이었어요!" 그는 그 기억이 여전히 너무 고통스럽다는 듯이 손으로 눈을 가렸으나 곧 다시 살짝 웃으며 덧붙였다. "하지만 그날 덕분에 얻은 것들도 있답니다. 두려워했던 것과는 정반대의 결과들 말입니다. 의사를 불러오기에 가장 적합한 인물이 벤윅이라고 당신이 제안했을 때만 해도 그가 결국 루이자의 회복을 가장 바라는 사람 중 한 명이 될 거라고는 생각지 못하셨을 겁니다."

"전혀 알 수 없었지요. 하지만 아주 행복한 한 쌍이 되기를 바라요. 두 사람 다 좋은 생각과 좋은 성품을 가졌으니."

그는 시선을 약간 피하면서 대답했다. "맞습니다. 하지만 제 생각에는 두 사람의 닮은 점은 거기까지입니다. 진심으로 그들이 행복하기를 바라고, 모든 상황이 그렇게 흘러가서 기쁘게 생각합니다. 양가에서 해결해야 할 문제도, 어떤 반대도, 변덕도, 지연도 없지요. 머스그로브가는 더할 나위 없이 명예롭고 친절하게 행동하고 있고, 부모 된 진실한 마음으로 딸의 안위만을 바라고요. 그 모든 것이 다 그들의 행복에 큰 도움이 되지요. 아마도 그 이상으로……."

그는 말을 멈추었다. 갑자기 과거의 기억이 떠오른 듯, 어떤 감정이 치밀어 오르는 듯한 그의 모습에 앤은 얼굴을 붉히고 시선을 바닥에서 들지 못했다. 하지만 헛기침을 하고 그가 말을 이었다.

"솔직히 말하면 두 사람 사이에 안 맞는 점이 좀 있다고 생각합니다. 많이 안 맞아요. 마음 못지않게 중요한 부분에서 말입니다. 루이자 머스그로브는 매우 붙임성 있고 마음씨도 고운 아가씨이고 이해력 면에서도 떨어지지 않습니다만, 벤윅은 그 이상입니다. 그는 머리가 좋고 독서를 좋아하는 사람이에요. 사실 그가 루이자에게 마음을 빼앗겼다니 좀 놀랍습니다. 여자 쪽에서 남자를 더 좋아한다고 믿어서 감사의 마음이 생겼다면, 그래서 여자를 좋아하게 되었다면 그건 다른 문제겠지만요. 하지만 그렇다고 볼 만한 이유는 없습니다. 반대로 벤윅 쪽에서 완전히 자발적으로, 어떤 계기도 없이 감정이 싹튼 것 같은데, 그것이 저는 놀랍습니다. 벤윅 같은, 그런 처지에 있는 사람이! 가슴 아픈 일을 겪고 그렇게 상심하고 무너지다시피 했는데! 패니 하빌이 훨씬 더 뛰어난 여자였어요. 그에 대한 벤윅의 애정이야말로 진짜 애정이었고요. 그런 여자에게 그 정도로 헌신하는 마음을 바쳤다면 회복되지 않는 법입니다. 그러면 안 되지요. 그건 아니에요."

그러나 그의 친구가 회복되었다는 사실을 알아서인지 다른 사실 때문인지 그는 그 이상 말하지는 않았다. 앤은 뒤로 갈수록 그의 목소리가 흔들렸지만, 쉴 새 없이 문 닫는 소리, 주변을 오가는 사람들 소리 등 온갖 소리로 방 안이 소란했지만, 그의 말을 하나도 빠짐없이 다 알아들었고, 이에 놀라고 기쁘면서도 당혹스러워 숨이 가빠왔다. 일순 수백 가지 감정이 스쳐지나갔다. 이런 화제는 도저히 같이 말할 수가 없었다. 그러나 잠시 후, 앤은 무슨 말이든 해야 한다고 생각하면서도 분위기를 완전히 바꾸고 싶지는 않아서 슬쩍 주제를 돌렸다.

"라임에서는 한참 지내셨죠?"

"2주 있었죠. 루이자의 상태가 좋아지는 것이 확실해지기 전에는 떠날 수가 없었습니다. 제가 한 짓이 너무 염려되어서 쉽게 진정할 수가 없었어요. 다 제가 한 짓이니까요. 온전히 제 잘못이죠. 제가 약하게 굴지 않았더라면 루이자가 끝까지 고집을 피우지는 못했을 겁니다. 라임 주변의 시골은 참 좋아요. 산책도 많이 하고 말도 많이 탔습니다. 보면 볼수록 감탄이 나오더군요."

"라임에 꼭 다시 가볼 수 있었으면 좋겠어요." 앤이 말했다.

"정말입니까! 그런 감정을 불러일으킬 만큼 라임이 마음에 들었을 거라고는 미처 생각지 못했습니다. 무시무시하고 괴로운 일을 겪느라 마음도 많이 쓰고 지쳤을 텐데요! 라임에 완전히 정이 다 떨어진 건 아닐까 하고 생각했습니다."

"마지막 시간들이 고통스러웠던 건 사실이에요. 하지만 고통이 지나고 나면 그 기억이 기쁨이 될 때가 종종 있죠. 고통을 겪었던 곳이라는 이유로 덜 사랑하게 되지는 않아요. 오직 고통밖에 없었다면 몰라도요. 라임에서의 일은 그 정도는 결코 아니었어요. 마지막 두 시간 동안은 불안과 괴로움뿐이었지만, 그전에는 아주 즐거웠는걸요. 얼마나 신기하고 아름답던지! 저는 여행을 거의 해본 적이 없어서 새로운 곳이라면 다 흥미롭긴 하지만 라임은 정말로 아름다운 곳이에

273

요. 그러니까," 기억을 떠올리던 앤의 얼굴이 살짝 붉어졌다. "그곳에 대한 저의 인상은 다 즐거운 것뿐이랍니다."

말을 멈추었을 때 문이 다시 열리고 그들이 기다리고 있던 주인공이 나타났다. "레이디 달림플이다, 레이디 달림플이야"라는 들뜬 속삭임이 퍼졌다. 월터 경과 두 부인은 서두르면서도 우아한 태도를 잃지 않으려 애쓰며 열성적으로 달려가 부인을 맞이했다. 때마침 거의 동시에 도착한 엘리엇 씨와 월리스 대령의 에스코트를 받으며 레이디 달림플과 카트릿 양이 방으로 들어왔다. 다른 사람들도 합세하여 무리가 이루어졌고, 앤도 거기에 끼게 되었다. 그는 웬트워스 대령과 떨어지게 되었다. 그들의 흥미로운, 좀 지나칠 정도로 흥미로운 대화는 잠시 멈추어야 했다. 그러나 그 대화가 가져다준 행복에 비하면 그 정도 괴로움은 사소하게 느껴졌다. 그 10분 동안 루이자를 향한 그의 감정에 대해 더 많이, 그가 생각했던 것보다도 더 많이 알게 되었다. 그는 일행의 요구와 이런 순간에 갖춰야 할 예의를 모두 갖추면서도 속으로는 강렬하고도 격한 감정에 휩싸였다. 앤은 모두를 기분 좋게 대했다. 그보다 행복한 사람은 없었다. 조금 전에 알게 된 사실들로 인해 모두에게 정중하고 친절하게 대했으며, 모두에게 연민을 느낄 수 있었다.

기쁜 감정은 조금 가라앉았다. 웬트워스 대령을 보기 위

274

해 무리에서 한 발 뒤로 물러서서 보니 그는 이미 가고 없었던 것이다. 마침 그때 그가 음악회장으로 들어가는 모습이 보였다. 그는 가버렸다. 그는 사라졌고, 앤은 잠시 후회했다. 그러나 이렇게 생각했다. "다시 만나게 될 거야. 나를 찾으러 올 거야. 저녁이 다 가기 전에 나를 찾을 거야. 지금은 따로 있는 편이 나을지도 몰라. 생각을 정리할 시간이 좀 필요해."

레이디 러셀을 끝으로 사람들이 모두 모였고, 남은 사람들도 자기들끼리 모여서 음악회장으로 향했다. 이제 그들이 해야 할 가장 중요한 일은 되도록 많은 시선을 끌고, 되도록 많은 속삭임을 끌어내고, 되도록 많은 사람을 방해하는 것이었다.

엘리자베스와 앤 엘리엇은 걸어 들어가면서 더없이 행복했다. 카트릿 양과 팔짱을 끼고 미망인 자작 부인 달림플의 널찍한 등을 바라보며 그 뒤를 따라가는 엘리자베스는 원하는 모든 것이 다 자기 손안에 들어온 듯한 기분을 느꼈다. 그리고 앤은…… 언니의 행복과 비교한다는 것은 앤이 느끼는 행복의 본질을 모욕하는 것이었다. 한쪽은 그야말로 이기적인 허영심에서 나온 것이고, 또 하나는 관대한 애정에서 나온 것이었으니까.

앤의 눈에는 아무것도 보이지 않았고, 방의 화려함도 전혀 의식되지 않았다. 그의 행복은 마음속에서 우러나왔다.

눈이 반짝이고 얼굴은 상기되었지만 그는 전혀 몰랐다. 지난 30분만 생각하고 있었다. 자리로 가면서 마음속으로 급히 그 시간을 되새겨보았다. 그의 주제 선택, 표현, 무엇보다도 태도와 표정에서 그가 알 수 있었던 것은 단 하나였다. 루이자 머스그로브가 자질이 부족하다는 그의 견해, 그가 알리고 싶어 하는 생각, 벤윅 대령에 대한 의아함, 최초의 강렬한 애정에 대한 그의 감정들, 그가 미처 끝맺지 못한 문장들, 반쯤 피한 눈길, 그보다 더 많은 것을 담은 시선, 그 모든 것들이 적어도 그의 마음이 앤에게 돌아왔음을 분명히 보여주었다. 분노, 원한, 회피와 같은 감정이 더는 없다는 것, 그런 감정들 대신 우정과 관심은 물론, 과거의 애정까지도 느끼고 있음을 보여주었다. 그렇다, 과거 애정의 일부라도 말이다. 그는 그런 변화의 의미가 덜하다고는 생각할 수 없었다. 그는 앤을 사랑하고 있는 게 틀림없었다.

　　이런 생각과 그에 따르는 상상들이 온통 마음을 사로잡고 어찌할 바를 모르게 했기에 앤은 아무것도 눈에 들어오지 않았다. 그의 모습을 보지 못하고, 찾아보려 노력도 않은 채 방으로 들어왔다. 자리가 정해지고 어느 정도 정리가 되자 앤은 그가 방의 같은 쪽에 앉아 있는 것은 아닌지 주위를 둘러보았으나 그는 보이지 않았다. 앤의 눈길이 닿는 곳 어디에도 그는 없었다. 음악회가 막 시작되었으므로 더 초라한 행복이라도 일단 즐기기로 했다.

사람들은 나란히 놓인 긴 의자 두 개에 나누어 앉았다. 앤은 앞쪽에 앉았는데, 엘리엇 씨가 친구인 월리스 대령의 도움으로 그 옆에 자리를 얻었다. 엘리엇 양은 사촌들에게 둘러싸이고 월리스 대령의 정중한 관심이 집중되는 대상이 되어 매우 만족해했다.

앤의 마음은 저녁의 여흥을 아주 기분 좋게 받아들일 수 있는 상태였다. 충분히 즐길 수 있었다. 그는 감미로움에 빠지고, 즐거움에 유쾌해지며, 기술적인 것에 관심을 쏟고, 지겨운 것을 견뎌낼 인내심을 갖추었다. 적어도 1막이 이어지는 동안에는 음악회가 그보다 더 마음에 들 수가 없었다. 1막이 끝나갈 무렵, 이탈리아 가곡이 나온 뒤 잠시 쉬는 시간에, 그는 엘리엇 씨에게 노래 가사를 설명해주었다. 그들은 음악회 프로그램을 함께 보고 있었다.

"이게 대충 그런 의미에요." 앤이 말했다. "아니, 단어의 뜻은 그렇다고 해야겠지요. 이탈리아 연가의 의미는 물론 말로 표현할 수 없으니까요. 하지만 제가 알려 드릴 수 있는 한은 그런 의미에 가까워요. 제가 이탈리아어를 아는 척할 수는 없으니까요. 제 이탈리아어는 형편없거든요."

"예, 예, 알겠습니다. 아무것도 모르신다는 건 알겠어요. 이 뒤집히고, 자리가 바뀌고, 짧게 줄인 이탈리아어 가사를 명쾌하고 알기 쉽게 우아한 영어로 바로 옮기실 정도밖에는 모르신다는 것을요. 본인의 무지에 대해서는 더 말씀 안 하셔도 되겠습니다. 여기 완벽한 증거가 있으니까요."

"그렇게 친절하게 말씀해주시니 반박하지는 않을게요. 하지만 진짜 능력자가 본다면 난감할 거예요."

"제가 캠든 플레이스를 그렇게 오랫동안 방문했는데, 앤 엘리엇 양에 대해 모르겠습니까. 저는 앤 양이 너무 겸손해서 자신의 능력을 반도 알지 못하는 분이라고 생각합니다. 겸손함에 대해서는 너무나 뛰어난 분이어서 다른 사람이 그 정도로 겸손하다면 자연스러워 보이지 않았을 겁니다."

"세상에! 무슨 말씀을! 너무 과찬이세요. 다음 차례는 뭐였던가요." 앤은 프로그램을 보았다.

엘리엇 씨가 목소리를 낮추어 말했다. "당신이 알고 계신 것보다 더 오래전부터 당신의 인품에 대해 알고 있었을지도 모르지요."

"정말로요! 어떻게요? 제가 바스에 온 후에야 저를 알게 되셨잖아요. 그전에 제 가족이 하는 얘기를 들으셨을지도 모르지만."

"당신이 바스에 오기 한참 전부터 당신에 대해 소문으로 들어서 알고 있었습니다. 당신을 아주 잘 아는 분들한테서 들었지요. 오랫동안 당신이 어떤 분인지 알고 있었어요. 당신의 인품, 성향, 재주, 태도 등을요. 모든 것을 환히 알고 있었지요."

엘리엇 씨는 그가 끌어내기를 바랐던 만큼의 관심을 얻는 데 성공했다. 아무도 이런 수수께끼의 매력을 물리칠 수는 없을 것이다. 최근에 알게 된 사람에게 이름 모를 사람들의 입을 통해 오래전부터 자신의 존재가 전해졌다는 사실은 너무나도 매혹적이었다. 앤은 궁금증으로 몸이 달았다. 그에게 이것저것 물어보고 싶은 마음이 굴뚝 같았지만 소용없었다. 그는 앤의 질문에 기뻐했지만 입을 열지 않으려 했다.

"아뇨, 아뇨, 다음에요. 지금은 아닙니다. 지금은 누구 이름도 알려줄 수 없어요. 하지만 확실히 말씀드리는데 모두 사실이에요. 오래전에 앤 엘리엇 양에 대한 이야기를 듣고는 앤 양의 장점을 매우 높이 평가하게 되었고, 어떤 분인지 알고 싶다는 강한 호기심이 생겼답니다."

앤은 오래전에 자신을 이렇게 좋게 말해줄 법한 사람이라면 웬트워스 대령의 형인 몽크포드의 웬트워스 씨밖에 없다고 생각했다. 그가 엘리엇 씨와 친분이 있었을지도 모르지만, 물어볼 용기는 나지 않았다.

"앤 엘리엇이라는 이름은 오래전부터 제게 흥미로운 이름이었어요. 아주 오래전부터 제 상상 속에서 매력을 갖게 되었던 것이죠. 할 수만 있다면 그 이름이 영원히 바뀌지 않았으면 좋겠다는 소원을 빌겠습니다."

그가 한 말은 대강 그런 얘기였던 것 같지만, 마침 뒤에서 들려오는 다른 소리에 정신을 빼앗겨 제대로 다 듣지 못했다. 그 대화는 다른 모든 것을 사소하게 만들어버렸다. 그의 아버지와 레이디 달림플이 이렇게 말하고 있었던 것이다.

"잘생긴 젊은이지요. 아주 잘생겼어요." 월터 경이 말했다.

레이디 달림플이 그의 말을 받았다. "정말 멋진 젊은이예요! 바스에서 흔히 보는 사람들보다 풍채가 좋아요. 아일랜드인인가 보군요."

"아뇨, 그의 이름만 압니다. 가볍게 인사만 나누는 정도지요. 웬트워스라고 한답니다. 해군의 웬트워스 대령이에요. 그의 누이가 서머싯셔의 제 저택을 세낸 크로프트 부인입니다."

월터 경이 이 대목에 이르기 전에 앤의 눈이 제 방향을 찾았다. 조금 떨어진 곳에 서 있는 한 무리의 남자들 가운데서 웬트워스 대령을 발견한 것이다. 앤의 시선이 닿자 그는 눈길을 피하는 듯했다. 그렇게 보였다. 마치 앤이 너무 늦었다는 듯이. 앤이 용기를 내어 쳐다보아도 그는 다시 눈길을 주지 않았다. 그러나 공연은 꽤 수준이 있었고, 그는 다시 오케스트라로 관심을 돌리려는 듯 똑바로 앞만 바라보았다.

다시 앤이 시선을 돌릴 수 있게 되었을 때, 그는 자리를 뜨고 없었다. 그가 원했어도 앤 곁으로 더 가까이 올 수는 없었을 것이다. 그 주위에는 사람들이 빽빽이 들어차서 뚫고 들어올 틈이 없었다. 그러나 그의 시선은 붙잡을 수도 있었을 것이다.

엘리엇 씨의 말 또한 앤의 마음을 어지럽혔다. 앤은 더 이상 그와 대화를 나누고 싶지 않았다. 그가 자기 옆에 없었으면 했다.

1막이 끝났다. 앤은 이제 상황을 호전시키는 이로운 변화가 있기를 바랐다. 이야기가 멈추자 일부는 차를 마시러 갔다. 앤은 그대로 남아 있기로 한 몇 안 되는 사람 중 하나였다. 그는 자리에 그대로 앉아 있었고, 레이디 러셀도 그랬다. 그러나 엘리엇 씨가 없어져서 기뻤다. 레이디 러셀이 어떻게 느끼건 간에, 웬트워스 대령이 다시 기회를 준다면 그와의 대화를 피하지는 않을 생각이었다. 앤은 레이디 러셀의 안색이 변하는 것으로 부인도 그를 보았다는 것을 알았다.

그러나 그는 오지 않았다. 멀리서 그의 모습을 몇 번 본 듯했지만, 그는 결국 오지 않았다. 근심에 찬 막간은 아무 소득 없이 흘러갔다. 다른 사람들이 돌아오고 방이 다시 찼다. 긴 의자에도 사람들이 다시 앉았고, 즐거움이 되거나 고역이 될 시간이 시작될 참이었다. 음악을 좋아하는 이에게는 기쁨 가득한 시간이 되겠지만, 관심 없는 이에게는 하품만 나게 할 시간이었다. 앤에게는 불안한 마음이 요동치게 될 한 시간이었다. 웬트워스 대령을 한 번 더 보지 않고서는, 한 번이라도 다정한 눈길을 주고받지 않고서는 마음 편히 방을 떠날 수 없을 것 같았다.

자리가 바뀌면서 많은 변화가 생겼는데, 결과적으로는 앤 쪽에 유리해졌다. 월리스 대령은 다시 자리에 앉지 않겠다고 했고, 엘리엇 씨는 자기들 사이에 앉으라는 엘리자베스와 카트릿 양의 강력한 권유를 뿌리칠 수가 없었다. 다른 자리가 몇 군데 비자, 앤은 작은 계획을 세워서 전에 앉았던 자리보다 더 긴 의자 끝쪽, 지나가는 사람들에 더 가까운 쪽으로 자리를 옮겨 앉았다. 그렇게 하면서 래롤스(프랜시스 버니의 작품에 등장하는 인물. 자신이 뜻하는 바를 이루기 위해 용기 있는 행동도 불사하는 여자다-옮긴이) 양, 아무도 따를 수 없는 래롤스 양과 자신을 비교하지 않을 수 없었다. 하지만 그래도 그렇게 했고, 그다지 신통한 효과는 못 보았다. 옆 사람들이 일찍 자리를 떠서 음악회가 끝나기도 전에 앤의 자리가 긴 의자 맨 끝이 되었어도 마찬가지였다.

이렇게 앤 옆에 빈자리가 생겼을 때 웬트워스 대령이 다시 나타났다. 멀지 않은 곳에 있었다. 그 역시 앤을 보았지만 그의 표정은 어두웠다. 좀처럼 마음을 정하지 못하는 듯하더니, 아주 천천히 다가와 드디어 앤에게 말을 걸 수 있을 정도

거리까지 가까이 왔다. 앤은 뭔가 문제가 있는 것이 틀림없다고 느꼈다. 틀림없이 변화가 있었다. 그의 지금 태도와 팔각방에서의 태도는 놀랄 정도로 달랐다. 왜 그럴까? 그는 아버지를, 레이디 러셀을 떠올렸다. 뭔가 불쾌한 시선으로 쳐다보았을까? 그는 음악회에 대해 진지하게, 좀 더 어퍼크로스의 웬트워스 대령답게 이야기하기 시작했다. 솔직히 실망했다고, 노래를 기대했다고 말했다. 요컨대 끝나도 별로 아쉽지 않을 거라는 말이었다. 앤은 아주 훌륭한 공연이었다고 변호하면서도 그의 감정도 기분 좋게 잘 받아주었기에 그의 표정은 다시 밝아졌다. 그는 다시 웃음기 어린 얼굴로 대답했다. 그들은 잠시 더 이야기를 나누었다. 즉흥 공연이 펼쳐졌다. 그는 앉을 만한 자리인지 생각해보기라도 하는 양 긴 의자 쪽을 내려다보기까지 했다. 그 순간 누가 어깨를 두드려서 앤은 고개를 돌렸다. 엘리엇 씨였다. 그는 양해를 구하면서 다시 이탈리아어를 설명해달라고 했다. 카트릿 양이 다음에 어떤 곡이 나올지 대충이라도 꼭 알고 싶어 한다는 것이었다. 앤은 부탁을 거절할 수 없었다. 그러나 이보다 더 고통스러운 기분으로 예의를 위해 희생한 적은 없는 것 같았다.

되도록 빨리 끝내려 했지만 어쩔 수 없이 몇 분이 지났다. 앤이 다시 자유의 몸이 되어 조금 전처럼 고개를 돌려 주변을 보자, 웬트워스 대령이 다가와 서먹한 투로 서둘러 작별인사를 했다. "이만 작별인사를 드려야겠습니다. 빨리 집에 가봐야 해서요."

"노래를 끝까지 다 안 들으시고요?" 앤은 갑자기 자신이 생각했던 것보다 절박하게 이야기를 꺼냈다.

"네!" 그가 힘주어 대답했다. "끝까지 남아서 볼 만한 게 하나도 없는걸요." 그는 곧장 자리를 떴다.

엘리엇 씨를 질투한 것이다! 이해할 만한 동기는 그것뿐이었다. 웬트워스 대령이 나의 애정을 놓고 질투한다고! 일주일 전이었다면 믿을 수 있었을까. 세 시간 전이었다면! 잠시 깊은 만족감을 느꼈다. 그러나 어쩌면 좋을까! 전혀 다른 생각들이 뒤를 이었다. 이런 질투심을 어떻게 잠재우면 좋단 말인가? 어떻게 해야 그에게 진실을 알려줄 수 있을까? 그들 각자가 처한 상황이 이렇게나 온통 불리한 것투성이인데, 어떻게 그가 앤의 진짜 감정을 알게 될까? 엘리엇 씨의 관심을 생각하니 괴로웠다. 그 관심이 끼친 해악은 이루 셀 수가 없을 정도였다.

21

앤은 다음 날 아침 스미스 부인에게 가기로 한 약속을 떠올리고 기분이 좋아졌다. 그 약속 덕분에 엘리엇 씨가 방문할 가능성이 제일 큰 시간에 집에서 벗어날 수 있었기 때문이다. 엘리엇 씨를 피하는 것이 첫째 목표가 되다시피 했다.

　앤은 그를 무척 좋게 생각했다. 그의 관심으로 난처해지기는 했어도, 그에게 감사의 마음과 관심, 어쩌면 동정심일지 모를 감정을 품고 있었다. 그들이 친분을 쌓게 된 특수한 사정을 생각해보지 않을 수 없었다. 모든 상황과 그의 감정, 그가 일찍부터 보인 호감을 생각해보면 그에게 관심이 가는 것도 당연한 일인 듯했다. 참으로 대단한 일이기는 했다. 기분이 우쭐해지면서도 마음이 괴로웠다. 마음에 걸리는 것이 한둘이 아니었다. 웬트워스 대령이 없었더라면 어떻게 생각했을지는 물어볼 가치도 없는 질문이었다. 웬트워스 대령이 있었으니까. 현재의 긴장된 상황의 결론이 좋은 쪽으로든 나쁜 쪽이 되든, 앤의 애정은 영원히 그의 것일 것이다. 그는 그들이 결국 헤어진다 해도, 하나가 되는 것 못지않게 자신을 다른 남자들에게서 멀리 떨어뜨려놓으리라 생각했다.

앤은 캠든 플레이스에서 웨스트게이트 단지로 가는 동안 깊은 사랑과 영원한 지조에 대해 생각했다. 이 길을 지나는 그 누구의 상념도 이보다 더 어여쁘지는 못할 것이다. 그가 걸어가는 내내 정화된 공기와 향수를 뿌렸다 해도 좋을 정도였다.

앤은 친구가 기분 좋게 맞아주리라 믿었다. 친구는 그날 아침 유난히 더 앤의 방문에 감사해하는 듯했다. 약속을 했지만 정말로 오리라는 기대는 거의 하지 않은 것 같았다.

음악회에 대한 이야기를 당장 해달라고 졸랐다. 음악회의 기억이 너무나 행복해서 앤은 얼굴 표정을 살려 가면서 신이 나서 이야기를 했다. 그는 할 수 있는 한 최선을 다해 기쁘게 이야기했지만, 그 자리에 있었던 사람의 이야기치고는 대단치 않았고, 스미스 부인처럼 호기심이 많은 사람에게는 불만족스러웠다. 스미스 부인은 그날 저녁의 전반적인 성공과 성과에 대해 벌써 세탁부나 하녀 같은 지름길을 통해 앤이 설명할 수 있는 것보다도 자세히 전해 들은 뒤였다. 이제 참석자들에 대해 자세히 물었지만 별 소득이 없었다. 바스에서 명성이나 악명을 떨치는 사람들을 스미스 부인은 이미 다 꿰고 있었다.

"듀랜드가의 아이들도 왔다던데요. 깃털도 다 나지 않은 제비들이 먹이를 받아먹듯이 입을 벌리고 음악을 들었다더군요. 음악회라면 절대 놓치지 않거든요." 부인이 말했다.

"맞아요. 직접 보지는 못했지만 엘리엇 씨 말로는 그들도 왔다고 했어요."

"이벗슨 부부도 왔나요? 그리고 새로 온 미인들도요. 키 큰 아일랜드 장교하고. 둘 중 하나는 그 장교랑 잘될 거라는 소문이 있던데."

"난 모르겠어요. 안 온 것 같아요."

"레이디 메리 매클린은요? 물어볼 필요도 없겠네요. 내가 알기로는 꼭 나타나니까. 당신도 틀림없이 봤을 거예요. 당신 일행과 함께 있었을 텐데. 당신은 레이디 달림플이랑 같이 다니니까, 당연히 오케스트라 주위의 제일 좋은 자리에 앉았겠지요."

"아니에요, 그렇게 될까 봐 걱정했는데요. 그랬다면 정말 끔찍했을 거예요. 하지만 다행히도 레이디 달림플은 항상 오케스트라에서 멀찍이 떨어져서 앉아요. 우리는 음악을 듣기에 아주 좋은 자리에 있었어요. 제가 본 것에 대해서는 말하지 말아야겠어요. 거의 본 게 없는 듯하니."

"오! 당신은 즐길 만한 것들을 충분히 보았잖아요. 이해해요. 인파 속에서도 가족 간의 즐거움이 있는 법이고, 당신은 그걸 즐긴 거지요. 당신 쪽 사람들만 해도 수가 많았으니 그 밖에 더 부족한 것이 없었던 거예요."

"하지만 좀 더 주변을 잘 살펴볼 걸 그랬어요." 앤은 이렇게 말했지만 사실 주변은 충분히 잘 보았고, 다만 자신이 찾는 대상만이 빠져 있었을 뿐이라는 걸 깨달았다.

"아니, 아니에요. 당신은 충분히 좋은 시간을 보냈어요. 나한테 즐거운 저녁을 보냈다고 굳이 말하지 않아도 돼요. 당신 눈을 보면 알 수 있어요. 어떤 시간을 보냈는지 다 안다고요. 뭔가 들으면 기분 좋아질 얘기가 있었다는 거. 음악회 중간에 나누었던 대화 말이에요."

앤은 살짝 웃으며 물었다. "내 눈 속에서 그런 게 보이나요?"

"그럼, 보이고말고요. 당신 표정만 봐도 어젯밤 세상에서 가장 마음에 드는 사람, 온 세상 나머지 사람을 다 합친 것보다도 지금 당신의 관심을 더 많이 끄는 사람과 함께했다는 걸 알 수 있지요."

앤의 뺨에 홍조가 퍼졌다. 아무 말도 할 수가 없었다.

스미스 부인이 잠시 말을 멈추었다가 다시 계속했다. "그리고 이런 경우에는 오늘 아침 나에게 와준 당신의 친절을 얼마나 귀하게 여겨야 하는지 잘 알고 있어요. 꼭 믿어주었으면 좋겠어요. 더 즐거운 시간을 가질 수도 있었을 텐데 나와 함께 시간을 보내주다니, 당신은 정말 좋은 친구예요."

앤의 귀에 그 말은 들어오지 않았다. 앤은 아직도 친구의 통찰력에 놀라고 당황한 상태였다. 웬트워스 대령의 이야기가 어떻게 친구의 귀에까지 들어갈 수 있었는지 상상이 가지 않았다. 잠시 침묵이 이어지고, 스미스 부인이 말했다. "자, 엘리엇 씨는 당신이 나랑 친구 사이인 걸 알고 있나요? 내가 바스에 있다는 걸 알아요?"

"엘리엇 씨라고!" 앤이 놀라서 고개를 들었다. 잠시 생각해보니 부인이 오해를 한 모양이었다. 이내 그 사실을 눈치챈 앤은 속을 들키지 않았다는 데 안심하고 다시 용기를 얻어 차분하게 덧붙였다. "엘리엇 씨하고 아는 사이였어요?"

"아주 잘 아는 사이였지요." 스미스 부인이 숙연하게 대답했다. "하지만 이제는 다 지난 일이에요. 우리가 만났던 건 아주 오래전 일이고."

"전혀 몰랐네요. 한 번도 그런 얘기를 한 적이 없잖아요. 알았다면 기꺼이 엘리엇 씨한테 얘기를 했을 텐데."

스미스 부인은 평소의 명랑한 태도로 돌아와 이렇게 말했다. "솔직히 말하자면, 그렇게 해주면 기쁘겠어요. 엘리엇 씨에게 내 얘기를 해주었으면 해요. 그에게 잘 말해주었으면 좋겠어요. 그 사람은 나에게 꼭 필요한 도움을 줄 수 있거든요. 사랑하는 엘리엇 양, 그렇게 해주기로 마음만 먹는다면 해줄 수 있는 일이에요."

"기꺼이 해드리지요. 당신에게 아주 작은 도움이라도 될 수만 있다면 당연히 뭐든 기쁘게 할 거예요. 하지만 내가 엘리엇 씨에게 정도를 벗어난 큰 것을 요구할 수 있다거나, 그 사람한테 영향력을 행사할 만한 관계로 생각하는 건 아니겠지요. 어쩌다 그런 생각을 하게 되었는지 모르겠지만요. 나를 엘리엇 씨의 친척으로만 봐줬으면 해요. 사촌으로서 그에게 부탁해도 괜찮을 만한 일이라고 생각한다면, 주저하지 말고 나에게 말해줘요."

스미스 부인은 꿰뚫어 보는 듯한 시선으로 앤을 빤히 쳐다보더니 미소 짓고 이렇게 말했다.

"내가 좀 서둘렀나 봐요. 미안해요. 공식 발표를 기다려야 했는데. 하지만, 엘리엇 양, 옛 친구로서 내가 언제쯤이면 말을 꺼내도 될지 귀띔이라도 해줘요. 다음 주면 괜찮을까요? 다음 주에는 모든 것이 결정될 거라 생각하고 엘리엇 씨의 행운을 이용해 나의 이기적인 계획을 세워도 괜찮겠지요?"

앤이 대답했다. "아니, 다음 주가 아니에요. 그다음, 그다음 주도 아니에요. 당신이 생각하는 그런 일은 언제가 되어도 결정되지 않을 거예요. 저는 엘리엇 씨와 결혼하지 않아요. 왜 제가 그럴 거라 생각하시는 거죠?"

스미스 부인은 앤을 다시 보았다. 열심히 쳐다보더니 미소를 짓고 고개를 저으며 소리쳤다.

"당신을 어떻게 이해하면 좋을까! 무슨 생각인지 도대체 알 수가 없네요! 적당한 때가 오면 그때야 마음을 보여주려는 거겠죠. 당신도 알다시피 그때가 오기 전에는 우리 여자들은 절대 그 누구도 받아들이지 않으니까요. 청혼을 할 때까지는 모든 남자를 거절하는 건 우리 사이에서야 당연한 일이지요. 하지만 왜 당신이 잔인해져야 한단 말이에요? 지금은 아니지만, 예전 친구에게 부탁 좀 하게 해줄 수 있잖아요. 당신이 어디에서 그보다 더 맞는 짝을 찾을 수 있겠어요? 어디에서 그보다 더 신사답고 착한 사람을 찾을 수 있을까요? 난 엘리엇 씨가 딱이라고 봐요. 월리스 대령도 그분에 대해 좋은 얘기만 하셨을 거예요. 월리스 대령보다 그를 더 잘 아는 사람이 누가 있겠어요?"

"친애하는 스미스 부인, 엘리엇 씨는 상처한 지 반년도 채 되지 않았어요. 누구한테 구애를 할 형편이 아니에요."

스미스 부인이 짓궂게 말했다. "오! 당신이 반대하는 이유가 그것뿐이라면 엘리엇 씨는 안전해요. 더는 그분 얘기로 소란 떨지 않을게요. 결혼하게 되면 나를 잊지만 말아줘요.

그러면 돼요. 그에게 내가 당신 친구라고 알려주세요. 그러면 별 수고로운 일로 생각지 않을 거예요. 그는 자기 일만으로도 너무 분주하니 지금은 할 수 있는 한 피하려 하는 게 당연하지요. 아주 당연한 일일 거예요. 백에 아흔아홉은 다 똑같을 거예요. 물론 나에게 얼마나 중요한 일인지는 모르겠지요. 친애하는 엘리엇 양, 나는 당신이 정말 행복해지기를 바라고 꼭 그렇게 될 거라 믿어요. 엘리엇 씨는 이런 여자의 가치를 알아볼 안목이 있는 사람이니까요. 당신의 평화가 나처럼 망쳐지는 일은 없을 거예요. 당신의 안온한 삶이 깨지지는 않을 거예요. 그의 성품으로 보아 그럴 거예요. 그는 엇나갈 사람이 아니에요. 남들한테 잘못 이끌려 신세를 망칠 사람이 아니에요."

앤이 말했다. "맞아요. 저도 제 사촌이 그럴 거라 믿어요. 그분은 차분하고 소신 있는 사람인 것 같아요. 위험한 일에 절대 휩쓸리지 않을 거예요. 저는 그분을 매우 존경해요. 제가 관찰한 바로는 그러지 않을 이유가 전혀 없어요. 하지만 그분을 안 지 오래되지는 않았어요. 제 생각에는 가까워지려면 시간이 좀 걸리는 분인 것 같아요. 스미스 부인, 그분에 대해 이렇게 말하는 태도로 보아 제가 그분을 전혀 특별하게 생각지 않는다는 것을 모르시겠어요? 이 정도면 충분히 전달된 것 같은데요. 맹세컨대 저는 그분에게 전혀 마음이 없어요. 설령 저에게 청혼한다 해도 (그럴 생각이 있다고 볼 만한 이유도 없고요) 저는 받아들이지 않을 거예요. 분명히 말씀드리는데 받아들일 생각이 없어요. 어젯밤 음악회에서 어떤 기쁨을 얻었건, 그건 당신이 생각하듯 엘리엇 씨 때문은 아니에요. 엘리엇 씨가 아니에요. 엘리엇 씨가 아니라……."

앤은 말을 멈추었다. 얼굴이 새빨개졌다. 말을 너무 많이 해버렸다는 후회가 밀려왔다. 그러나 덜 말했다면 충분치 않았을 것이다. 누군가 다른 사람이 있음을 알아차리지 못했다면 스미스 부인이 그렇게 빨리 엘리엇 씨의 실패를 믿지 않았을 것이다. 과연 부인은 즉시 수긍했고, 그 이상은 아무것도 모르는 눈치였다. 앤은 더는 속내를 들키고 싶지 않아서 스미스 부인에게 어째서 자기가 엘리엇 씨와 결혼할 거라 생각하게 되었는지, 어디에서 그런 생각을 하게 되었는지, 혹은 누구한테서 그런 말을 들었는지 말해달라 졸랐다.

"어떻게 그런 생각을 처음 하게 된 건지 말해주세요."

스미스 부인이 대답했다. "처음 그런 생각을 하게 된 건 당신들이 함께 많은 시간을 보내고 있다는 걸 알고 난 후였어요. 그리고 양쪽 집안사람들 모두가 두 사람이 잘되기를 바랄 것 같다고 느꼈고요. 당신 지인들 모두 틀림없이 같은 마음일 거예요. 하지만 그 얘기를 들은 건 이틀 전이었어요."

"정말로 그런 얘기가 있었다고요?"

"어제 왔을 때 당신에게 문을 열어준 여자를 보았나요?"

"아뇨. 평소처럼 스피드 부인 아니었나요? 아니면 하녀였어요? 딱히 기억 나는 사람이 없는데."

"내 친구 루크 부인이었어요. 간호사 루크 부인 말이에요. 하여간 당신이 어떤 사람인지 굉장히 보고 싶어 했던 터라, 당신에게 문을 열어주게 되어서 좋아했지요. 루크 부인은 일요일에만 말버러 단지에서 나와요. 그이가 나에게 당신이 엘리엇 씨와 결혼할 거라고 말해주었어요. 월리스 부인한테서 직접 들었다고요. 그 부인의 말이라면 설득력이 있다고해야죠. 월요일 저녁에 나와 한 시간쯤 앉아 있으면서 전말을 이야기해주었어요." "전말이라니, 이런 근거 없는 사소한 소식에 그다지 길게 할 이야기도 없었을 텐데요." 앤이 웃음을 터뜨렸다.

스미스 부인은 아무 말도 하지 않았다.

앤은 곧 말을 이었다. "하지만 제가 엘리엇 씨에게 영향력을 행사할 수 있다는 것은 전혀 사실이 아니라 해도, 제가할 수 있는 일이라면 어떤 식으로든 당신에게 도움이 되어드리고 싶어요. 그분께 당신이 바스에 있다고 말씀드릴까요? 전갈이라도 전해드릴까요?"

"아뇨, 고맙지만 됐어요. 정말로 괜찮아요. 잠시 흥분해서 잘못된 판단으로 당신을 이런 일에 끌어들이려 했나봐요.

하지만 이제는 아니에요. 괜찮아요. 귀찮게 하지 않을게요."

"오래전부터 엘리엇 씨와 아는 사이였다고 했지요?"

"맞아요."

"그분이 결혼하기 전은 아니지요?"

"그전이에요. 처음 알게 되었을 때는 아직 미혼이었어요."

"그러면, 잘 아는 사이였나요?"

"친한 사이였지요."

"세상에! 그럼 그분은 그 당시 어땠는지 좀 말해줘요. 젊었을 때 엘리엇 씨가 어떤 사람이었는지 너무 궁금해요. 지금하고 같은 모습이었나요?"

"엘리엇 씨를 못 본 지가 3년이 되었어요." 스미스 부인이 너무나 엄숙한 투로 대답해서 그 주제를 더 캐물어볼 수가 없었다. 앤은 호기심만 커질 뿐 아무 대답도 얻지 못하리라는 것을 알았다. 둘 다 침묵에 잠겼다. 스미스 부인은 깊이 생각에 잠긴 모습이었다.

"미안해요, 친애하는 엘리엇 양." 부인이 진심에서 우러나온 어조로 말했다. "짧은 대답밖에 못 해줘서 미안해요. 하지만 어떡해야 할지 잘 모르겠어요. 무슨 말을 해줘야 할지 확신이 서질 않아서 계속 생각했어요. 고려해야 할 것이 너무 많았어요. 거들먹거리고, 나쁜 인상을 주고, 못되게 굴고 싶어하는 사람은 아무도 없죠. 속은 비어 있고 겉만 번지르르한 가족 간의 화합일지라도 지켜야 할 가치가 있을 거예요. 하지만 마음을 정했어요. 이게 옳다고 생각해요. 당신에게 엘리엇 씨의 진짜 모습을 알려줘야 할 것 같아요. 지금은 당신이 그를 받아들일 마음이 전혀 없다는 것을 충분히 믿게 되었지만, 또 어떤 일이 생길지 알 수 없으니까요. 그에 대한 마음이 달라질 수도 있지요. 그러니 당신이 편견을 갖고 있지 않을 때 진실을 들려줄게요. 엘리엇 씨는 무자비하고 비양심적인 사람이에요. 뱃속이 검고, 남을 의심하는 냉혈한이에요. 자기 자신밖에는 몰라요. 자신의 이익이나 평안을 위해서는, 자기 평판을 해칠 위험 없이 저지를 수만 있다면 어떤 잔인한 짓도, 어떤 배신이라도 할 수 있는 사람이에요. 다른 사람들에 대해 아무 감정도 없어요. 자기 때문에 신세를 망치게 된 사람들을 죄의식 없이 무시하거나 저버릴 수 있어요. 정의감이나 동정심 따위는 전혀 느끼지 않아요. 오! 속까지 시커먼 사람이에요, 텅 비고 시커멓다고요!"

앤이 경악하여 비명을 지르는 바람에 부인은 이야기를 잠시 멈추었다가 좀 더 차분한 태도로 덧붙였다.

"내 표현에 많이 놀랐지요. 상처받은, 분노한 여인을 이해해줘요. 하지만 자제하도록 해볼게요. 그를 욕하지는 않겠어요. 그에 대해 알게 된 것만 얘기할게요. 사실만 전할게요.

그는 내 남편과 친한 친구였어요. 남편은 그를 믿고 아꼈고, 자기처럼 좋은 사람이라 생각했지요. 우리가 결혼하기 전부터 친구 사이였어요. 정말 가까운 친구 사이더라고요. 나도 엘리엇 씨가 아주 마음에 들었고, 그를 높이 평가했지요. 당신도 알다시피 열아홉 살이면 뭐든 그리 심각하게 생각지 않는 나이죠. 하지만 엘리엇 씨는 나에게 다른 사람들 못지않게 아주 좋은 사람 같았고, 대부분의 사람보다 훨씬 더 호감가는 사람으로 보여서 거의 항상 붙어 다녔지요. 우리는 주로 도시에 머물면서 아주 멋지게 살았어요. 그때 그는 우리보다 형편이 못했어요. 그때는 가난했지요. 템플에 방을 얻었는데, 신사의 외양을 유지하기 위해 할 수 있는 것은 그 정도까지였어요. 그는 원할 때면 언제나 우리 집에서 함께 지냈지요. 언제나 환영받았어요. 형제나 다름없었다니까요. 불쌍한 남편 찰스, 세상에서 가장 착하고, 가장 관대했던 그이는 콩 한 쪽이라도 그와 나눠먹을 사람이었어요. 자기 지갑을 그에게 아낌없이 열어주었답니다. 여러 번 그에게 도움을 주었어요.”

"엘리엇 씨의 삶에서 항상 내가 궁금했던 것이 바로 그 시기일 거예요. 우리 아버지와 언니를 알게 된 것도 그때일 거고요. 저는 그때의 그는 전혀 몰라요. 소문만 들었어요. 하지만 아버지와 언니에게 보인 행동이나 나중에 결혼을 둘러싼 정황을 보면 지금과는 다른 뭔가 도저히 어울리지 않는 부분이 있었어요. 전혀 다른 사람 같았어요." 앤이 말했다.

스미스 부인이 외쳤다. "다 알아요, 나도 다 알아요. 그는 나와 알게 되기 전에 월터 경과 당신 언니에게 소개받았지요. 하지만 그가 그분들 얘기를 끝도 없이 나한테 했어요. 그는 초대를 받아서 우쭐해졌지만 가지 않기로 했다고 했어요. 당신이 아마 짐작도 못 할 부분을 알려줄 수 있을 거예요. 그의 결혼에 대해서 말하자면, 그때는 진상을 다 알았어요. 그가 나에게 결혼을 놓고 장단점을 다 털어놓았거든요. 나는 그가 자신의 희망과 계획을 다 솔직하게 털어놓을 수 있는 친구였어요. 그전에 그의 아내를 몰랐지만 말이에요. 사실 그 아내의 사회적 지위가 낮아서 안면이 있을 수가 없었어요. 하지만 결혼 후의 삶에 대해서는 다 알고 있어요. 적어도 죽기 2년 전까지 어떻게 살았는지는 잘 알지요. 당신이 궁금해할 만한 것은 다 대답해줄 수 있어요."

앤이 말했다. "아니, 그의 아내에 대해서는 특별히 묻고 싶은 것이 없어요. 행복한 부부가 아니라는 것은 알고 있었어요. 하지만 궁금한 것은 왜 그때 아버지와의 친분을 무시했는지예요. 아버지는 틀림없이 그를 아주 친절하게 맞이하고 잘 대해주셨을 텐데요. 왜 엘리엇 씨가 물러섰던 건가요?" 스미스 부인이 대답했다. "엘리엇 씨는 그 당시 눈앞에 한 가지 목표밖에 없었어요. 부자가 되는 거요. 법 공부보다 더 빠른 길로요. 결혼으로 부를 이루기로 마음먹었던 거죠. 그는 당신 아버님과 언니가 예의를 차려 초대한 것으로 보아 상속인과 젊은 아가씨를 짝지어줄 계획을 하고 있다고 믿었어요 (물론 정말 그런지 아닌지는 저도 모르겠어요). 그런 혼사로는 그가 생각하는 부와 독립을 얻을 수 없었어요. 단언컨대 그래서 그가 물러섰던 거예요. 그런 이야기들을 나에게 다 했어요. 나에게는 아무것도 감추지 않았어요. 이상하죠, 바스에 당신을 남겨두고 떠나 결혼하자마자 제일 먼저, 제일 가깝게 알게 된 사람이 당신 사촌이었다니요. 그를 통해서 나는 당신 아버지와 언니의 소식을 계속 들었어요. 그는 한 엘리엇 양에 대해 이야기했고, 나는 또 다른 엘리엇 양을 아주 사랑스럽게 떠올렸지요."

앤이 갑자기 떠오른 생각에 충격을 받고 외쳤다. "나에 대해 엘리엇 씨에게도 말한 적이 있으신가요?"

"물론이지요. 그것도 아주 자주요. 내 친구 앤 엘리엇을 자랑하고, 누구하고는 완전히 다른 사람이라고⋯⋯."

스미스 부인은 말하다 멈칫하고 중단했다.

"이제 엘리엇 씨가 어젯밤에 한 말의 의미가 이해되었어요. 그것으로 설명이 되어요. 그가 나에 대해 익히 들었다고 했거든요. 어찌 된 연유인지는 알 수가 없었어요. 자기 자신이 관련된 일에서는 온갖 상상을 하게 되지요. 오해도 하게 되고요. 아, 미안해요. 제가 말을 끊었네요. 엘리엇 씨는 그때 돈만 보고 결혼한 거죠? 그렇다면 그 일이 그의 진짜 사람됨을 알아보는 첫 번째 계기가 되었겠네요." 앤이 외쳤다.

스미스 부인은 여기에서 잠시 망설였다. "오! 그런 일이야 너무 흔하지요. 살다 보면 돈을 보고 결혼하는 남녀가 너무 흔해서 그러면 안 되지만 그런가 보다 하게 돼요. 나는 그때 아주 젊었고, 젊은이들하고만 어울렸어요. 우리는 엄격한 행동규범도 없는 경박스럽고 즐거운 무리였어요. 즐거움만을 좇으며 살았어요. 지금은 생각이 달라졌죠. 세월과 병과 슬픔이 내 생각을 바꾸어놓았어요. 하지만 그 당시에는 고백하자면, 엘리엇 씨가 하는 짓에서 비난할 만한 구석을 찾지 못했어요. '자기에게 최선의 이익을 좇는 것'이 의무로 통했으니."

"하지만 그의 아내는 아주 신분이 낮은 여자 아니었나요?"

"맞아요. 그래서 제가 반대했지만 그는 개의치 않았어요. 돈, 돈, 그가 바라는 것은 오직 그것뿐이었어요. 아내의 아버지는 목축업자였고 조부는 푸줏간 주인이었지만 그런 건 다 아무것도 아니었어요. 좋은 여자였고, 교육도 잘 받았어요. 친척들을 따라왔다가 우연히 엘리엇 씨의 무리 속에 섞이게 되었고, 그와 사랑에 빠졌던 거죠. 그는 상대의 출신을 전혀 문제 삼지 않았어요. 다만 완전히 마음을 정하기 전에 상대의 실제 재산이 어느 정도인가가 최대의 관심사였어요. 엘리엇 씨가 지금은 자기 상황 덕분에 어떤 존경을 받고 있건 간에, 젊은 시절에는 그럴 만한 가치가 전혀 없는 사람이었어요. 켈린치의 영지를 얻을 기회는 대단한 것이지만, 가문의 명예 따위는 그에게 아무 값어치도 없는 것이었어요. 준남작 지위를 팔 수만 있다면, 문장과 명문, 이름과 제복까지 포함해서 50파운드에 넘길 거라는 말을 입에 달고 다녔으니까요. 하지만 그 문제에 관해서 그가 했던 이야기의 절반도 옮기지 않은 거랍니다. 들을 만한 얘기가 못 될 테니까요. 주장 말고 그 모든 것에 증거가 필요하다면 얼마든지 보여줄게요."

"스미스 부인, 증거는 필요 없어요. 당신이 한 이야기 중에 엘리엇 씨의 몇 년 전 모습과 어긋나는 것은 하나도 없어요. 오히려 우리가 예전에 듣고 믿었던 것을 다 확인해주는 걸요. 어째서 지금은 그렇게 달라졌는지가 더 궁금할 따름이에요." 앤이 외쳤다.

"하지만 나는 보여주고 싶군요. 종을 울려서 메리를 좀 불러줄래요. 잠깐만요, 그럴 게 아니라 직접 내 침실로 가서 작은 상감무늬 상자를 가져다주면 더 고맙겠어요. 벽장 위쪽

선반에 있어요."

앤은 친구가 단단히 마음먹었다는 것을 알고 그대로 해
주었다. 상자를 가져와 그 앞에 놓자, 스미스 부인이 한숨을
쉬며 상자를 열었다.

"이 속에 든 것들은 남편의 서류들이랍니다. 남편이 세
상을 떠났을 때 내가 직접 살펴봐야 하는 것들 중 하나였지
요. 내가 찾는 편지는 엘리엇 씨가 우리 결혼 전에 남편에게
쓴 것인데, 아직도 보관되어 있더라고요. 이유야 알 수 없지
만요. 남편도 대게 남자들이 그렇듯 이런 일에는 서툴렀어
요. 남편의 문서들을 살펴보다가 여기저기 다른 사람들이 보
낸 사소한 편지들 틈에서 이 편지를 발견했어요. 진짜로 중
요한 편지와 기록들은 다 없애버렸더라고요. 여기 있군요.
그때부터 이미 엘리엇 씨가 마음에 들지 않아서 혹시 몰라
예전의 친분을 보여주는 문서들은 다 보관하기로 마음먹고
태워버리지 않았어요. 이제 편지를 보관해서 기뻐할 또 다른
이유가 생겼군요."

편지는 1803년 7월 런던에서 '찰스 스미스 님 귀하' 앞
으로 보낸 것이었다.

친애하는 스미스,

자네 편지를 받았네. 자네의 친절에 깊이 감동했어. 자네처럼 마음 따뜻한 사람들이 좀 더 많으면 좋을 텐데 말이야. 하지만 23년을 살아오면서 그런 사람을 본 적이 없어. 지금은 금전 면에서는 자네 도움이 필요치 않아, 믿어줘. 그리고 기뻐해줘. 월터 경과 그 딸을 떼어냈어. 그들은 켈린치로 돌아갔는데, 올여름에 꼭 방문해달라고 어찌나 조르던지. 하지만 내가 처음 켈린치를 방문하는 건 그곳을 가장 비싼 값에 경매에 내놓아줄 감정인을 대동할 때뿐일 거야. 그런데 준남작은 재혼을 할 것 같아. 그러고도 남을 바보거든. 하지만 재혼한다면 나를 고이 내버려두겠지. 그가 죽어서 나에게 재산을 물려주는 것 못지않게 그것도 괜찮을 거야. 준남작은 작년보다 더 추하더군.

엘리엇 말고 다른 이름이었다면 좋았을 텐데. 이젠 진절머리가 나. 월터라는 이름을 떼어버릴 수만 있다면 좋겠어! 평생 다시는 내 두 번째 이름 'W' 자로 나를 모욕하지 말아줘.

자네의 벗
WM. 엘리엇

이런 편지를 읽으면서 앤은 얼굴을 붉히지 않을 수 없었다. 스미스 부인이 그 낯빛을 보면서 말했다. "알아요. 표현이 정말 무례하기 짝이 없지요. 정확한 단어는 잊어버렸지만 대략 의미에서 확실한 인상을 받았어요. 하지만 이 편지를 보면 당신도 그가 어떤 인간인지 알겠지요. 불쌍한 내 남편에게 털어놓은 것을 잘 보세요. 이보다 더 확실한 증거가 있을까요?"

앤은 그가 아버지를 이런 식으로 대했다는 충격과 굴욕감을 금방 가라앉힐 수가 없었다. 그는 다른 사람의 편지를 본 것이 명예의 법칙에 어긋나는 일이며, 이런 증언으로 다른 사람을 판단하거나 그 사람에 대해 알아내서도 안 되고, 개인적인 서신을 다른 이에게 보여줘서도 안 된다는 사실을 겨우 떠올리고서야 마음을 가라앉히고 편지를 되돌려줄 수 있었다. 그리고 이렇게 말했다.

"고마워요. 분명 이 편지는 당신이 한 말 전부를 뒷받침해줄 증거예요. 하지만 왜 이제 와서 우리와 친해지려 하는 걸까요?"

"그것도 설명해줄 수 있어요." 스미스 부인이 미소를 지으며 소리쳤다.

"정말요?"

"그럼요. 당신에게 엘리엇 씨의 12년 전 모습을 보여주었으니, 이제 지금의 그 사람에 대해 이야기해줄게요. 다시 글로 쓴 증거를 내놓을 수는 없지만, 당신이 원하는 대로 그가 지금 무엇을 원하고 있는지, 무슨 짓을 하고 있는지에 대한 진실한 증언은 해줄 수 있어요. 지금 그 사람은 위선자가 아니에요. 진심으로 당신과 결혼하고 싶어 해요. 당신 가족에 대해 지금 보이는 관심은 진심이에요. 마음에서 우러나온 것이라고요. 이건 그의 친구 월리스 대령 입에서 나온 말이니 믿어도 좋아요."

"월리스 대령이라고요! 그분하고도 아는 사이예요?"

"아뇨. 그렇게 직접 저한테 말이 들어오지는 않아요. 한두 다리 건너기는 하지만, 내용이 크게 변하지는 않지요. 큰 줄기는 변함없어요. 굽이에서 잡스러운 것이 좀 섞인다 해도 쉽게 쓸려 내려가요. 엘리엇 씨는 당신에 대한 생각을 월리스 대령에게 숨김없이 털어놓아요. 내 짐작으로는 월리스 대령 자체는 분별 있고 신중한 데다 총명한 사람인 것 같아요. 하지만 그에게는 아주 예쁘장하고 어리석은 아내가 있는데, 그는 아내한테 하지 않는 게 나을 말까지 다 한답니다. 자기가 들은 것들을 아내한테 다 옮겨요. 아내는 지금 회복 중이라 기운이 넘쳐서 그걸 또 전부 다 자기 간호사에게 전하지요. 간호사는 내가 당신과 친구 사이인 줄 아니까 자연스럽게 나한테까지 이야기가 흘러들어오고요. 그래서 월요일 저

305

녁에 내 친구 루크 부인이 말버러 단지의 비밀을 나에게 전해주었지요. 그러니 내가 자초지종을 다 이야기하겠다고 한 것도 근거 없는 공상은 아니랍니다."

"친애하는 스미스 부인, 당신의 이야기에는 근거가 부족해요. 그 정도로는 안 돼요. 엘리엇 씨가 저에 대해 가지고 있는 생각만으로는 그가 아버지와 화해하려 애쓰는 노력이 설명되지 않아요. 그건 다 제가 바스로 오기 전의 일이었어요. 도착해보니 벌써 아주 가까운 관계가 되어 있더라고요."

"나도 알아요. 아주 잘 알지요. 하지만……."

"스미스 부인, 우리가 이런 통로로 진짜 정보를 얻을 수 있을 거라 기대해서는 안 돼요. 너무 많은 사람의 손을 거치면서 어리석음과 무지로 오인되기도 하는 사실이나 견해에 진실이 얼마나 남아 있겠어요."

"그래도 내 말을 들어봐요. 맞는 말인지 아닌지 즉시 판단할 수 있을 만큼 자세한 내용을 들으면 믿을 만한지 판단할 수 있게 될 테니. 아무도 당신이 그의 첫 번째 동기였다고 생각하지는 않아요. 정말로 그는 바스로 오기 전에 당신을 본 적이 있고, 당신을 찬미하게 되었지만 그게 당신인 줄은 몰랐으니까요. 적어도 내 소식통이 한 말로는 그래요. 그 말이 맞나요? 지난여름인가 가을인가, 그 말을 전해준 사람의 표현을 빌리자면, 당신인 줄 모르고서 그가 당신을 '서쪽 지

방 어디선가' 보았다는데요?"

"그건 맞아요. 거기까지는 사실이에요. 라임에서였죠. 라임에 간 적이 있었어요."

스미스 부인이 의기양양하게 말을 이었다. "자, 이제 첫 번째 추정이 확실하다는 것만큼은 친구를 믿을 수 있겠네요. 그때 라임에서 당신을 보고 아주 마음에 들었기 때문에 캠든 플레이스에서 앤 엘리엇으로 다시 만났을 때 몹시 기뻐했던 거예요. 틀림없이 그때부터 거기에 방문할 동기가 하나 늘어난 거죠. 하지만 하나가 더 있어요. 더 일찍 있었던 일인데, 이제 설명해줄게요. 당신이 보기에 내 이야기에 거짓이거나 전혀 그럴 법하지 않은 부분이 있다면 말을 끊어주세요. 지금 당신 가족과 함께 지내고 있는 부인, 당신 언니의 친구 얘기를 한 적이 있죠. 그 사람이 9월에 엘리엇 양과 월터 경과 함께 바스로 와서 (그러니까 처음에 자기들끼리만 왔을 때) 그 후로 계속 거기 머물렀잖아요. 그 여자는 가난하지만 영리하고 교활해서 교묘하게 남의 환심을 사는 데 능하고 말주변이 좋다지요. 그런 상황으로 보나 태도로 보나, 월터 경을 아는 사람들은 다들 그가 레이디 엘리엇이 되려고 한다고들 생각했고, 엘리엇 양이 그런 위험을 전혀 모르고 있다는 데 놀랐지요."

스미스 부인이 잠시 말을 멈추었다. 그러나 앤이 대답을 않자, 부인은 이야기를 계속했다.

"당신이 돌아오기 한참 전부터, 그 가족을 아는 사람들에게는 불 보듯 훤한 사실이었어요. 월리스 대령은 당신 아버님을 눈여겨보고 있던 터라 그 사실을 금방 눈치챘고요. 그때는 캠든 플레이스에 간 적도 없었지만, 엘리엇 씨 때문에 관심을 가지고 일이 돌아가는 모양새를 지켜보게 되었던 거죠. 엘리엇 씨가 크리스마스 조금 전에 바스에 하루 이틀 지내러 왔을 때, 월리스 대령이 그에게 상황을 알려주었어요. 여기서 당신이 알아야 할 것이, 그 무렵에는 준남작 지위의 가치에 대한 엘리엇 씨의 견해가 예전과는 크게 달라졌다는 점이에요. 혈연과 연줄에 관해서라면 그는 완전히 다른 사람이 되었어요. 오래전에 재산은 쓸 만큼 충분히 손에 넣었고, 탐욕이나 사치 면에서는 더 바랄 것이 없어지게 되니까 자신이 상속받게 될 것에 점차 마음이 쏠리게 된 것이지요. 제 생각에는 우리 관계가 끝나기 전부터 그랬던 것 같지만, 지금은 확실히 그렇게 되었어요. 그는 윌리엄 경이 되지 못한다는 생각을 참을 수 없었던 거예요. 그러니 친구한테서 들은 소식이 유쾌할 리 없었겠지요. 그 결과도 짐작할 수 있을 거예요. 되도록 빨리 바스로 돌아와 한동안 여기에서 지내면서 예전 친분을 되살리고, 집안에서 입지를 회복하기로 작정한 거예요. 그렇게 해서 위험이 어느 정도인지 파악하고, 심하다 싶으면 클레이 부인을 막아볼 생각까지 하게 된 거죠. 두 친구는 그것만이 최선이라고 합의했어요. 월리스 대령은 힘닿는 데까지 도와주기로 했고요. 그와 월리스 부인을 비롯한 모두를 엘리엇가에 소개하기로 한 거죠. 그에 맞추어 엘리엇 씨가 돌아왔고요. 그다음에는 당신도 알다시피 그가 용서를 청하자 집안에서는 그 용서를 받아주었지요. 거기에서 월터 경과 클레이 부인을 주시하는 것이 그의 변함없는 목표, 유일한 목표였어요. (당신이 바스에 도착해 또 다른 동기를 더해주기 전까지는요.) 그는 그들과 함께 있을 기회라면 절대 놓치지 않았고, 그들이 가는 곳이라면 어디든 따라다녔고 수시로 방문을 했어요. 하지만 이 문제에 대해서 자세히 말할 필요는 없겠지요. 교활한 남자가 무슨 짓을 할지는 당신도 상상할 수 있을 테니까요. 이 정도까지 듣고 나면, 당신이 이제까지 지켜보았던 그의 행동들도 다시 생각해볼 수 있겠지요."

앤이 말했다. "맞아요. 당신 이야기 중에서 내가 알고 있던 것이나 상상할 수 있는 것과 어긋나는 점은 하나도 없어요. 교활함이란 자세히 보면 언제나 불쾌한 것이 있어요. 이기심과 이중성에서 나온 계책만큼 역겨운 것도 없고요. 하지만 정말로 놀랄 만한 이야기는 하나도 없군요. 엘리엇 씨의 이런 모습에 충격받을 사람들, 믿지 못할 사람들도 있겠지만, 전에도 뭔가 마음에 걸렸어요. 항상 그의 행동에 겉으로 보이는 것 말고 다른 동기가 있을 것 같았어요. 그가 두려워했던 일이 현실이 될 가능성에 대해 지금 그가 어떻게 보는지 알 수 있었으면 좋겠네요. 그 위험이 줄었다고 생각하는지 아닌지."

스미스 부인이 대답했다. "내가 보기에는 줄어들었다고 생각할 것 같아요. 그는 클레이 부인이 자기를 두려워한다고 생각해요. 그가 자신을 꿰뚫어 보았다는 것을 알았고, 그의 존재를 의식해서 뜻대로 하지 못하고 있어요. 하지만 그가 항상 그 댁에 머물 수도 없는 노릇이니, 클레이 부인이 지금 가진 자신의 영향력을 유지하는 한, 그가 완전히 안심할 수 있는 단계는 아닐 거예요. 간호사가 해준 얘기인데, 윌리스 부인이 재미있는 생각을 내놓았다고 해요. 당신과 엘리엇 씨가 결혼할 때 당신 아버님이 클레이 부인과 결혼하면 안 된다는 조항을 혼인계약서에 넣으라는 거예요. 누가 들어도 윌리스 부인 머리에서 나올 법한 계획이지요. 똑똑한 루크 부인은 말도 안 되는 계획이라는 것을 알았지요. '부인, 그렇게 해도 그분이 다른 사람과 결혼하는 건 막지 못하잖아요'라고 했거든요. 솔직히 말하자면, 루크는 진심으로 월터 경의 재혼에 반대하고 있지는 않을 거예요. 결혼에 찬성할 수도 있지요. 윌리스 부인의 추천으로 다음 레이디 엘리엇을 시중들게 될 수도 있잖아요?"

잠시 생각에 잠겼던 앤은 이렇게 말했다. "이 모든 일을 다 알게 되어서 정말 다행이에요. 그와 한자리에 있는 게 여러모로 더 고통스러워졌지만, 무엇을 해야 할지는 더 잘 알게 되었으니까요. 제 행동 방침은 더욱 분명해질 거예요. 엘리엇 씨는 분명 엉큼하고, 거짓투성이이고, 속물적인 사람이에요. 항상 이기심이라는 원칙에 따라서만 행동해왔고요."

그러나 엘리엇 씨의 이야기는 아직 끝나지 않았다. 스미스 부인은 처음 이야기의 방향에서 멀리 흘러갔고, 앤은 자기 집안과 관련된 일 때문에 원래 그에 대해 부정적으로 암시되었던 것이 얼마나 많았는지를 잊고 있었다. 그러나 이제 앤의 관심은 처음 나온 암시들에 대한 설명으로 향했고, 스미스 부인의 끝 모를 비통함이 모두 정당하다고는 생각지 않았지만, 스미스 부인에 대한 그의 행동이 참으로 무정했음을 입증하는 장황한 설명을 들었다. 정의도 없고 동정심도 없는 행동이었다.

그들은 (엘리엇 씨가 결혼한 후에도 그들 사이의 친분은 계속 잘 유지되었으므로) 전과 다름없이 항상 함께 다녔고, 엘리엇 씨는 그의 친구가 분수에 넘치는 사치를 하도록 이끌었다. 스미스 부인은 그에 대해 자신의 책임을 받아들이려 하지 않았고, 남편에 대해서도 전혀 책망하지 않았다. 그러나 앤은 그들의 수입으로는 결코 그런 생활방식을 감당할 수 없었을 테고, 처음부터 다들 사치스러운 생활을 했으리라 추측할 수 있었다. 남편에 대한 부인의 설명에서 앤은 스미스 씨가 정 많고 온화한 성격이지만, 생각이 깊지 않고 명석한 사람은 아니었다는 걸 알 수 있었다. 친구보다 훨씬 더 마음씨 착하고, 친구와는 영 다른 사람이었지만 그에게 끌려다녔고 아마도 무시당했을 것이다. 엘리엇 씨는 결혼으로 큰 부를 얻었고, 자기 돈을 쓰지 않고 얻을 수 있는 쾌락과 허영이라면 얼마든지 기꺼이 누리려고 했다(그는 방종했지만 신중하기도 했다). 그의 친구는 자신이 가난해져가고 있음을 틀림없이 알았을 테지만, 그는 부유해지기 시작했고 친구의 재정 형편에 대해서는 전혀 관심이 없었던 듯했다. 오히려 반대로 친구에게 돈을 쓰라고 재촉하고 부추기면서 결국 파멸로 이끌었다. 그렇게 해서 스미스 부부는 망하고 말았다.

남편은 이 모든 사실을 알아차리지 못하고 죽었다. 부부는 그전에도 곤궁한 상황에 처해 친구들의 우정을 시험해야 할 때가 있었는데, 엘리엇 씨의 우정은 시험해보지 않는 편이 나았음이 드러났다. 남편이 죽고 나서야 그의 비참한 형편이 완전히 알려졌다. 자신의 판단력보다는 감정을 더 믿었던 스미스 씨는 엘리엇 씨가 배려해줄 거라 굳게 믿고 그를 자신의 유언 집행인으로 임명했다. 그러나 엘리엇 씨는 이런 책임을 맡지 않으려 했다. 그렇지 않아도 피할 수 없게 된 고통에 더하여 이 거절이 안긴 어려움과 곤란은, 비통함 없이는 설명할 수 없고, 당연한 분노 없이는 들을 수 없는 것이었다.

부인은 앤에게 그 당시 그가 보내온 편지들을 보여주었다. 스미스 부인의 절박한 간청에 대한 답장들이었는데, 한결같이 소득 없는 고생에 절대 끼지 않겠다는 단호한 결심과, 예의는 차렸지만 차갑게 부인에게 닥칠 어떤 불행에도 책임지지 않겠다는 의지만을 드러냈다. 배은망덕과 잔인함을 보여주는 무시무시한 사례였다. 앤은 어떤 노골적인 범죄도 이보다 더할 수는 없다는 생각마저 들었다. 과거의 슬픈 장면들의 세세한 부분들이며 이어진 고통에 대한 상세한 묘사 등 들어야 할 것이 너무나 많았다. 예전의 대화에서는 슬쩍 암시만 하고 지나갔던 것들을 이제 자연스럽게 마음껏 이야기하게 되었다. 앤은 부인이 느끼는 후련함을 너무나 잘 이해할 수 있었고, 친구가 평소 차분했던 것이 더 놀라울 따름이었다.

부인이 털어놓은 고통의 역사에서도 특히 화가 나는 사정이 하나 있었다. 부인에게는 남편이 서인도제도에 재산이 좀 있다고 믿을 만한 충분한 이유가 있었다. 오랫동안 그 재산은 채무로 인해 가압류 상태에 있었지만, 적절한 조치를 취하면 되찾을 수 있었다. 크지는 않았지만 그가 지금보다 풍족하게 살기에는 충분할 재산이었다. 그러나 그 일에 나서 줄 사람이 아무도 없었다. 엘리엇 씨는 아무것도 하지 않으려 했고, 부인이 직접 할 수도 없었다. 불편한 몸으로 직접하기는 불가능했고, 돈이 없어 다른 사람을 고용할 수도 없는 처지였다. 조언을 구할 인척조차 없었고, 법의 도움을 구할 금전적 여유도 없었다. 그렇지 않아도 궁핍한 처지가 이런 사정으로 더 악화되었다. 이보다 낫게 살 수 있다는 것, 적절한 곳에 조금만 수고하면 가능하리라는 것, 시간이 지날수록 그의 권리는 약해지리라는 것을 생각하면 참기 어려웠다.

　이 때문에 부인이 앤의 주선으로 엘리엇 씨의 도움을 얻어보려 했던 것이다. 그전에는 그들이 결혼하게 되면 친구를 잃게 될까 무척 염려했다. 그러나 그는 자기가 바스에 있는지조차 모르고 있기 때문에, 친구 사이를 갈라놓으려 시도할 수는 없으리라는 것을 확신하게 되었다. 그러자 즉시 그가 사랑하는 여자의 영향력을 빌려 자신에게 유리하도록 뭔가 일을 도모할 수도 있겠다는 생각이 떠올랐다. 엘리엇 씨의 인격에 대해 관찰한 바에 따라 앤의 감정을 급히 자극해보려던 참에, 앤이 약혼에 대한 소문을 반박하고 나서면서 상황이 반전되었던 것이다. 부인은 처음 바라던 목표를 얻을 희망은 잃었지만, 적어도 자신의 이야기를 전부 털어놓는 위안을 얻었다.

엘리엇 씨에 대한 모든 이야기를 다 듣고 난 후, 앤은 스미스 부인이 대화 초반에 그토록 그에 대해 호의적으로 말한 데 놀라움을 금치 못했다. "그 사람을 치켜세우고 칭찬하는 줄 알았어요!"

스미스 부인이 대답했다. "앤, 그럴 수밖에 없었어요. 그가 아직 청혼은 안 했더라도, 당신이 그 사람이랑 틀림없이 결혼할 줄 알았으니까요. 그가 당신 남편이 된다면, 당연하게도 그에 대한 진실을 말할 수는 없었을 테니까요. 행복하라고 말하면서도 당신 생각을 하면 내 가슴에서 피가 흘렀어요. 하지만 그는 분별 있고 호감 가는 사람이니까 당신 같은 여자라면 희망이 전혀 없지는 않을 거라 생각했어요. 첫 아내한테는 참으로 무정했어요. 둘 다 불행했지요. 그렇지만 전처는 너무 무식하고 경박스러워서 존경받기 힘든 여자였고, 그는 아내에게 털끝만큼도 애정이 없었어요. 당신은 틀림없이 그보다 잘할 거라 믿기로 했지요."

앤은 마음속으로 결국 그와 결혼하게 될 가능성도 있었다고 인정할 수밖에 없었지만, 그 후에 따라올 불행을 생각하면 몸서리가 쳐졌다. 레이디 러셀의 설득에 넘어갔을 수도 있었다! 그리고 그렇게 가정해보았을 때, 너무 늦게, 모든 것이 밝혀졌을 때, 얼마나 불행하겠는가?

레이디 러셀이 더는 속아 넘어가지 않기를 바랄 뿐이었
다. 오전 시간을 거의 다 보낸 이 중요한 만남의 결론은, 스미
스 부인과 관련해 엘리엇 씨가 어떻게 행동했는지 전부 앤이
친구에게 허심탄회하게 털어놓아야 한다는 것이었다.

22

앤은 자신이 들은 이야기를 곰곰이 생각하며 집으로 돌아
갔다. 엘리엇 씨에 대해 알게 되면서 앤의 감정들은 사라졌
다. 더는 그에 대한 애정이 남지 않았다. 달갑지 않게 끼어드
는 태도를 보면 그는 웬트워스 대령과는 완전히 반대되는 사
람이었다. 어젯밤의 관심으로 인한 피해, 그가 저질렀을 수
도 있는 돌이킬 수 없는 해악은 두 번 따져볼 여지도 없었
다. 그를 안쓰럽게 여기던 마음도 모두 사라졌다. 그러나 마
음이 놓이는 점은 이것 하나였다. 다른 모든 면에서는 주위
를 둘러보건 앞을 내다보건 불신과 염려만 더했다. 레이디
러셀이 느낄 실망과 괴로움이 걱정스러웠다. 아버지와 언니
가 느낄 굴욕감도 걱정되었다. 수많은 해악을 예견하면서도
그것들을 피할 방법은 알지 못해 마음이 고통스러웠다. 그래
도 자기라도 그에 대해 알게 되어 너무나 다행스러웠다. 스

미스 부인 같은 옛 친구를 무시하지 않은 보상을 받을 자격이 있다고 생각지는 않았지만, 정말로 거기에서 보상이 나왔다! 스미스 부인은 다른 사람은 아무도 할 수 없는 말을 해줄 수 있었다. 그런 사실을 가족한테까지 전할 수 있을까? 그러나 이것은 헛된 생각이었다. 레이디 러셀에게는 알려야 했다. 부인에게 말하고, 상의하고, 최선의 행동을 하고, 되도록 차분하게 닥칠 일을 기다려야 했다. 그러나 레이디 러셀에게 열어보일 수 없는 속마음만은 냉정하게 유지하기가 힘들었다. 거기에서 나오는 근심과 두려움은 오롯이 다 자신만의 것이었다.

집에 도착했을 때 앤은 의도했던 대로 엘리엇 씨와의 만남을 피했다는 것을 알았다. 그가 찾아와서 오전 내내 머물다 갔던 것이다. 그러나 다행스럽게 여기며 안전하다고 느낄 새도 없이, 그가 저녁에 다시 온다는 얘기를 들었다.

"그에게 또 오라고 청할 생각은 전혀 없었지만, 오고 싶은 티를 너무 많이 내더라. 클레이 부인이 그렇게 말했지." 엘리자베스가 무심한 척 말했다.

"정말이에요. 제 평생 그렇게 간절히 초대를 바라는 사람은 본 적이 없다니까요. 딱하기도 하지! 정말 그분이 불쌍해요. 앤 양, 당신의 무정한 언니는 잔인하게 굴려고 작정했나 봐요."

엘리자베스가 외쳤다. "오! 나는 그런 수에는 너무 익숙해서 신사가 암시를 한다고 금세 받아주지 않아. 하지만 그분이 오늘 아침 아버지를 뵙지 못했다며 너무 아쉬워하니까 양보해준 거지. 그분과 아버지가 함께 만날 기회라면 절대 놓쳐서는 안 되니까. 두 사람은 함께 있는 게 서로에게 도움이 된다니까. 두 사람 다 아주 기분 좋은 시간을 보내시니까. 엘리엇 씨는 진심으로 아버지를 존경하시는 것 같고."

"정말 잘된 일이에요!" 클레이 부인이 외쳤지만 감히 앤 쪽으로 눈길을 돌리지는 못했다. "부자지간 같지 뭐예요! 엘리엇 양, 부자지간이라고 말해도 될까요?"

"오, 나는 누구의 말도 막지 않아요. 당신 생각이 그렇다면야! 하지만 그분의 의도가 다른 남자들의 것과 크게 다른지는 잘 모르겠어요."

"세상에, 엘리엇 양!" 클레이 부인은 손을 치켜들고 눈을 크게 뜨면서 놀란 마음을 편리한 침묵 속에 숨겼다.

"친애하는 페넬로페, 그분에 대해 그렇게 놀랄 필요 없어요. 알다시피 내가 그분을 초대한 거예요. 미소를 지으며 보내드렸어요. 내일은 하루 종일 손베리 파크의 친구들과 지내신다기에 그만 동정심이 들었어요."

앤은 부인의 멋진 연기에 감탄했다. 자신의 큰 목표를 방해하는 사람이 오는 걸 기다릴 때, 그리고 진짜로 온다는

데 이렇게 기뻐하는 모습을 보일 수 있다는 게 놀라웠다. 클레이 부인은 엘리엇 씨의 꼴도 보기 싫을 테지만, 월터 경에게 바쳤을 헌신을 반도 다할 수 없게 되었는데도, 더없이 친절하고 평온한 표정을 유지하면서 대단히 만족한다는 모습을 보일 수 있었다. 앤은 엘리엇 씨가 방으로 들어오는 모습을 보는 것이 무엇보다도 괴로웠다. 그가 다가와서 자신에게 말을 걸 때는 너무 고통스러웠다. 전에도 그가 그다지 진심인 것 같지 않다고 느꼈지만, 이제는 모든 것이 다 위선적으로만 보였다. 예전에 했던 말과는 딴판으로 아버지에게 애써 존경을 표하는 모습이 혐오스럽기 그지없었다. 스미스 부인에게 했던 잔인한 행동을 생각하면, 눈앞에서 웃으며 상냥하게 구는 모습이나 가식적으로 착한 척하는 목소리만 들어도 참을 수가 없을 지경이었다.

앤은 그의 쪽에서 불만이 나오지 않도록 변함없는 태도로 대하려 했다. 남들의 호기심을 자극하거나 나쁜 소문이 나올까 싶어 조심했다. 그러나 그들의 관계에서 크게 벗어나지 않는 선에서 그에게 단호하고 냉정한 태도를 취했다. 할 수 있는 한 조용히, 조금씩 쌓아왔던 불필요한 친분에서 몇 발짝 벗어나야겠다고 마음먹었다. 따라서 그는 전날 밤보다 더 경계하는, 더 차가운 태도로 일관했다.

엘리엇 씨는 예전에 어떻게, 앤의 칭찬을 들었는지에 대한 이야기를 다시 꺼냈다. 어디서 어떻게 들은 것인지 알고 싶어 하는 그의 호기심을 자극하고 싶었다. 그가 더 애원하는 모습을 즐기고 싶었다. 그러나 그 마법은 깨어졌다. 그는 겸손한 사촌의 허영심에 불을 붙이려면 공공의 열기와 활기가 필요하다는 걸 깨달았다. 적어도 다른 사람들까지 신경 써야 하는 지금의 상황에서는 이런저런 시도를 할 수 없다는 것을 깨달았던 것이다. 그는 그것이 자신의 이익에 정면으로 위배되는 주제이며, 앤에게 가장 용서할 수 없는 부분을 떠올리게 한다는 것을 짐작도 하지 못했다.

엘리엇 씨는 다음 날 아침 바스를 떠나 이틀간은 돌아오지 않는다고 했다. 이 사실은 안 앤은 잠시 안도했다. 그는 돌아오는 날 저녁에 다시 캠든 플레이스의 초대를 받았다. 그러나 목요일부터 토요일 저녁까지 그가 없다는 것은 확실했다. 클레이 부인 같은 사람이 항상 눈앞에 있는 것만으로도 충분히 기분 나쁜 일인데, 그들 무리에 그보다 더한 위선자가 더해지니 평화와 안락 같은 것이 죄다 파괴된 듯했다. 아버지와 엘리자베스를 끊임없이 기만한 사실을 생각하면 너무나도 치욕스러웠다. 그들을 위해 준비한 다양한 굴욕의 원천을 생각해본다면! 클레이 부인의 이기심은 그의 것에 비하면 그다지 복잡하지도, 혐오스럽지도 않았다. 앤은 클레이 부인과 아버지의 결혼을 막기 위해 엘리엇 씨가 짜고 있는 교묘한 계책을 보지 않을 수만 있다면, 여러 해악에도 불구하고 그들의 결혼조차 받아들일 수 있을 것 같았다.

금요일 아침, 앤은 아주 일찍 레이디 러셀에게 찾아가 할 말을 다 전할 생각이었다. 아침식사를 하고 곧장 나가려 했지만 클레이 부인도 언니의 수고를 덜어준다는 감사한 목적으로 외출하려던 참이었다. 앤은 그와 함께 외출하지 않으려고 기다렸다 나가기로 했다. 클레이 부인이 꽤 멀리까지 간 것을 보고서야 리버스 스트리트에서 오전을 보내겠다는 말을 꺼냈다.

엘리자베스가 말했다. "아주 좋구나. 대신 안부 전해줘. 오! 부인이 나한테 빌려주신 그 지겨운 책들을 좀 돌려드리는 게 좋겠지? 내가 다 읽었다고 해줘. 이 나라에서 나오는 모든 새로운 시와 글들로 언제까지나 괴로움을 겪을 수는 없다고. 레이디 러셀은 새로 나온 책으로 너무 사람을 귀찮게 해. 그분께 이런 말까지 할 필요는 없지만. 그러고 보니 전날 밤 부인 드레스는 정말 눈 뜨고 못 봐주겠더라. 드레스를 보는 안목이 좀 있으신 줄 알았더니 음악회에서 내가 다 부끄러웠지 뭐니. 분위기는 또 얼마나 딱딱하고 틀에 박혔는지! 몸은 꼿꼿이 세우고 앉아서! 하여간 나의 애정을 듬뿍 보내줘."

월터 경이 덧붙였다. "그리고 내 안부도 전해다오. 다정하게 안부를 물어주고. 곧 찾아뵙겠다고 말해도 좋아. 공손

322

히 전해드려라. 방문이래봤자 명함만 남기고 올 테지만. 오전 방문은 그 연세의 여자분들에게는 좋지 않아. 몸단장을 제대로 할 시간이 없으니까. 부인이 연지만 발라도 남보기에 부끄럽지는 않을 텐데 말이다. 지난번 찾아갔을 땐 덧문을 바로 내리는 것을 보았지."

아버지가 말하던 중 문 두드리는 소리가 들렸다. 누굴까? 앤은 엘리엇 씨가 항상 예고 없이 방문하던 것을 떠올리며 그가 왔을 거라 생각했지만, 그는 지금 11킬로미터 떨어진 곳에 있었다. 긴장된 시간이 지나고 문으로 가는 소리가 들리더니, '찰스 머스그로브 부부'가 방으로 안내되어 들어왔다.

그들이 나타나자 다들 너무나 놀랐다. 하지만 앤은 그들을 만나게 되어 정말로 반가웠다. 다른 사람들도 그다지 언짢은 기색 없이 예의를 차려 환영해주는 분위기였다. 이렇게 가장 가까운 친척들이 그들의 집에 묵을 생각으로 온 것이 아니라는 사실이 분명해지자, 월터 경과 엘리자베스는 진심으로 따뜻한 태도를 보이며 주인 노릇을 해냈다. 머스그로브 부부는 머스그로브 부인과 함께 며칠 일정으로 바스에 왔으며, 화이트 하트에 묵을 예정이었다. 그런 정도 사정은 곧 알려졌지만, 그들이 방문한 진짜 이유는 월터 경과 엘리자베스가 메리를 다른 응접실로 데려간 후에야 들을 수 있었다. 아버지와 언니가 메리의 감탄을 마음껏 즐기고 있을 때, 앤은 찰스를 통해 특별한 용건과 일행이 누구인지 들을 수 있었다.

앤은 두 사람 이외에도 머스그로브 부인, 헨리에타, 하빌 대령이 함께 왔음을 알았다. 찰스는 앤에게 알기 쉽게 자초지종을 설명해주었다. 그 이야기에서 머스그로브 집안다운 전개를 볼 수 있었다. 그 계획은 먼저 하빌 대령이 업무차 바스에 갈 일이 생긴 데에서 시작되었다. 그는 일주일 전에 그 얘기를 꺼냈다. 사냥철이 마침 끝났을 때라 찰스가 함께 가자고 제안했고, 하빌 부인도 그 제안이 남편에게 이로울 듯하여 아주 마음에 들어했다. 하지만 메리는 혼자 남겨지는 것을 절대 참을 수 없었다. 그 때문에 기분이 아주 좋지 않았고, 하루 이틀 동안은 모든 계획이 중지되거나 끝나버릴 것 같았다. 그러다가 머스그로브 부부가 나섰다. 머스그로브 부인은 바스에 만나고 싶은 옛 친구들이 몇 명 있었다. 또 헨리에타로서는 자신과 동생을 위한 결혼식 예복을 사기에 좋은 기회라 생각했다. 그리하여 결국 하빌 대령의 일을 덜어주고자 다들 부인의 일행이 되었다. 찰스와 메리도 모두의 편의를 위해 부인 일행에 끼었다. 그들은 전날 밤늦게 도착했다. 하빌 부인과 그 아이들, 벤윅 대령은 머스그로브 씨, 루이자와 함께 어퍼크로스에 남았다.

앤은 헨리에타의 결혼식 예복 얘기가 나올 정도로까지 일이 진행되었다는 데 놀랐다. 재정상의 어려움이 있어 결혼이 가까운 시일 내에 이루어지기는 어려우리라 생각했기 때문이었다. 그러나 찰스가 알려준 이야기에 따르면, 찰스 헤이터는 아주 최근에(메리가 쓴 마지막 편지 이후로) 친구의 부탁으로 아직 자리를 맡으려면 여러 해를 더 기다려야 하는 젊은이를 대신하여 목사직을 맡게 되었다는 것이다. 그의 현재 수입에 더해 그 임기가 끝나기 전에 더 영구적인 자리를 얻을 전망이 확실해지자 두 집안이 젊은이들의 뜻을 들어주기로 했고, 몇 달 후 루이자가 결혼하는 대로 바로 그들의 결혼식을 올리기로 했다. 찰스가 덧붙였다. "게다가 어퍼크로스에서 40킬로미터밖에 떨어져 있지 않은 아주 살기 좋은 곳이에요. 아주 아름다운 시골이지요. 도싯셔의 멋진 지역이랍니다. 영국에서 가장 잘 보존된 사냥터의 한가운데에, 훌륭한 지주 세 분이 둘러싸고 있지요. 셋은 서로 질세라 신경을 많이 쓰고 있답니다. 적어도 셋 중 둘은 찰스 헤이터에게 특별 추천장을 줄 수 있을 것 같습니다. 그는 그곳의 가치를 제대로 평가하지 않겠지만요. 찰스는 사냥에 너무 무관심해요. 그의 가장 나쁜 점이에요."

앤이 외쳤다. "정말로 기뻐요. 이런 일이 생기다니 얼마나 기쁜지 몰라요. 둘 다 똑같이 자격이 충분하고, 항상 좋은 친구였던 자매인데, 한쪽의 밝은 전망이 다른 쪽을 가리지 않게 되었네요. 어느 한쪽도 처지지 않고 똑같이 편안히

잘살게 되었어요. 부모님도 두 사람 일로 정말 기뻐하시겠어
요."

　"오! 그렇습니다. 아버지는 신랑들이 더 부유했으면 하
셨겠지만, 달리 흠잡을 것이 없으니까요. 아시다시피 동시에
딸 둘을 시집보낼 돈을 마련하는 것이 그리 쉬운 일은 아니
죠. 아버지가 처리하셔야 할 일이 한둘이 아니랍니다. 하지
만 동생들이 그런 요구를 할 권리가 없다고 생각지는 않습니
다. 딸로서 마땅히 자기들의 몫을 갖는 것이 합당합니다. 아
버지는 항상 아주 다정하셨고, 저에게 너그러우셨어요. 메리
는 헨리에타의 남편감을 마음에 들어하지 않습니다. 아시다
시피 전혀 좋아하지 않아요. 그 사람을 공정하게 평가해주
지 않고, 윈스럽도 알아봐주질 않아요. 그 재산의 가치에 좀
관심을 두면 좋을 텐데 말입니다. 두 사람에게는 괜찮은 혼
사입니다. 저야 언제나 찰스 헤이터를 좋아했고, 지금이라고
마음이 달라지지는 않을 테니까요."

　앤이 말했다. "머스그로브 부부만큼 훌륭하신 부모님이
라면 자식들의 결혼에 만족하실 거예요. 자식들에게 행복을
주기 위해서라면 뭐든 다 해주실 분들이죠. 그런 부모님을
두었다는 것이 젊은 사람들에게 얼마나 큰 축복인가요! 젊
은 사람이든 나이 든 사람이든 분에 넘치는 야심으로 잘못된
길로 빠지기 쉬운데, 두 분은 그런 야심과는 전혀 거리가 먼

분들이신 것 같아요. 루이자는 이제 완벽하게 회복되었겠지요?"

그는 약간 주저하며 대답했다. "예, 그런 것 같습니다. 아주 많이 회복되었습니다. 그런데 루이자가 좀 달라졌어요. 달리거나 뛰어오르지도 않고, 깔깔 웃거나 춤을 추는 일도 없어요. 딴사람이 되었어요. 누가 문을 조금 세게 닫기만 해도 물속의 어린 병아리처럼 깜짝 놀라면서 몸을 뒤틀어요. 벤윅이 온종일 옆에 붙어 앉아 시를 읽어주고 귀에 대고 속삭이듯 이야기한답니다."

앤은 웃지 않을 수 없었다. "당신 취향에 그런 것은 잘 맞지 않을 텐데요. 하지만 그는 아주 훌륭한 젊은이예요."

"그거야 물론 그렇지요. 아무도 의심하지 않을 겁니다. 제가 너무 편협해서 모든 남자들이 다 저와 같은 목표와 쾌락을 좇기 바란다고 생각지는 말아주세요. 저는 벤윅을 높이 평가합니다. 그는 아주 달변가예요. 독서가 그에게 해되는 것은 없지요. 책만 읽은 것이 아니라 전투에서도 잘 싸웠으니까요. 용감한 사람이에요. 지난 월요일에는 그에 대해 좀 더 많이 알게 되었답니다. 아버지의 멋진 헛간에서 오전 내내 쥐를 잡느라 한바탕했거든요. 제 몫을 아주 잘해내서 이전보다 그를 더 좋아하게 되었답니다."

여기에서 둘은 대화를 멈췄다. 찰스도 다른 사람들을 따라 거울과 도자기를 찬양하는 데 끼어야만 했기 때문이다. 그러나 앤은 어퍼크로스의 현재 상황을 이해하고 그곳의 행복에 기뻐할 만큼 충분히 들었다. 앤이 기뻐하면서 한숨을 내쉬었더라도 그 한숨은 질투에서 나온 악의는 전혀 담고 있지 않았다. 할 수 있다면 당연히 그들처럼 행복해지고 싶을 뿐, 그들의 행복을 헐뜯고 싶지는 않았다.

방문은 아주 유쾌한 분위기에서 이루어졌다. 메리는 즐거운 분위기와 기분전환에 잔뜩 흥이 나 있었다. 시어머니의 말 네 필이 끄는 마차를 타고 여행을 온 것이며, 캠든 플레이스에서 자신이 완전히 독립했다는 사실이 너무나 만족스러워서 뭐든지 다 찬양해주고 그들이 자세히 설명해주는 대로 그 집의 우월함을 기꺼이 받아들일 자세가 되어 있었다. 메리는 아버지나 언니에게 아무런 요구도 하지 않았다. 그들의 근사한 거실은 자신의 위상을 높여줄 뿐이었다.

엘리자베스는 잠시 갈등에 빠졌다. 머스그로브 부인과 그 일행을 저녁식사에 초대해야 할 것 같았다. 그러나 그들에게 자신들의 달라진 생활양식과 하인들이 줄어들었다는 것을 보여야 한다니 참을 수가 없었다. 저녁식사에서는 켈린치의 엘리엇가보다 항상 못했던 사람들의 눈에도 그런 것들이 들통나고 말 것이다. 예절과 허영심 간의 싸움이었다. 그러나 허영심이 이겼고, 엘리자베스는 다시 행복해졌다. 그는 속으로 이렇게 자신을 설득했다. '구식 관념이고 시골식 접대야. 우리는 저녁식사를 대접하지 않을 거야. 바스에서는 그렇게 하지 않아. 레이디 얼리셔는 절대 안 하던걸. 자기 언니 가족이 여기 한 달을 있었는데도 초대하지 않았어. 틀림없이 머스그로브 부인도 불편해할 거야. 부인은 그런 방식에는 익숙하지 않을 테니까. 틀림없이 오지 않는 편을 더 좋아할걸. 우리와 함께 있으면 불편할 거야. 다들 저녁에 그냥 방문만 하시라고 청해야겠어. 그 편이 훨씬 나을 거야. 그게 요즘 방식이고 진짜 대접이지. 이런 응접실은 본 적이 없을 거야. 내일 저녁에 오라고 하면 좋아하겠지. 평소 하는 작은 파티가 되겠지만 아주 우아할 거야.' 이렇게 생각하고 엘리자베스는 만족했다. 지금 있는 사람과 지금 같이 있지 않은 사람들을 함께 초대하자 메리도 아주 만족했다. 특히 엘리엇 씨를 만나기로 했고, 레이디 달림플과 카트렛 양도 소개받기로 했다. 운 좋게도 마침 그들도 오기로 약속되어 있었다. 메리로서는 이보다 더 기쁜 일이 없었다. 엘리엇 양은 오전 중에 머스그로브 부인을 방문하기로 약속했다. 앤은 찰스와 메리와 함께 나가서 헨리에타와 머스그로브 부인을 직접 만나보기로 했다.

레이디 러셀과 시간을 보내려던 계획은 일단 접어야 했다. 그들 셋 모두 잠시 리버스 스트리트를 방문했다. 앤은 자신이 계획한 대화를 하루쯤 미룬다 해도 아무 상관없을 거라고 스스로를 다독였다. 앤은 지난가을 많은 일을 함께 겪으며 추억을 쌓은 친구들과 벗들을 만나러 화이트 하트로 발걸음을 옮겼다. 한시라도 빨리 그들을 만나고 싶었다.

집에는 머스그로브 부인과 딸만 있었다. 앤은 두 사람에게 더없이 따뜻한 환영을 받았다. 헨리에타는 새롭게 얻은 행복에 최근 들어 부쩍 좋아진 모습이었다. 그래서 전에 자기가 좋아했던 모든 사람에게 아낌없는 배려와 관심을 베풀 수 있게 되었다. 머스그로브 부인은 그들이 어려울 때 도와주었던 앤을 진심으로 아꼈다. 슬프게도 앤은 집에서 이런 행복을 받아본 적이 없던 탓인지 따뜻하고 진심 어린 애정에 더욱 기뻤다. 그는 되도록 자기들에게 시간을 많이 내어달라는 간청을 받았다. 그들은 앤에게 매일 와서 하루 종일 같이 있어 달라고, 아니 아예 한 가족같이 지내달라고 부탁했다. 앤은 자연스럽게 평소 하던 식으로 관심과 도움을 쏟아주었다. 찰스가 그들을 함께 두고 나가자마자 루이자의 근황을 전하는 머스그로브 부인의 이야기와 헨리에타의 이야기를 들어주고, 조언을 해주고 상점들을 추천해주었다. 그 사이사이에도 메리가 요구하는 대로 리본을 고쳐주거나 장부 정리를 도와주고, 열쇠를 찾아주고 장신구를 분류하고 아무도 그를 홀대하지 않는다고 안심시켜주었다. 메리는 평소 좋아하

는 대로 온천으로 들어가는 입구가 내다보이는 창가에 자리
잡고 앉아서 자기만의 상상의 시간에 빠졌다.

　　오전 시간은 북새통 속에서 지나가리라 예상되었다. 호
텔에 이렇게 많은 이들이 있으면 정신없고 수선스러울 수밖
에 없었다. 5분마다 편지가 도착하고, 그다음에는 소포가 왔
다. 앤이 온 지 30분도 채 되지 않아 그들의 넓은 거실이 반
이상 찼다. 오랜 친구들이 머스그로브 부인을 둘러싸고 앉았
고, 찰스가 하빌 대령과 웬트워스를 데리고 돌아왔다. 웬트워
스가 나타났어도 놀란 것은 한순간이었다. 공통의 친구가 도
착했으니 그들이 곧 다시 한자리에 모이게 되는 것도 당연한
일이었다. 그들의 마지막 만남은 그의 감정을 보여주는 데 아
주 중요했다. 앤은 그 만남에서 기쁨에 찬 확신을 얻었다. 그
러나 그의 표정을 보니, 음악회 홀에서 황급히 떠나게 했던
것과 같은 불행한 믿음을 여전히 떨치지 못한 것 같았다. 그
는 대화를 나눌 수 있을 만큼 가까이 올 마음이 없어 보였다.

　　앤은 침착함을 유지하면서 만사가 흘러가는 대로 자연
스럽게 내버려두고 이성적으로 생각하려 애썼다. '서로에게
변함없는 애정이 있다면, 오래지 않아 서로의 마음을 이해하
게 될 거야. 우리는 순간의 실수에 잘못 이끌려 사소한 일에
성내고 함부로 자신의 행복으로 장난을 치는 어린아이가 아
니야.' 그러나 잠시 후 지금 같은 상황에서 함께 있어 보았자

가장 해로운 종류의 실수와 오해를 겪을 수도 있다는 생각이 들었다.

창가에 있던 메리가 외쳤다. "앤 언니, 클레이 부인이 저기 회랑 밑에 어떤 신사랑 같이 있네. 지금 막 바스 스트리트에서 모퉁이를 돌아가는 걸 봤어. 얘기하느라 정신이 없나 봐. 누굴까? 와서 좀 알려줘. 세상에! 기억났어. 엘리엇 씨잖아."

앤이 재빨리 소리쳤다. "아니, 엘리엇 씨일 리가 없어. 그는 오늘 아침 9시에 바스를 떠났을 텐데. 내일까지는 돌아오지 않는다고."

그렇게 말하면서 웬트워스 대령이 자신을 쳐다보는 시선을 느꼈다. 그의 시선을 의식하니 짜증이 나는 한편으로 당황스럽기도 하고, 별말 아니었지만 그래도 괜히 했다는 후회가 들었다.

메리는 자기가 사촌을 못 알아본 거라는 말에 분개하여 가족들의 외모상 특징에 대해 열을 올리면서 떠들어대기 시작했다. 엘리엇 씨가 분명하다고 더 목청 높여 주장하면서 앤에게도 와서 직접 보라고 했지만, 앤은 동요하지 않고 애써 냉정하고 무관심한 태도를 취했다. 그러나 여자 손님 두셋이 자기들은 비밀을 안다는 듯이 다 알겠다는 시선과 미소를 주고받는 것을 눈치채고 다시 마음이 괴로워졌다. 앤에 관한 소문이 다 퍼진 것이 틀림없었다. 잠시 침묵이 흐르고,

이제 소문이 더 멀리까지 퍼져나갈 것이 확실해 보였다.

　메리가 외쳤다. "와보라니까, 와서 직접 보라고. 서두르지 않으면 늦을 거야. 이제 막 떠나려고 해. 악수를 하고 있네. 그가 돌아섰어. 내가 엘리엇 씨를 못 알아봤다고! 언니는 라임에서 있었던 일을 다 잊어버렸나 봐."

　메리를 진정시키기 위해, 어쩌면 자신의 당혹감을 감추기 위해 앤은 조용히 창가로 갔다. 그제야 그 사람이 진짜 엘리엇 씨임을 확인할 수 있었다. 그가 한쪽으로 사라지고, 클레이 부인이 반대쪽으로 황급히 걸어갈 때까지 믿을 수가 없었다. 서로 완전히 반대되는 이해관계를 가진 두 사람이 친밀하게 이야기 나누는 모습을 보고 놀랄 수밖에 없었지만, 놀라움을 진정시키면서 차분하게 말했다. "그래, 엘리엇 씨가 맞네. 출발 시각을 바꿨나 보다. 아니면 내가 잘못 알았던가. 별일 아니야." 그러고는 마음을 가라앉히고 자기 자리로 돌아와 자신이 잘해냈기만을 바랐다.

　손님들이 작별인사를 했다. 찰스는 공손히 그들을 배웅한 다음 얼굴을 찌푸리며 그들이 온 것을 나무랐다.

　"어머니, 제가 어머니가 좋아하실 만한 일을 해놓았단 말이에요. 극장에 가서 내일 밤 칸막이 좌석을 잡아놓았다고요. 착한 아들이지 않아요? 어머니 연극 좋아하시잖아요. 우리 모두 가도 돼요. 아홉 명까지 들어갈 수 있어요. 웬트워스 대령도 오기로 했어요. 처형도 물론 함께 가주실 거죠? 우리 모두 연극을 좋아하니까. 저 잘했지요, 어머니?"

머스그로브 부인은 쾌활하게 헨리에타와 다른 이들이 모두 좋다면 자기도 기꺼이 연극을 볼 마음의 준비가 되었다고 말하기 시작했다. 그때 메리가 갑자기 끼어들었다.

"세상에, 찰스, 어떻게 그런 생각을 할 수가 있어요? 내일 칸막이 좌석을 잡았다니! 내일 밤에 캠든 플레이스에 가기로 약속한 거 잊었어요? 게다가 레이디 달림플과 따님, 엘리엇 씨 같은 중요한 친척들을 모두 소개받아 인사하기로 했는데? 어떻게 그렇게 까맣게 잊어버릴 수가 있어요?"

찰스가 대꾸했다. "흥! 저녁 모임이 뭐라고? 기억할 가치도 없지. 장인어른이 정말로 우리를 보고 싶었다면 저녁식사에 초대했어야지. 가고 싶다면 당신 좋을 대로 해. 나는 연극을 보러 갈 테니."

"오! 찰스, 가기로 약속해놓고 이러는 건 예의에 어긋나요."

"아니, 난 약속한 적 없다고. 그냥 씩 웃고 고개를 숙이면서 '기쁘네요'라고만 했는걸. 약속했던 건 아니었어."

"그래도 가야 해요, 찰스. 약속을 깨는 건 용서할 수 없어요. 일부러 우리를 소개해주려고 부르신 건데요. 달림플가와 우리는 훌륭한 인연을 가진 친척이라고요. 어느 한쪽에 무슨 일이든 생기면 즉시 알려준단 말이에요. 알다시피 우리는 아주 가까운 친척이에요. 엘리엇 씨도요. 그분과는 잘 알고 지내야 한다고요! 엘리엇 씨는 더 신경 써야 해요. 생각해봐요. 우리 아버지의 상속인이에요. 앞으로 우리 집안의 대표가 될 분이라고요."

찰스가 외쳤다. "상속인이니 대표니 그런 소리는 나한테 하지 말아요. 나는 떠오르는 태양에 절을 하려고 지금 권력자를 무시하는 사람이 아니니까. 장인어른을 위해서가 아니라 그분 상속인을 위해서 간다면 말도 안 되는 일이지. 엘리엇 씨가 대체 나한테 뭐라고?" 대담한 표현에 앤은 속이 시원해졌다. 웬트워스 대령 쪽을 보니 그는 잔뜩 촉각을 세워 한마디도 놓치지 않으려는 듯 열심히 듣고 있었다. 마지막 말에 질문하는 듯한 시선이 찰스에서 앤에게로 옮겨왔다.

찰스와 메리는 아직도 같은 식으로 말다툼을 하고 있었다. 찰스는 반쯤은 진지하게, 반쯤은 장난치듯 연극을 보러 가겠다는 계획을 고수했고, 메리는 한결같이 진지하게 맹렬히 반대하면서, 캠든 플레이스에 가기로 한 것은 자신이지만 그들이 자기를 빼놓고 연극을 보러 간다면 자기를 무시하는 처사로 생각하겠다는 뜻을 분명히 알렸다. 그러자 머스그로브 부인이 끼어들었다.

"그건 좀 미루는 게 좋겠구나. 찰스, 다시 가서 칸막이 좌

석 표를 화요일로 바꾸어오려무나. 다 함께 가지 못하면 아쉬우니 말이다. 앤 양의 아버지 댁에서 파티가 있다는데 앤 양을 두고 갈 수도 없고. 앤 양과 함께할 수 없다면 헨리에타도 나도 연극을 보고 싶은 마음이 없단다."

앤은 이러한 친절에 진심으로 고마움을 느꼈다. 그 기회를 놓치지 않고 단호하게 말했다.

"부인, 제 의향에만 달린 문제라면 집에서 여는 모임은 (메리 때문이 아니라면) 전혀 문제되지 않습니다. 저는 그런 모임을 좋아하지 않아서, 기꺼이 여러분과 연극을 보러 가는 쪽을 택했을 거예요. 하지만 그러지 않는 편이 나을 것 같군요." 앤은 담담하게 말했지만 말을 다 끝냈을 때 웬트워스가 자신의 말에 귀 기울이고 있었다는 것을 의식하자 몸이 떨려왔다. 차마 그 말이 일으킨 효과를 살펴볼 용기가 나지 않았다.

곧 다들 화요일로 다시 날을 잡는 데 동의했다. 찰스는 다른 사람들이 아무도 가지 않아도 자기는 내일 연극을 보러 가겠다고 우기면서 여전히 아내를 긁히는 재미를 포기하지 못했다.

웬트워스 대령이 자기 자리에서 일어나 난롯가로 걸어왔다. 아마도 곧 난롯가를 떠나 더 자연스럽게 앤 옆에 자리를 잡으려는 것 같았다.

"바스에서 아직 만찬을 즐길 만큼 충분히 오래 계시지는 않았나 봅니다." 그가 말했다.

"오! 아니에요. 그런 모임들은 대개 저한테는 아무 의미도 없어요. 저는 카드 놀이도 할 줄 모르고요."

"전에도 안 하셨지요. 카드를 좋아하지 않으셨어요. 하지만 시간이 흐르면 많은 것이 바뀌니까요."

"저는 아직 그리 많이 바뀌지 않았답니다." 앤은 이렇게 말했다가 어떤 오해를 부를지 몰라 말을 멈추었다. 잠시 기다렸다가 마치 지금 막 느낀 감정인 것처럼 그가 말했다. "정말로, 긴 시간입니다. 8년 반은 긴 시간이에요."

그가 그다음으로 무슨 말을 하려 했을지는 앤이 더 조용한 시간에 상상력을 동원해 곱씹어볼 문제였다. 그가 했던 말이 아직도 귓가에 맴도는 중에 헨리에타가 다른 화제를 꺼내 깜짝 놀랐다. 그는 한가한 틈을 타 외출하고 싶어 했다. 헨리에타는 다른 방문객이 오기 전에 얼른 나가자고 청했다.

그들은 어쩔 수 없이 움직였다. 앤은 나갈 준비가 다 되었다고 말하고 그런 것처럼 보이려고 했다. 그러나 앤이 방을 나갈 준비를 하면서 의자를 떠나기가 얼마나 아쉽고 싫었는지 헨리에타가 알았다면, 분명 앤의 처지를 동정했을 것이다. 그 자신도 사촌에게 품은 감정 때문에 괴로워하다 결국 그의 애정을 확인하지 않았던가.

그러나 그들은 준비하다 말고 이내 멈추었다. 예상치 못한 소리가 들려왔다. 다른 손님들이 오고 있었다. 활짝 열린 문으로 월터 경과 엘리엇 양이 들어온 것이다. 그들의 등장에 다들 얼어붙은 듯했다. 앤은 즉시 압박감을 느꼈다. 어디를 보나 똑같은 반응을 느낄 수 있었다. 방 안의 편안함, 자유로움, 즐거운 분위기는 끝났고 이내 조용해지면서 아버지와 언니의 냉정한 우아함에 어울릴 싸늘한 고요함, 단호한 침묵 또는 무미건조한 대화만이 남았다. 그런 것을 느끼면서 얼마나 굴욕스러웠는지!

앤은 애가 타서 지켜보는 중에도 한 가지 만족스러운 일이 있었다. 웬트워스 대령이 다시 두 사람에게 인정받았고, 엘리자베스는 전에 없이 우아하게 그를 대했다는 점이다. 그에게 말을 걸기도 했으며, 한 번 이상 그를 쳐다보았다. 사실 엘리자베스의 태도는 정말 달라졌다. 그 뒤에 일어난 일을 보면 알 수 있었다. 별 의미 없는 이야기로 잠시 시간을 흘려보낸 후, 머스그로브 부부의 남은 식구 모두를 초대하기 시작했다. "내일 저녁에 친구 몇 분을 모시려고요. 정식 모임은 아니지만요." 대단히 우아하게 이 말을 전하고는 정중한 미소를 띠며 '엘리엇 양의 집에서'라고 적힌 초대장을 탁자 위에 놓았다. 특히 웬트워스 대령에게는 더 분명한 미소를 띠며 초대장을 건넸다. 실은 엘리자베스는 바스에서 지내면서 그와 같은 인상과 외모를 지닌 사람의 중요성을 이해하게 되었던 것이다. 과거는 중요치 않았다. 현재 웬트워스 대령이 자신의 응접실에서 돌아다니는 것이 중요했다. 초대장을 주고 월터 경과 엘리자베스는 자리에서 일어났다.

방해는 심각했지만 짧아서, 문이 닫히자 뒤에 남은 사람들에게 편안함과 활기가 되돌아왔으나 앤만은 예외였다. 그는 너무나 놀라서 자신이 본 초대의 과정 말고는 다른 생각을 할 수가 없었다. 그의 태도는 기뻐하기보다는 의심하고 놀라워하는 식이었고, 기꺼이 받아들이기보다는 예의상 받는 태도였던 것이다. 앤은 그를 잘 알았다. 그의 눈에서 경멸을 보았고, 이런 제안을 과거의 모든 오만함에 대한 속죄로 받아들인다고 믿을 수는 없었다. 앤은 기분이 가라앉았다. 그들이 가고 난 후 그는 마치 깊이 생각해보려는 듯 손에 초대장을 쥐고 있었다.

"엘리자베스 언니가 모두 다 초대했다고 생각해봐요! 웬트워스 대령이 기뻐하는 것도 당연하지요! 손에서 초대장을 놓지 못하네요." 메리가 속삭이지만 또렷이 다 들리는 소리로 말했다.

앤은 그와 눈이 마주쳤다. 그의 뺨이 달아오르고 순간 그의 입가에 경멸의 표정이 떠오르는 것을 보고 더는 자신을 화나게 할 만한 것을 보지도 듣지도 않도록 고개를 돌렸다.

무리가 나뉘었다. 신사들은 자기들의 흥밋거리를 찾아,

부인들은 자기들 관심사에 따랐다. 앤이 부인들 무리에 섞여 있을 동안, 남녀가 같이 모이는 일은 없었다. 그는 외출 후에 같이 저녁식사를 하고 온종일 함께 보내자는 간곡한 청을 받았지만, 너무 오래 기운을 써버려서 이제 더는 버틸 기력이 없어 집으로 가야 했다. 집에서라면 틀림없이 원하는 대로 조용히 시간을 보낼 수 있을 것이다.

앤은 다음 날 오전 내내 그들과 함께 시간을 보내겠다고 약속한 다음 캠든 플레이스까지 지친 발걸음을 이끌고 돌아와 피곤한 하루를 마감했다. 저녁 시간은 엘리자베스와 클레이 부인이 다음 날 파티 준비에 대해 분주히 주고받는 이야기를 들으며 보냈다. 그들은 몇 번이나 초대한 손님들 수를 세고, 바스에서 가장 완벽하고 우아한 파티를 만들기 위해 어떻게 장식할지 머리를 맞대고 있었다. 그들의 이야기를 들으면서도 끝이 없는 질문이 앤을 괴롭혔다. 웬트워스 대령이 과연 올까 안 올까? 그들은 그가 당연히 올 것으로 생각하고 있었지만, 앤은 너무나 걱정이 되어 5분도 가만히 앉아 있을 수가 없었다. 그는 올 것이다. 일반적으로 보면 그가 와야 하는 자리이기 때문이다. 그러나 그가 정반대의 감정이 떠오르는 것을 억누르면서까지 반드시 와야 할 의무가 있다거나, 그렇게 하는 것이 분별 있는 행동이라고는 할 수 없었다.

앤은 이렇게 불안과 초조에 빠져 있다가 클레이 부인에

게 엘리엇 씨가 바스를 떠나기로 한 시간이 세 시간이나 지났는데 함께 있는 모습을 보았다는 말을 해주어야겠다고 생각했다. 부인 쪽에서 먼저 그 이야기를 꺼낼 기미가 보이지 않아서 먼저 얘기하기로 마음먹은 것이다. 앤은 그 말을 듣고 클레이 부인의 얼굴에 죄책감이 떠오르는 것을 본 듯했다. 찰나의 순간이었지만, 앤은 두 사람 사이에 어떤 복잡한 계산이 있었기 때문에, 혹은 그가 위압적인 권위로 월터 경에 대한 부인의 계획에 훈계와 질책을 했기 때문에 (아마 반 시간쯤) 그런 속마음을 드러냈으리라 생각했다. 그러나 부인은 대단히 자연스러운 태도를 꾸며 이렇게 말했다.

"오! 맞아요. 엘리엇 씨를 바스 스트리트에서 만나다니 저도 깜짝 놀랐지 뭐예요. 상상도 못 했어요. 그분이 가던 길을 되돌아와 저와 펌프 야드까지 걸어가주셨답니다. 손베리로 가는 출발이 늦어졌다는데, 이유가 뭐였는지는 잊어버렸네요. 제가 좀 급해서 신경을 많이 못 썼거든요. 돌아올 날짜를 늦추지 않기로 했다는 것은 확실해요. 내일 몇 시까지 오면 되는지 물어보셨거든요. 온통 내일 생각뿐이시더라고요. 집으로 돌아와 초대할 분이 늘었다는 것과 그간에 있었던 일을 듣고 저도 그 생각뿐이었나 봐요. 그분을 봤던 걸 완전히 잊어버렸지 뭐예요."

23

앤이 스미스 부인과 대화를 나눈 지 겨우 하루가 지났을 뿐이었지만, 그사이에 일어난 더 흥미로운 일들로, 앤은 이제 엘리엇 씨의 행동에 별 신경을 쓰지 않게 되었다. 리버스 스트리트에 방문하여 레이디 러셀에게 상황을 설명하려던 계획을 미루게 된 것을 제외하면. 머스그로브가 사람들과 아침부터 저녁까지 함께 보내기로 약속을 해둔 터였다. 엘리엇 씨의 인격은 셰에라자드 왕비의 목처럼 하루를 더 버티게 되었다.

그러나 앤은 궂은 날씨 때문에 제시간에 맞출 수 없었다. 그는 친구들을 생각하며 비가 오는 것을 안타까워했다. 걸어갈 수 있게 되기까지 시간이 좀 걸렸다. 화이트 하트에 도착해 목적지로 가보니 약속 시간에 한참 늦었을 뿐 아니라, 이미 다른 사람이 먼저 와 있었다. 그보다 앞서 모인 사람들 중 머스그로브 부인은 크로프트 부인과, 하빌 대령은 웬트워스 대령과 이야기를 하고 있었다. 메리와 헨리에타는 기다리다 지쳐 비가 그치자마자 밖으로 나갔지만 곧 돌아올 거라고 했다. 그들은 머스그로브 부인에게 그들이 돌아올 때까지 꼭 앤을 붙잡아두라는 부탁을 남겼다. 앤은 그 말에 따르는 수밖에 없었다. 자리에 앉아 겉으로는 침착한 척했지만, 오전이 끝나기 전에 맛보게 되리라고는 거의 기대하지 않았던 감정의 격한 동요를 느꼈다. 지연도, 시간 낭비도 없었다. 앤은 불행의 행복인지 행복의 불행인지 모를 감정 속에 깊이 빠졌다. 그가 방에 들어와서 2분쯤 지났을까, 웬트워스 대령이 말했다.

"하빌, 펜과 편지지를 가져다주겠나. 얘기했던 편지를 지금 쓰기로 하지."

편지지는 옆 탁자 위에 있었다. 그는 그쪽으로 가서 다른 이들에게 등을 돌리고 편지 쓰기에 열중했다.

머스그로브 부인은 크로프트 부인에게 큰딸의 약혼 이야기를 들려주고 있었다. 귓속말을 하는 척했지만 누구에게나 다 들릴 정도의 시끄러운 목소리였다. 앤은 자신이 낄 이야기는 아닌 것 같았지만, 하빌 대령은 뭔가 생각에 잠겨 이야기를 나눌 기분이 아닌 듯했으므로 원치 않아도 그들의 이야기를 온갖 세세한 부분까지 다 듣지 않을 수 없었다. 예를 들어 머스그로브 씨와 헤이터가 상의를 하느라 몇 번이나 다시 만났고, 헤이터가 어느 날 무슨 말을 했고, 머스그로브 씨가 그다음으로 어떤 제안을 했고, 헤이터에게 무슨 일이 생겼고, 젊은 사람들의 뜻은 어떠했고, 처음에는 절대 동의할 수 없다고 했지만 나중에 설득에 넘어가 잘된 일이라 생각하게 되었다는 등등의 이야기를 감추는 것 없이 다 터놓고 했다. 선량한 머스그로브 부인이 이야기하는 식과 달리 고상하고 우아하게 한다 하더라도 당사자가 아니면 흥미를 끌지 못할 너무 소소한 이야기였다. 크로프트 부인은 대단히 아량 있게 들어주었고, 매우 사리에 맞는 말만을 했다. 앤은 신사들이 자기들 일에 푹 빠져서 이야기를 듣지 않았으면 하고 바랐다.

머스그로브 부인이 큰 목청으로 속삭였다. "그래서, 부인, 이 모든 것들을 고려해본다면, 전혀 다르게 일이 풀리기를 바랐을 수도 있지만, 더는 버티지 않는 게 좋겠다는 생각이 들었어요. 찰스 헤이터가 아주 난리를 치고, 헨리에타도 그에 못지않았거든요. 그래서 당장 결혼시키는 게 낫겠다 싶었어요. 다른 많은 사람이 그랬듯이, 나름대로 최선을 다해보자고 생각하게 되었지요. 어쨌든 약혼 기간을 길게 갖는 것보다 그 편이 낫겠다고요."

크로프트 부인이 외쳤다. "제가 본 바로도 꼭 그랬어요.

344

제 생각에도 젊은 사람들이 적은 수입으로라도 빨리 자리를 잡아서 함께 어려움을 헤쳐나가는 것이 약혼 기간을 오래 끄는 것보다 나아요. 서로 간의……."

"오! 크로프트 부인," 머스그로브 부인이 그가 말을 채 끝내기도 전에 못하고 외쳤다. "젊은 사람들이 오래 약혼 기간을 갖는 것만큼 제가 싫어하는 것도 없답니다. 항상 제 자식들한테는 절대로 그러지 않겠다고 했어요. 6개월, 아니 열두 달 후에라도 확실히 결혼할 수 있다는 보장만 있다면 젊은 사람들이 약혼하는 거야 아주 좋은 일이다, 늘 그렇게 말하곤 했지요. 하지만 긴 약혼 기간은……."

크로프트 부인이 말을 받았다. "예, 맞아요. 불확실한 약혼, 길어질 수도 있는 약혼은 문제지요. 이런 때에 언제 결혼할 형편이 될지 알지 못하고 시작한다면, 정말이지 안전하지도 않고 현명하지도 않은 일이라고 봐요. 부모들이 힘닿는 데까지 그런 일은 없도록 막아야지요."

앤은 이 대목에서 예상치 못했던 흥미를 느꼈다. 자기에게도 적용되는 얘기라는 생각이 들자, 온몸의 신경이 쭈뼛 곤두섰다. 그의 눈이 본능적으로 멀리 떨어진 탁자 쪽을 향하는 것과 동시에, 웬트워스 대령이 펜을 멈추고 고개를 들어 대화하는 그들을 바라보았다. 다음 순간 그는 고개를 돌려 앤에게 자기도 다 안다는 듯한 눈길을 던졌다.

두 부인은 이야기를 계속하며 똑같이 인정한 사실을 거듭 주장하면서 자신들이 관찰했던 반대의 경우가 가져온 나쁜 결과의 예들을 내세웠다. 그러나 앤은 아무것도 분명하게 듣지 못했다. 그저 귓가에 웅얼웅얼하는 소리만 울리고 마음은 온통 혼란스러웠다.

아무것도 듣지 않고 있던 하빌 대령이 자기 자리에서 일어나 창가로 갔다. 앤은 아무 생각 없이 머릿속이 텅 빈 상태로 그가 있는 방향을 응시하다가, 서서히 그가 자기가 서 있는 곳으로 오라고 자신을 부르고 있음을 알아차렸다. 그는 미소를 지으며 앤을 향해 '이쪽으로 와요. 할 말이 있어요'라는 의미로 고갯짓을 했다. 실제 안 지는 얼마 되지 않았지만 마치 오래 알고 지낸 사이처럼 허물없고 편안한 다정함이 강력하게 앤을 불렀다. 그는 자리에서 일어나 하빌에게로 갔다. 그가 서 있던 창가는 두 부인이 앉아 있는 방의 반대편이었고, 웬트워스 대령이 있는 탁자와는 바로 옆은 아니었지만 좀 더 가까웠다. 앤이 곁으로 오자 하빌 대령의 얼굴은 다시 본래 성격인 듯한 진지하고 신중한 표정으로 돌아갔다.

"여기를 좀 보세요." 그가 손에 들고 있던 꾸러미를 펼쳐서 조그만 초상화를 꺼내 보여주었다. "이 사람이 누군지 아시죠?"

"알다마다요. 벤윅 대령님이잖아요."

"맞습니다. 이 그림이 누구를 위한 것인지 짐작이 가시 겠지요. 하지만," 그는 목소리를 낮추어 말을 이었다. "약혼 녀를 위해 그린 것은 아닙니다. 엘리엇 양, 라임에서 우리가 함께 산책하면서 그를 위해 슬퍼했던 일을 기억하시지요? 그때는 생각지도 못했는데, 하지만 상관없습니다. 이 그림은 희망봉에서 그린 거랍니다. 그는 희망봉에서 솜씨 좋은 독일 청년을 만났답니다. 그는 불쌍한 제 누이와의 약속을 지키 기 위해 자기 그림을 부탁해서 그 애에게 가져다주었답니다. 그런데 이제는 다른 사람을 위해 이 그림의 액자 맞추는 일 을 맡게 되었군요! 그것이 저에게 맡겨진 일이라니! 하지만 다른 누구에게 부탁하겠습니까? 내가 그의 사정을 고려해줄 수 있게 되었으면 좋겠습니다. 사실 다른 사람에게 넘겨주게 되어 다행입니다. 그가 일을 대신 맡아주었거든요." 그는 웬 트워스 대령 쪽을 쳐다보며 말을 이었다. "지금 그 일로 편지 를 쓰고 있어요." 그리고 떨리는 입술로 마지막 말을 덧붙였 다. "불쌍한 패니! 그 애라면 이렇게 빨리 그를 잊지 않았을 텐데!"

"그랬을 거예요. 당연히 그러지 않았을 거라 믿어요." 앤 이 다정한 목소리로 나지막이 말했다.

"그 애의 천성은 그렇지 못했어요. 벤윅밖에 모르는 아 이였답니다."

"진정으로 사랑하는 여자라면 누구라도 그럴 거예요."

하빌 대령이 미소지으며 말했다. "여자들은 다 그렇다고 주장하시는 건가요?" 앤도 웃으며 대답했다. "네. 우리는 결코 당신들이 우리를 잊는 것만큼 빨리 잊지 않아요. 어쩌면 그건 우리의 장점이라기보다는 우리의 운명인지도 모르지요. 우리도 어쩔 수가 없답니다. 우리는 집에서 조용히 갇혀서 살지요. 우리의 감정들이 우리를 괴롭혀요. 남자들은 억지로라도 일을 해야 하지요. 항상 해야 할 일이 있고, 소일거리가 있고, 이런저런 할 일이 있어서 곧 세상으로 돌아갈 수가 있지요. 끊임없는 일과 외부 환경의 변화에 감정은 곧 희미해지고 말아요."

"세상이 남자들에게는 이런 모든 변화를 너무 빨리 받아들이게 한다는 당신의 주장을 받아들인다 해도(저는 인정하지 않습니다만), 벤윅에게는 적용되지 않겠군요. 그는 어떤 변화를 위한 노력도 강요받지 않았으니까요. 때마침 전쟁이 끝나 육지로 올라왔고, 그 이후로는 죽 우리의 가족과 함께 살았답니다."

앤이 대답했다. "맞아요. 정말로 그래요. 그 사실은 생각지 못했군요. 하지만 이제 우리가 무슨 말을 해야 할까요, 하빌 대령님? 외부 환경에서 변화가 찾아오지 않는다면 안에서라도 반드시 일어나는 법이죠. 그것이 자연의 이치이고,

남자의 본성이에요. 벤윅 대령님도 그랬던 거고요."

"아뇨, 아뇨, 그건 남자의 본성이 아닙니다. 사랑하는 사람들, 혹은 사랑했던 사람들에게 충실하지 못하고 그들을 잊는 것이 남자의 본성이라는 말에는 동의할 수 없군요. 저는 반대로 믿습니다. 우리의 몸과 정신 사이에 참된 유사성이 있다고 믿습니다. 우리 몸이 가장 강할 때 감정 또한 그렇다고 믿습니다. 아무리 함부로 다루어도 견뎌낼 수 있고, 험한 날씨도 이겨내는 것처럼요."

"남자의 감정은 여자보다 강할지 모르지만, 같은 비유로 저 또한 우리 여자들의 감정이 그 무엇보다도 부드럽다고 주장할 수 있을 거예요. 남자는 여자보다 강하지만 더 오래 살지는 못해요. 그러니까 남자들의 애정에 관한 저의 견해도 설명이 되겠지요. 아니, 그렇지 않다면 남자들에게 너무 가혹한 일일 거예요. 남자들에게는 맞서야 할 고난과 상실, 위험이 있지요. 항상 온갖 위험과 고생을 겪으며 힘들게 일해요. 집, 조국, 친구들 모두 떠나요. 시간도, 건강도, 생명도 자기 것이라 할 수 없어요. 정말로 힘들겠지요. (떨리는 목소리로) 여자의 감정이 이 모든 것에 더해져야 한다면요."

"그 문제에 관해서는 우리는 절대 의견의 일치를 보지 못하겠군요." 하빌 대령이 말하는 순간, 숨소리 하나 들려오지 않고 조용하던 웬트워스 대령 쪽에서 작은 소리가 들려와 관심을 끌었다. 그의 펜이 떨어지면서 난 소리였다. 그러나 앤은 그가 생각했던 것보다 가까이 있다는 것을 알아차리고 깜짝 놀랐다. 그가 그들의 이야기에 빠져서 애써 소리를 죽이고 있느라 펜을 떨어뜨린 건 아닐까 하는 생각도 살짝 들었지만, 그가 이야기를 들었을 것 같지는 않았다.

"편지는 다 썼나?" 하빌 대령이 물었다.

"아직, 아직 몇 줄 더 남았지만 5분이면 끝낼 수 있네."

"내 쪽에서야 급할 거 없지. 자네가 준비되면 나도 준비 끝이네. 여기 정박지가 아주 마음에 드는군." 앤에게 미소를 지으며 말을 이었다. "물자도 풍부하고 부족한 것이 아무것도 없어. 출항 신호를 서두를 필요가 전혀 없네. 자, 엘리엇 양," 그는 목소리를 낮추며 말했다 "말씀드렸다시피 이 점에서는 우리가 합의를 보지 못할 겁니다. 남자와 여자는 아마도 그럴 거예요. 하지만 역사를 보면 당신의 주장이 하나도 맞지 않는다는 점을 말씀드려야겠군요. 이야기, 산문 운문할 것 없이 다 그렇습니다. 저에게 벤윅과 같은 기억력이 있다면, 제 주장을 뒷받침할 인용문을 단숨에 50개는 불러드릴 수 있었을 겁니다. 평생 여자의 변덕스러움에 대한 내용이 없는 책은 펼쳐 본 적이 없는 것 같은데요. 노래와 속담도 전부 다 여자의 변덕에 대한 이야기뿐입니다. 하지만 아마 당신은 그런 것은 다 남자들이 쓴 내용이라고 하시겠지요."

"아마 그럴 거예요. 예, 맞아요, 원하신다면 책에 나온 사례는 언급하지 않을게요. 남자들은 자기들 이야기를 할 때 우리보다 훨씬 유리했지요. 여자들보다 훨씬 높은 수준의 교육을 받았고, 펜도 그들 손에 있었으니까요. 책으로는 아무것도 입증하려 하지 않겠어요."

"그럼 어떻게 입증합니까?"

"하지 않겠어요. 이런 문제에서는 그 어떤 것도 입증할 수 있을 거라 기대할 수 없지요. 이건 증거로 논할 수 없는 견해 차이예요. 우리는 각자 자신의 성에 대해 약간의 편견을 가지고 시작하지요. 그 편견 위에 우리 주변에서 일어난 일 중에서 편견과 맞는 정황들을 쌓아나가게 되고요. 그 정황 중 상당수는 비밀을 누설하거나 해서는 안 될 말을 하지 않고서는 끄집어낼 수 없는 것들일 테고요."

하빌 대령이 강렬한 감정을 담은 투로 탄식을 토했다. "아! 남자가 처자식을 마지막으로 보고, 그들을 태워보낸 배가 떠나가는 모습을 시야에서 완전히 사라질 때까지 지켜볼 때 어떤 심정인지 아실까요? 배가 보이지 않게 되면 그제야 돌아서서 이렇게 말하지요. '우리가 다시 만날 수 있을지!' 그리고 다시 가족과 상봉할 때의 진정한 기쁨도 당신에게 알려드릴 수만 있다면 좋겠습니다. 열두 달의 출타 끝에 돌아와서 또 다른 항구에 들어가야 할 때면 가족을 다시 볼 날을 손

꼽아 세어보면서 일부러 스스로를 속이려 합니다. '그날까지는 그들이 여기 도착할 수 없을 거야'라는 말로요. 하지만 그러면서도 그들이 하루라도 더 빨리 오기만 고대하지요. 하늘이 날개라도 내려준 듯, 예상보다 빨리 그들이 도착하는 모습을 보게 되기만 바라면서요. 이 모든 것을, 남자가 견디고 할 수 있는 모든 것을, 자신의 가장 소중한 존재들을 위해 영광으로 여기며 할 수 있는 일들을 당신에게 설명할 수만 있다면! 물론 저는 심장을 가진 남자들만 이야기하는 겁니다!" 그는 감정이 벅차올라 자기 가슴을 손으로 꾹 누르며 말했다.

앤이 열렬히 외쳤다. "아! 대령님이, 그리고 대령님과 비슷한 이들이 느끼는 감정이라면 저도 충분히 이해해요. 제 동포가 느끼는 따스하고 충직한 감정들을 제가 어찌 얕잡아보겠어요! 참된 애정과 지조는 여자들만이 안다고 감히 말한다면 경멸받아 마땅하겠지요. 아뇨, 남자들도 결혼생활을 아주 훌륭하게 잘할 수 있다고 믿어요. 남자들이 꼭 필요한 일을 위해 애쓰고, 가정에서도 관용을 베풀 수 있다고 믿어요. 이렇게 표현해도 될지 모르겠지만, 남자들에게 목표가 있기만 하다면요. 제가 여자들을 위해 주장하는 모든 특권은(그다지 부러워할 만한 것은 아니지요. 대령님은 탐내실 필요가 없어요) 더 이상 대상이 존재하지 않아도, 희망이 없어져도 끝까지 오래 사랑하는 것뿐이지요."

앤은 가슴이 너무 벅차올라 숨이 가빠와서 다음 말을 바로 잇지 못했다.

"당신은 선한 영혼이군요." 하빌 대령이 그의 팔에 아주 다정하게 손을 얹으며 외쳤다. "당신과는 도저히 싸울 수가 없어요. 벤윅을 생각하면, 입이 열 개라도 할 말이 없네요."

그들은 다른 이들에게로 주의를 돌렸다. 크로프트 부인이 떠나려는 참이었다.

부인이 말했다. "자, 프레더릭, 우리는 여기서 헤어져야겠구나. 나는 집으로 가고, 너는 하빌 대령과 약속이 있다고? 오늘 밤 당신 집의 모임에서 다시 모두 만날 수 있겠지요." 부인은 앤 쪽을 보며 말했다. "어제 당신 언니의 초대장을 받았답니다. 저는 보지 못했지만 프레더릭도 초대장을 받았을 거예요. 너도 우리처럼 다른 약속 없지, 프레더릭?"

웬트워스 대령은 급히 편지를 접고 있어서 제대로 대답을 하지 못했다.

"예, 맞아요. 여기에서 헤어져야지요. 하지만 하빌과 나도 곧 뒤따라 갈게요. 하빌, 준비되었나? 나도 곧 뒤따라 가겠네."

크로프트 부인은 자리를 떴고, 웬트워스 대령은 빨리 편지를 봉한 다음 준비를 마치고 나갈 태세였고, 약간 허둥대며 서두르는 기색이었다. 한시바삐 떠나고 싶어 안달인 듯했다. 앤은 이를 어떻게 해석하면 좋을지 몰랐다. 하빌 대령이 더없이 다정한 목소리로 "안녕히 계십시오!"라고 인사를 건 넸지만, 웬트워스 대령은 인사는커녕 눈길 한 번 돌리지 않았다! 그는 쳐다보지도 않고 방에서 나가버렸다!

그러나 잠시 후 앤이 그가 편지를 쓰고 있던 탁자 쪽으로 다가가려는 참에 되돌아오는 발소리가 들리고 문이 열렸다. 웬트워스였다. 그는 사과의 뜻으로 가볍게 고개를 숙이고 장갑을 잊고 갔다며 곧 방을 가로질러 탁자로 와서 흩어져 있는 종이들 밑에서 편지 한 통을 꺼내어 애원하는 듯한 눈빛으로 앤 앞에 놓았다. 그 눈빛이 너무 간절해서 앤은 잠시 움직일 수 없었다. 그러더니 황급히 장갑을 챙겨, 머스그로브 부인이 그가 왔다간 줄도 모를 만큼 금세 다시 방에서 나가버렸다. 순식간의 일이었다!

한순간 앤에게 일어난 놀라운 변화는 거의 말로 표현할 수가 없을 정도였다. 알아보기 힘든 필체로 'A. E. 양에게'라고 적어놓은 편지는 분명 그가 급히 접었던 것이었다. 벤윅 대령에게만 편지를 쓰는 줄 알았으나, 자신에게도 편지를 쓰고 있었던 것이다! 그 편지의 내용은 이 세상이 앤을 위해 해줄 수 있는 전부를 좌우했다. 모든 가능성이 그 안에 있었다. 무엇이 되었건 의심하고 있느니 알아보는 편이 나았다. 머스그로브 부인은 탁자 위에 놓인 자기 물건들을 정리하는 중인 듯했다. 앤은 그것들이 보호해줄 거라 믿고 그가 앉았던 의자에 깊숙이 몸을 파묻고, 그가 기대어 편지를 썼던 바로 그 장소에서 편지 읽는 데 몰두했다.

더는 입을 다물고 듣고만 있을 수가 없었습니다. 당신에게 내 손 닿는 범위 안에 있는 이런 수단으로라도 말을 해야겠습니다. 당신은 나의 영혼을 꿰뚫었습니다. 나는 절반은 고뇌로, 절반은 희망으로 가득 차 있습니다. 나에게 너무 늦었다고, 그런 소중한 감정들은 영영 사라져버렸다고 말하지만 말아주십시오. 당신이 8년 반 전 내 마음을 거의 무너뜨렸을 때보다 훨씬 더 당신의 것이 된 마음으로, 다시 저를 당신께 바칩니다. 남자는 여자보다 더 빨리 잊는다고, 남자의 사랑은 일찍 숨을 거둔다고 말하지 말아주십시오. 당신 말고는 누구도 사랑한 적 없습니다. 제가 부당하게 굴었을지 모르지만, 나약하고 원망에 차 있었을지 모르지만, 마음이 변한 적은 없습니다. 제가 바스로 온 건 오로지 당신 때문입니다. 오로지 당신만을 생각하며 여정에 올랐습니다. 당신은 그 사실을 모르셨습니까? 제 바람을 전혀 알아차리지 못하셨습니까? 당신이 내 마음을 꿰뚫어 본 것처럼 나도 당신의 감정을 읽을 수 있었다면, 이렇게 열흘씩이나 기다리지도 않았을 겁니다. 글을 쓰기조차 어렵군요. 당신의 목소리를 들을 때마다 나를 압도하는 감정을 느낍니다. 당신은 목소리를 낮추지만 다른 이들의 목소리에 묻혔을 때도 그 목소리의 어조는 구분할 수 있습니다. 너무나 선하고, 너무나 뛰어난 사람! 정말로 당신은 우리 남자들을 제대로 평가해주었습니다. 당신은 남자들에게도 참된 애정과 지조가 있음을 믿어주었습니다.

더없이 열렬하고 한결같은 마음이 있음을 믿어주십시오.

F.W.

나는 내 운명을 확신하지 못한 채로 떠납니다. 하지만 되도록 빨리 이곳으로 돌아오거나 당신의 모임에 참석하겠습니다. 말 한마디, 눈길 한 번으로도 충분합니다. 그것으로 내가 오늘 저녁 당신 아버님의 집에 갈지 다시는 발을 들이지 않을지 결정하기에는 충분할 것입니다.

이런 편지를 읽고 곧바로 평정을 되찾을 수는 없었다. 30분을 혼자서 깊이 생각해봐야 차분해질 수 있을 것이다. 그러나 채 10분도 지나지 않아 방해를 받았고, 이렇게 제약이 많은 상황에서는 도저히 평정을 되찾을 수가 없었다. 시간이 흐를수록 오히려 새록새록 흥분이 더해졌다. 그것은 압도해오는 행복감이었다. 앤이 넘치는 감정의 첫 단계를 벗어나기도 전에 찰스와 메리, 헨리에타가 들어왔다.

평소 자신의 모습을 유지하는 데는 엄청난 노력이 필요했다. 그러나 잠시 후 더는 그도 어쩔 수가 없었다. 그들이 하는 말이 한 마디도 귀에 들어오지 않아서 몸이 불편하다는 핑계를 대고 자리를 떴다. 사람들도 그가 매우 아파 보인다며 크게 놀라고 걱정하면서 그 곁을 떠나지 않으려 했다. 끔찍한 일이었다. 그들이 자리를 비켜주고 앤이 그 방에 혼자 조용히 있게만 해주었다면 좋았을 것이다. 그러나 다들 그를 둘러싸고 서서 오히려 정신 사납게 했다. 결국 앤은 집으로 돌아가겠다고 말했다.

머스그로브 부인이 외쳤다. "집으로 곧장 가서 몸조리 잘해야 해요. 저녁까지는 나아야지요. 세라가 여기 있었다면 치료해주었을 텐데. 나는 그런 일에 소질이 없어서요. 찰스, 종을 울려 가마를 불러다오. 앤 양이 걸어가면 안 되지."

그러나 가마는 절대 안 될 말이었다. 그것이야말로 최악이었다! 조용히, 홀로 시내로 가는 도중에 웬트워스 대령과 두어 마디 대화를 나눌 기회조차 잃게 된다면 (그를 만나게 될 거라고 거의 확신하고 있었다) 참을 수 없는 일이었다. 그는 가마는 필요없다며 극구 말렸다. 병이라면 넘어지는 것 딱 한 가지만 생각하는 머스그로브 부인은 앤이 넘어진 적은 없었는지, 최근에 미끄러져 머리를 다친 일은 없었는지 근심스럽

357

게 확인했다. 앤이 어딘가에서 떨어진 적이 없다고 다짐한
후에야, 부인은 기운을 차려 그를 놓아주고 저녁에 나아진
모습으로 볼 수 있으리라 믿는다며 인사했다.

앤은 혹시라도 오해가 없도록 가능한 예방 조치를 빠뜨
리지 않고 다 취하려고 이렇게 말했다.

"부인, 이야기가 제대로 전해진 건지 모르겠어요. 다른
신사분들께 오늘 저녁 한 분도 빠짐없이 다 뵙기를 바란다고
전해주세요. 뭔가 오해가 있었을까 봐 염려가 되어서요. 특
히 하빌 대령님과 웬트워스 대령님, 두 분은 꼭 뵙기를 바란
다고 전해주세요."

"오! 앤 양, 잘 알아들었어요. 약속할게요. 하빌 대령은
무슨 일이 있어도 갈 거예요."

"그러세요? 하지만 걱정이네요. 혹시 오시지 않으면 너
무 안타까울 거예요. 그분들을 다시 만나면 꼭 그 말씀을 전
해주실 거죠? 오늘 오전에 그분들을 다 만나실 테니, 꼭 약속
해주세요."

"당신이 바라는 대로 꼭 그렇게 할게요. 찰스, 하빌 대령
님을 어디서든 보게 되면 앤 양의 말을 잊지 말고 전하렴. 하
지만 정말로 불안해하지 않아도 돼요. 하빌 대령 본인이 가
기로 단단히 마음먹었으니까요. 내가 장담할게요. 웬트워스
대령도 마찬가지고요."

앤은 이제 할 일을 다했다. 그래도 자신의 완벽한 행복을 망칠 불행이 닥칠 것만 같았다. 하지만 불안은 오래가지 않았다. 그가 캠든 플레이스에 오지 않는다 해도 하빌 대령 편에 그가 쉽게 알아듣도록 전갈을 보낼 수 있을 것이다. 순간 또 다른 성가신 일이 생겼다. 찰스는 진심으로 걱정되기도 하고 마음씨가 착한 탓에 처형을 집까지 데려다주겠다고 나선 것이다. 그를 막을 수는 없었다. 앤에게는 잔인하기조차 한 일이었다. 그러나 그의 호의를 오래 무시할 수가 없었다. 그는 총포상에 잡아놓은 약속까지 취소하면서 앤을 도우려 했다. 결국 앤은 감사의 뜻 말고는 아무 말도 못하고 그와 함께 집을 나섰다.

그들이 유니언 스트리트까지 왔을 때, 뒤에서 더 빠른 발소리, 어딘가 귀에 익은 소리가 들려왔기에 앤은 웬트워스 대령이 나타날 때까지 잠시 마음의 준비를 할 수 있었다. 대령이 그들 옆까지 왔다. 그러나 그들과 합류할지 그냥 지나칠지 마음을 정하지 못한 것처럼 아무 말도 없이 그저 바라만 보았다. 앤은 자제력을 발휘하여 그 시선을 밀어내지 않고 맞받았다. 창백했던 뺨이 타올랐고, 주저하던 움직임이 단호해졌다. 그가 앤과 나란히 걸었다. 찰스가 불현듯 생각이 떠오른 듯 이렇게 말했다.

"웬트워스 대령, 어느 쪽으로 가십니까? 게이 스트리트로 가시나요, 아니면 더 멀리 시내까지 가시나요?"

"잘 모르겠는데요." 웬트워스 대령이 화들짝 놀라며 대답했다.

"벨몬트까지 가십니까? 캠든 플레이스 근처까지 가시나요? 만약 그렇다면, 죄송하지만 저를 대신하여 처형을 장인어른 댁까지 모셔다달라고 부탁드리고 싶어서요. 오늘 아침에 처형이 몸이 좀 안 좋아서요. 혼자 그렇게 멀리까지 보낼 수가 없습니다. 그런데 저는 상가에 가봐야 할 일이 있거든요. 막 발송하려는 총이 있는데 저한테 그 훌륭한 총을 보여주기로 약속했답니다. 제가 볼 수 있도록 가능한 한 오래 포장하지 않고 두겠다고 했어요. 지금 발길을 돌리지 않으면 영영 기회가 없을 겁니다. 그의 말로는 제가 가진 중형 이연발식 총과 아주 흡사하답니다. 지난번 윈스럽에 사냥하러 가서 사용하신 그 총 말입니다."

이의를 제기할 리가 없었다. 최대한 신속하게, 최대한 남들 보기에 그의 부탁을 들어주는 척할 따름이었다. 웃음을 억지로 참으면서 남몰래 속으로는 기뻐 날뛰었다. 곧 찰스는 다시 유니언 스트리트 아래쪽을 향해갔고, 남은 둘은 가던 길을 함께 계속해서 갔다. 몇 마디 말을 나눈 뒤, 비교적 한적하고 인적 드문 자갈길 쪽으로 가기로 했다. 그곳에서라면 대화를 나누는 지금 이 시간을 축복으로 만들어주고, 그들의 미래에 대한 행복한 상상 속에서 영원히 기억될 것이다. 거기에서 그들은 예전의 감정과 약속들을 나누었다. 한때는 모든 것이 보장된 것 같았으나 이후 오랜 세월 동안 헤어져야만 했다. 그 길에서 그들은 다시 과거로 되돌아갔다. 처음보다 아마 더 행복했을 것이다. 서로의 인품과 진실, 애정을 알기에 더 아련했고, 더 믿음직했으며, 더 굳건했다. 더 행동할 자세가 되고, 행동할 근거가 생겼을 것이다. 거기에서 그들은 주위의 그 누구도 신경 쓰지 않았다. 한가로이 걷는 정치인들, 부산스러운 하녀들, 장난치는 소녀들이나 아이를 돌보는 유모들도 눈에 보이지 않았다. 그들은 그저 서서히 완만해지는 오르막길을 걸어가면서, 오로지 과거의 추억과 서로의 마음을 확인하는 데에만 몰두했다. 특히 바로 직전까지 있었던 일들에 대해 이야기하자니 가슴에 사무치면서도 흥미진진했다. 지난주에 있었던 사소한 일들 하나하나를 되짚어보았다. 어제의 일과 오늘 있었던 일은 아무리 이야기해도 끝이 없었다.

앤이 잘못 본 것이 아니었다. 엘리엇 씨에 대한 질투심 탓에 그는 행동을 취하지 못하고 의심하며 괴로워했다. 바스에서 앤을 처음 만난 바로 그 순간부터 시작된 일이었다. 질투심은 잠시 멈추었다가 다시 돌아와 음악회를 망쳐버렸다. 지난 이틀 동안 그가 하거나 하지 않은 말과 행동 하나하나에 질투심이 영향을 미쳤다. 질투심은 앤의 표정, 말, 행동이 때때로 부추겨준 희망에 서서히 굴복했다. 결국 앤이 하빌 대령과 이야기를 나눌 동안 그의 귀에 들려온 그 감정과 어조에 질투심은 완전히 패배하고 말았다. 그는 걷잡을 수 없는 감정에 사로잡혀 종이를 집어 자신의 감정을 쏟아놓았다.

그때 그가 썼던 내용 중에서 취소하거나 수정할 것은 단 하나도 없었다. 그는 줄곧 앤만을 사랑했다. 다른 누구도 그를 대신한 적이 없었다. 그래서 정말로 인정할 수 있었다. 그는 의식하지 않을 때조차, 의도한 바와는 달리 늘 앤에게 충실했다. 그를 잊으려 했고, 잊었다고 믿었다. 화가 났을 뿐, 무심해졌다고 생각했다. 그의 가치 때문에 괴로웠으므로 그것을 부당하게 평가했다. 이제 앤의 인품은 그의 마음속에 완벽 그 자체로 확고히 자리 잡아, 용기와 다정함의 가장 사랑스러운 매개체가 되었다. 그러나 어퍼크로스에 머물 때 비로소 앤을 제대로 볼 수 있었고, 라임에 가서야 비로소 자신의 마음을 깨닫기 시작했음을 인정해야 했다. 라임에서 그는 한 가지 이상의 교훈을 얻었다. 엘리엇 씨가 지나가는 말로 던진 찬사가 적어도 그를 일깨웠고, 방파제와 하빌 대령의 집에서 있었던 일들이 앤의 우월한 자질을 확실히 확인시켜 주었다.

루이자 머스그로브에게 정을 붙여보려고도 해보았으나,

상처받은 자존심에서 한 시도일 뿐, 도저히 불가능하다는 걸 깨달았노라고 말했다. 루이자를 좋아한 적이 없으며, 좋아할 수도 없었다는 것이었다. 그날까지는, 깊이 생각해볼 여유가 생기기 전까지는 루이자와 비교도 할 수도 없을 만큼 앤의 정신이 완벽하고 고결하다는 것을 알아보지 못했다. 아니, 누구도 따를 수 없을 만큼 완벽하게 앤이 그의 마음에 자리하고 있음을 알지 못했다. 그는 변함없는 원칙과 완고한 아집, 겁 없는 부주의함과 침착한 정신의 결단력을 구분할 수 있게 되었다. 거기에서 자신이 잃어버린 여인의 평가를 드높일 만한 모든 요소를 보았다. 오만함, 어리석음, 분별력을 잃은 분노에 탄식하게 되었다. 그런 감정들 때문에 자기 앞에 나타난 앤을 되찾으려 하지 않았던 것을 후회했던 것이다.

그때부터 그의 후회는 깊어졌다. 그는 루이자의 사고가 일어난 후 며칠 만에 공포와 회한에서 놓여나자마자, 자신이 다시 살아났다고 느끼게 되자마자, 살아나기는 했지만 자유로워지지는 않았음을 알게 되었다.

그는 이렇게 말했다. "하빌이 나를 이미 약혼한 몸으로 여기고 있다는 걸 알게 되었지요! 하빌도 하빌 부인도 우리가 서로 좋아한다는 사실을 전혀 의심하지 않았어요. 나는 크게 놀라고 충격을 받았습니다. 즉각 그런 추측에 반박할 수도 있었겠지만, 다른 이들, 루이자의 가족, 아니 어쩌면 루이자 본인도 똑같이 생각하고 있을지 모른다는 생각이 들기 시작하니 더는 내 뜻대로 할 수가 없었습니다. 루이자가 바란다면 나는 도의상 그의 것이었으니까요. 내가 부주의했어요. 이런 문제를 미처 깊이 생각해보지 않았어요. 도를 넘어 친밀하게 굴면 여러 면에서 나쁜 결과를 가져올 위험이 있다는 사실을 생각지 못했습니다. 다른 나쁜 결과가 없다 하더라도, 불쾌한 소문이 퍼질 위험이 있는데 그 아가씨들 중 한 명을 좋아할 수 있을지 시험해볼 권리가 내게는 없는데 말입니다. 큰 잘못을 저질렀으니 스스로 결과를 감수하는 수밖에 없었습니다."

요컨대, 그는 자신이 복잡한 일에 말려들었음을 너무 늦게 깨달았다. 루이자를 전혀 좋아하지 않는다는 것을 확실히 알게 된 바로 그 순간, 그에 대한 루이자의 감정이 하빌 부부의 짐작과 같다면 꼼짝없이 그에게 매인 존재라는 것을 알게된 것이다. 그래서 그는 라임을 떠나 어딘가 다른 곳에서 루이자가 완전히 회복되기를 기다리기로 마음먹었다. 그와 관련된 감정이든 추측이든, 어떻게든 가능하면 누그러뜨려 보고 싶었다. 그래서 그는 잠시 떠나 있다가 켈린치로 돌아가 상황에 따라 행동하기로 하고 형의 집으로 갔다.

"형의 집에서 한 달 반을 머무르며 형이 행복해하는 모습을 보았습니다. 다른 어떤 즐거움도 가질 수가 없었습니다. 저는 기쁨을 누릴 자격이 없었습니다. 형은 당신에 대해 꼬치꼬치 캐물었어요. 당신이 변했는지까지 묻더군요. 제 눈에 전혀 달라질 수가 없다는 사실은 짐작조차 하지 못하고요."

앤은 미소지으며 대꾸 없이 듣기만 했다. 너무 기분 좋은 실수라 나무랄 수가 없었다. 스물여덟 살 먹은 여자에게 더 젊었을 때의 매력을 전혀 잃지 않았다고 하는 말처럼 자신감을 세워주는 것도 없었다. 그러나 이런 경의의 가치는, 그가 앞서 한 말을 생각해보면, 그의 뜨거운 애정이 되살아나게 된 원인이 아니라 결과임을 알 수 있었기에 더욱 값진 것이었다.

그는 슈롭셔에 남아 자신이 오만으로 눈이 멀고 착오를 저질렀음을 탄식하다가 루이자가 벤윅과 약혼했다는 소식을 들었다. 그는 놀라는 한편 크게 기뻐했다.

"최악의 상태는 끝났습니다. 이제 적어도 행복을 얻기 위해 노력할 수 있게 되었으니까요. 뭔가 해볼 수 있었습니다. 하지만 너무 오래 행동하지 않고 기다렸고, 기다려도 나쁜 일만 생겼기 때문에 두려웠습니다. 소식을 듣고 바로 이렇게 말했습니다. '수요일에 바스로 가야겠어.' 그리고 그렇게 했지요. 시도해볼 가치가 있다고 생각했다면 용서받을 수 없는 일이었을까요? 어느 정도 희망을 품고 도착했다면? 당신은 홀몸이었습니다. 당신도 나처럼 과거의 감정들을 여전히 품고 있을 수도 있었습니다. 적어도 한 가지는 나에게 격려가 되었습니다. 다른 사람들이 당신을 좋아하고 찾으리라는 것은 전혀 의심치 않았지만, 당신이 적어도 나보다 더 나은 자격을 가진 남자를 거부한 적이 있다는 것은 확실히 알았으니까요. 계속 이렇게 자문하지 않을 수 없었습니다. '나 때문이었을까?'"

밀섬 스트리트에서 처음 만났던 일도 할 말이 많았지만, 음악회에 대해서는 훨씬 더 할 이야기가 많았다. 그날 저녁은 최고의 순간들로 이루어졌던 것 같았다. 앤이 팔각방으로 걸어 들어와 그에게 말을 걸었던 순간, 엘리엇 씨가 나타나 앤을 데려간 순간, 희망이 돌아오거나 낙담이 커졌던 한두 순간이 생생하게 되살아났다.

그가 외쳤다. "결코 제 편이 아닌 사람들 속에 있는 당신의 모습을 보다니, 당신 옆에 바짝 붙어 서서 대화를 나누고 미소를 주고받는 당신의 사촌을 보면서 끔찍하지만 당신과 맺어질 자격과 자질이 충분하다고 생각하니! 당신에게 영향을 줄 수 있는 모든 이들이 틀림없이 그렇게 되기를 바라고 있으리라 생각하니! 당신 자신의 감정은 꺼리거나 무관심하다 해도, 그의 감정이 얼마나 강력하게 지지를 받을지 생각해보니! 내가 나타나면 우스운 꼴이 되지 않겠습니까? 어떻게 내가 괴로워하지 않을 수 있었겠습니까? 당신 뒤에 앉아 있는 그 친구분의 모습이, 그분의 영향력을 알고 있고 예전에 설득했던 일의 인상이 아직도 지워지지 않고 선명하게 남아 있는데, 그런 기억이 나를 무력하게 하지 않았겠습니까?"

앤이 대답했다. "구분을 하셨어야지요. 이제 저를 의심하지 마세요. 사정이 완전히 달라졌어요. 저도 나이를 먹었고요. 예전에 설득에 넘어간 것이 저의 실수였다 해도, 그분의 설득은 위험이 아니라 안전을 위한 것이었음을 기억해주세요. 제가 설득에 넘어갔을 때는 그것이 응당 따라야 할 의무라고 생각했지만, 지금은 어떤 의무도 저에게 도움이 될 수 없어요. 오히려 저에게 무심한 남자와 결혼한다면 온갖 위험이 초래될 것이고, 결국 모든 의무에도 어긋나는 일이 될 거예요."

그가 대답했다. "저도 그렇게 짐작했어야 했지만, 그러지 못했습니다. 당신의 성품에 대해 진작 잘 알았더라면 좋았을 텐데 최근에야 알았습니다. 따져볼 여유가 없었어요. 해가 갈수록 괴로웠던 이전의 감정에 압도되고 묻혀버렸지요. 당신을 그저 굴복하고 나를 포기한 사람, 나보다 다른 이의 말에 영향을 받은 사람으로만 생각했어요. 당신이 그 불행의 세월에 당신을 이끌어주었던 바로 그분과 함께 있는 모습을 보았습니다. 이제는 당신이 그 권위에서 벗어났을 거라

민을 만한 확신이 없었지요. 습관의 힘까지 더해졌을 테니."

앤이 말했다. "당신을 대하는 저의 태도로 그런 생각이 상당히, 아니 전부 덜어질 줄 알았어요."

"아니, 아닙니다! 당신의 태도는 다른 사람과 약혼하게 되어 마음의 여유가 생긴 탓일 수도 있었지요. 그렇게 믿고 당신 곁을 떠났던 겁니다. 하지만 당신을 꼭 다시 만나야겠다고 결심했습니다. 오늘 아침 원기를 되찾고 아직도 여기에 남아 있을 이유가 있다고 느꼈어요."

드디어 앤의 집에 도착했다. 그 집의 어느 누구도 앤이 얼마나 행복한지 짐작도 못할 것이다. 이 대화로 그날 아침의 놀람과 긴장, 고통스러웠던 부분들은 전부 다 사라졌다. 앤은 행복한 상태로 집에 들어오다가 문득 너무 행복한 나머지 이런 행복이 영원할 수는 없으리라는 일말의 걱정까지 들었다. 감사의 마음으로 진지하게 묵상에 잠기는 것이 이런 극도의 행복감에서 초래될 수 있는 위험을 바로잡는 최선의 방법이었다. 그는 자기 방으로 가서 자신의 기쁨에 감사하며 차차 마음을 가라앉혔다.

저녁이 되자 응접실마다 불이 밝혀지고 손님들이 모여들었다. 처음 보는 사람과 자주 보는 사람이 섞여 있는 카드 놀이 모임일 뿐이었다. 친밀한 분위기가 되기에는 숫자가 너무 많고, 다양하게 섞이기에는 너무 적은, 뻔한 모임이었다.

그러나 앤은 저녁이 이렇게 짧다고 느껴본 적이 없었다. 넘칠 듯한 마음과 행복감으로 사랑스럽게 빛나고 아름다워진 그는 생각지도 못한, 생각할 수도 없었던 찬사를 받아서, 주변의 모든 이들을 활기차고 관대한 마음으로 대할 수 있었다. 그는 엘리엇 씨를 피했지만, 그가 딱하다는 마음까지 생겼다. 월리스 부부도 이해할 수 있었다. 레이디 달림플과 카트릿 양은 곧 무해한 친척이 될 것이다. 클레이 부인도 신경쓰이지 않았고, 아버지와 언니가 사람들을 대하는 태도도 부끄럽지 않았다. 머스그로브가 사람들하고는 아주 편안하게 즐거운 대화를 나누었다. 하빌 대령은 오누이 사이처럼 다정하게 대했다. 레이디 러셀과 대화를 해보려 했지만 달콤한 생각이 떠올라 그만두었다. 크로프트 제독 부부는 특히 진심을 다해 관심을 기울여 대했지만, 마찬가지의 생각으로 속마음은 숨겼다. 웬트워스 대령을 보면 함께 이야기한 순간들이 자꾸만 떠오르고, 더 많은 이야기를 나누고만 싶었다. 그가 거기 함께 있다는 것을 계속 의식하게 되었다.

　잠시 대령과 함께하게 되었을 때, 온실에 멋지게 전시된 식물들에 감탄하는 척하면서 앤이 말했다.

　"과거 일을 곰곰이 생각하면서 옳고 그름을 공정하게 따져보려 했어요. 저에 관해서 말이에요. 저도 고통받기는 했지만 제가 옳았다고, 당신이 지금보다 더 사랑하게 될 친구

369

가 이끄는 대로 한 것이 백 번 옳은 일이었다고 믿을 수밖에 없었어요. 저에게 그분은 부모나 다름없었어요. 하지만 저를 오해하지는 말아주세요. 레이디 러셀에게 잘못이 없었다는 말은 아니에요. 일이 결정되었을 때 비로소 충고가 좋은지 나쁜지 알 수 있는 그런 경우였을 테니까요. 저로 말하자면, 물론 비슷한 상황에서라면 절대 그런 충고는 하지 않을 거예요. 하지만 제 말은, 그분의 말씀을 듣기 잘했다는 거예요. 그렇지 않았다면 약혼을 포기했을 때보다 지속했을 때 더 힘들었을 거예요. 양심의 고통을 느꼈을 테니까요. 이제 인간 본성이 허용하는 감정 안에서 이런 말을 해도 된다면, 저는 자책할 것이 전혀 없다고 생각해요. 그리고 제가 아는 한, 강한 의무감은 여자가 가진 괜찮은 자질이니까요."

그는 앤을 보고, 레이디 러셀 쪽을 보더니 다시 그를 보고 차분히 생각에 잠긴 듯한 투로 대답했다.

"아직은 아닙니다. 하지만 언젠가는 부인을 용서하게 될 수도 있겠지요. 그분을 곧 너그러이 여길 수 있게 되리라 믿습니다. 하지만 나 또한 과거를 돌이켜보면서 저 부인 말고도 나의 적이 또 있었을지 모른다는 생각이 떠올랐습니다. 그건 바로 나 자신이었어요. 1808년에 수천 파운드의 재산을 지니고 라코니아호의 대령으로 영국으로 돌아왔을 때, 그때 당신에게 연락했더라면 내 편지에 답장해주었을까요? 그러니까, 그때라면 당신이 나와 다시 약혼해주었을까요?"

"물론이죠!" 앤의 대답은 짧았다. 그러나 어조는 충분히 단호했다.

그가 외쳤다. "맙소사! 그랬을 거라고! 그 생각을 안 해 본 것도, 그런 바람이 없었던 것도 아니었습니다. 그렇게 된 다면 나의 다른 모든 성공에 왕관을 씌우는 일이라고 생각했지요. 하지만 다시 매달리기에 나는 너무 오만했습니다. 당신을 이해하지 못했어요. 눈을 감고, 당신을 이해하지 않으려 했어요. 당신을 제대로 평가하지 않았지요. 그 생각을 하니 나 자신을 용서한다면 다른 이들도 다 용서해야 마땅하다는 생각이 들었습니다. 그랬더라면 6년간의 이별과 고통의 시간을 면할 수 있었을 텐데 말이지요. 나에게도 새로운 고통이었습니다. 내가 즐겼던 모든 행운을 내 힘으로 얻었다고 믿으면서 만족감을 느끼는 데 익숙해져 있었으니까요. 나는 정직하게 땀 흘려 일하고 정당한 보상을 받는 사람이라 생각했지요. 실패를 극복한 다른 위대한 사람들처럼 말입니다." 그가 미소를 지으며 덧붙였다. "내 행운 앞에 겸허해지도록 노력해야겠군요. 내 분에 넘치게 행복을 누리고 있다는 것을 알아야겠습니다."

24

그 후의 일을 누가 의심할 수 있을까? 두 젊은이가 결혼하기로 일단 마음을 먹으면, 가난하든, 무모하든, 서로에게 결국 정말로 위안이 될 가망이 거의 없다 하더라도, 불굴의 의지로 어떠한 저항이라도 이겨내는 법이다. 이렇게 결론을 내린다면 도덕상으로는 나쁠지 몰라도, 이것이 진실이라 생각한다. 그런 사람들도 성공하는데 하물며 정신적으로 성숙하고, 올바름을 분별할 줄 알며, 재산상으로도 독립할 수 있는 웬트워스 대령과 앤 엘리엇이 어찌 모든 반대를 물리치지 못하겠는가? 그들은 사실 맞닥뜨린 것보다 훨씬 더 많은 반대라도 이겨낼 수 있었을 것이다. 자애로움과 따스함이 없다는 점만 제외하면 그들을 힘들게 할 것은 거의 없었다. 월터 경은 반대하지 않았고, 엘리자베스는 냉담하고 무관심한 표정을 지었을 따름이었다. 2만 5000파운드의 재산에 공을 세우고 활약하여 높은 지위를 얻은 웬트워스 대령은 더 이상 하잘것없는 인물이 아니었다. 이제 그는 어리석고 낭비벽 있는 준남작의 딸에게 청혼하기에 모자람이 없었다. 이 준남작은 신의 섭리로 얻은 자리를 유지할 만큼의 원칙도, 양식도 없었고, 지금 줄 수 있는 것이라고는 결혼 후 딸의 몫이 되어야 할 1만 파운드에서 얼마 안 되는 돈뿐이었다.

월터 경은 딸에게 애정도 없고 허영심이 채워진 것도 아닌 이 혼사에 정말로 행복해하지는 않았으나, 딸에게 기우는 혼처라고는 전혀 생각지 않았다. 오히려 웬트워스 대령을 더 자주 보게 되면서, 그리고 대낮에 여러 번 보면 볼수록 그의 외모에 상당히 깊은 인상을 받았다. 그의 잘난 외모가 딸의 높은 지위에 견주어 그럭저럭 균형이 맞는다고 생각하게 되었다. 그의 듣기 좋은 이름까지 한몫하여, 월터 경은 결국 명예로운 책에 그들의 결혼을 적어넣기 위해 아주 우아하게 펜을 들 수 있게 되었다.

그들이 심각하게 우려한 반대자는 단 하나, 레이디 러셀이었다. 앤은 레이디 러셀이 엘리엇 씨의 정체를 알고 마음을 접으면서 괴로웠으리라 짐작했다. 웬트워스 대령과 친분을 갖고 그를 제대로 평가하게 되는 데에도 꽤 애를 써야 했을 것이다. 그러나 레이디 러셀이 이제 해야만 하는 일이었다. 부인은 두 남자 모두에 대해 자신이 잘못 생각했음을 깨달아야 했다. 각각 겉모습만으로 잘못 판단했음을 인정해야 했다. 웬트워스 대령의 태도가 부인의 생각과 맞지 않는다는 이유로, 너무 성급하게 이를 위험스럽고 충동적인 성격이라고 오판했다. 엘리엇 씨의 태도가 딱 자신의 마음에 들도록 적절하고 정확하며, 전체적으로 공손하고 부드럽다는 이유로 너무 성급하게 이를 가장 정확한 견해와 절제된 정신의 확실한 결과로 받아들였다. 레이디 러셀로서는 자신이 완전히 틀렸음을 인정하고, 새로운 견해와 희망을 받아들이는 수밖에 없었다.

어떤 이들에게는 다른 이들이 아무리 경험을 쌓아도 따라올 수 없는 민첩한 인식, 사람됨을 세세히 파악하는 능력, 타고난 통찰이 있다. 레이디 러셀은 자신의 젊은 친구보다는 이런 이해력이 부족했다. 그러나 부인은 대단히 선량한 여자였다. 그의 두 번째 목표가 분별 있고 올바른 판단력을 갖추는 것이라면, 첫 번째 목표는 앤이 행복해지는 모습을 보는 것이었다. 그는 자기 자신의 능력을 사랑하기보다는 앤을 더 사랑했다. 초반의 어색함이 가시고 나자, 자식 같은 앤에게 행복을 가져다주는 남자에게 어머니처럼 대하는 것이 별로 어렵지 않았다.

가족들 중에서는 아마 메리가 이 일을 듣자마자 가장 기뻐했을 것이다. 언니를 결혼시키게 되었으니 훌륭한 일이었다. 메리는 자기가 가을에 앤을 붙잡고 있었기에 이런 인연이 맺어진 거라며 자화자찬했다. 자기 언니가 시누이들보다 잘되는 게 당연하므로, 웬트워스 대령이 벤윅 대령이나 찰스 헤이터보다 부자인 것도 아주 마음에 들었다. 다시 만나게 되었을 때 앤이 윗사람의 권리를 되찾은 데다, 아주 예쁜 소형 마차의 여주인이 된 것을 보고 메리의 속이 아프기는 했을 것이다. 그러나 자신에게는 앞으로 더 큰 위안이 있으리라 기대해볼 수 있었다. 앤에게는 어퍼크로스 저택도, 넓은 영지도, 가문의 수장 자리도 없었다. 웬트워스 대령이 준남작이 되지 않는 한, 앤과 처지를 바꾸지 않을 것이다.

엘리자베스가 똑같이 자기 처지에 만족한다면 좋았을 것이다. 그에게 변화가 일어날 가망은 거의 없었으니까. 엘리자베스는 곧 굴욕스럽게도 엘리엇 씨가 물러서는 모습을 보아야 했다. 그 후로 엘리엇 씨와 함께 가라앉은 헛된 희망을 일으켜줄 적당한 조건의 남자는 아무도 나타나지 않았다.

사촌 앤의 약혼 소식은 엘리엇 씨에게 예기치 않은 순간에 닥쳤다. 가정의 행복을 이루겠다는 최선의 계획, 사위의 권리로 감시하여 월터 경을 홀몸으로 두겠다는 최선의 희망은 깨어졌다. 그러나 당황하고 실망했어도 아직 자신의 이익과 즐거움을 위해 할 수 있는 일이 남아 있었다. 그는 곧 바스를 떠났다. 클레이 부인도 곧 뒤따라 떠났고, 뒤이어 그의 보호 아래 런던에 정착했다는 소식이 들려왔다. 이로써 그가 이중의 게임을 해왔고, 적어도 한 교활한 여자 때문에 작위를 잃는 일만큼은 면해보자고 단단히 결심했음이 명백히 드러났다.

클레이 부인의 애정은 자신의 이해관계를 압도했다. 그는 젊은 남자 때문에 월터 경을 상대로 오래 준비해온 계획을 희생한 것이다. 그러나 부인은 애정만이 아니라 능력도 겸비했다. 이제 남자의 교활함과 여자의 교활함 중 어느 쪽이 최후의 승리를 거둘지 알 수 없는 일이었다. 그가 월터 경의 부인이 되는 일은 막았지만, 엘리엇 씨 본인이 결국 사탕발림에 넘어가 그를 윌리엄 경의 아내로 만들어줄지도 모르는 일이었다.

월터 경과 엘리자베스가 그들의 친구를 잃고, 부인에게 속았음을 깨닫고 충격과 모욕을 느꼈음은 당연한 일이었다. 그들은 훌륭한 친척들에게서 위안을 찾아 의지할 수 있으리라 믿었다. 그러나 다른 사람들에게 아첨하고 추종하면서 정작 자신들은 똑같이 대접받지 못하면 기쁨이 반감된다는 사실을 오래도록 깨달아야 했다.

앤은 레이디 러셀이 아주 처음부터 웬트워스 대령을 사랑해주려고 마음먹은 데 만족했고, 양식 있는 사람이라면 누릴 가치가 있는 친척 관계를 대령에게 줄 수 없다는 점 말고는 장래의 행복에 전혀 꺼릴 것이 없었다. 그 점에서 앤은 자신이 남들보다 못한 처지임을 날카롭게 의식했다. 재산 차이는 아무것도 아니었다. 그 문제에서는 전혀 아쉽게 생각하지 않았다. 그러나 그를 제대로 맞아주고 평가해줄 가족이 없다는 것이 마음의 상처로 남았다. 그의 형제자매들이 앤에게 주었던 모든 존경과 환대에 보답으로 줄 존경심이나, 화합, 선의를 내보일 가족이 없었다. 그것만 아니라면 앤은 가장 큰 행복을 누렸을 것이다. 앤에게는 그의 목록에 추가할 친구가 레이디 러셀과 스미스 부인뿐이었다. 그러나 그는 그들에게 아주 잘해주었다. 그는 레이디 러셀이 이전에 저지른 잘못은 접어두고 마음에서 우러난 애정을 보냈다. 앤과의 사이를 갈라놓은 것이 옳았다고 하지는 않았지만, 그 밖의 다른 것은 거의 다 부인에게 동의해줄 자세가 되어 있었다. 스미스 부인으로 말하자면, 그는 여러 가지 면에서 호감을 얻을 자격이 있는 사람이었다.

　최근에 도움을 준 것만으로도 충분했다. 그들의 결혼으로 스미스 부인은 친구 한 명을 잃는 것이 아니라 둘을 얻게 되었다. 스미스 부인은 그들의 신혼집에 제일 먼저 온 손님이었다. 웬트워스 대령은 서인도제도에 있는 부인 남편의 재산을 되찾을 수 있게 편지를 써주고, 대리인이 되어주었으며, 온갖 소소한 문제들을 처리하는 데 도움을 주었다. 그는 두려움을 모르는 남자이자 결단력 있는 친구로서 노고를 무릅쓰고 행동함으로써 부인이 아내에게 베풀었던 것은 물론이고 베풀기로 마음먹었던 도움에 대해서까지 충분히 보답해주었다.

　스미스 부인은 명랑하고 똑똑한 사람이라, 이렇게 수입이 늘어났을 뿐만 아니라 건강도 나아지고 좋은 친구들과 자주 어울리게 되었어도 삶의 기쁨을 찾는 마음만은 잃지 않았다. 이렇게 최고의 자산들이 있는 한, 더 큰 세속적인 번영도 무시할 수 있었다. 부인은 크게 부자가 되지도 못했고, 완벽하게 건강을 되찾지 못했어도 행복했다. 스미스 부인의 지극한 행복감이 빛나는 자신의 활기에서 비롯되었다면, 친구 앤의 행복은 그의 따뜻한 마음씨에서 나왔다. 앤은 다정함 그 자체였고, 웬트워스 대령의 애정을 받을 이유가 충분했다. 그의 친구들이 앤이 남편을 조금만 덜 사랑했으면 하고 바란 것은 오로지 그의 직업 때문이었다. 그의 빛나는 행복에 그늘을 드리울 수 있는 것은 미래에 대한 두려움뿐이었다. 앤은 해군의 아내가 된 것을 영광으로 여겼지만, 국가적인 중요성보다 가정적인 미덕 면에서 더 돋보이기도 하는 직업인 탓에, 그는 마치 세금을 지불하듯 불안을 안고 살아야 했던 것이다.

W 윌북 클래식
첫사랑 컬렉션

설득

펴낸날 초판 1쇄 2022년 7월 20일

지은이 제인 오스틴

옮긴이 송은주

펴낸이 이주애, 홍영완

편집장 최혜리

편집4팀 박주희, 장종철, 이정미

편집 양혜영, 박효주, 유승재, 문주영, 홍은비, 강민우, 김하영, 김혜원

마케팅 김예인, 최혜빈, 김태윤, 김미소, 김지윤, 정혜인

디자인 박아형, 윤소정, 기조숙, 김주연, 윤신혜

해외기획 정미현

경영지원 박소현

펴낸곳 (주)윌북 출판등록 제2006-000017호 주소 10881 경기도 파주시 회동길 337-20

전화 031-955-3777 팩스 031-955-3778

홈페이지 willbookspub.com 전자우편 willbooks@naver.com

블로그 blog.naver.com/willbooks 포스트 post.naver.com/willbooks

페이스북 @willbooks 트위터 @onwillbooks 인스타그램 @willbooks_pub

ISBN 979-11-5581-491-8 04840

　　　979-11-5581-430-7(세트)